© Erol Gurian

Manuela Martini

Jahrgang 1963, studierte Medizin, Geschichte, Literaturwissenschaft und Romanistik in Mainz, München, Paris und Rom. Sie arbeitete als Regieassistentin, drehte Werbe-, Industrie- und Dokumentarfilme und schreibt Drehbücher. Sie lebt in Deutschland (München) und Australien.

Von Manuela Martini sind außerdem bei Bastei Lübbe Taschenbücher erschienen:

14821 Outback
15052 Barrier Reef
15244 Dead End

Manuela Martini

UNDER COVER

BASTEI LÜBBE

BASTEI LÜBBE TASCHENBUCH
Band 15 475

1. Auflage: April 2006

Vollständige Taschenbuchausgabe

Bastei Lübbe Taschenbücher in der Verlagsgruppe Lübbe

Originalausgabe

Einbandgestaltung: Gisela Kullowatz
Titelfotos: Lowell Georgia/Corbis, Mauritius Images/age Fotostock
Satz: hanseatenSatz-bremen, Bremen
Druck und Verarbeitung: Nørhaven Paperback A. S., Viborg
Printed in Denmark
ISBN-13: 978-3-404-15475-3 (ab 01.01.2007)
ISBN-10: 3-404-15475-3

PROLOG

Sonne und Sand, wunderbar, jeder Morgen ein Geschenk, wie lange noch – ach, egal. Nicht denken – laufen, laufen, laufen, atmen und laufen und atmen und laufen, und das Meer, wie es glitzert, wie es rauscht, rauscht, rauscht, rauscht. Laufen und atmen, laufen und atmen – Hi! Die ist später heute als sonst, gute Figur, aber auch jünger, sicher zwanzig Jahre jünger, mein Gott, zwanzig Jahre! Laufen und atmen, eine Qualle, wie schön, die Quallen, niemand mag sie, dabei sind sie so schön. Laufen und atmen und laufen und atmen, puh, heiß ist es schon! Wie spät ist es, ah, gleich umdrehen und dann ins Wasser, laufen, laufen und atmen, laufen und atmen, jetzt, umdrehen, zurück, das Meer, ach, wie die Sonne glitzert, laufen und atmen, hier ins Wasser, T-Shirt, in den Sand, und in die Wellen, wie schön, kalt und hart das Wasser und schaumig, der nächste Wellenkamm, untertauchen, wie es braust und brodelt! – und auftauchen und weiterschwimmen, die Sonne blendet, und die nächste Welle – und untertauchen, wie es brodelt, ach, und auftauchen und weiter und noch eine Welle, die letzte, dann kehre ich um! Wie schön, die Welle! Sie kommt wie ein Berg! Luft anhalten und runter, es brodelt und … und au, was ist … au, nein! Am Fuß, au, etwas, etwas, hoch, ich muss auftauchen, auftauchen! Auftauchen! Nein! Hilfe! Hilfe! Warum? Was? Nein! Nein!

1

Die Luft war kühl und feucht, die Straße menschenleer und dunkel. Was für eine dumme Idee. Detective Shane O'Connor schüttelte über sich selbst den Kopf. Wir hätten gleich ein Taxi nehmen sollen.

»Mensch, Jungs, bin ich besoffen!« Jack Kelly stolperte. Shane bekam seinen Kollegen gerade noch am Arm zu fassen. »Pass auf, dass du Weihnachten nicht mit 'ner aufgeplatzten Lippe erleben musst!«

»Damit küsst es sich verdammt schlecht!« Detective Evans stieß Shane, wie so oft an dem Abend, den Ellbogen in die Seite und lachte.

»Nehmen wir die Straße da, geht schneller.« Detective Hawkings zeigte mit seinem langen, dürren Arm nach links.

Sie bogen in eine schmale Seitenstraße ein. Die Straße war dunkel. Es brannten keine Laternen. Wirklich eine blöde Idee, dachte Shane und stapfte weiter.

Schroffe Hauswände, das Schaufenster eines Internetshops, eine Einfahrt. Der Mond war hinter einer Wolke verschwunden. Sie redeten auf einmal nicht mehr, ihre Sohlen schabten und krachten auf dem Asphalt. Jäh blieb Jack vor einem düsteren Hauseingang stehen.

»He!«

Zwei Gestalten konnte Shane erkennen. Sonst nichts.

Jack machte einen wankenden Schritt auf den Eingang zu.

»Na, was gibt's hier zu tun?«

»Zieht Leine!«, kam es aus dem Dunkel.

»Jack, komm schon, Feierabend«, sagte Shane. Verdammt, wir wollen alle nach Hause. Ann, hochschwanger, wartete sicher seit Stunden auf Jack.

Doch Jack hörte nichts, fingerte seinen Ausweis aus der Hemdtasche.

»Polizei! Und jetzt mal zu euren Ausweisen!«

Evans sah zu Hawkings, Hawkings zu Shane. Sie standen einen Schritt hinter Jack, und Jack stand zwei Schritte und zwei Stufen vor den beiden Gestalten. Der Mond tauchte auf und verschwand wieder. Das Rauschen der Nacht. Ohne Schritte. Ohne Motorengeräusch. Vier gegen zwei. Es wäre besser, weiterzugehen, aber wir können ihn doch jetzt nicht allein lassen, dachte Shane.

»Jack!«, sagte Hawkings leise, aber eindringlich.

»Also was ist jetzt!« Jacks Stimme klang gereizt.

»Zieht Leine, Bullen, ihr seid doch total besoffen!«, knurrte die Stimme aus dem Dunkel, warnend und schlecht gelaunt.

»He, keine Beleidigungen, ja!«

Warum war Jack so aggressiv, fragte sich Shane. Er wollte endlich gehen. »Jack, komm schon.«

»Wird's bald! Wir haben nicht die ganze Nacht Zeit! Also, raus mit den Papieren!«, sagte Jack.

Evans seufzte: »Scheiße.«

Shane sagte: »Jack!«

Die Männer im Eingang rührten sich nicht. Der Mond tauchte auf.

»Mensch! Irr ich mich, oder seh ich Gespenster? Bist du's wirklich? John?« Jack drehte sich zu Shane um. »He, ich glaub's nicht, aber …«

»Nein, Sie müssen sich irren«, sagte der Mann. Vor den Mond schob sich eine Wolke. Shane konnte das Gesicht nicht erkennen.

»Jack!« Die Sache wurde brenzlig, spürte Shane.

Jack hörte ihn nicht, schüttelte die Hand auf seiner Schulter ab, die ihn wegziehen wollte, und redete weiter: »Aber John, natürlich ...«

»Nein!«, kam es scharf aus dem Dunkel.

»Wenn du nicht John bist, dann will ich erst recht eure Papiere sehen! Wir sind zu viert, also, ihr habt keine Chance!«, sagte Jack.

»Jack!« Er sollte Jack jetzt einfach eine reinhauen, dachte Shane, damit er die Klappe hielt, das hier lief auf nichts Gutes hinaus.

Einen Moment lang war alles wie erstarrt. Der Mond schien hell auf sie. Vier Polizisten, betrunkene Heimkehrer von einer Party, auf dem Weg zum Taxistand in der nächsten Querstraße. Für den Bruchteil einer Sekunde wäre noch ein Rückzug möglich. Shane wusste, er und Hawkings sollten jetzt Jack unterhaken und wegziehen und in der nächsten Straße ein Taxi heranwinken. Doch der Moment verstrich.

Hawkings rief: »Jack!«

Jack machte einen Schritt auf die Männer zu, sagte: »Wird's bald?«, winkelte den Arm an, um in sein Jackett zu greifen. In dieser Sekunde zog der links stehende Mann etwas aus seinem Gürtel.

Ein Schuss explodierte, Shane zog die Pistole, Jack sackte vor ihm zusammen, Shane drückte ab, Schüsse peitschten, etwas riss ihn zu Boden, nahm ihm die Luft.

Er fällt und fällt und fällt. Fällt in einen schwarzen Schacht.

Der Mond war bleich und kalt. Evans' Hand mit dem Revolver leuchtete fahl. Der Ehering blitzte. Der Kopf im Rinnstein in einer dunklen Lache. Hawkings starrte in den Mond. Auf dem weißen Hemd riesige dunkle Flecken.

Und er, Shane, wo lag er, so weich und warm? Jacks Jacke war das, und unter der Jacke Jacks gekrümmter Rücken, auf Jacks blankem Scheitel glänzte weiß das Mondlicht. In der Ferne grelle, bunte Lichter wie große, leuchtende Weihnachtskugeln, und um ihn – stumme Berge von toten Körpern.

2

Schwitzend kämpfte er sich mit dem röhrenden Rasenmäher durch das Gras. Mrs. Wagner hatte vergangene Woche den Termin abgesagt, sodass das Gras jetzt höher war, als es sich zum Mähen eignete. Typisch, dachte Josh Cline, so glauben sie zu sparen, und er muss ihnen dann erklären, warum er diesmal drei statt zwei Stunden gebraucht hat. Immer dasselbe! Er wischte sich den Schweiß von der Stirn, was kaum etwas nutzte, weil man bei einer Luftfeuchtigkeit von mindestens 70 Prozent und 35 Grad im Schatten ununterbrochen schwitzte – und: Er arbeitete nicht im Schatten, sondern in der prallen Elf-Uhr-Sonne. Er ließ seinen Blick über den Garten gleiten, eine Rasenfläche von etwa zweihundert Quadratmetern, dazwischen säuberlich von Steinkränzen umgebene Büsche und Bäume, die dabei waren, ihre Blüten zu verlieren. Eine halbe Stunde hatte er vor dem Mähen damit verbracht, sie wegzurechen. Das ist der Nachteil hier, an der fast tropischen Sunshine Coast: Kaum hast du eine Pflanze geschnitten, wächst sie schon wieder nach. Nie sind alle Bäume kahl, es gibt keinen wirklichen Winter. Aber das ist auch sein Glück. So geht die Arbeit nie aus. Nur so heiß sollte es nicht sein! Er wischte sich wieder durchs Gesicht, der Schweiß brannte in den Augen. Zeit für eine Pause!

Er ging zu der kleinen Steinmauer, die den oberen Teil des Gartens mit der Terrasse vom unteren Teil abgrenzte. Unter den breiten Blättern des Gummibaums gab es wenigstens ein wenig Schatten. Schnaufend ließ er sich neben seiner Proviantbox auf der Mauer nieder. In der Hitze konnte er kaum etwas essen, doch er wusste, dass es ihm nicht bekam, wenn er den ganzen Tag nur Wasser trank und erst am Abend etwas aß. Er schraubte die Drei-Liter-Wasser-Thermoskanne auf, die er während eines Arbeitstages drei- bis viermal auffüllte. Wie lange konnte man so eine Arbeit aushalten? Er hielt sie seit anderthalb Jahren aus, inzwischen war er einundzwanzig. Er kannte Gärtner, die waren doppelt so alt und seit zehn oder mehr Jahren in dem Job. Man gewöhnte sich wohl an die harte körperliche Arbeit unter diesen klimatischen Bedingungen, wie man sich an so vieles gewöhnte. Er zwang sich, langsam zu trinken, um nicht sofort alles wieder herauszuschwitzen. Ihm blieb noch eine Stunde für den Rest des Rasens und das Schneiden der Ränder, das hatte er mit Erica Wagner vereinbart. Sie war um diese Zeit nie zu Hause, sondern in ihrem Laden für Segelzubehör, unten in Maroochydore. Er setzte die Kanne ab, klappte die blaue Box mit dem grauen Deckel auf und nahm eines seiner Sandwichs heraus, wickelte es auf und biss hinein. Ich darf nicht vergessen, morgen einkaufen zu gehen. Nachher, um eins, geht's schon weiter zum nächsten Kunden. Nur vier Straßen weiter.

Glücklicherweise – denn das ersparte ihm lange Anfahrtswege – wohnten die meisten seiner Kunden hier oben in Buderim, nur wenige Kilometer vom Meer entfernt, in den bewaldeten, kühleren Hügeln. Hier blieb man von den Touristen verschont, die sich weiter unten in Mooloolaba und den anderen Strandorten gerade zu Weihnachten drängten. Er steckte den Rest des Sandwichs in den Mund, spülte Wasser nach und packte das zweite Sandwich aus. Käse. Er nahm einen großen Bissen. Mit seiner Arbeit konnte er zufrieden sein. Vor einem Jahr, als er zum ersten Mal gekommen war, bestand der Garten nur aus einem lieblos behandelten Stück Rasen. Erica Wagner hatte ihn, Josh, angesehen und seufzend gesagt: »Bitte, machen Sie was draus. Ich bin eine miserable Gärtnerin.« Inzwischen hatte er Hibiskus-, Oleander- und Rhododendronbüsche angepflanzt und einen Weg angelegt. Erica Wagner war glücklich. Und sie empfahl ihn ihren Freunden und Bekannten. Hier oben in Buderim waren die Kunden anspruchsvoll. Sie beschäftigten nicht jeden x-beliebigen Gärtner, und es gab genug Konkurrenz. Dass er zuverlässig und sorgfältig war, hatte sich sehr schnell in der Gegend herumgesprochen, nachdem er das Geschäft, das heißt den Rasenmäher, den Anhänger für die Gartenabfälle, ein paar Kleingeräte und natürlich die Kundenkartei seinem Vorgänger abgekauft hatte. Seit ein paar Monaten überlegte er manchmal, einen Gehilfen anzustellen, aber dann müsste er Anweisungen geben, sich mit einem anderen Menschen auseinander setzen, doch er zog es vor, allein zu arbeiten. Da konnte er tun und lassen, was er wollte, musste nichts erklären und musste sich nur auf sich selbst verlassen. Das war ihm am liebsten.

So, er wischte sich die Hände an seiner kurzen grünen

Arbeitshose ab, das zweite Sandwich hatte er auch gegessen.

Für einen letzten großen Schluck setzte er die Thermoskanne an die Lippen, legte den Kopf in den Nacken.

Als sein Blick unbestimmt in Richtung Haus fiel, bemerkte er hinter der Scheibe auf der linken Seite des Hauses eine Bewegung. Er sah genauer hin und erkannte schemenhaft einen Mann, der an einem Sessel stand, er stand da nicht allein, an der Sessellehne lehnte ein nackter Körper, ein Frauenkörper. Die rhythmischen Bewegungen des Mannes, der bekleidet war, waren eindeutig. Das da oben musste Ericas Tochter sein, hieß sie nicht Chrissy? Josh wagte nicht, sich zu bewegen.

Der Mann oben hörte auf, drehte die Frau mit dem Rücken zu sich. Josh wollte jetzt wegsehen, doch er konnte nicht. Etwas zwang ihn, bis zuletzt zuzusehen. Der Mann, so sah es aus, kam zum Höhepunkt, Josh glaubte sogar sein Stöhnen zu hören. Kannte er ihn nicht? Dann verschwand er in der Tiefe des Raumes. Im selben Moment drehte sich das Gesicht der Frau zur Scheibe. Josh hielt den Atem an. Es musste Chrissy sein. Was sollte er jetzt tun? Die Blätter des Gummibaums gaben ihm nicht genügend Deckung. Sie hatte ihn gesehen!

Sie ging auf die Fensterscheibe zu. Kein Zweifel. Es war Chrissy, und sie hatte ihn gesehen. Sein Herz klopfte, er schwitzte noch mehr. Warum drehte er sich nicht einfach weg und ging? Verdammt, warum nicht? Er war unfähig, sich zu bewegen. Das Einzige, wozu er in der Lage war, war, dort hinaufzustarren.

Eine Weile stand sie einfach so da, nackt, und sah auf ihn herunter. Ein weißer, feingliedriger Körper – das kupferfarbene Haar fiel ihr über die Schulter. Er hatte sie nur ein einziges Mal von weitem mit ihrer Mutter gesehen. Doch schon da war ihm ihre seltsame Schönheit aufgefallen. Ihre Haut war weiß und sommersprossig und ihr Haar dicht und lockig. Niemals hätte er gewagt, sie anzustarren oder gar mit ihr ein Wort zu wechseln. Er war sicher, sie hätte ihm nicht geantwortet, weil sie seine Stimme gar nicht wahrgenommen hätte. Und jetzt? Jetzt sah sie ihn an. Aus großen, stillen Augen.

Auf einmal wandte sie sich um und ging weg, verschwand im Zimmer.

Jetzt fiel ihm auf, dass er noch immer die Thermoskanne an die Lippen hielt. Er setzte sie ab und sah wieder hinauf. Doch hinter der Scheibe konnte er nur noch den hellen Sessel erkennen.

Schließlich schaltete er den Rasenmäher wieder ein, und während er ihn durch das hohe Gras drückte und zerrte, versuchte er, sich an das Gesicht des Mannes zu erinnern. Dann fragte er sich, ob es Chrissy im Nachhinein sogar erregt hatte, zu wissen, dass sie beobachtet worden waren. Chrissys Anblick ließ ihn nicht mehr los, und er ertappte sich dabei, wie er plötzlich stehen blieb und nicht mehr wusste, was er eigentlich tat. Er musste sich konzentrieren, sonst würde er mit der Arbeit hier überhaupt nicht mehr fertig. Und er musste pünktlich in einem anderen Garten sein. Werd endlich vernünftig, herrschte er sich an, doch die Blicke zum Wohnzimmerfenster hinauf warf er trotzdem.

Auf dem Weg zum nächsten und letzten Job an diesem Tag, bei Donna, einer fettleibigen Psychologin, die Abfall in ihren Garten warf, den er beseitigen musste (ihr würde er zuerst kündigen, wenn er endlich genug Geld hätte), rief er sich immer wieder die Situation, die er gerade erlebt hatte, ins Gedächtnis zurück, malte sie aus, fing wieder von vorn an, stellte sich dann vor, wie er ins Haus ging, sie auf der Couch saß, nackt, und auf ihn wartete. Und er tat dasselbe mit ihr wie dieser Mann.

Donna war nicht zu Hause, stellte er fest, als niemand die Tür öffnete. Es war ihm ganz recht, so ersparte er sich ihren Anblick. Er ging gleich mit dem Rasenmäher durch den Vorgarten und über einen schmalen Weg in den hinter dem Haus liegenden Garten. Auch hier war das Gras schon zu hoch. Die Leute sparen am falschen Ende, dachte er verärgert und begann mit seiner Arbeit.

Allmählich empfand er Lust bei der Erinnerung an die Szene. Zuerst schämte er sich deshalb und beschimpfte sich als Voyeur und Spanner. Doch dann sagte er sich, dass er ja nur zufällig zum Beobachter geworden war. Er war niemandem nachgeschlichen, hatte sich auch nicht versteckt. Nein, er war nur einfach an seinem Platz stehen geblieben.

Nächste Woche wäre er wieder bei Mrs. Wagner. Würde sich Chrissy wieder zur selben Zeit mit dem Mann treffen?

Als er schließlich in seinem alten Dodge mit dem Anhänger saß und nach Hause fuhr, hatte sich der Himmel rosa gefärbt. Die Bäume, die die gewundene Hauptstraße von Buderim säumten, blühten in allen Farben.

Wer war dieser Mann, mit dem sich Ericas Tochter eingelassen hatte? Er erschrak. Trat auf die Bremse. Quietschend brachte er den Wagen zum Stehen. Um ein Haar wäre er über die rote Ampel an der Kreuzung zum Motorway gefahren. Hinter ihm hupte ein Auto. Er zwang sich, besser auf den Verkehr zu achten. Ganz sicher wusste Erica nichts von den Aktivitäten ihrer Tochter. Die ganze Situation hatte etwas Unangenehmes gehabt. Als ob Chrissy nicht richtig bei der Sache gewesen war. Tat sie es für Geld? Die Ampel sprang auf Grün. Er fuhr los und bog rechts in den breiten und kaum befahrenen Parking Drive ein, gelangte in die großzügigen, aber labyrinthischen Straßen des ruhigen und langweiligen Wohngebietes, in dem auch sein Haus stand – das Haus, das den anderen glich und in dem er mit seinen Eltern gewohnt und das er auch zwei Jahre nach ihrem Tod noch nicht verkauft hatte. Die Grundstücke in der Gegend hatten in den letzten Jahren immens an Wert gewonnen, sodass viele Besitzer ihre Häuser zum Verkauf anboten. In den vergangenen Tagen waren ihm in den Straßen mindestens vier Schilder von Immobilienmaklern aufgefallen. Doch wenn er es jetzt verkaufte, müsste er sich nach etwas Neuem in der Gegend umsehen, das dann ganz sicher genauso teuer wäre.

Er parkte vor der Einfahrt des sauberen, backsteinverkleideten, L-förmig gebauten Bungalows, in dessen Vorgarten üppige Hibiskussträucher und ein großer Gummibaum wuchsen. Als er ausstieg, hörte er schon das freudige Bellen seines Hundes Garbo.

»Hallo, Josh!«, rief jemand, und er drehte sich um. Pete Mulder, sein Nachbar zur Linken, hob grüßend die Hand. Der massige Mann hob gerade eine pralle Reisetasche aus dem Kofferraum seines Kombis. »Wir sind wieder da.« Pete schnaufte und stellte die Tasche auf die Waschbetonplatten der Einfahrt. »War hier alles okay?«

»Ja, alles okay, Pete. Ich hab euch den neuen Gartenschlauch angeschlossen.«

»Danke! Komm doch morgen mal rüber, auf 'nen Drink.«

Für die Weihnachtsfeiertage hatten Pete und Betsy Mulder, beide Anfang sechzig, Petes Mutter, die in der Nähe von Sydney lebte und unter panischer Flugangst litt, mit dem Auto abgeholt. In der Zwischenzeit hatte Josh ein Auge auf ihr Haus gehabt.

»Ach, Josh.« Pete nahm die Tasche wieder auf. »Ich wollte noch vor Weihnachten die verdammten Palmen zurechtschneiden. Kannst du mir dabei helfen?«

Das tat Josh jedes Jahr.

»Klar, Pete. Morgen ist's schlecht, aber am Wochenende.«

Pete warf den Kofferraumdeckel zu. »Prima.«

»Grüße an Betsy.«

»Sag ich. Sie will dir mal wieder einen von ihren Kuchen bringen.«

»Oh, danke!«

Pete verschwand pfeifend hinter dem dicht mit Oleander bewachsenen Hauseingang.

Er spürte die Anstrengung eines langen Arbeitstages in seinen Beinen, als er die wenigen Meter zur Haustür hinaufging. Garbo, der Australische Blue Heeler, bellte jetzt ungehalten, und als Josh schließlich die Tür aufschloss, sprang er aufgeregt an ihm hoch, wedelte mit dem Schwanz, rannte in die Küche und wieder zurück. Josh ging gleich zur Verandatür und schob sie auf. Garbo stürzte hinaus in den kleinen Garten und wälzte sich vor Übermut im Gras. Das gehört auch mal wieder geschnitten, dachte Josh, während er sich einen der grünen Plastikstühle heranzog, die an einem ovalen Gartentisch unter einer Pergola standen, und sich mit einem erleichterten Ächzen hineinfallen ließ. Er ließ seinen Blick über den Rasen hin zu den Büschen gleiten, die entlang eines hohen Bretterzaunes wuchsen, der das Grundstück von dem seines Nachbarn abgrenzte. Zwei je drei Meter hohe Palmen, die viel Arbeit machten, wenn sie ihre alten Blätter abwarfen, ein roter und ein größerer rosafarbener Hibiskusbusch, ein stattlicher Frangipani, drei Aloe veras und ein noch niedriger Gummibaum, den er erst nach dem Tod seiner Mutter gesetzt hatte, weil sie Gummibäume mit ihren dunkelgrünen, fleischigen Blättern irgendwie ekelhaft fand. Gegen den im Vorgarten allerdings hatte sie nichts ausrichten können, sein Vater hatte sich geweigert, ihn auszureißen.

»Heute hab ich was erlebt, Garbo.«

Als der braun-weiße Hund mit dem kurzen Fell seinen Namen hörte, kam er auf Josh zu. Josh beugte sich zu ihm hinunter und streichelte ihm über die Schnauze.

»Das glaubst du nicht, das war wie im Film.«

Der Hund leckte aufgeregt Joshs Hände.

»Ich weiß nicht, ob sie dir gefallen würde, Garbo.«

Garbo hatte auf dem Rasen einen Vogel entdeckt und raste bellend auf ihn zu, doch der Vogel war schon aufgeflogen, flatterte in sicherer Höhe.

Nein, dachte er, so eine Frau wie Chrissy würde von ihm nichts wissen wollen. Wer war er denn? Ein Nichts. Er sah nur durchschnittlich aus, da machte er sich nichts vor, war nicht besonders groß, hatte die braunen Augen seiner Mutter, die er nie als besonders ausdrucksstark empfunden hatte, und dunkelblondes Haar, das er einfach nur kurz schneiden ließ, bei einem billigen Friseur. Durch die harte Arbeit war er wenigstens muskulös und gebräunt. Trotzdem – er war viel zu zurückhaltend für solche Mädchen. Dieser Mann heute war älter gewesen. Älter und sicher erfahrener und vielleicht ja auch wohlhabend. Garbo bellte noch immer den Vogel an, der ihn mit seinem Gekrächze auszulachen schien.

»Siehst du, Garbo, genau so ging es mir. Sie hat sich über mich lustig gemacht.«

3

Die Sache war schief gegangen. Er hatte es schon vorher im Bauch gespürt. Man sollte nie gegen seinen Instinkt handeln. Das sollte er doch langsam wissen. Seine Hände schwitzten in den Handschuhen; und Nase und Lippen waren unangenehm feucht unter der Atemmaske.

Sogar die harmlose Geschichte am Strand hatte er nicht mehr so einfach wegstecken können. Obwohl er sie noch nicht einmal persönlich gekannt hatte. Für ihr Alter war sie gut in Form gewesen. Er hatte sich mehr anstrengen müssen, als er gedacht hatte. Wie sie um ihr Leben kämpfte –

Irgendwann gehen die Dinge schief. Und plötzlich befindet man sich auf der anderen Seite. Es sah so aus, als ob er die Grenze schon überschritten hätte. Die Grenze zwischen Licht und Schatten.

Konzentriere dich, schimpfte er sich selbst, sonst geht selbst diese Sache hier noch schief!

4

Wir mussten Ihnen starke Beruhigungsmittel geben. Wie geht's Ihnen, Shane?«, fragte der Arzt.

Eine Frage, aus dem Nichts aufgetaucht, wie der Mensch, der sie stellte. Was sollte er auf diese Frage antworten? Er musste etwas ganz anderes wissen. Wusste er es nicht schon? Vielleicht hatte er es nur geträumt? Nein. Die stummen Körper, die aufgerissenen Augen. Die dunklen Flecken. Sie waren tot. Alle. Der Arzt lächelte gezwungen, eine Haarsträhne hing ihm in die Stirn, er schob sie zurück, lächelte immer noch.

»Es wird schon wieder, in ein paar Tagen können Sie auf Krücken gehen. Sie haben Glück gehabt, dass die Kugel nicht den Knochen oder gar die Arterie Ihres Oberschenkels durchschlagen hat.« Das Lächeln verschwand, die hohe, glatte Stirn des Arztes durchzogen plötzlich Falten. »Sie sollten dankbar sein, Shane.«

»Warum?«, hörte Shane seine eigene Stimme. Sie klang schwach und fremd.

Die Falten auf der Stirn des Arztes verschwanden. Und sein Gesicht bekam etwas Maskenhaftes. Der Arzt räusperte sich, holte Luft, atmete sie aus – Aufschub … »Ein Kollege wird Ihnen erklären …«, begann der Arzt.

Shane hörte schon nicht mehr hin. Er wusste es längst. Sie waren alle tot.

»Ich schicke jemanden …«, hörte er noch den Arzt sagen, dann versickerte die Stimme irgendwo in einer lautlosen Dunkelheit. Jack lebte nicht mehr. Jack, mit dem er nächtelang über Fälle gegrübelt, Verdächtige vernommen, Protokolle verfasst, Meetings durchgestanden hatte. Evans, der junge, immer gut gelaunte Kollege von der Spurensicherung, war tot. Hawkings, der nach Weihnachten heiraten wollte, war tot. Und was sagte der Arzt? Er sollte dankbar sein? Dankbar – wofür? Er wollte diese Last nicht tragen. Die Last, überlebt zu haben.

Der Erste, der ihn besuchte, war Pater Timothy, der Seelsorger. Ein Mann, der mit seiner großen, stämmigen Statur und seinen ruhigen, sparsamen Bewegungen Zuversicht und Vertrauenswürdigkeit ausstrahlte. Doch Shane fühlte nichts außer einem dumpfen Schmerz tief in seinem Innern.

Der Pater redete, hatte sich einen Stuhl ans Bett geschoben, doch Shane sah zum Fenster hinaus. Das obere Drittel war graublau. Den Mittelgrund füllte eine gelbliche Hauswand aus, und den Vordergrund beherrschte eine lichte Baumkrone. Es war Sommer und kurz vor Weihnachten. Kim, seine Exfrau, heiratete wieder. Wie fern das alles war. Nein, er hatte mit der Welt nichts mehr zu tun. Er wollte nicht mehr da hinaus. Nie mehr.

»Shane, Sie dürfen nicht verzweifeln …«

Sollte er sich in ein Streitgespräch stürzen, Pater Timothy sagen, dass er nicht den geringsten Sinn darin sah, überlebt zu haben? »Pater«, fiel Shane ihm irgendwann müde ins Wort, »ich bitte Sie um eins: Gehen Sie.«

Der Pater verstummte und unternahm auch keinen weiteren Versuch, weiterzureden, sondern sah ihn nur mitfühlend an. »Wenn Sie mich brauchen, dann sagen Sie Bescheid.«

Shane starrte ins Leere. Die Tür fiel ins Schloss. Jetzt war er wieder allein mit seinen Bildern und Erinnerungen.

Er sitzt mit Jack im Auto. Die Scheibenwischer schieben die Regentropfen weg, die Neonlichter der Läden und die Scheinwerfer der Autos leuchten bunt in der schwarzen Nacht. Jack redet über Gott, weil er sich seit einiger Zeit mit der Bibel beschäftigt. »Man braucht etwas, woran man glauben kann«, hat er vor ein paar Wochen erklärt.

»Kain erschlug seinen Bruder«, er hält an einer Ampel, »weil Gott dessen Opfer mehr beachtete als Kains. Was will uns Gott damit sagen?«

Shane gähnt. Er ist müde und antwortet nicht.

»Er will uns sagen: Seht her, ihr seid *nicht* alle gleich, und manche von euch schätze ich mehr als andere. Ich bin nicht gerecht! Gott ist willkürlich. Das ist die Wahrheit. Und wir sind seiner Willkür ausgeliefert.«

Na und?, denkt Shane, ob Gott oder das Schicksal willkürlich ist, ist letztlich egal, doch er sagt es nicht, weil Jack sowieso schon einen roten Kopf hat vor Erregung und weil er weiß, dass solche Gespräche zu nichts führen.

»Er ist ungerecht und grausam«, redet Jack weiter, »weil wir uns vom Teufel haben verführen lassen, der Schlange im Paradies. An diesem Apfelbissen – es soll ja eine Feige gewesen sein – haben wir immer noch zu kauen.«

Shane deutet auf die längst grüne Ampel.

»Soll ich dir was verraten, Shane«, sagt Jack, ohne auf die Ampel zu achten, »Gott hasst uns. Gott hasst seine eigenen Geschöpfe und damit sich selbst. Er ist gescheitert und konnte es nicht zugeben. Warum hat er denn nach der Sintflut nicht noch mal ganz von vorn angefangen? Warum hat er sein Werk doch hinüberretten müssen? Ich sage dir, er ist inkonsequent und eitel. Er hätte alles ersaufen lassen sollen. Alles! Und wir müssen nun seinen Selbsthass ertragen. Tag für Tag. Generation für Generation. Er hat seine Schuld auf uns abgeladen.«

Shane wehrte sich gegen die Erinnerungen, er wollte die Stimmen nicht mehr hören, die Bilder nicht mehr sehen. Er glaubte ihnen nicht, ihnen, die ihm einzureden versuchten, ihn träfe keine Schuld, er habe ganz einfach Glück gehabt. Er schluckte die Schmerztabletten, die auf seinem Nachttisch lagen.

Nach Pater Timothy besuchte ihn Detective Sergeant Al Marlowe, der Koordinator der Mordkommission. Als Gesicht war grau und zerknittert, innerhalb von zwei – oder waren es drei? – Tagen um Jahre gealtert. Sofort stiegen die Bilder des Abends wieder in Shane auf. Al Marlowes Geburtstagsparty im Pub.

Alle Kollegen waren guter Stimmung gewesen.

»Ich kann kaum glauben, dass unser Geburtstagskind zu Hause so miesepetrig sein soll!«, hatte Shane gesagt.

»Würde ich von dir auch nicht glauben!« Jack hatte schon eine schwere Zunge. Seine Augen in dem runden Gesicht mit der blanken Glatze, die während des langen Abends immer schmaler geworden waren, glänzten bierselig. Evans und Hawkings, die beiden Detectives von der Spurensicherung, grinsten. Sie hockten auf Barhockern und hatten seit Stunden ihre Arme auf den Tisch gestützt, als wären sie damit verwachsen. Plötzlich war Jack ernst geworden und hatte eine seltsame Frage gestellt.

»Wisst ihr, was wir alle gemeinsam haben? Jeder Polizist will ein Held sein.«

Hawkings hatte den Kopf geschüttelt. »Also, ich will kein Held sein. Helden sterben zu früh.«

Sie hatten schnell getrunken und nicht mehr viel geredet. Der Wirt und die Bedienungen sahen übermüdet aus, und die Bewegungen, mit denen sie Gläser abtrockneten, waren schwerfälliger geworden. Die Luft nur noch Teer und Nikotin, saurer Atem und Schweiß. Auf dem hölzernen Boden dunkle Bierpfützen. Die Musik war irgendwann verstummt.

Dann hatte jemand die Tür aufgestoßen.

Shane sah es wieder vor sich: Auf dem ausgedehnten, kaum beleuchteten Parkplatz standen nur drei Autos. Die meisten der Kollegen hatten sich von ihren Frauen bringen lassen oder gleich ein Taxi genommen.

Al und eine kleine Gruppe Kollegen torkelten durch den Eingang hinaus, und Al bot ihnen an, sie könnten im Taxi mitfahren.

»Danke, aber wir geh'n ein Stück zu Fuß«, hörte Shane sich sagen.

Ein orangefarbenes Taxi rollte fast lautlos aus der Dunkelheit heran und hielt direkt vor Al. »Ich sollte vielleicht mit euch kommen, ein bisschen Luft könnte mir auch nichts schaden.«

»Quatsch, Al«, jemand neben ihm riss den Schlag auf, »das Geburtstagskind fährt jetzt heim.«

Shane erinnerte sich, wie Al ergeben mit den Schultern zuckte und beim Einsteigen sagte: »Jungs, diese Party werd ich mein Leben nicht vergessen!«

Der Kollege warf die Tür zu, zwei andere stiegen hinten ein, dann fuhr der Wagen davon. Gleichzeitig bogen drei weitere Taxen auf den Parkplatz ein, die Männer kletterten hinein, Türen schlugen zu, die Taxen fuhren weg.

Am Pub war das Neonschild erloschen, und vor ihnen lag schwarz der geteerte Parkplatz. Wie ein Schleier fiel das schwache Licht einer einzelnen Laterne darauf.

»Also, kommt ihr jetzt?«, hatte Hawkings gesagt. Und dann waren sie losgegangen …

»Shane, ich weiß gar nicht …« Unter Als Augen hingen schwere Tränensäcke. Warum war er nicht einfach zu Hause geblieben?, dachte Shane.

Al schob sich langsam einen Stuhl ans Bett und setzte sich.

»Mein Gott, ich hab mir die ganze Zeit überlegt, was ich sagen soll … und jetzt …« Er stützte sein Gesicht in die Hände, und als er wieder aufblickte, waren seine Augen feucht. »Ich kann es einfach nicht begreifen. Jack, Evans, Hawkings – und einer der Männer im Hausflur …«

Sie starrten ins Leere und schwiegen. Als Anwesenheit zwang Shane Erinnerungen auf. Er wehrte sich dagegen, doch sie umzingelten ihn wie eine übermächtige Armee.

»Ein paar Stunden, nachdem Ann es erfahren hat, kam das Baby«, sagte Al.

Jacks Kind. Ann war erst im siebten Monat gewesen, er wollte nicht daran denken.

»Du weißt ja, wie die Ärzte sind, Shane ... sagen nie direkt, was Sache ist. Sie wissen nicht, ob es durchkommt.«

Al hob die breiten Schultern in seinem abgetragenen, unmodern gemusterten Jackett. »Ann ist hier, oben auf der Gynäkologie. Wenn du hier aus dem Bett kannst, dann ...«

»Ich will sie nicht besuchen! Wie kommst du auf einen so idiotischen Gedanken, Al! Sie muss mich hassen!«

Al sah Shane an. Die Falten um seine Mundwinkel gruben sich tief ins Fleisch und verliehen ihm mit der groben Nase einen brutalen Ausdruck. Auch er fühlt sich schuldig, dachte Shane.

»Shane, du bist der Letzte, der Jack gesehen hat. Vielleicht kannst du ihr erzählen, was Jack zuletzt gesagt hat oder worüber ihr an dem Abend gesprochen habt«, sagte Al eindringlich und beugte sich vor, »ihr wart jahrelang Partner. Du hast wahrscheinlich mehr Zeit mit ihm verbracht als Ann.«

Ja, damit hatte er sicher Recht. Trotzdem, er könnte Ann nicht in die Augen sehen. Warum er und nicht du?, würde sie denken, ganz sicher, und er könnte es ihr noch nicht einmal übel nehmen.

»Ich weiß nicht mehr, worüber wir an dem Abend gesprochen haben. Es war dummes Zeug, wir waren besoffen«, sagte er.

Al fuhr sich mit seinen mächtigen Händen über sein Gesicht. »Denk drüber nach, Shane, ich glaube, sie braucht dich.«

Shane spürte, wie ein kalter Schatten über ihn hinwegkroch. Wieder sprachen sie eine Weile nichts, bis Shane die einzige Frage stellte, die für ihn noch von Belang war. Die einzige wichtige Frage: »Al, sag mir: Warum ich? Wer braucht mich? Meine Exfrau heiratet in zwei Wochen einen großzügigen Mann, meine Tochter ist fast erwachsen, ich habe weder Hund noch Katze, auch keinen Papagei oder Kanarienvogel, keine Maus und keine weiße Ratte, nichts, nur eine trinkende Nachbarin, die mich vielleicht eine Woche lang vermissen würde, also, sag mir, verdammt noch mal, warum gerade ich? Warum habe ich überlebt?«

Al blickte zu Boden.

»Ich wäre beinahe mit euch gegangen, doch da hat mich einer ins Taxi geschoben.« Er seufzte und hob den Kopf. »Ich weiß es nicht, Shane, aber egal, ob du an einen Gott glaubst oder nicht, ich bin der Überzeugung, dass es irgendeinen Sinn gibt. Jeden Tag kann es einen erwischen. Uns Polizisten ganz besonders. Wir vergessen das immer.«

So hatte Shane ihn noch nie reden gehört. Normalerweise klopfte er einem auf die Schulter, sagte, das wird schon wieder, Junge, und redete nie vom Tod.

Al richtete sich auf. Seine Stimme klang wieder fest wie sonst. »Shane, sie warten alle darauf, diesen verdammten Hund zu jagen. Wir brauchen eine Beschreibung, einen Anhaltspunkt, ein Detail, irgendwas!«

Wie sehr hatte er sich schon damit gequält.

»Al, ich hab ihn nicht gesehen, er stand im Dunkeln. Aber Jack muss ihn gekannt haben, oder zumindest glaubte Jack das. Jack sagte etwas wie: *Bist du's wirklich, John ...*«

Al zog die Augenbrauen zusammen. Er stand auf und ging unruhig im Zimmer auf und ab, einen Meter zum Fenster, zwei Meter zur Tür. Dann drehte er sich um und sah Shane direkt in die Augen.

»Der Tote im Hauseingang ist identifiziert. Er heißt Darren Martin, arbeitete bei einem Catering-Service oben an der Sunshine Coast. Achtundzwanzig, ohne Familie, ohne Angehörige. Er hatte Drogen bei sich. Amphetamine. Ecstasy und Metamphetamine.«

Sie waren in einen Drogendeal geplatzt. In einen verdammten Drogendeal! Und deshalb hatten seine Kollegen sterben müssen!

Shane hatte sich in der Aufregung aufgerichtet. »Habt ihr nach einem John gesucht? Dieser John hat geschossen! Er ist der Mörder! Und Jack kannte ihn!« Ein scharfer Schmerz durchfuhr ihn, und er ließ sich wieder ins Kissen zurückfallen. Wie lange würde es dauern, bis er wieder hier rauskäme?

In Als Stirn gruben sich die Falten noch tiefer. »Suchen wir also nach einem John.« Er seufzte und starrte an die weiße Wand. Dann sagte er: »Wir haben übrigens bereits Darren Martins Apartment in Maroochydore untersucht. Leer. Nur Möbel, Wäsche, Geschirr. Absolut nichts Persönliches. Da war jemand schneller als wir.«

»Der Mörder?«

»Womöglich, ja.«

Al warf er einen schnellen Blick auf seine Armbanduhr und räusperte sich. »Shane, was ich dir noch sagen wollte …«

Shane wusste, es erwartete ihn etwas Unangenehmes.

»Man wird dich zu einer Anhörung laden. Routine, du weißt ja, sie wollen dann alles noch mal wissen, wie es abgelaufen ist und so.«

Das überraschte ihn nicht. »Wann?«

»Morgen Früh um neun.«

Nachdem Al gegangen war, sagte er sich immer wieder, dass es Routine war, dass man natürlich so schnell wie möglich über alle Einzelheiten des Falls informiert sein musste. Dennoch war er nervös. Sie verlangten von ihm, sich zu erinnern, den genauen Ablauf zu schildern, den Täter zu beschreiben, Größe, Haarfarbe, Kleidung – und er würde ihnen das alles nicht geben können. Sein Blick fiel auf den

Kartenstapel mit Genesungswünschen seiner Kollegen. Sie alle warteten ungeduldig darauf, den Mörder zu jagen. John. Ein verdammter John.

Und wer war Darren Martin?

In der Nacht dachte er an seine Kindheit. Wie sehr hatte er seinen Vater bewundert. Wenn er abends heimkam und von seinen Erlebnissen erzählte, waren das Abenteuer, die er auch erleben wollte. Natürlich wollte er auch Polizist werden. Ein Polizist war ein Held. Das hatte Jack auch gesagt. War Jack ein Held, weil er sich von dem Typen nicht hatte einschüchtern lassen – oder weil er im Kampf gestorben war? Bin ich ein Held, weil ich überlebt habe, oder bin ich gerade deshalb keiner? Bin ich Polizist geworden, weil ich ein Held sein wollte oder weil ich so sein wollte wie mein Vater? Und wenn mein Vater Verbrecher gewesen wäre …? Er starrte in die Dunkelheit und dachte an Anns und Jacks kleinen Sohn, der ums Überleben kämpfte. Warum?

Die verdammten Amphetamine! Zuerst, wenn man sie rauchte oder injizierte, erlebte man den Flash, doch das dauerte nur wenige Minuten. Dann folgte das High, das auch noch okay war und sechs bis acht Stunden anhielt, doch dann kam unausweichlich das niederschmetternde Low, die Depression, die man dann wieder mit neuem Stoff überwand. Nahm man Tabletten oder schnupfte man das Zeug, erlebte man zwar dasselbe High, aber nicht den intensiven Rush.

Man nahm es, weil man wach sein musste. Oder man wollte die sexuelle Lust und Aktivität steigern, die ganze Nacht feiern, im Büro ausdauernder sein als die Kollegen, andere wollten ihre Depression loswerden, oder AIDS-Kranke ihre krankheitsbedingte Müdigkeit. Manche wiederum wollten einfach Gewicht verlieren. Wie oft hatte er das alles schon gehört und miterlebt! Und dann wurden sie abhängig von diesem Rush und dem High. Der Crash musste unbedingt hinausgeschoben werden. Dieser Zustand, in dem man extrem reizbar und paranoid war. Langsam, aber sicher zerstörte man seinen Körper, sein zentrales Nervensystem, sein Gehirn. Warum waren sie nicht einfach an diesem verfluchten Hauseingang vorbeigegangen!

Er konnte es nicht lassen. Kaum war er mit dem Garten der Vermeers fertig – er hatte heute die riesigen Holunderbüsche schneiden müssen, da sie sich beklagt hatten, sie würden ihnen den Blick auf die Küste nehmen –, packte er hastig Motorsäge, Rechen und Besen auf den Hänger und fuhr los, ohne die übliche Einladung zum Eistee anzunehmen, die er sonst nie ausschlug.

Er war verrückt! Er konnte nicht mehr einschlafen, ohne an sie zu denken, an Chrissy, wie sie dastand, hinter dem Fenster, und auf ihn heruntersah.

Nur noch drei Querstraßen bis zu den Wagners. Josh warf einen Blick auf seine Uhr. Drei. Erica war zu dieser Zeit noch in ihrem Laden in Maroochydore, also könnte Chrissy das ausnutzen …

Die erste Querstraße. Aber wieso sollte sie ausgerechnet jetzt da sein, sich womöglich wieder mit einem Mann oder mit dem vom letzten Mal treffen?

Die zweite Querstraße. Und was wäre, wenn sie tatsächlich wieder da wäre? Würde er auch wieder hinaufsehen?

Die dritte Querstraße. Er bog nach rechts ein. Wie ruhig es hier war! Niemand war auf der Straße. Die Leute, die hier wohnten, saßen sicher auf der Terrasse und genossen ihr Leben, oder sie arbeiteten, um all das Geld zu verdienen, mit dem sie dann weitere Grundstücke kaufen konnten.

Er hielt an, direkt vor dem Haus, stieg aus, nahm die Motorsäge vom Anhänger und öffnete das Gartentor. Jeder, der ihn sah, würde denken, er sei bestellt und habe im Garten zu tun. Auch Chrissy würde das denken. Dennoch bemühte er sich, leise über die Seitenveranda hinunter in den Garten zu gehen. Er lauschte, wartete auf ein Geräusch aus dem Haus, doch es blieb still.

Er stand jetzt unten im Gras, legte die Motorsäge ab und riskierte einen Blick hinauf. Auf der Terrasse saß niemand. Sein Blick glitt weiter nach links, zum großen Fenster. Der helle Sessel, die Stehlampe, im Hintergrund eine Couch – aber wo war sie? Sein Herz schlug wild, und er spürte, wie ihm am ganzen Körper der Schweiß ausbrach und sich ein Kribbeln ausbreitete.

Warum war sie nicht da? Seine Kehle war trocken, und seine Zunge klebte am Gaumen. Noch immer starrte er auf das Fenster … Wenn sie jetzt käme, nur für wenige Augenblicke … dann könnte er einschlafen, dann wüsste er, warum er am nächsten Morgen wieder aufstehen würde, dann würde er wiederkommen … vielleicht würde er irgendwann mit ihr sprechen können und …

Er zuckte zusammen. Ein Vogelpaar kreischte im Baum hinter ihm und riss ihn aus seinen Fantasien. Wie betäubt schlich er aus dem Garten, verstaute die Motorsäge und fuhr heim.

Er musste Chrissy vergessen, sonst konnte er nicht weiterleben.

5

Pünktlich um neun Uhr schob ihn die Krankenschwester, eine kräftige Frau mit kurzen Beinen, zurück in sein Zimmer, das er für eine Untersuchung hatte verlassen müssen. Fünf Gesichter sahen ihn an. Er kannte sie alle, und von einem hatte er gehofft, es nie wieder sehen zu müssen.

»Guten Morgen, Shane!«, sagte Al.

Die anderen nickten. Sie hatten ihre Stühle zu einem Halbkreis aufgestellt, ganz rechts saß Maree, die Sekretärin, die ihm aus ihrem vollen Gesicht mit den roten Lippen aufmunternd zulächelte – sie hatte ihm eine besonders warmherzige Karte geschrieben, und er lächelte zurück –, neben ihr der Psychologe Dr. Nelson Drury, ein zierlicher Mann mit sanften braunen Augen und herabhängenden Mundwinkeln, die ihm etwas Leidendes verliehen, links von ihm Andrew Ward von der Drogenabteilung, Ende fünfzig mit sonnengegerbtem Gesicht und einem dichten Faltengitter auf der Stirn, in die seitlich das trotz seines Alters noch haselnussbraune und dichte Haar fiel. Neben Andrew Ward saß der Mann, den er nie wieder treffen wollte: Internal Affairs Officer Michael – Mick – Lanski. Sein zum Kinn hin spitz zulaufendes Gesicht war, seitdem er ihn vor zwei oder drei Jahren das letzte Mal gesehen hatte, schmaler geworden. Auch das dunkelblonde Haar wirkte lichter, war aber noch immer akkurat seitlich gescheitelt. Er wirkte gehetzt und überarbeitet, seine Haut war blass, als käme er nicht vom Schreibtisch weg. Doch seine Augen, bemerkte Shane, waren wie damals: grau und rastlos. Lanski hatte als Einziger das Jackett anbehalten, die anderen trugen Halbarmhemden und Maree eine gelbe Bluse. Shane blieb mit seinem Rollstuhl in der Öffnung des Halbkreises stehen.

Al versuchte ein aufmunterndes Lächeln. Für mich musst du dich nicht so verrenken, dachte Shane.

»Shane, wie du weißt, wird in solchen Fällen die Interne Abteilung eingeschaltet. Mick – Mick Lanski ist offiziell mit der Untersuchung betraut. Wir sind voll und ganz auf deine Hilfe angewiesen. Bitte, Shane, versuch dich zu erinnern, und berichte uns den Ablauf des Abends.«

Maree nickte ihm zu. Nelson Drury hüstelte, und Mick Lanski verschränkte die Arme vor der Brust. Shane dachte an den winzigen Jack in seinem Brutkasten, der vielleicht den Abend nicht mehr erleben würde, und an Ann, und er fragte sich, was es ändern würde, wenn man den Mörder fände. Aber er hatte eine Rechnung zu begleichen, und er begann zu berichten. Versuchte, das, was gesagt worden war, so exakt wie möglich wiederzugeben, und endete damit, wie er zu sich kam.

Einen Moment lang herrschte beklommene Stille, dann räusperte sich Andrew Ward, fuhr sich mit einer Hand über die Mundwinkel, als würde er seinen Schnauzer glatt streichen, den er seit ein paar Monaten, wie sich Shane erinnerte, nicht mehr hatte. »In der Drogenabteilung hatten wir keinen Darren Martin im Visier. Wir überprüfen gerade unsere Informanten, aber auf einen John, der infrage kommt, sind wir bisher noch nicht gestoßen.« Er ließ die Hände auf die Schenkel fallen, eine Geste der Ratlosigkeit. Sonst war Andrew nicht so leicht zu entmutigen, dachte Shane.

Mick Lanski hatte Shane die ganze Zeit mit versteinerter Miene angesehen. Jetzt verzog er das Gesicht zu einem Lächeln, gab seine abwehrende Haltung auf und formte mit seinen Händen ein Dreieck.

»Shane, wir alle wissen, wie schrecklich dieses Erlebnis war, dennoch muss auch die unangenehme Wahrheit ausgesprochen werden.«

Worauf spielt dieser Mistkerl an?, dachte Shane und bemerkte auch in den Gesichtern der anderen Irritation.

Lanski sprach weiter. Deutlich und gewöhnt, dass man ihm zuhörte. »Fakt ist: Ihr hattet alle ziemlich viel getrunken, nicht wahr?«

»Das sagte ich bereits.« Shane versuchte, sich seine aufsteigende Wut nicht anmerken zu lassen.

»Schön, das ist ja nicht verboten. Warum aber habt ihr euch dann in eine solche Gefahr begeben? Warum hat Jack den Polizisten gespielt?«

Jack, der ein Held sein wollte; Jack, der nach Anerkennung hungerte – nein, er würde seinen Partner nicht bloßstellen – und ganz sicher nicht vor Mick Lanski. Also sagte er: »Er war immer Polizist, auch nach Dienstschluss, wenn wir heimfuhren, hat er öfter angehalten und Verdächtige kontrolliert.«

»Und was war an diesen Männern verdächtig? Ihre bloße Anwesenheit etwa?« Mick sah ihn herausfordernd an.

»Ich weiß nicht, was Jack aufgefallen ist.« Es kostete ihn große Mühe, so ruhig zu bleiben.

»Nun, inzwischen wissen wir«, schaltete sich Andrew ein, »dass zumindest Darren Martin Drogen dabeihatte. Amphetamine, Ecstasy. Und zwar eine ganz beachtliche Menge. Straßenwert um die zwanzigtausend Dollar.«

Das war etwa ein halbes Kilo Pillen, überschlug Shane.

»Und ein halbes Kilo Metamphetamine«, fügte Andrew hinzu.

»Aber das konnte Jack doch nicht wissen.« Micks Augen blieben kalt.

Shane riss sich zusammen.

»Ich weiß es nicht, ich habe schon gesagt, dass ich nichts erkennen konnte, weil sie im Dunkeln standen.«

»Könnte es dann sein«, Mick ließ seinen Blick über die Gesichter der anderen Zuhörer gleiten, »dass Jack einfach seine Aggressionen rauslassen wollte? Alkohol macht aggressiv. Seine Frau erwartete das zweite Kind, es gab Stress, vielleicht wusste er, dass sie ihm Vorwürfe machen würde, weil er so spät nach Hause …?«

»Jack hat auch Verdächtige kontrolliert, wenn er nicht betrunken war!«

»Natürlich, Shane, das hast du bereits erwähnt.« Mick hielt die Hände noch immer in Dreieckform und tippte die Fingerspitzen gegeneinander. Auf einmal hielt er in seiner Bewegung inne. »Shane, mal ehrlich: Wärst *du* stehen geblieben, wenn du etwas Verdächtiges bemerkt hättest?«

Er ließ sich von Mick doch nicht provozieren! »Vielleicht. Wer weiß?«

»Du wärst also stehen geblieben, obwohl du wusstest, dass du zu viel getrunken hattest und viel zu langsam reagieren würdest, wenn es darauf ankäme? Du würdest nicht sagen, dass Jack unverantwortlich gehandelt hat? Ihr habt ihn doch zum Weitergehen bewegen wollen. Aber er hat nicht darauf gehört, sondern er hat leichtfertig sein und euer Leben aufs Spiel gesetzt!«

»Willst du Jack etwas anhängen? Er ist tot! Das scheinst du vergessen zu haben, Mick!«

Wenn Mick eine Konfrontation haben wollte, sollte er sie haben.

»Moment!«, ging Nelson Drury dazwischen. »Wir sollten die Angelegenheit nüchtern und sachlich erörtern.«

Andrew fuhr sich durchs Haar, dass es wirr von seinem Kopf abstand. Er schien sich auch nicht wohl zu fühlen.

Mick machte eine besänftigende Geste. »Selbstverständlich, Nelson.« Er räusperte sich. »Shane, könnte es nicht auch sein, dass einer von euch zuerst geschossen hat und der Mann sich wehren musste?« Mick sah in die Runde. »Soweit ich informiert bin, konnte diese Frage, wer zuerst geschossen hat, von der Spurensicherung und der Pathologie bisher nicht ausreichend geklärt werden, nicht wahr?«

Shane konnte seine Wut nun doch nicht mehr im Zaum halten. »Ich kann beschwören, dass es der Mann war, der zuerst zur Waffe gegriffen und gefeuert hat!«

»Shane!« Auch Mick war lauter geworden. »Darf ich dich erinnern, dass du gerade eben zugegeben hast – vorausgesetzt, ich habe das richtig verstanden –, dass du die Männer da im Hauseingang gar nicht gesehen hast, oder? Du hast demnach nur eine Stimme gehört. Ist das korrekt?«

»Ja.«

»Nun, wie kannst du dann behaupten, du hättest genau gesehen, dass er zuerst geschossen hat?«

Shane hätte aufspringen und Mick verprügeln können.

»Mick!« Das war Al. »Es sollte hier im Kreis klar sein, dass Shane nicht auf der Anklagebank sitzt.«

Andrew und Maree nickten nachdrücklich. Mick schüttelte den Kopf und lächelte. »Al, das behauptet ja auch keiner. Es geht lediglich darum, den Tathergang genau zu rekonstruieren, um den Täter zu finden und um gewappnet zu sein, wenn die Öffentlichkeit genau diese Art von Fragen stellen wird. Denn das wird sie. Und ich bin zuständig für interne Angelegenheiten!«

Al nickte. »Mick hat in dem Punkt Recht. Wenn es die Presse auf uns abgesehen hat, kann sie behaupten, wir hätten das Feuer auf harmlose Passanten eröffnet.«

Shane traute seinen Ohren nicht. »Bullshit! Harmlose Passanten, die eine Waffe haben und vier Menschen erschießen!«

»Dass wir uns nicht falsch verstehen, Shane«, sagte Mick scharf, »nicht Al behauptet das, sondern eventuell behauptet das die Presse. Es gab innerhalb der letzten sechs Monate drei Schießereien, bei denen Polizisten jemanden getötet haben. Die Öffentlichkeit ist schnell dabei, wenn es darum geht, der Polizei das Etikett *schießwütig* zu verpassen.«

Obwohl er Mick Recht geben musste, fühlte er sich im Kreuzfeuer, und seine toten Kollegen wurden dabei auch nicht geschont.

Al räusperte sich. »Shane, du hast gesagt, Jack hat einen der Männer John genannt.«

Bevor Shane antworten konnte, sagte Mick: »Nun, das dürfte tatsächlich ein Missverständnis gewesen sein. Wir haben seinen Bekanntenkreis durchkämmt. Da gibt es tatsächlich zwei Johns, aber einer von ihnen ist einundachtzig, und der andere ist nachweislich seit vier Wochen in London.«

»Jack hatte ein verdammt gutes Namens- und Personengedächtnis. Jack irrte sich nur selten.« Shane ließ sich nicht so schnell entmutigen.

»Shane«, begann Mick wieder, »aber war es nicht dunkel, und ihr wart alle betrunken? Unter diesen Umständen kann man doch mal versagen?«

Shane konnte und wollte seine Wut nicht mehr unterdrücken.

»So wie du, Mick? Damals am Hafen? Ich hätte dein Versagen beinahe nicht überlebt!«

Abruptes Schweigen. Micks Augen zuckten, und er schien noch blasser geworden zu sein. Shane hielt Micks Blick stand. Nein, er bereute nicht, was er gesagt hatte. Mick hätte ihn nicht so reizen dürfen.

Al räusperte sich. »Shane, wir sollten hier alle persönlichen Dinge herauslassen … aber ich denke, wenn auch Mick einverstanden ist, dass wir fürs Erste aufhören. Shane muss sich erholen. Und wir sind alle froh, dass wenigstens er überlebt hat.«

»Das sollten wir auch nicht vergessen.« Das kam von Mick.

Shane starrte ihn an. »Was willst du damit sagen, Mick?«

»Ja, Mick«, Al legte die Stirn in Falten, »was willst …«

»Nun, natürlich sind wir alle froh, dass wenigstens ein

Kollege überlebt hat. Aber ...«, Mick machte eine kurze Pause.

»Aber?«, sagte Shane in scharfem Ton. Er war kurz davor, zu explodieren. Und dann konnte er für nichts mehr garantieren. In der sekundenlangen Stille wagte niemand etwas zu sagen, bis Mick sich räusperte und triumphierend sagte: »Vielleicht war es ja gar kein Glück. Vielleicht *wollte* er, dass nur du überlebst, Shane.«

Shane brauchte einen Moment, bis er begriff, was Mick meinte. Er hätte ihn dafür umbringen können.

»Willst du etwa behaupten, ich hätte etwas mit den Morden zu tun?«

»Mick, das kannst du doch nicht ...«, sagte Al, doch Lanski schien ihn nicht zu hören.

»Ich behaupte gar nichts. Ich untersuche lediglich den Fall. Und ich untersuche ihn ohne Rücksicht auf irgendwelche verdammten Empfindlichkeiten!« Abrupt stand er auf, sagte noch etwas, das sich wie Auf Wiedersehen anhörte, und ging hinaus. Die anderen sahen ihm wortlos nach. Ganz plötzlich hatte Mick Lanski seine Haltung verloren.

»Ich will, dass ihr jetzt alle abhaut«, sagte Shane. Er konnte nicht mehr. Die Wut und das Gefühl, ohnmächtig zu sein, machten ihn fertig. Widerspruchslos standen alle auf.

Beim Hinausgehen legte Al Shane die Hand auf die Schulter, sah ihn an, wollte vielleicht etwas Aufmunterndes sagen, doch dann ging er nur mit einem Kopfnicken.

Die Krankenschwester kam und half Shane ins Bett. Die Schmerzen hatten wieder eingesetzt. Da hängte die Krankenschwester bereits die Infusion mit dem Schmerzmittel an. Sie lächelte ihn an, aufmunternd, hoffnungsvoll. Doch er hatte nur das Gefühl, für immer tatenlos in diesem Bett liegen bleiben zu müssen.

6

In den Weihnachtsferien wollte jeder zum Strand. Erst in den letzten Januartagen fiel Mooloolaba wieder in seinen Halbschlaf zurück, in dem es sich das übrige Jahr befand. In den Restaurants musste man nicht mehr um einen Platz anstehen, am Strand konnte man wieder auf seinem Handtuch die Arme ausstrecken, ohne gleich benachbarte Handtücher zu berühren, und einen Parkplatz fand man auch auf Anhieb, dachte Josh, während er im Stau stand und ungeduldig aufs Lenkrad trommelte. In seinem Wagen hatte er keine Aircondition, und so machte die von einem strahlend blauen Himmel brennende Sonne den Innenraum zu einem Backofen. Der Fahrtwind hätte wenigstens für ein bisschen Kühlung gesorgt.

Gestern Abend noch hatte ein Kunde angerufen und darum gebeten, den heutigen Termin zu verschieben, sodass er jetzt bis elf Uhr freihatte und ein paar Einkäufe erledigen konnte, bevor er in Buderim einen Garten für Weihnachten auf Vordermann bringen musste.

Obwohl die Strecke von seinem Haus bis zum Supermarkt unweit des Strandes höchstens drei Kilometer lang war, brauchte er doch zwanzig Minuten, da sich überall die Autos der Touristen drängten. Schließlich bog er auf den Parkplatz des Supermarktes *Coles* ein, hatte Glück und schlüpfte in eine gerade frei werdende Parklücke direkt vor dem Eingang, sodass ihm die Parkplatzsuche in der Tiefgarage erspart blieb. Zügig schob er den Einkaufswagen voran, griff gezielt in die Regale und stand wie geplant rasch wieder an der Kasse, wo er Glück hatte, denn alle Kassen waren jetzt in den geschäftigen Tagen vor Weihnachten besetzt, und er musste nicht lange warten.

Er zahlte, schob den voll beladenen Wagen zu seinem

Auto, schloss den Kofferraum auf, drehte sich zum Einkaufswagen – und sah sie: Chrissy. Der Wind blies ihr das kupferfarbene Haar ins Gesicht, das rote Strandkleid wehte um ihren Körper, der so leicht erschien wie der eines Schmetterlings. Die langen, weißen Beine dünn und zerbrechlich.

Sie blieb stehen und lächelte ihn aus großen, blauen Augen an. Endlos lange Zeit, so kam es ihm vor, standen sie sich schweigend gegenüber, in zwei Metern Abstand, sie im Strandkleid mit einer großen Wasserflasche im Arm, er mit einem Karton Hundefutterdosen in den Händen. Ihr Blick hatte etwas Herausforderndes. Plötzlich verengten sich ihre Augen, und ihr Lächeln gefror.

»Kennst du mich?«

»Ja-ja«, brachte er hervor, »ich glaube schon.« Ein hilfloses Grinsen klebte in seinem Gesicht.

Sie ließ ihren Blick an ihm hinuntergleiten.

»So.« Mehr sagte sie nicht.

Er hatte einen fatalen Fehler begangen. Sie hat wissen wollen, ob ich die Sache verschweige! Rasch versuchte er, die Situation zu retten.

»Ich meine … ich meine, nur flüchtig – von Fotos. Erica hat …«

»Meine Mutter hat keine Ahnung. Klar?«, fiel sie ihm ins Wort. Ihr Ton war messerscharf.

Hastig nickte er. »Ja, ich meine, natürlich nicht. Sicher …«

Ihr Lächeln kam plötzlich. »Na, prima. Ich heiße übrigens Chrissy.«

Noch nie hatte er bei einem Menschen einen so jähen Stimmungswechsel erlebt.

»Und du heißt Josh, oder?« Sie lächelte immer noch. »Puh, ist das heiß heute. Ich wollte zum Baden. Was ist mit dir? Hast du heute frei?«

»N-nein. Nein, ich meine, nur heute Morgen.« Er kam

sich vor wie ein Idiot. Wenigstens sollte er den dämlichen Karton abstellen, in den Einkaufswagen oder in den Kofferraum. Er entschied sich für den Kofferraum, hatte dann die Hände frei und wusste nicht, was er damit tun sollte, schließlich steckte er sie in die Taschen seiner bunt gestreiften Shorts.

»Also, ich geh jetzt jedenfalls zum Strand.« Sie legte den Kopf zurück. Ein Windstoß fuhr ihr durchs Haar, sodass es ihr Gesicht verdeckte. Josh betrachtete gebannt, wie sie aufreizend langsam mit ihrer schmalen, weißen Hand die Strähnen aus der Stirn strich. Als sie ihn wieder ansah, kam sie ihm eine Sekunde lang wie eine Puppe vor. Eine weiße, zerbrechliche Porzellanpuppe mit einem kleinen Mund und großen und hungrigen Augen.

»Ist es nicht zu voll?«, fragte er.

»Ist mir egal.«

Seine Hände in den Hosentaschen schwitzten, er zog sie heraus, ließ sie irgendwie herunterhängen, fühlte sich schrecklich.

»Ja, dann«, sagte er, »viel Spaß.« Das hatte er gar nicht sagen wollen. Nein, er hätte am liebsten gesagt: *Warte, ich komme mit!* Aber da war etwas, das ihm Angst machte.

»Wenn du jetzt freihast, kannst du ja mitkommen«, sagte sie, biss sich auf die Lippe, als habe sie etwas Unanständiges vorgeschlagen.

»Mit dir?«, sagte er viel zu laut, »Ich weiß nicht«, fügte er hastig hinzu, »ich meine, ich muss erst die Sachen nach Hause fahren, mein Hund wartet – und dann muss ich noch zu einem Kun…«

»Dann nicht.« Sie machte Anstalten zu gehen.

»Warte …!«

Sie drehte sich um und sah ihn spöttisch an.

»Ich meine«, hörte er sich sagen, »wir könnten uns ja vielleicht im *Coffee Club* treffen, um fünf, oder?«

Sie zuckte mit den Schultern. »Okay.« Das Lächeln stand unbeweglich auf ihrem Gesicht.

Als er nach Hause fuhr, spielte er immer wieder die Begegnung durch, sprach die Dialoge, variierte sie in der Tonlage, in der Wortwahl, bis er am Ende das unbestimmte, unangenehme Gefühl verdrängt hatte und zu der Überzeugung gekommen war, sie habe seinem Vorschlag nicht eher gleichgültig zugestimmt, sondern sehnsüchtig darauf gewartet.

Hastig lud er die Einkäufe aus, versorgte Garbo und fuhr zu dem Kunden in Buderim. Vier endlose Stunden lang sah er immer wieder auf die Uhr, weil er noch längst nicht alle Arbeiten erledigt hatte.

Als es dann endlich so weit war, lud er in Windeseile seine Ausrüstung in den Anhänger, fuhr nach Hause, fütterte Garbo, duschte, zog sich um, koppelte den Anhänger ab, sprang wieder in den Wagen und fuhr aufgeregt an die Promenade Mooloolabas, wo er gleich in einer Seitenstraße einen Parkplatz fand.

Er konnte es kaum fassen, dass er sich tatsächlich mit ihr traf. Seine Hände waren feucht und klebrig. Was würden sie reden? Warum hatte sie überhaupt seinem Vorschlag zugestimmt? Vielleicht – und bei dem Gedanken klopfte sein Herz schneller –, vielleicht wollte sie mit ihm schlafen? Aber was war mit diesem Mann? Er bog nach rechts in die Promenadenstraße ein und las die Namen der Restaurants und Cafés unter den Arkaden.

Die Menschen kehrten vom Strand zurück, von der Sonne gerötet, mit Luftmatratzen und Handtüchern unter dem Arm. Sie saßen in den Cafés und schlenderten durch die Arkaden, betrachteten die Schaufenster der Läden, begutachteten die T-Shirts und Kleider auf den Ständern vor den Mode- und Sportgeschäften. Da, da war er, der *Coffee Club.* Er ließ seinen Blick über die Tische und Stühle vor dem Café schweifen, suchte nach einem roten Kleid, nach kupferfarbenem Haar, nach ihrem Porzellangesicht, doch sie war nicht da. Als er auf die Uhr sah, stellte er fest, dass er fast zehn Minuten zu früh war. Kein Wunder, dass sie noch nicht da saß. Er warf einen Blick in das Café, nicht dass sie doch schon früher gekommen war und sich dort einen Platz gesucht hatte. Aber auch dort fand er sie nicht. Also wählte er einen Tisch draußen, einen am Rand, von dem aus man auf die Uferstraße und das Meer sehen konnte. Er setzte sich und wartete.

Als am Nachmittag die stämmige Krankenschwester das Teegeschirr abräumte, bat Shane sie, ihm in den Rollstuhl zu helfen. Überrascht sah sie ihn an.

»Wollen Sie spazieren fahren?«

Sonst hatte er eine schlagfertige Antwort parat, aber jetzt konnte er nur müde Ja sagen. Er hätte seinen Besuch vielleicht ankündigen sollen, fiel ihm ein, als er sich ächzend in den Rollstuhl setzte. Verdammt, tat das weh! Er überlegte noch immer, ob es eine Art Pflichterfüllung war, die er sich auferlegt hatte, oder ob er sein Gewissen beruhigen und ihre Absolution erhalten wollte. Egal – der Gedanke hatte ihn einfach nicht mehr losgelassen, und er würde dieses Krankenhaus nicht verlassen können, bevor er nicht Ann aufgesucht hätte.

Die Krankenschwester begleitete ihn bis vor Anns Tür, dann ließ sie ihn allein. Er klopfte. Eine dünne Stimme rief: »Ja?«

Er machte die Tür auf und rollte ins Zimmer. Ann lag im Bett. Das dauergewellte, rötlich blonde, halblange Haar klebte an ihrem länglichen Gesicht. Aus verquollenen Augen sah sie ihn erschrocken an.

»Ich wollte dich vorher anrufen«, sagte er. »Aber dann dachte ich doch, dass ich gleich selber vorbeikomme.« Warum hatte er nicht einfach gesagt: Es tut mir Leid ...?

Sie ließ sich wieder ins Kissen zurückfallen und starrte geradeaus an die Wand. Was sollte er tun, wenn sie nichts sagte? Wieder gehen, wegrollen in seinem Rollstuhl?

»Es tut mir Leid, Ann.«

Sie schwieg. Plötzlich fuhr sie ihn an: »Was tut dir Leid, Shane?«

Dass du lebst und er tot ist, ergänzte er für sich. Er hätte doch nicht vorbeikommen sollen. Jedenfalls nicht so bald. Vielleicht hätte er ihr eine Karte schreiben sollen. Was hatte er denn erwartet? Dass sie ihm um den Hals fiel, froh, dass wenigstens *er* noch lebte? Ja, dachte er, das habe ich erwartet.

»Ann, ich wollte dir sagen, wenn du Hilfe brauchst ...«

»Danke, ich schaff das alles allein.«

Die Worte einer störrischen Farmersfrau, dachte er. Er erinnerte sich, wie Jack ihm erzählt hatte, sie habe einen Großteil ihrer Kindheit bei ihren Großeltern auf einer großen Farm hinter Charleville verbracht.

»Ann, ich verstehe, wie du dich fühlst ...«

»Nein!« Sie fuhr im Bett auf. »Du verstehst gar nichts! Warum hast du nichts unternommen, Shane? Warum hast du Jack sich mit diesen Männern streiten lassen?«

Ihre eben noch wutverzerrten Gesichtszüge erschlafften, und langsam legte sie sich ins Kissen zurück. »Bitte geh, Shane.«

Sie hat Recht, dachte er. »Er hat sich sehr auf das Baby gefreut, Ann«, sagte er noch. »Er hat an dem Abend immer wieder von dir und dem Baby gesprochen.« Ohne eine Erwiderung zu erwarten, drehte er den Rollstuhl zur Tür. Er konnte sie verstehen. Sie brauchte Zeit.

»Shane!«

Er sah sie an. Ihre Lippen zitterten.

»Es tut mir Leid«, flüsterte sie.

Er rollte ans Bett und nahm ihre Hand. Sie krallte ihre Finger hinein und weinte. Er hatte das Gefühl, als weine sie auch für ihn, weil er es nicht konnte.

»Ich hatte eine Frühgeburt, acht Wochen zu früh.« Sie wischte sich die Tränen ab. »Vielleicht überlebt er den Tag heute nicht.«

Konnte ein Mensch so viel Leid auf einmal ertragen? Hatte Pater Timothy auch Ann versichert, alles habe einen Sinn? Ihre Hand war feucht und kalt.

»Willst du ihn sehen?«, fragte sie auf einmal.

Er war überrascht über ihr plötzliches Vertrauen. »Ja«, sagte er.

Sie ließ seine Hand los, stieg aus dem Bett und zog ihren Bademantel an.

Es war ein seltsames Gefühl, von ihr, einer Frau, die ihren Mann verloren hatte und um das Überleben ihres zweiten Kindes bangte, im Rollstuhl geschoben zu werden; und er war erleichtert, als sie auf der Säuglingsintensivstation vor der großen Scheibe angekommen waren, durch die hindurch man die verkabelten gläsernen Kästen sehen konnte, in denen die winzigen Babys lagen.

»Der Zweite von links«, sagte sie.

Shane betrachtete eine Weile das rötlich braune, feingliedrige menschliche Wesen mit dem schwarzen Haar, das zu schlafen schien. Jack stand auf dem Klebeband.

»Hi, Ann!« Eine Krankenschwester war vor ihnen stehen geblieben und strahlte Ann aus einem sommersprossigen Gesicht an. »Er hat viel Kraft, Ann!« Dann fiel ihr Blick auf Shane, doch sie sagte nichts, lächelte ihn nur an. Ob sie wusste, wer er war? Hielt sie ihn für schuldig?

Sie berührte kurz Anns Arm, dann nickte sie ihnen zu und ging.

»Jack wollte, dass er Paul heißt, wie sein Vater«, sagte Ann. »Aber ich habe ihn Jack genannt.«

Seine Kehle schnürte sich zu. »Jack, ja. Das ist ein guter Name.« Er konnte das alles nicht mehr ertragen. Es wurde zu viel. Zu viel Leid. Zu viel Hoffnung. Zu viel Schmerz. »Ann, ich muss zurück, eine Untersuchung ...«

Sie nickte rasch, warf einen letzten Blick zu Jack und schob Shane zurück in den Aufzug. Sie stand hinter ihm, und er starrte an die metallene Wand, auf der sie sich schemenhaft und verzerrt spiegelten.

»Vor ein paar Wochen war ich mit einer Freundin auf einem Flohmarkt«, fing sie an, »sie hat mich überredet, für Jack ein Jahreshoroskop erstellen zu lassen. Männer sind doch immer so unergründlich, meinte sie.« Sie schluckte. »Aber dass er bald ermordet werden würde, hat die Astrologin nicht gesagt.«

In dem Moment ging die Tür auf. Sie waren auf Anns Station angekommen.

Sie zögerte. »Besuchst du mich wieder?«

»Ja.«

»Danke«, sagte sie kaum hörbar und schlüpfte hinaus. Die Türen schlossen sich hinter ihr, und er fühlte sich beklommen.

Immer und immer wieder lief derselbe Film vor ihm ab: der Gang durch die dunklen Straßen, die Witze, die Abkürzung, das Schaufenster des Internetcafés, das schwarze Rechteck des Hauseingangs, vor dem Jack stehen blieb ... Sie hätten Jack einfach weiterziehen sollen. Er trug die Schuld. Und das Glück, überlebt zu haben, hatte einen Preis.

Josh fuhr durch das stille Straßenlabyrinth, durch eine seltsame Welt aus leuchtenden und blinkenden Rentieren, Nikoläusen und Weihnachtskugeln, mit denen die Bewohner ihre Häuser und Vorgärten dekoriert hatten. Sie war nicht gekommen. Eine Stunde lang hatte er an dem Tisch im *Coffee Club* gesessen und gewartet, immer wieder den Hals gereckt, um sich zu versichern, dass sie nicht doch drinnen saß und ungeduldig auf ihn wartete. Irgendwann hatte er ein Mineralwasser bestellt. Vielleicht hatte sie versucht, ihn zu erreichen, und ihn, da er zu früh losgefahren war, verpasst? Oder hatte sie ihn missverstanden und den nächsten Nachmittag gemeint? Oder war ihr etwas zugestoßen? Ein Unfall? Oder – oder hatte sie etwas Besseres vor? Mit diesem Mann? Als er aufstand und ging, war sein Glas noch halb voll. Er setzte sich ins Auto und fuhr einfach los. Ziellos. Wie er es öfter tat, wenn er nicht wusste, was er mit sich und seinem Leben anfangen sollte. Als er das Schild Marcoola Beach las, bog er ab, fuhr an den Strand und setzte sich in den Sand, der inzwischen abgekühlt war. Er starrte aufs Meer, auf die heranrollenden Wellen, die sich vor dem Strand schaumspritzend brachen; er sah einer Schar Möwen zu, die aufflog, sich vom Wind treiben ließ und sanft an einer anderen Stelle landete; er beobachtete den Himmel, über den Wolken zogen, erst orangefarbene, dann braune und gelbe und schließlich dunkelgraue, die manchmal weiße Ränder bekamen, wenn sie in die Nähe des Mondes kamen.

Wie hatte er auch nur einen Moment annehmen können, dass sie sich mit ihm treffen würde? Wie lächerlich er doch war. Ganz sicher war sie mit diesem Mann zusammen. Wieder erschienen die Bilder vor ihm: sie nackt über die Sessellehne gebeugt, der Mann hinter ihr …

Warum brachte er es nicht fertig, ein normales Mädchen anzusprechen? Eine, die so war wie er?

Irgendwann hatte er angefangen zu frieren. Da war er nach Hause gefahren.

Er konnte lange nicht einschlafen, während Garbo wie immer in vertrauensvoller Entspannung schwer auf seinen Füßen lag und zufrieden schnarchte. Sicher, dachte er, sicher hat sie sich über mich lustig gemacht. Und ihm fiel wieder der Vogel ein, der vor Garbos Attacke aufgeflogen war und ihn zu verhöhnen schien. Wie gut er das kannte. Sich lustig machen. Sein Vater hatte sich über ihn lustig gemacht. Als er noch ein Kind war, wollte ihn sein Vater öfter zum Surfen mit hinausnehmen, doch er hatte sich immer dagegen gewehrt, weil er Angst hatte. Angst vor der unbekannten Tiefe des Wassers, Angst, von irgendetwas hinuntergezogen und verschlungen zu werden. Er hatte geheult, und sein Vater hatte ihn jedes Mal ausgelacht, bis seine Mutter ihm verboten hatte, je wieder vom Surfen zu reden. Feigling, hatte sein Vater gesagt, Heulsuse! Du bist genau so wie mein Bruder Bert. Der hat sich auch nichts getraut im Leben. Und wo ist er heute? Im Gefängnis, weil er sich selbst nichts getraut und sich lieber auf andere verlassen hat.

Josh wurde übel. Auf einmal fühlte er sich mutterseelenallein. Er stand auf und schob die Tür auf, die vom Schlafzimmer in den Garten führte. Wie ein schwarzer Schlund lag der Garten vor ihm. Er zog die Tür wieder zu. Seine Haut fühlte sich klebrig an. Da, wie aus dem Nichts tauchte ihr Bild wieder auf. Ihr weißer Körper an der Fensterscheibe. Ihre hungrigen großen Augen. Ihr Blick war in seine Netzhaut eingebrannt. Ich muss sie vergessen, dachte er. Bevor es zu spät ist.

7

Am nächsten Morgen verließ Shane auf eigene Verantwortung das Krankenhaus.

»Ich würde Ihnen empfehlen, noch hier zu bleiben. Haben Sie denn jemanden, der für Sie sorgt?«, hatte der Arzt gefragt.

»Ja«, hatte er gelogen.

»Ich kann Sie nicht zwingen, kommen Sie übermorgen zur Kontrolle, dann gebe ich Ihnen die Unterlagen mit für Ihren betreuenden Arzt. Wie steht's mit den Schmerzen?«

»Geben Sie mir was zum Vergessen. Oder ein neues Leben ohne Erinnerung«, hatte er geantwortet.

Der Arzt hatte geseufzt und ihm das Formular hingeschoben.

Jetzt mühte sich Shane auf Krücken zum Aufzug. Eine Krankenschwester trug ihm die Tasche mit seiner Wäsche und begleitete ihn bis zum Taxi. Sein Bein schmerzte trotz der Tabletten, die er eingenommen hatte. Er war es nicht gewöhnt, an Krücken zu gehen, und als er endlich vorne im Taxi saß, war er schweißgebadet.

»Rechtzeitig zum Weihnachtsurlaub, was?«, sagte der Taxifahrer mit einem Augenzwinkern. »Erspart Ihnen die lästigen Weihnachtseinkäufe, was? Na, ist bei der Hitze allerdings auch kein Vergnügen, ich meine, Ihr Verband da.«

»Macht es Ihnen was aus, loszufahren?«, brummte Shane.

Der Taxifahrer lachte. »Mann, Sie haben denselben Humor wie mein Schwager!«

Shane fragte nicht weiter.

Während der Fahrt grinste der Fahrer ein paarmal zu

ihm herüber und schüttelte den Kopf. Shane blickte auf die Straße, die jetzt, um kurz nach zwölf mittags, genauso belebt war wie morgens, wenn die Büros öffneten. Männer und Frauen in grauen und schwarzen Anzügen suchten für den Lunch Restaurants oder Cafés auf, andere eilten, ein Sandwich essend, wieder zurück zu ihrem Arbeitsplatz. Auf einer Anzeigetafel sah er, dass zweiunddreißig Grad im Schatten herrschten, von denen er im Taxi zum Glück wenig mitbekam. Sie kamen langsam voran. Immer wieder musste der Fahrer bremsen, sich einreihen in lange Autoschlangen, die langsam von einer Ampel zur anderen krochen.

Schließlich hielt der Taxifahrer am Rückeingang des siebenstöckigen Apartmenthauses am Brisbane River, trug Shanes Tasche und hielt ihm die Tür zum Aufzug auf.

»Gute Besserung für Sie!«, sagte er. »Und lassen Sie sich nicht unterkriegen!«

»Grüßen Sie Ihren Schwager«, sagte Shane.

Der Taxifahrer lachte und ging. Die Türen schlossen sich. Wie soll ich eigentlich einkaufen?, dachte er, doch da war er schon oben in seinem Stockwerk angekommen.

Shane schloss sein Apartment auf, hob die Tasche hinein, schaffte es, die Verandatür aufzuschieben, und ließ sich erschöpft in den Sessel sinken, der direkt im Windzug stand. Er war zu Hause. Sein Bein brannte, und er fühlte sich müde. Er brauchte einen Drink. Also machte er sich wieder auf den Weg. Auf den weiten Weg zur Küche. Noch nie war ihm die Distanz zur Küche so groß erschienen. In der Küche roch es muffig. Er schob das Fenster auf und goss sich einen Whisky aus der neuen Flasche ein, die er sich vor einer Woche gekauft hatte. Er kippte das Glas hinunter, goss nach, klemmte die Flasche in den Hosenbund und hinkte mit dem Glas in der einen und der Krücke in der anderen Hand zurück zum Sessel. Er legte beide Beine hoch und schaltete den Fernseher ein. Er musste zur Ruhe kommen. Musste überlegen, wie er weiter vorgehen sollte.

Als es dunkel wurde und er statt des Himmels sich selbst in der Scheibe sah, griff er zum schnurlosen Telefon auf dem Tisch und rief Ann an. Jack hatte wieder einen Tag überlebt. Er trank weiter Whisky, obwohl er wusste, dass er ihm nicht gut tat. Und schon überfielen sie ihn, die Träume, besetzten sein Hirn, löschten alle anderen Bilder aus, sodass es nur noch diese eine Erinnerung gab und sonst nichts mehr. Sein ganzes Leben zu dieser einen Samstagnacht zusammengeschmolzen. Seine ganze Existenz war auf diesen einen Moment hin angelegt. Es war sein Schicksal, vorbestimmt, von seiner Geburt an, nein, noch früher … Die Scheidung von Kim, die Trennung von ihr und seiner Tochter Pam bekam plötzlich einen Sinn … Alles folgte einem Plan. Er goss nach. Der Plan Gottes. Ihn traf keine Schuld. Er war dazu bestimmt, weiterzuleben. Warum? Weil für ihn ein anderes Ende vorausbestimmt war. Die Flasche war fast leer. Wie wunderbar, dachte er und fühlte sich aufgehoben in seinem ganz persönlichen, für ihn ausgewählten und vorbestimmten Schicksal. Ein warmer Schauer überlief ihn.

Um drei Uhr wachte er schweißgebadet und mit rasendem Herzen auf. Jetzt zahlte er den Preis für seine wunderbaren Erkenntnisse, die ihm nur noch wie billige Flunkereien vorkamen. Warum fiel er immer wieder auf den Whisky und seine bernsteinfarbene Verheißung herein? Er war wieder dort gewesen, in der Straße, er hatte die Stimmen gehört, den Mond gesehen, die Wolke, die sich vor ihn schob, und dann kam der Schuss, und er zog, schoss zurück, hörte die

Kugeln pfeifen und mit einem metallischen Klick aufs Pflaster prasseln, er wurde durchsiebt, und überall war Blut …

Wütend hievte er sich aus dem Sessel, humpelte mit den Krücken zur Balkontür und ging hinaus. Wie gut die Luft tat. Nirgendwo brannten Lichter. Niemand würde es bemerken, wenn er auf die Brüstung klettern und sich hinunterstürzen würde. Seltsam, aber diese Vorstellung, unbeobachtet zu sein, beruhigte ihn. Am Morgen würde ihn jemand finden, unten, im kleinen umzäunten Garten, neben dem Pool. Es wäre einfach geschehen. Er atmete die feuchtkühle Luft ein und ließ seinen Blick über den pechschwarzen Fluss gleiten. Sein Leben war ein anderes geworden.

Er musste beim Fernsehen eingeschlafen sein, denn warme Sonnenstrahlen weckten ihn, und er bemerkte, dass der Fernseher noch immer lief. Eine blonde Moderatorin verlas fremdsprachige Nachrichten. Er schaltete ab. Einen Augenblick lang glaubte er, dass er damit auch seine Bilder im Kopf abschalten würde. Doch sie wurden wieder deutlicher, schärfer, farbiger und lauter. Jetzt hörte er die Schüsse, das Klirren der Hülsen auf dem Asphalt, das dumpfe Fallen der Körper. Telefonklingeln erlöste ihn aus dem Albtraum. Rasch blickte er sich um, er hatte das Telefon auf die Ladestation gelegt, die auf dem Regal zwischen Küche und Veranda stand. Er bückte sich, hob die Krücken vom Boden auf und wuchtete sich aus dem Sessel.

Detective Tamara Thompson meldete sich aus Adelaide, wo sie ihre Eltern besuchte. Mit Entsetzen hatte sie gehört, was geschehen war. Hätte sie nur zwei Tage später Urlaub genommen, wäre auch sie auf Al Marlowes Party gewesen, und vielleicht wäre sie mit ihnen durch die nächtlichen Straßen gegangen. Shane war sicher, dass ihr genau das durch den Kopf gegangen war.

»Kommst du zurecht?«, fragte sie.

»Nein.«

»Aha. Und wer kümmert sich um dich?«

»Ich.«

»Und wo ist Eliza?«

Sie rührte an seinen wunden Punkt. Eliza, Dr. Eliza Lee, die Gerichtsmedizinerin. »Sie ist mit ihrer neuen Flamme auf den Fidschis.« Er sagte es bitterer als beabsichtigt.

»Ach, Shane, du hättest im Krankenhaus bleiben sollen.«

»Wie ist es in Adelaide?«, lenkte er ab.

»Langweilig.«

»Ich fehle dir, oder?«

»Nein. So schlecht kann es dir nicht gehen, du bist immer noch ein Chauvi.«

»Mir ist das Lachen vergangen, Tamara.«

Sie zögerte einen Moment. »Weiß man schon was über den Täter?«

»Der einzige Zeuge hat ihn nicht gesehen.«

»Der einzige Zeuge?«

»Ja, ich.«

»Sie werden ihn finden, Shane, bestimmt.«

»Ja.«

»Ach, Shane?«

»Ja?«

»Du hast doch nicht vor, auf eigene Faust …?«

»Wie kommst du darauf? Du kennst mich doch.«

»Eben drum.«

»Du hast mich in meinem momentanen Zustand noch nicht gesehen, Tamara.«

»Ich besuche dich, sobald ich zurück bin.«

»Ja, wir machen einen drauf.«

»Shane?«

»Ja?«

»Ist dir klar, dass du in Gefahr sein könntest? Du bist der einzige Zeuge?«

»Ja.«

»Also, pass auf dich auf.«

Als er auflegte, fragte er sich, was mit Tamara los war. Sie redete doch sonst nicht so mit ihm. Nicht so knapp und kalt. Stand sie unter Schock, weil auch sie unter den Toten hätte sein können?

Er humpelte in die Küche, um sich einen Kaffee zu machen. Während der Kaffee durchlief, ging er ins Schlafzimmer, zog die Nachttischschublade auf und griff nach der Walther, seiner Ersatzwaffe. Seine Hand zuckte, als sie das kalte Metall berührte. Die Bilder der schrecklichen Nacht drängten sich auf, er konnte nichts dagegen tun. Er sah sie, auch wenn er die Augen schloss. Er hörte das Explodieren der Schüsse, er sah die toten Körper, Jacks Jacke, auf der er lag, als er wieder zu sich gekommen war. Er roch Jacks Rasierwasser …

Durchatmen, befahl er sich. Die Nerven behalten. Das Metall wurde warm und feucht. Er ließ das Magazin herausgleiten, kontrollierte es, schob es wieder zurück. Das Klacken kannte er so gut, aber noch nie hatte ihn dabei ein Schauer überfallen. Schweiß lief ihm in die Augen und brannte. Jetzt nicht schlappmachen, jetzt nicht nachdenken. Er kleidete sich mühsam an, legte sein Schulterhalfter an und steckte die Waffe hinein. Dann zog er. Er zog und zielte. Steckte die Waffe wieder zurück. Entspannte sich. Und zog und zielte. Das wiederholte er so lange, bis das Zittern fast verschwunden war. Dann zog er ein leichtes Jackett über und bestellte ein Taxi. Er musste zum Tatort, auch wenn er sich davor fürchtete.

Der Taxifahrer, ein gedrungener Mann mit stark behaarten, dicken Beinen, hielt ihm die Beifahrertür auf, während er sich behutsam, als wäre sein ganzer Körper ein rohes Ei, das beim geringsten Widerstand zerbrechen und auslaufen könnte, auf dem Beifahrersitz niederließ.

»Geben Sie die Dinger her«, sagte der Taxifahrer und zeigte auf die Krücken.

Erleichtert gab Shane sie ihm, er hatte vorher nie am eigenen Leib erfahren, was es bedeutete, im Alltag auf Hilfe angewiesen zu sein. Der Fahrer verstaute sie im Kofferraum und stieg dann ein.

»Wohin soll's gehen?«

»Gordon Street.«

Der Fahrer sah ihn erschrocken an. »Dort war letzte Woche eine Schießerei! Wissen Sie das?«

»Nein.« Er wollte nicht wie eine Sensation auf dem Jahrmarkt angestarrt, bewundert oder bedauert werden. Seine knappe Antwort ermutigte den Taxifahrer nicht zu weiteren Fragen, beleidigt verstummte der, drehte das Radio auf und fuhr schweigend los.

Der Sprecher kündigte für den Nachmittag Sturm und Gewitter an. Am Himmel konnte Shane schon die ersten Vorzeichen sehen. Weiße Wolkenberge warteten am Horizont, und der Wind hatte die Oberfläche des Flusses, an dem sie eben entlangfuhren, aufgeraut, dass sie aussah wie ein Waschbrett.

Als der Wagen nach einer Viertelstunde an der Ampel nach links in die Gordon Street einbog, verlangsamte der Fahrer das Tempo. Obwohl im Tageslicht alles anders aussah, konnte sich Shane doch erinnern, wie sie an dieser Ecke in die Straße eingebogen sein mussten. Die Stelle, an der es geschehen war, lag höchstens hundert Meter weiter.

»Halten Sie hier, bitte.«

Der Fahrer fuhr an den Bordstein. Shane zahlte, gab ein

Trinkgeld, weil der Fahrer sich um die Krücken kümmerte, stieg aus und warf die Tür zu. Der Wagen drehte und bog bei der schon auf Rot umgesprungenen Ampel ab. Der Taxifahrer hatte es offenbar eilig, wegzukommen.

Shane sah die Straße hinauf. Wie anders hatte er den Anblick in seinem Gedächtnis gespeichert. Jedes Mal, wenn er sich den Abend in Erinnerung rief, war die Straße dunkler und enger geworden. Die Fassaden waren allesamt grau oder dunkelbraun, schroff und hoch, so hoch, dass sie bedrohlich wankten und drohten, zusammenzustürzen und die Straße unter sich zu begraben. Doch nichts davon entsprach dem Bild, das sich ihm jetzt, an einem Donnerstag, um elf Uhr vormittags, bot. Die Wolken waren noch in weiter Ferne, die Sonne schien von einem blauen Himmel und ließ die Häuser der einen Straßenseite in freundlichen Farben leuchten. Die andere Seite war in kühlen Schatten getaucht, der jedoch keineswegs beängstigend wirkte. So heruntergekommen, wie er geglaubt hatte, waren die Häuser gar nicht. Manche hätten einen neuen Anstrich vertragen, aber sie machten keinen vernachlässigten oder baufälligen Eindruck. Die meisten Gebäude waren dreigeschossige Flachbauten, Bürogebäude und Wohnhäuser, vor denen Autos parkten. Er humpelte langsam, auf seine Krücken gestützt, voran. Neben einer Haustür waren untereinander drei Schilder angebracht. Ein Import-Export-Büro, ein Schreibbüro, eine Psychotherapie-Praxis. Am nächsten Haus hing das Schild eines Arztes für Chiropraktik, auf dem die Sprechzeiten genannt wurden. Dann folgte in einem Haus mit dunkelviolettem Anstrich ein Musikstudio. Auch auf der anderen Straßenseite konnte er Firmenschilder erkennen. Der Hauseingang, an dem es geschehen war, lag nur noch zwanzig oder dreißig Meter entfernt. Mit jedem Schritt wurde er langsamer, als ob sich seine Beine weigerten, ihn dorthin zu bringen. Immer schwerer fiel es ihm, sich auf den Krücken abzustützen, seine Oberarme, an denen die Krücken rieben, schmerzten, und die Wunde in seinem Bein pochte. Wie heiß es doch war. Aus jeder Pore seiner Haut trat Schweiß. Sein Mund und seine Kehle waren ausgetrocknet und die Handflächen so nass, dass sie auf den Griffen der Krücken abrutschten. Schritt für Schritt, Meter für Meter kämpfte er sich vorwärts, gegen den Willen seines Körpers und gegen die Angst, die Begegnung nicht aushalten zu können. Aber er musste weiter. Er hatte es sich vorgenommen. Nur so konnte er sich vielleicht an etwas erinnern, das ihm helfen könnte, den Mörder seiner Kollegen zu finden. Also hinkte er weiter, setzte erst die Krücken auf, zog dann das gesunde Bein nach, hielt das verletzte Bein leicht angewinkelt. Wie ein Kriegsheimkehrer fühlte er sich, ein Invalide, der nach Hause zurückkommt, mit den Bildern vom Krieg im Kopf und den Erinnerungen, wie es zu Hause gewesen ist. Mit jedem Schritt, mit dem der Heimkehrer sich seinem Zuhause nähert, steigt die Ungewissheit, was er vorfinden wird, was geblieben ist und was sich verändert hat. Und mit jedem Schritt fühlte Shane sich schuldiger. Hier war das Schaufenster des Internetshops. Zu viert waren sie nebeneinanderher gegangen. Der Bürgersteig war breit. Noch drei, vier Schritte. Hier hatte Jack etwas gesehen. Was? Aufglimmende Zigaretten? Hatte die Spurensicherung dort etwas gefunden? Vielleicht war Jack durch die Zigaretten aufmerksam geworden? Er sah zu dem nach hinten versetzten Hauseingang. Hinkte näher. Genau hier hatte ihn die Kugel erwischt. Auf dem Asphalt konnte er noch Kreidespuren erkennen, verwischte Umrisse liegender Körper. Das da war Jack, dachte er, und das, das war ich …

Er hob den Kopf und entdeckte zwei vertrocknete rote Rosen neben den beiden Stufen vor dem Eingang, und er dachte an Ann und an die Frau von Evans und die Freundin von Hawkings, die ihn heiraten wollte. Wenn der Schütze dreißig Zentimeter höher gezielt hätte, hätte sein Leben auch hier geendet, hier, in dieser ruhigen Bürostraße, die so friedlich und harmlos wirkte. Oft strahlten Orte, an denen ein Unglück geschehen war, danach eine besondere Harmlosigkeit aus, das machte sie noch erschreckender, denn bewiesen sie damit nicht, dass Harmlosigkeit nur ein Trugbild war?

Ein paarmal atmete er tief durch, dann hatte er sich wieder unter Kontrolle und ging langsam auf den Eingang zu. Am grauen Verputz der Fassade bemerkte er zwei längliche Tafeln aus weißem Kunststoff. Er ging noch ein wenig näher, bis er die Aufschrift lesen konnte. *Dr. P. M. Idries, Rechtsanwalt* stand auf dem unteren und darüber: *Artconcept – Agentur für Kunst.*

Am Eingang, neben den Klingelknöpfen, befanden sich auf einer verkratzten Metallverblendung zwei weitere Namensschilder. Hatten die beiden Männer mit einem der Bewohner zu tun? Waren sie alle überprüft worden? Natürlich, dachte er, sicher hatte man alle Bewohner der Straße befragt, schließlich war jeder Kollege versessen darauf, den Mörder zu finden. Da ließ man keine auch noch so unbedeutend erscheinende Spur außer Acht. Umständlich und auf die Krücken gestützt, zog er sein Notizbuch aus der Hosentasche und schrieb alle Namen auf. Dann sah er von dort zur Straße. Diesen Blickwinkel mussten die beiden Männer gehabt haben. Warum hatte einer von ihnen geschossen? Was war der Auslöser gewesen? Jacks Aufforderung, die Papiere zu zeigen? Hatte er keine, hielt er sich illegal auf? Oder war er einfach, als die Polizei auftauchte, durchgedreht? Traumatisiert? Hatte er unter Drogen gestanden? War das der Grund für seine Handlungsweise?

Er wollte gerade gehen, als ein Streifenwagen vorbeirollte. Der Fahrer hatte das Fenster heruntergelassen und lässig den Ellbogen auf den Türrahmen gelegt. Als er Shane sah, hielt er an.

»Detective Shane O'Connor?«

»Ja?« Er kannte den Polizisten nicht.

Sofort stieg der Beifahrer aus, ein Bulliger mit Kurzhaarschnitt. »Constable McDermid«, stellte er sich vor und tippte sich an die Stirn. »Furchtbare Sache.« Er ließ seinen Blick zum Hauseingang schweifen. Einen Moment lang blieb er sprachlos, vielleicht, weil er nicht wusste, wie er einem zu begegnen hatte, der nur knapp dem Tod entronnen war, oder weil er sich fragte, ob seine Frau auch eine Blume hingelegt hätte, wenn er dort gestorben wäre.

»Kennen Sie sich hier aus?« Shane erlöste den Kollegen aus seinen düsteren Betrachtungen.

Er wirkte tatsächlich erleichtert. »Schon. Können Sie sich denn wirklich nicht erinnern, wie er ausgesehen hat?«

Das traf seinen wunden Punkt. »Es war Nacht, Constable«, sagte er gereizt.

Der junge Kollege nickte rasch. »Können wir Sie mitnehmen?«

Jetzt erst dachte Shane daran, wie mühsam es wäre, hier ein Taxi zu finden. »Gute Idee.«

Der junge Kollege, offensichtlich erfreut, etwas für ihn tun zu können, überließ ihm den Beifahrersitz und setzte sich nach hinten.

»Wohin kann man von hier aus flüchten?«, fragte Shane, die Krücken neben sich.

Der Fahrer, ein Rothaariger mit quadratischem, massigem Schädel sah hinüber zu dem Haus. »Wenn er hier wohnt oder jemanden kennt, kann er in einer Wohnung verschwinden, in einem Hauseingang, oder er rennt einfach die Straße runter zur Kreuzung und springt in ein Taxi oder in seinen Wagen, den er dort geparkt hat. Um diese Uhrzeit hatten die beiden Pubs in der Straße geschlossen, also da konnte er nicht untertauchen.«

»Er könnte auch durch eine Einfahrt zwischen den Häusern hier auf die dahinter liegende Straße abgehauen sein«, sagte McDermid vom Rücksitz. »Vielleicht hatte er da sein Auto geparkt, wenn er es nicht hier abgestellt hatte. Wie lange hat er denn Zeit gehabt, um zu verschwinden?«

»Keine Ahnung«, sagte Shane, »ich kann aber nicht lange bewusstlos gewesen sein. Sicher nur ein paar Sekunden.«

Eine Weile starrten alle drei auf das Gebäude, in das niemand hineinging und aus dem niemand herauskam. Dann fragte der Fahrer: »Wollen Sie nach Hause?«

Er überlegte kurz. »Nein, zum Headquarters.«

Maree kam aus dem Büro, als er aus dem Aufzug trat. Sie trug ein blassrosafarbenes Poloshirt über einer weiten weißen Hose und schien gerade den roten Lippenstift frisch aufgelegt zu haben. »Shane, wieso läufst du in der Gegend herum, du solltest dich ausruhen!«

»Die Ruhe erinnert mich zu sehr an Grabesruhe«, sagte er und humpelte mit seinen Krücken auf die Tür seines Büros zu.

Sie eilte vor ihm zur Tür. »Mick Lanski spielt sich ganz schön auf! Er ermittelt in dem Fall!, tönt er. Das wissen wir ja inzwischen. Jedenfalls schnüffelt er in allen möglichen Akten herum.«

Sofort stieg wieder seine Wut in ihm auf.

»Er war mir schon immer unsympathisch«, sagte sie, und Shane konnte auch ihr den Ärger ansehen.

»Na ja, alle suchen einen John aus dem Drogenmilieu.« Sie seufzte. »Nachforschungen über Darren Martin haben auch nichts gebracht. In dieser Catering-Firma haben sie angeblich nie etwas von Drogen gehört, und am Tatort hat niemand irgendwas gesehen.« Sie schüttelte den Kopf. »Ach, es ist alles so fürchterlich.« Ihre Augen blickten traurig.

»Wir finden den Kerl schon, Maree«, sagte er und versuchte ein aufmunterndes Lächeln.

Sie nickte schwach und gab die Tür frei.

Tom McGregor blickte erstaunt auf, und Shane sah Jack dort sitzen, wie er sein Schinken-Käse-Sandwich verschlang, mit vollem Mund redete, in Unterlagen blätterte – und auf einmal überfiel ihn tiefe Trauer. Es kam ihm vor, als begriffe er jetzt erst wirklich, dass Jack tot war und niemals wieder zurückkam.

»Shane!« Tom McGregor sprang auf, wollte ihm helfen, womit, wusste Shane nicht und machte eine abwehrende Geste, worauf Tom sich wieder auf seinen Sessel sinken ließ und Shane zum gegenüberstehenden Bürostuhl humpelte und sich vorsichtig setzte. Tom blickte ihn ratlos und befangen an. Er sah grau und abgemagert aus, was nicht allein von seinen Nachtschichten kam, denn daran war er gewöhnt.

»Shane, ich weiß gar nicht … Es ist so unfassbar. Ich mach mir solche Vorwürfe! Wir hätten euch doch mitnehmen können. Jacks Wohnung lag sogar auf unserem Weg!« Er presste die Lippen aufeinander und schüttelte immer wieder den Kopf.

»Ich war es, der die Idee hatte, zu Fuß zu gehen, Tom. Ich habe es gesagt. Wenn einer Schuld hat, dann ich.«

Tom schüttelte noch immer den Kopf. »Shane, hör damit auf. Das macht ihn, Evans und Hawkings auch nicht wieder lebendig.« Er seufzte. »Ich denke oft an Ann.«

Shane fiel ein, dass er sie heute noch nicht angerufen und nach Jack gefragt hatte.

Doch Tom sagte: »Ich habe vor einer halben Stunde mit ihr telefoniert. Dem Kleinen geht es heute nicht so gut.«

Welches Schicksal wollte Gott, oder wer auch immer dafür verantwortlich war, Ann noch aufbürden? Shane war zornig und fühlte gleich darauf eine niederschmetternde Ohnmacht.

Sie schwiegen eine Weile.

»Die Fahndung läuft auf Hochtouren«, sagte Tom schließlich. »Die ganze Meute macht Jagd auf den Mörder. Auf einen John! Mein Gott, wir sollten uns nicht mit dem Namen aufhalten.« Er ging zur Kaffeemaschine. »Du auch einen?«

Shane schüttelte den Kopf. Kaffee würde ihn jetzt umhauen. Tom setzte sich wieder an den Schreibtisch und schlürfte einen Schluck aus der Tasse.

»Bist du nur mal so vorbeigekommen …?«, fragte er, als Shane nichts sagte. »Oder geht's um was Spezielles?«

»Etwas Spezielles. Ich hätte gern alles gelesen, was in diesem Fall unternommen wurde.«

»Du meinst alle Akten?«

»Ja.«

»Okay, du hast ja Zeit.« Tom lächelte, stand auf und legte ihm zwei Ordner auf den Tisch. »Mick Lanski muss ja nichts davon erfahren, was?«

Shane hielt inne. »Was soll das heißen?«

Tom blies seine Backen auf und kniff die Lippen zusammen. Die Frage war ihm unangenehm. »Ich meine …«

»Was? Hat er dir etwa verboten, mir Informationen zu geben?«

»Nun, ich meine«, Tom lächelte unbeholfen, »he, Mick hat, ich meine, Mick hat gar nicht damit gerechnet, dass du hier aufkreuzt, er hat nur allgemein gesagt, dass …« Er stockte.

»Dass was?«

»Na ja, dass, ich meine, dass du auch Bestandteil des Falles bist.« Jetzt war es ausgesprochen. Tom machte einen unglücklichen Eindruck.

Bestandteil des Falles, wiederholte Shane. Verdächtigte Mick ihn denn tatsächlich, nur weil er überlebt hatte?

»Hör zu«, sagte Tom und machte eine beschwichtigende Handbewegung, »niemand mag Mick. Das weiß er, und diesen Frust muss er rauslassen. Das ist alles.«

Auch wenn Tom sicher Recht hatte, war er doch wütend. Er atmete tief aus und sagte: »Danke, Tom. Stört's dich, wenn ich bleibe?«

Tom entspannte sich augenblicklich.

»Du kannst so lang hier sitzen, wie du willst. Du weißt ja, wo der Kaffee ist.« Er lächelte.

»Danke«, brummte Shane, zog den ersten Aktenordner heran und schlug ihn auf.

Mehr als sechzig Personen waren vernommen worden, alles Bewohner der Gordon Street. Er blätterte zu den Protokollen der Hausbewohner von Nr. 117. Er verglich die Namen mit denen aus seinem Notizbuch. Stafford, Anderson, das *Anwaltsbüro Dr. P. M. Idries,* und das Büro *Artconcept.*

Mr. und Mrs. Stafford waren am Samstag zu Hause gewesen, die Schüsse überraschten sie im Schlaf, sie waren zum Fenster geeilt und hatten die Toten dort liegen sehen. Dann verständigten sie die Polizei. Ihnen war kein flüchtender Mann aufgefallen.

Mr. Anderson, ein allein lebender fünfunddreißigjähriger Bankangestellter, war nicht zu Hause. Er hatte das Wochenende bei seiner Freundin in einem anderen Stadtteil von Brisbane verbracht. Der Anwalt Dr. Idries unterhielt in dem Haus nur sein Büro. Er war zu dieser Zeit mit seiner Frau und einem befreundeten Ehepaar zum Essen gewesen – in einem Restaurant, das zwanzig Minuten Fahrzeit vom Tatort entfernt lag. Auch das Büro der Firma *Artconcept* war in der Nacht von Samstag auf Sonntag nicht besetzt. Inhaber des Büros, das sich mit Kunstvermittlung beschäftigte, war ein gewisser Tim Wilcox, Rechtsanwalt.

Keiner der anderen Anwohner in der Straße hatte die Schießerei gesehen, die nur Sekunden gedauert hatte. Und keiner hatte jemanden weglaufen sehen. Vielleicht war der Mörder ja wirklich durch eine der Toreinfahrten zwischen den Häusern entkommen? Shane klappte den Ordner zu und zog den nächsten heran. Darren Martin lächelte ihn von einem Passbild an. Darren Martin, das vierte Opfer. Er war vor einunddreißig Jahren als Sohn der australischen Staatsbürger Susan und Carl Martin in Manila auf den Philippinen geboren worden. Carl Martin arbeitete dort als Angestellter einer australischen Textilfirma. Vor zehn Jahren kamen Darren Martins Eltern in Manila bei einem Verkehrsunfall ums Leben. Darren kehrte vor zwei Jahren nach Australien zurück und arbeitete seit einem Jahr beim Catering-Service *Nice & Cool* an der Sunshine Coast. Shane notierte sich die wichtigsten Punkte und blätterte weiter.

Den Bericht der Gerichtsmedizin überflog er, er wollte nicht wissen, wie die Kugeln die Körper zerfetzt hatten. Als er auf die Uhr sah, stellte er fest, dass fast zwei Stunden vergangen waren.

»Hast du alles gefunden?«, fragte Tom, der gerade hereinkam. Shane hatte gar nicht bemerkt, wie er den Raum verlassen hatte.

»Fast alles. Danke.« Er stand auf.

Tom wollte ihm die Krücken reichen. »Geht schon!«, sagte Shane, »ich muss mich mal langsam dran gewöhnen, es allein zu schaffen.«

»Shane?«

Shane drehte sich um. Tom wirkte plötzlich nervös. »Was ist?«

»Hast du schon mal daran gedacht, dass der Mörder dich suchen könnte?«

Shane spürte die Walther in der Halterung. »Ja.«

Tom zog eine Schublade auf und legte Shanes Dienstwaffe, die Glock, auf den Tisch.

»Die Ballistik hat sie zurückgegeben. Du bist zwar krankgeschrieben, aber …«

Shane humpelte zurück und steckte die Waffe unter die Jacke, seitlich in den Hosenbund. »Danke.«

»Warum fährst du nicht weg, Shane?«, sagte Tom. Seine Stimme klang besorgt. »Lass uns hier die Sache erledigen. Wir werden den Kerl kriegen.«

»Ja, vielleicht hast du Recht. Ich werde es mir überlegen. Wiedersehen, Tom.«

»Noch eine Frage, Shane.«

»Ja?«

Tom zögerte, kratzte sich am Kopf. »Sag mal – was war das eigentlich für eine Geschichte zwischen dir und Mick Lanski?«

»Tom, ein andermal.« Er ging hinaus, die Tür fiel langsam und leise hinter ihm zu. An Lanski wollte er heute nicht mehr denken.

Im Aufzug beschloss er, Ann anzurufen und sie nach einem John zu fragen. In der Eingangshalle steuerte er zu einem der Telefone an der Wand und rief Ann im Krankenhaus an. Ihre Nummer hatte er notiert. Sie meldete sich atemlos. Er fragte sie zuerst nach Klein-Jack. Es ginge ihm schlechter heute, sagte sie mit gehetzter Stimme, die Ärzte behaupteten, das sei normal, es könne morgen wieder ganz anders sein. Das hoffe er sehr, sagte er und fragte, ob sie einen John kenne, er könnte ein Kollege oder ein Bekannter von Jack gewesen sein.

»Nein, tut mir Leid, Shane, das hat mich Mick Lanski auch schon tausendmal gefragt, aber ich kenne keinen. Und im Augenblick kann ich eigentlich an gar nichts denken und mich an nichts erinnern. Ich versuche nur irgendwie den Tag zu überstehen, Iris zu versorgen und dem Kleinen meine Kraft zu geben, damit er überlebt. Er ist das Letzte, das mir von Jack geblieben ist. Ich weiß nicht, wie ich es ertragen würde, wenn …« Dann brach sie ab.

»Soll ich kommen?«, fragte er.

»Nein – aber danke, Shane.«

»Ruf mich an, Ann, egal um welche Zeit.«

»Ja.«

Er wollte auflegen, doch sie sagte: »Brauchst du Jacks Lebenslauf? Vielleicht steht da etwas drin, was dich weiterbringt.«

»Ja, wenn du dazu kommst, aber es ist nicht so wichtig«, log er. Er brachte es nicht über sich, sie mit einer weiteren Aufgabe zu belasten. Als er auflegte, sah er plötzlich Jack auf dem Parkplatz vor dem Pub vor sich, der in Toms Auto hätte einsteigen können. Warum hatte er nur diese dumme Äußerung gemacht, er solle zu Fuß gehen? Aus reinem Egoismus, weil er nicht allein gehen wollte?

»Wie geht's Ihnen, Detective?«

Shane drehte sich um. Der Pförtner mit pechschwarzem Haar und Schnauzer winkte ihm von der Empfangstheke aus zu.

Shane hob und senkte die Schultern, was so viel hieß wie: Es geht irgendwie, Sie sehen ja.

»Mein Gott«, rief der Pförtner herüber und schüttelte dabei den Kopf, »wir können das alle noch nicht fassen. Jeden Tag kamen die doch bei mir vorbei! Hoffentlich schnappen sie den Kerl bald!«

Der Pförtner wünschte ihm noch gute Besserung, dann wurde er ans Telefon gerufen. Shane nutzte die Gelegenheit, so rasch wie möglich hinaus in die schwüler gewordene und abgasgeschwängerte Hitze zu humpeln. Er winkte dem ersten heranfahrenden Taxi und ließ sich, jetzt am Ende seiner Kräfte, nach Hause fahren. Im Radio lief ein ruhiger Blues, und Shane entspannte sich ein wenig.

Als sie die Brücke am Breakfast Creek überquert hatten, konnte er auf den Fluss sehen, den das warme Licht des Spätnachmittags tiefblau leuchten ließ. Ein blau-weißes Wassertaxi, die *City Cat,* durchschnitt mit ihrem doppelten Bug die seit dem Vormittag noch rauer gewordene Wasseroberfläche. Vier kleine Segelboote kreuzten hintereinander gegen den Wind, und ihre Segel gerieten ins Flattern, wenn die Wende oder Halse zu langsam geschah. Auf dem Kingsford Smith Drive verdichtete sich der Verkehr. Glücklicherweise waren es nur noch ein paar hundert Meter zu seinem Apartmenthaus. Shane seufzte. Die Musik hatte aufgehört, und die Nachrichten begannen. »... Sonia O'Hara ...« Der Name ließ Shane aufhorchen. »... die am Strand von Noosa ertrunkene Siebzigjährige, wurde heute beigesetzt. Die ehemalige Nachtclub- und Massagesalonbesitzerin, die in den achtziger Jahren immer wieder in Skandale mit Prominenten aus der Politik verwickelt war, lebte seit Jahren zurückgezogen an der Sunshine Coast. Die Einzelhändler sind in diesem Jahr ...«

Shane hörte nicht mehr zu. Sonia O'Hara, dachte er, hatte die Polizei ganz schön beschäftigt, aber man hatte ihr nie etwas Illegales wie Steuerhinterziehung oder Prostitution nachweisen können. Sie schien immer rechtzeitig auf die Seite der Mächtigeren und Einflussreicheren gewechselt zu haben.

Der Fahrer setzte ihn auf dem Parkplatz ab und wünschte ihm gute Besserung. Shane bedankte sich, wie schon so oft in den vergangenen Tagen, humpelte mit den Krücken auf die Haustür zu und stutzte: Die Haustür des Apartmenthauses stand offen. Normalerweise wurde sie immer geschlossen gehalten. Die Hausbewohner und allen voran der Hausmeister, der unten links im Erdgeschoss wohnte, achteten peinlich genau darauf, dass die Tür geschlossen war. Auf einem der Parkplätze, der sonst immer leer stand, weil die Mieterin schon über achtzig Jahre alt war und seit Jahren kein Auto mehr fuhr, stand jetzt ein blauer, zerbeulter Kadett. Shane runzelte die Stirn, als er vorbeiging und den Fahrstuhl betrat. Die Falttüren schlossen sich hinter ihm, und sofort tastete er nach seiner Dienstwaffe im Gürtel. Als die Türen sich wieder öffneten, hinkte er bis vor seine Apartmenttür. Die Tür sah aus wie immer, er schloss auf, sah sich um. In der Wohnung wartete niemand auf ihn. Verflucht, wenn ich weiterhin so paranoid bin, sollte ich meinen Job an den Nagel hängen. Er legte die Walther und die Glock auf den Nachttisch. Dann wusch er sich, so gut es ging, zog sich kurze Hosen und ein frisches T-Shirt an, holte sich ein kaltes Bier aus dem Kühlschrank und bemerkte auf dem Weg ins Wohnzimmer die aufblinkende Anzeige des Anrufbeantworters. Er drückte auf *Play.*

Die atemlose Stimme gehörte Kim, seiner Exfrau. »Um Himmels willen, Shane, ich habe es ja jetzt erst erfahren, ich war mit Frank ein paar Tage unterwegs. Ich … ich weiß nicht, was … wenn du auch …« Sie brach ab, das Band schaltete sich aus. Sie hatte gleich noch einmal angerufen. Diesmal klang ihre Stimme kräftiger. »Shane, vielleicht hältst du es für unangebracht, ich weiß nicht, wie man sich fühlt, wenn man so etwas mitgemacht hat, aber ich dachte – vielleicht wäre es gerade gut, wenn du mal rauskämst und schon jetzt hierher fahren würdest? Dann hättest du dich bis zu unserer Hochzeit akklimatisiert, und Pam würde sich natürlich wahnsinnig freuen. Sie war völlig aufgelöst, als ich ihr erzählt habe, was dir passiert ist! Ach ja, Frank hat in Mooloolaba, unserem Nachbarort, ein Apartment, das noch nicht vermietet ist, da könntest du dich eine Weile entspannen. Was hältst du davon?«

Die künstliche Stimme verkündete, dass es keine weiteren Nachrichten gab, und das Gerät schaltete sich ab.

Seitdem Kim mit Frank zusammen war, hatte sie sich verändert. Er tat ihr gut, musste er zugeben. Eigentlich hatte er unter keinen Umständen auf Kims Hochzeit auftauchen wollen. Doch jetzt realisierte er, dass Mooloolaba und Buderim, der Ort, in dem Frank und Kim wohnten, an der Sunshine Coast lagen, dort, wo Darren Martin beim Catering-Service gearbeitet hatte. War das nicht ein Fingerzeig des Schicksals? Endlich konnte er etwas unternehmen. Am nächsten Morgen müsste er zum Verbandwechseln ins Krankenhaus. Anschließend würde er zur Sunshine Coast aufbrechen. Wer auch immer Darren Martin gewesen war, er war die einzige Spur, die ihn zum Mörder seines Partners und seiner Kollegen führen könnte.

8

Es hätte nicht so weit kommen dürfen.«

Er erwiderte nichts, hielt einfach nur den Telefonhörer. Es stimmte ja. Der Chief hatte Recht.

»Du musst die Sache in Ordnung bringen.«

»Ich weiß.«

»Wir kriegen alle auf den Hals. Wenn sie weiter in Darrens Leben herumstochern ...«

»Ich hab schon gesagt, dass ich die Sache in Ordnung bringe.« Er schwitzte, wischte sich mit dem Handrücken den Schweiß von der Stirn. Warum musste dieses verdammte Telefon auch mitten in der prallen Hitze stehen?

»Ich verlass mich auf dich.«

»Klar, Chief. Wir sitzen doch alle in einem Boot.« Seine eigenen Worte kamen ihm fremd vor.

»Eben.« Ein Klacken in der Leitung. Der Chief hatte aufgelegt.

Er hängte den Hörer auf die Gabel und verließ die Telefonzelle. Es war brütend heiß, und er eilte über den Asphalt des Parkplatzes vor dem Supermarkt Sunshine Plaza *zu seinem Wagen.*

Das Telefonat hatte ein unangenehmes Gefühl in ihm zurückgelassen. Es hatte ihn erinnert. Dabei hatte er vergessen wollen.

9

Shane nahm von Brisbane aus den Motorway. Die zweispurige Autobahn zog sich fast parallel zur Küstenlinie zwischen Eukalyptuswäldern und Baustellen für neue Siedlungen hin.

Heute Morgen hatte er sich bei Al Marlowe abgemeldet. Er würde wegfahren, um sich in einem Apartment am Meer auszuruhen, hatte er behauptet.

»Das wollte ich dir schon vorschlagen«, hatte Al am Telefon gesagt und ihn daran erinnert, dass er dennoch die psychologische Hilfe annehmen solle. »Es war alles zu viel, Shane, das kann keiner so einfach wegstecken.«

»Ja, Al, das tue ich. Aber jetzt fahre ich erst einmal ans Meer«, hatte er geantwortet und ihm verschwiegen, dass sich das Apartment am Meer zufällig in dem Ort befand, in dem der Catering-Service *Nice & Cool* sein Büro unterhielt.

Als er in der Ebene die Glass House Mountains sah, die wie hohe, schroffe Eisbergspitzen emporragten, musste er an einen Fall denken, den er mit Jack vor sicher vier Jahren bearbeitet hatte. In einer Felsspalte hatten Wanderer eine Leiche entdeckt. Der Mann war erschossen worden, direkt in den Kopf, und die Leiche hatte bereits seit zwei Wochen dort gelegen. Die Identität konnte bis heute nicht geklärt werden, und auch den Täter hatten sie nie gefunden. Kurz vor den Glass House Mountains gab es eine Raststätte und Tankstelle, an der sie oft auf der Fahrt angehalten hatten, und Shane überlegte, ob er auch jetzt dort eine kurze Pause einlegen und ein Sandwich essen sollte. Doch dann entschied er sich dagegen und fuhr weiter. Bald nach den Mountains begann die Vegetation tropischer zu werden. Ausgedehnte Zuckerrohrfelder breiteten sich bis zum sanften Hügelland aus. Ein Schild wies auf den *Australian Zoo* hin, dessen Attraktion Steve Irving mit seinen Krokodilfütterungen war. Vor Jahren hatte er die Nation schockiert, weil er mit seinem neugeborenen Kind auf dem Arm ein Krokodil fütterte. Schlagartig war er auf der Sympathieskala von ganz oben nach ganz unten gerutscht. Er hatte sich unzählige Male entschuldigt und sich ganz langsam wieder rehabilitiert.

Links neben der Autobahn entdeckte er das im Blockhausstil errichtete Eingangsgebäude des Zoos. Ein Reisebus hielt davor. Dort war eine Haltestelle des Busses, der regelmäßig von Cairns im Norden bis nach Brisbane fuhr.

Shane überholte ein Wohnwagengespann mit einem Kennzeichen aus Viktoria. Bis Mooloolaba war es nicht mehr weit. Kurze Zeit später nahm er die Ausfahrt Maroochydore.

Bisher war er auf seinen unzähligen Reisen zu Einsatzorten durch diesen Strandort gefahren. Er wusste, dass dort die Triathlon-Teams trainierten, dass eine *Underwaterworld* zu den Touristenattraktionen zählte und ein verzweigtes, künstlich angelegtes Kanalsystem einen großen Hafen für

Privatyachten bot, von denen man über den eigenen Steg zu seinem Haus spazieren konnte. In den fünfziger und sechziger Jahren war Mooloolaba lediglich eine Ansiedlung langweiliger Häuser gewesen in einer Region, die von der Zuckerrohrindustrie geprägt war. Heute erlebten Mooloolaba und die benachbarten Orte an der Küste und auch im näheren Hinterland einen Boom. Auf der Fahrt hatte er bemerkt, wie die Bebauung entlang der Straße dichter wurde, ein Ort an der Sunshine Coast in den anderen überging. Nicht nur der Tourismus breitete sich aus, sondern auch Städter zogen zunehmend dorthin, an den Platz an der Sonne, am Strand. Selbst auf diesem weiten Kontinent wurde man sich bewusst, dass die Anzahl der Plätze direkt am Meer begrenzt war.

Die Hauptstraße zog sich zwischen eintönigen Wohnstraßen und flachen Gewerbegebäuden hin, bis der Yachthafen begann und mehrstöckige Apartmenthäuser mit farbig gestrichenen Balkons, die direkten Blick auf den Ozean boten, auftauchten. Er bremste, stand in einer Autoschlange, die sich nur langsam vorwärts bewegte. Jack hätte jetzt geflucht. Er hatte immer geflucht, wenn sie im Stau standen. Jack – er konnte es immer noch nicht fassen, dass Jack tot war. Jack und Evans und Hawkings … Alles erschien ihm plötzlich so unwirklich. Hier war es doch so friedlich. Die Sonne schien, die Yachten schaukelten sanft im ruhigen Wasser der künstlichen Kanäle …

Er drehte die Aircondition höher. Ganz langsam kroch die Autolawine vorwärts. Rechts, im Anschluss an den Hafen, sah er das kastenartige Gebäude der *Underwaterworld,* in der täglich Robben oder Delfine ihre Kunststückchen vorführten und man Haie bestaunen konnte.

Er folgte dem Bogen der Straße nach links, die nach einer Ansammlung von kleinen Läden – er hatte einen Buchladen mit gebrauchten Büchern ausmachen können und ein paar einfache Imbisse – direkt auf die Esplanade, die Strandpromenade, führte. Links befanden sich die modernen Apartmenthäuser, die, anders als an der Gold Coast, nicht zwanzig oder dreißig, sondern höchstens sechs Etagen zählten und im Erdgeschoss, in einer Arkadenreihe, kleinen, meist Geschäften für Strandbekleidung, aber auch Cafés und Restaurants Platz boten. Touristen in bunten Shorts und T-Shirts schlurften gemächlich über die Straße oder saßen unter den Sonnenschirmen der Cafés bei Kaffee oder Eis. Rechts der Straße begrenzte eine niedrige Mauer eine schmale gepflegte Grünanlage mit Palmen und Grillplätzen. Darunter erstreckten sich der feinsandige Strand – und der Ozean. Mooloolaba war ein gemütlicher Strandort. Das Richtige für Leute, die bei gutem Wetter und in gepflegten Restaurants und Cafés ausspannen wollten.

Er aber würde sich sicher nicht entspannen können, das wusste er.

Die zweistündige Fahrt über den Motorway hatte ihn viel mehr angestrengt als erwartet, und die schwüle Hitze, auch wenn sie hier am Meer besser zu ertragen war als in der Stadt, hatte ihm den Rest gegeben. Er war noch lange nicht wieder gesund, da machte er sich nichts vor. Nur hoffte er, bald auf die lästigen Krücken verzichten zu können.

Den Schlüssel für das Apartment und die Karte für die Tiefgarage hatte Frank ihm beim Pförtner an der Empfangstheke hinterlegt. Shane war ihm sehr dankbar dafür, denn jedes Gespräch hätte ihn jetzt überfordert. Er stellte den Wagen in der Tiefgarage ab und fuhr, seine leichte Reisetasche umgehängt, mit dem lautlosen Aufzug hinauf in den fünften Stock. Ein angenehm dezenter Duft nach Blüten und Vanille hatte ihn schon beim Eintreten in die Lobby eingehüllt, er schien den Wänden und Teppichen, ja sogar der metallenen Aufzugkabine zu entströmen. Ein weicher, tabakbrauner Teppich nahm seinen Schritten und seinen Krücken jegliches Geräusch, als er auf die Tür mit der Nummer 512 zusteuerte. Es war still. War dies alles überhaupt die Wirklichkeit? Oder nur ein Traum, der zu seinem Albtraum gehörte ...? Eine modern-nüchterne Nummer 512 neben der breiten und massiv wirkenden Holztür. Verärgert schüttelte er seine Gedanken ab und schloss auf.

Warmes, durch Jalousien gefiltertes Licht empfing ihn zusammen mit einer leichten Meeresbrise, die irgendwo durch ein geöffnetes Fenster hereinwehte. Frank hatte Geschmack – oder einfach Geld. Er befreite sich von der Reisetasche und seinem Jackett, das er trotz der Hitze angezogen hatte, um es nicht auch noch in der Tasche verstauen zu müssen, und atmete auf. Auch hier der Blüten-Vanille-Duft. Bald würde er ihn gar nicht mehr wahrnehmen.

Sein Blick fiel auf das schlichte Sideboard aus dunklem Holz. Dort stand eine Giraffe aus blauem Glas. Daneben lag ein Buch. Er ging näher. Der Katalog der Immobilienfirma, die das Gebäude erbaut hatte und die Apartments verkaufte. *Pacific* nannte sie sich und schrieb ihren Namen über das Bild auslaufender Wellen am Strand. Das Foto verlockte ihn, weiterzublättern.

»*Leben beginnt an der Schwelle des Ozeans*«, hieß es auf einer anderen Seite, unter dem Bild eines Strandes im Morgengrauen. Was meinte man damit? Das Herauskrabbeln der Amphibien, die zu Dinosauriern wurden und dann verhungerten? Das kurze Leben der Meeresschildkröten und Sandkrabben, die in jeder Sekunde den tödlichen Angriffen hungriger Möwen ausgeliefert waren? Auch der Tod beginnt an der Schwelle des Ozeans, hätte man ehrlicherweise hinzuschreiben müssen. Aber mit diesem Slogan würde man keine Wohnungen verkaufen. »*Aus Träumen geboren*«, hieß es weiter, sei die Wohnanlage an der Promenade von

Mooloolaba. Dabei waren es ganz normale Apartmenthäuser aus weiß gestrichenem Beton. Zugegeben, etwas besser als normal. Doch Träume? Kostspielig waren diese Träume in jedem Fall. Selbst ein Laie wie er erkannte, dass der naturfarbene Leinenstoff der Sitzkissen auf der tabakfarbenen Ledercouch robust und dennoch zart war, dass es sich beim Holz des dunkel lackierten Parkettbodens um keine Billigware handelte, ebenso wenig wie bei dem hellen Wollteppich unter der Sitzgruppe und der strengen, gleichzeitig unauffälligen Anrichte, auf der sich dekorativ drei großformatige Kunstbücher stapelten. Enttäuscht über seinen Zwang, Illusionen zu zerstören, klappte er den Katalog zu. Er brauchte etwas zu trinken und humpelte in die Küche. Modern und funktionell auch dieser Raum.

Aus dem hohen, alufarbenen Kühlschrank, den Frank – oder vielleicht auch Kim – mit zwei Sixpacks FourX-Gold-Bier und ein paar Fertiggerichten gefüllt hatte, nahm er ein Bier und fand neben einer schicken Kaffeemaschine drei Neoprenmanschetten mit dem Werbeaufdruck von Franks Firma: *Frank's Indestructible Tyres.* Indestructible – unverwüstlich, dachte er, das passt wohl auch zu mir. Mit einem plötzlichen Anflug von Sympathie für Frank steckte er die Bierflasche in eine der Manschetten, humpelte mit den Krücken hinaus auf den Balkon und stützte die Arme auf das Metallgeländer, das über der Betonbrüstung entlanglief – und es Selbstmördern schwerer machte, sich hinunterzustürzen. Direkt vor ihm, hinter der Esplanade, der verkehrsberuhigten Uferstraße und dem schmalen Parkplatz dehnte sich der blaue Ozean aus. Über den Himmel zogen dunstige Schleier, und der Wind war – typisch für den Nachmittag – stärker geworden. Menschen mit Badetüchern, Sonnenschirmen und Surfboards kehrten vom Sandstrand zurück, wo eine Hand voll Surfer in der Abenddämmerung ihre letzten Ritte über die Wellen machten. Von unten drangen Straßengeräusche, Gelächter und Geschirrklappern aus den Restaurants und Cafés in den Arkaden.

Auf einmal fühlte er sich unendlich erschöpft. Dort unten spielte sich das Leben ab. Er war überflüssig. Übrig geblieben. Vielleicht hätte ich gar nicht übrig bleiben sollen? Vielleicht war es ein Versehen, eine Verwechslung? Nicht Jack, sondern ich hätte sterben müssen. Jacks Tod war nichts weiter als ein tragischer Irrtum …

Das Stehen strengte ihn auf einmal an, und er ging zurück in die Wohnung. Das Bad hatte man genauso schlicht und edel gestaltet wie die übrige Wohnung, und das Schlafzimmer bestand aus einem einladend geräumigen Bett und einem unaufdringlichen Wandschrank ohne Spiegel, was er beruhigt zur Kenntnis nahm. Er hasste nichts mehr als Spiegelschränke im Schlafzimmer. Die hatte er auch schon gehasst, als er noch jünger und besser in Form gewesen war. Da entdeckte er neben dem Schrank ein Fernrohr. Ich könnte es aufstellen und die Menschen am Strand und auf der Straße beobachten. Tja, so bin ich, der ewige Polizist. Er ließ das Fernrohr erst mal dort, wo es war, humpelte zurück ins Wohnzimmer, setzte sich auf die bequeme Couch und wählte auf seinem Handy Kims Nummer. Es schaltete sich jedoch nur der Anrufbeantworter ein. Er hinterließ eine Nachricht und kündigte für morgen seinen Besuch an. Anschließend rief er Ann zu Hause an. Die Nummer wusste er auswendig. Wie oft hatte er Jack abends nach Dienstschluss oder nachts angerufen. Als niemand abhob, versuchte er es im Krankenhaus. Ann sei gerade nach Hause gegangen, hieß es, aber dem kleinen Jack gehe es gut. Er legte auf. Wieder hatte Klein-Jack dem Leben einen Tag abgetrotzt, Shane war stolz auf ihn. Eine Weile blieb er noch auf der Couch sitzen und starrte durch die offene Balkontür in den dunkler werdenden Himmel. Morgen würde er seine privaten Ermittlungen aufnehmen. Er fieberte danach, zu erfahren, wer Darren Martin gewesen war. Zum Fernsehen fühlte er sich zu müde. Schon um halb acht legte er sich auf das duftende, mit weißen, kühlen Laken bezogene Bett. Sein Bein schmerzte. Er nahm eine Tablette und wartete darauf, einzuschlafen. Er war schon weggedämmert, als ihn ein Geräusch aufrüttelte. Sein Handy! Ann! Das Baby! Hektisch tastete er im Dunkeln über den Nachttisch. »Ja?«

Doch die Leitung war stumm. Er sah auf das orangefarbene Display. Der Briefumschlag. Jemand hatte ihm eine SMS geschickt. Wo war nur der verdammte Lichtschalter? Endlich fand er ihn, knipste die Lampe an. Weißes Licht strahlte taghell. Und für einen Augenblick fragte er sich, ob er geträumt hatte. Doch das Display leuchtete. Er drückte die Taste.

Einen Moment bitte …

Komm schon! Er hatte kein gutes Gefühl. Aber würde Ann ihm eine SMS schicken? Er setzte sich im Bett auf. Die Nachricht erschien.

HALTE DICH RAUS. DAS IST EINE WARNUNG.

Eine Warnung des Mörders?

Die aufleuchtende Telefonnummer war keine Mobil-, sondern eine Festnetznummer. Er wählte die Nummer, wartete. Niemand nahm ab. Was hatte er auch erwartet? Die Leuchtziffern des Weckers zeigten 22:28.

Wieder wählte er. Beth sei nicht da, sagte ihm ihre Kollegin, die seinen Namen jedoch auch kannte. In wenigen Sekunden hatte sie die Nummer eingegeben.

»Die Nummer ist die des öffentlichen Fernsprechers in Maroochydore, Parkplatz 4 des Einkaufscenters *Sunshine Plaza*«, sagte sie.

Er hätte sich denken können, dass niemand von zu Hause eine solche Meldung verschickte. Entweder erlaubte sich jemand einen Spaß, oder Jacks Mörder hatte Kontakt zu ihm aufgenommen.

Es hätte wenig Sinn, jetzt zum *Sunshine Plaza* hinauszufahren. Er wäre sicher in zehn Minuten dort, doch der Anrufer würde kaum in der Telefonzelle auf ihn warten.

Er legte das Telefon griffbereit auf den Nachttisch zurück und schaltete das Licht aus.

Sein Herz klopfte wild.

Wer wusste, dass er hier war? Al, Kim … und derjenige, der ihn beobachtete? Mick? Mick Lanski?

HALTE DICH RAUS.

Nein, ich halte mich nicht raus. Jetzt ganz sicher nicht mehr.

10

Das erste Bild, das sich Shane am Morgen einprägte, war der silbrig glänzende Pazifik. Es regnete. Shane stand mit einem Becher Kaffee in der offenen Balkontür. In der Nacht hatte niemand mehr angerufen. Aber er hatte es wieder geträumt: Wie sie diese verdammte Straße hinuntergingen, er und Jack und Evans und Hawkings, der Mond, die Stimmen, die Schüsse. Jede Nacht dasselbe. Jede Nacht wurde er von Kugeln durchsiebt.

Die Nachricht ging ihm noch immer durch den Kopf. Und wenn tatsächlich Mick Lanski dahintersteckte?

Um acht war er geduscht, angezogen – und bewaffnet. Er verließ die Wohnung, nahm den Aufzug in die Tiefgarage. Sanft und geräuschlos glitt die Kabine nach unten, und als sich die Türen öffneten, war ihm, als habe er sich gar nicht von der Stelle bewegt. Er hinkte mit seinen Krücken durch einen hell erleuchteten, fensterlosen Schacht aus Beton. Rechts befand sich eine Metalltür, wohl ein Maschinenraum, mit einem *Eintritt-verboten*-Schild. Gegenüber noch eine Tür mit dem gleichen Schild. Die dritte Tür am Ende des Ganges war weit geöffnet, sie führte in die Garage. Jedes Mal wunderte ihn die Dunkelheit der Garage, wo doch der Gang so hell erleuchtet wurde. Er bewegte sich über den halb vollen Parkplatz zu seinem weißen Corolla, der in einer Reihe von vier Wagen an der Wand stand. Warum musste ausgerechnet neben seinem Auto ein Auto parken, ärgerte er sich, und schob sich seitlich zwischen die Wagen. Er schloss auf, öffnete die Tür, warf die Krücken auf den Beifahrersitz und ließ sich vorsichtig auf den Sitz fallen. Er blieb regungslos sitzen, zwang sich, es nicht zu tun. Auf das Display des Handys zu sehen. Ihm war, als ob gerade eine SMS eingetroffen sei. Schließlich zog er das Handy doch aus dem Gürtel. Nichts. Keine Nachricht. Er steckte es wieder zurück. Wenn er ehrlich war, dann musste er zugeben, dass ihm eben im Gang mit den kalten Betonwänden der Gedanke gekommen war, dort leichte Beute für einen Angreifer zu sein. Er holte tief Luft. Nein, so schnell gebe ich nicht auf. Jeder, der einem Gewaltverbrechen entkommen ist, hat diese Ängste. Das will er doch nur, der Typ, der mir die Nachricht geschickt hat, ich soll aufgeben. Nein, so leicht mache ich es dir nicht. Entschlossen drehte er den Zündschlüssel. Er rangierte hinaus, steckte die Chipkarte ins Lesegerät neben der Schranke und nahm sie wieder an sich. Die Schranke öffnete sich, und er fuhr hinaus ins hellgraue Licht.

Die Catering-Firma *Nice & Cool* lag nur wenige Kilometer entfernt in der Richtung, aus der er gestern gekommen war, er hatte das Neonschild auf dem rosafarbenen flachen Gebäude bereits auf der Hinfahrt gesehen. Der Berufsverkehr hatte bereits eingesetzt, und Urlauber, erkennbar an voll gepackten Autos mit Kennzeichen aus New South Wales, an Bootsanhängern oder Wohnwagen, waren zu ihren Weihnachtsdomizilen unterwegs. Es ging nur langsam voran, Jogger, die sich nicht vom Regen abhalten ließen, und Menschen, die ihre Hunde ausführten, waren schneller als er im Auto. In den Vertiefungen der Straße standen Pfützen.

Schließlich, drei Straßenecken hinter McDonald's und nach knapp fünfzehn Minuten, die er für drei Kilometer gebraucht hatte, erkannte er den türkisblauen Schriftzug *Nice & Cool* auf dem rosafarbenen Flachbau im Art-déco-Stil. Er musste warten, bis er eine Lücke auf dem Parkplatz fand.

Die Glastür war sein erstes Hindernis. Gerade als er sich bemühte, sie aufzuziehen, eilte ihm eine tief gebräunte, ganz in Weiß gekleidete junge Frau mit blondem Pferdeschwanz von innen zu Hilfe und hielt die Tür auf.

Er war froh, dass sie ihn nicht mit dem mitleidigen Lächeln bedachte, das er in den vergangenen Tagen zur Genüge kennen gelernt hatte. *Susan* stand auf ihrem Namensschild. Ihre Nase passte nicht zu ihrem durchschnittlichen, unauffälligen Gesicht. Sie war gebogen und knochig und erinnerte ihn an einen scharfen Feuerstein.

Sie sah auf sein Bein. »Oje, da hat man Ihnen aber gründlich die Weihnachtsferien verdorben, was?«

Wenn sie die Wahrheit wüsste, wäre sie sicher kreidebleich unter ihrer hübschen Sonnenbräune geworden, dachte er, sagte jedoch: »Da haben Sie Recht.«

Sie deutete in dem nicht allzu großen, sonnengelb gestrichenen Raum, in dem zwei unbesetzte Schreibtische standen, auf eine großzügige Rattansitzgruppe mit kanarienvogelgelben Kissen. »Bitte, setzen Sie sich doch.«

Er wusste, dass er aus dem tiefen Sitz nur mit Mühe würde aufstehen können, und lehnte ab.

»Oh, ich kann Ihnen auch gern einen Stuhl bringen.« Sie machte schon Anstalten, sich umzudrehen.

»Nein, vielen Dank«, sagte er rasch, »es geht auch so.« Er wollte sich nicht noch älter und behinderter vorkommen, und vor allem wollte er nicht, dass sie sich um ihn kümmerte. Dass sie ihm die Tür aufgemacht hatte, genügte.

»Was kann ich für Sie tun? Ich muss Ihnen gleich sagen, jetzt vor Weihnachten sind wir ziemlich ausgebucht, Silvester ist ganz schlecht, aber vielleicht kriegen wir noch was hin!« Wieder zeigte sie ihr bezauberndes Lächeln.

Nein, er zückte nicht seinen Dienstausweis und fragte nicht: Was wissen Sie über Darren Martin? Er war nicht mit den Ermittlungen beauftragt, er war krankgeschrieben, also ging er diesmal einen anderen Weg, der manchmal durchaus Vorteile mit sich bringen konnte, und sagte: »Es geht erst um eine Feier nach Silvester. Unsere Tochter heiratet.« Warum musste Pam herhalten?

»Das ist ja wunderbar!« Susan atmete auf und zog aus dem Halter an der Tür eine Broschüre.

Kaum fünf Minuten später hatte er, was er wollte: Sie sagte, Darren Martin sei leider tödlich verunglückt, aber ein Kollege würde bei Shane vorbeikommen und sich vorstellen.

Gut, dachte er, das ist immerhin ein Anfang. Als er seinen Wagen erreicht hatte, ging der gleichmäßige Regen in einen Platzregen über.

Während er wieder in die Tiefgarage rollte, verdrängte er die Gedanken, die sich auf ihn zu stürzen drohten. Ich tue ihm nicht den Gefallen, sagte er sich. Und als er an den Metalltüren vorbeihinkte, zwang er sich, tief ein- und auszuatmen. Dennoch: Er musste sich eingestehen, dass er erleichtert war, als er oben, im fünften Stock, aus dem Aufzug stieg.

11

Josh wusste nicht, ob er sich über den Regen ärgern oder freuen sollte. Bei Regen konnte er nicht arbeiten, Mähen war unmöglich. Doch dann müsste er die Arbeit auf einen anderen Tag verschieben. Schließlich packte er bei den Helmers in Buderim seinen Rasenmäher ein und versprach, in den nächsten zwei Tagen wieder vorbeizukommen. Der Regen war zu stark geworden. »Ich brauche Sie dringend, Josh!«, hatte Mrs. Helmer ihn angefleht, »dringend!«

Kurz vor Weihnachten wurden die Menschen geradezu hysterisch: Unter allen Umständen mussten die Gärten hergerichtet sein. Dabei interessierte sich an Weihnachten wahrscheinlich keiner der Partygäste für den Garten, viel zu schnell würden sie betrunken sein.

Er fuhr nach Hause und setzte sich auf die von einer Pergola überdachte Terrasse hinter dem Haus und trank Tee. Er hörte dem Regen zu, der laut aufs Dach trommelte, und beobachtete, wie das Wasser in Strömen an der vorderen Kante hinunterlief und klatschend in den Pfützen auftraf, die sich auf dem Rasen bildeten. Aus den Palmen vor dem Bretterzaun hatte der Wind die alten Äste gefegt, die nun wie die Reste einer zerstörten primitiven Behausung vor ihm im Gras lagen. Garbo schlief auf seiner Decke, den Kopf auf einem abgenagten Knochen.

»Du bist verrückt, Junge«, hatte sein Vater zu ihm gesagt und dröhnend gelacht, wenn er auf die Frage, was er denn mal werden wolle, geantwortet hatte: Pilot. Und seine Mutter hatte müde gelächelt und weitergehäkelt. In seiner Erinnerung sah er sie immer, wie sie weiße, feine Deckchen häkelte, die dann überall als Untersetzer für Vasen oder Figürchen oder Bilderrahmen verwendet wurden. Ihre spanische Großmutter habe ihr diese Tradition mitgegeben, und sie als ihre Enkelin sei fest entschlossen, dieses Erbe weiterzutragen. So pflegte sie sich zu verteidigen, wenn sich ihr Mann wieder mal darüber lustig machte.

»Dann muss Josh ja auch sticken lernen«, hatte er darauf erwidert, worauf sie »häkeln« gemurmelt hatte, und er, Josh, hatte voller Abscheu auf die Häkelnadel und das dünne weiße Garn gestarrt und entschieden, diese Dinge niemals anzurühren. Weil er nicht Pilot werden konnte, wollte er gar nichts werden und jobbte in Küchen, an Tankstellen, in Pubs – und mähte jetzt Rasen, schnitt Hecken und Bäume.

Als seine Mutter kurz nach dem Tod seines Vaters an einem Herzanfall starb und er das Haus und die, wenn auch bescheidenen Ersparnisse erbte, dachte er für eine kurze Zeit daran, sich seinen Traum zu erfüllen und Flugstunden zu nehmen. Doch er zögerte zu lang, und mit jedem Tag erschien ihm sein Vorhaben größer und verrückter, bis er seinen Traum begrub.

Garbo sprang bellend auf und stürzte auf eine Katze zu, die schleunigst das Weite suchte. Draußen auf der Straße fuhr ein Wagen mit lauter Musik heran. Jemand hupte. Wieder ein Idiot, dachte er, der sich das Aussteigen und Klingeln sparen will. Erneutes Hupen, zweimal kurz hintereinander, sodass es klang wie Hal-lo. Das Auto musste vor seinem Haus stehen. Hal-lo, Hal-lo, Hal-lo, Hal-lo …

»Ich komm ja schon!« Er eilte durchs Haus zur Tür.

In seiner Garageneinfahrt hielt ein blauer Daihatsu, aus dem Musik wummerte. Das Seitenfenster war heruntergelassen. Chrissy rauchte und grinste ihn an.

»Ich weiß, dass du bei Regen nicht arbeitest!«, schrie sie gegen die Musik an. Ein Gitarrensolo jaulte. »Gestern ist mir was dazwischengekommen, steig ein!« Sie klopfte auf den Beifahrersitz.

Er zögerte.

»Jetzt komm schon! Nur ein Spaziergang. Es hat aufgehört zu regnen, falls du's noch nicht bemerkt haben solltest.« Ihr Mund war rot, und ihre Augen waren blau – und er stieg ein. Aber als er die Autotür zuzog, war ihm klar, dass er sich auf etwas einließ, was er nicht wollte. Sie stieß rückwärts aus der Einfahrt und lächelte ihn an. Er stellte fest, dass sie ein ähnliches Strandkleid wie im Supermarkt trug, es war dunkelrot, fast so dunkelrot wie ihr Haar.

»Kannst du das ausmachen?« Er deutete auf das Radio.

Sie drehte es ab. Er atmete auf.

»Wohin fahren wir?«

Sie drückte die Zigarette im Aschenbecher aus und grinste. »Entspann dich, ja?«

Ihre Antwort ärgerte ihn. Als ob sie mit ihm tun und lassen konnte, was sie wollte. Doch er brachte kein Wort heraus. Er konnte nicht sagen: Halt an, ich steige aus. Und so rückte er von ihr ab, ganz nah an die Tür, und sah zum Seitenfenster hinaus, und allmählich versiegte sein Ärger.

Sie fand auf Anhieb den Weg durch das labyrinthische Straßengewirr der Wohnsiedlung und bog auf die Straße zur Esplanade ein. Touristen flanierten unter den Arkaden und saßen in den Cafés. Über dem Meer lag ein vom Regen gewaschener Himmel. Sie fuhr hinunter auf den schmalen, halb vollen Parkplatz direkt am Strand und stellte den Motor ab.

»Ich hol mir nur noch einen Kaffee«, sagte sie beim Aussteigen, schloss den Wagen ab, und ohne seine Antwort abzuwarten, überquerte sie die Straße. Er sah ihr nach, wie sie in einem der Cafés unter den Arkaden verschwand. Für einen Moment spielte er mit dem Gedanken, einfach nach Hause zu gehen. Aber ihm fehlte der Mut, ihm war, als habe sie ihn hypnotisiert. Er blieb, wo er war, und beobachtete die Leute, die vorbeigingen. Mutter und Tochter im gleichen Strandkleid. Beide unterschieden sich nur durch das Alter ihrer Haut. Ein junges Paar. Er schob einen behäbigen Kinderwagen vor sich her.

Chrissy kehrte mit einem großen Plastikbecher zurück. Ein Windstoß fuhr in ihr Kleid. Schmetterlingsflügel, dachte er und konnte nichts gegen sein immer heftiger hämmerndes Herz und seine schweißigen Hände und Achseln tun. Er stieg aus. Schweigend gingen sie die Treppe zum Strand hinunter und zogen die Schuhe aus. Vom Regen war der Sand noch feucht und kühl. Sie gingen bis zu dem schmalen Streifen Sand, der von den Wellen noch gehärtet war. Noch immer sagte sie nichts, ja, sah ihn noch nicht einmal an. Gedankenverloren saugte sie im Gehen am Strohhalm ihres Kaffeebechers, auf dem eine weiße Sahnehaube thronte. Auf einmal blieb sie stehen.

»Hast du auch schon mal jemanden umbringen wollen?«

Er wusste nicht, ob er lachen oder schockiert sein sollte. So brachte er nur ein irritiertes »Was?« heraus.

»Hast du auch schon mal jemanden umbringen wollen?«, wiederholte sie ungerührt.

»Warum fragst du so etwas?«

Sie wirkte enttäuscht, nahm den Strohhalm in den Mund und setzte sich wieder in Bewegung.

»He, Chrissy, verdammt, warum fragst du mich so was?«

»Warum, warum? Warum kannst du mir nicht einfach eine Antwort geben?«

Er versuchte ein Lächeln. »Natürlich hab ich schon jemanden umbringen wollen. Meinen Mathelehrer und einen Mitschüler … und auch mal meinen Vater …«, sagte er. Was wollte sie nur?

Jetzt blieb sie wieder stehen, drehte sich zu ihm um. In ihrem Blick lag Geringschätzung, da war er ganz sicher. Dann ging sie einfach weiter. Er folgte ihr. Wellen umspülten ihre Füße, das Wasser war wärmer als der regennasse Sand.

»Ich meine *wirklich.* Nicht nur so einen Kinderkram«, sagte sie.

Er war verwirrt. Sie trat mit den Füßen ins Wasser, dass es spritzte.

»Wie würdest du es tun?«, fragte sie jetzt.

»Was?«

»Mensch!« Ihre Augen funkelten, und an der Schläfe trat eine Ader hervor. Was für ein dummes Spiel spielt sie, dachte er und sagte kalt: »Erschießen.«

»Erschießen?« Er ging weiter. Sie beeilte sich, ihm zu folgen, und darüber lächelte er befriedigt. Jetzt drehte er den Spieß um. »Klar, ist sauber und schnell.«

Offenbar hielt sie ihn für kaltblütig. Nachdenklich, mit gerunzelter Stirn ging sie neben ihm her und saugte an ihrem Strohhalm.

Er beobachtete zwei Surfer, die weit draußen rittlings auf ihren Brettern saßen und auf die richtige Welle warteten.

»Aber … wo kriegt man einen Revolver her?«

»Oh, manche Leute haben einfach einen«, sagte er.

Abrupt blieb sie stehen. »Hast du etwa einen?«

Allmählich war er nicht mehr sicher, ob sie sich nur einen Spaß machte.

»He, können wir nicht über was anderes reden?« Er gab

sich Mühe, gut gelaunt zu lächeln. Doch sie sah durch seine Augen hindurch, irgendwohin, tief in sein Inneres, wohin er selbst noch nie zu blicken gewagt hatte. Wieder brach sich eine Welle und lief mit einem leisen Knistern auf dem Sand aus. Da sagte sie: »Du hast einen, stimmt's?« Plötzlich war es still. Ganz still. Da knisterte die nächste Welle. Noch nie war ihm der Zeitraum zwischen zwei sich brechenden Wellen so lang vorgekommen.

»Stimmt's?«, wiederholte sie.

Mit ihrer Beharrlichkeit hatte sie ihm die Laune verdorben. Und er sagte: »Also, reden wir jetzt von etwas anderem?«

Doch sie wandte sich ab. »Ich bin sicher, dass du einen hast.«

Vielleicht wollte sie ihm ja auf diese Weise etwas über sich und ihre Probleme mitteilen?

»He«, sagte er schließlich, »nun rück schon raus mit der Sprache: Wen willst du umbringen?«

Sie wandte sich ihm wieder zu. Ihre Augen blitzten. Wieder sich brechende Wellen. Die Stille dazwischen. Aber keine Antwort.

Nach einer Weile, in der sie stumm nebeneinanderher gegangen waren, sagte er: »Können wir jetzt über was anderes reden?«

»Meinetwegen.«

Obwohl ihr Ton ihn nicht gerade ermutigte, fragte er sie nach der Schule, ihren Zukunftsplänen, nach ihrer Mutter, ihrem Vater und ob sie Geschwister habe. Sie antwortete einsilbig, sie wisse nicht, was sie nach der Schule machen wolle, das Geschäft ihrer Mutter wolle sie jedenfalls nicht übernehmen, ihr Vater sei vor drei Jahren verstorben, sie habe keine Geschwister, und zweimal die Woche jobbe sie im Café *Tea Room* an der Promenade. Ihn fragte sie nichts. Es wurde allmählich kühler, die letzten Badegäste verließen den Strand, und er wollte nur noch nach Hause und allein sein.

»Ich muss heim«, sagte er, »mein Hund wartet.«

Sie gingen schweigend zurück. Am Auto angekommen, sagte sie: »Tut mir Leid. Heute war kein guter Tag.« Sie lächelte ihn plötzlich an. Er fühlte sich zu erschöpft und beklommen, um etwas zu erwidern, und stieg ein. Sie griff unter den Sitz und hielt ein Tütchen in der Hand.

»Auch eine?«

»Was ist das?«

»He, was für die gute Laune. Würde dir gut tun!«

Er kannte sich nicht aus und schüttelte den Kopf.

»Ich schenk dir eine.«

»Nein, diese Dinger bringen einen um.«

Sie lachte laut auf. »Ach, die sind harmlos, Heroin bringt einen um.« Sie warf eine der weißen Pillen in den Mund, trank aus einer Plastikflasche, die auf dem Rücksitz gelegen hatte, und klebte das Tütchen wieder unter den Sitz. Dann setzte sie ein bezauberndes Lächeln auf.

»Ich würde das gerne wieder gutmachen. Kommst du morgen mit in den *Surf Club*, zur Weihnachtsparty?« Sie legte ihre Hand auf seinen Arm. Ein angenehmer Schauer überlief ihn.

»Zur Weihnachtsparty?«

Er war ein paarmal im *Surf Club* unten am Strand gewesen, doch er hatte sich nicht wohl gefühlt, weil er allein gekommen war und niemanden kannte, weil alle viel tranken und tanzten und er an der Theke stand und sich nicht traute, eine Frau anzusprechen.

»Ja, warum nicht?«, hörte er sich sagen. Sie zog ihre Hand weg.

Sie lächelte zufrieden und drehte den Zündschlüssel. Als

sie ihn vor seinem Haus absetzte, winkte sie sogar, und er glaubte allmählich, dass er sich ihre Ablehnung am Anfang nur eingebildet hatte.

Beim Essen sah er fern, und als er eine Sendung über einen Postflieger entdeckte, dachte er, dass vielleicht jetzt die Zeit gekommen war, sein eigenes Leben zu leben.

»Das ist ein neuer Anfang, Garbo«, sagte er zu seinem Hund, der neben ihm auf der Couch lag. Er spürte noch immer ihre Hand auf seinem Arm.

12

Der Mann, der vor seiner Tür stand, sah aus wie ein Model aus einer Modezeitschrift. Schwarzes, gelocktes und vom Regen nasses Haar, hellbronzefarbener, gleichmäßiger Teint, kohlrabenschwarze, sanfte Augen, geschwungene Lippen, muskulöser Körperbau – und sicher nicht älter als Anfang zwanzig.

»Mister O'Connor? Manuel Alcoforado von *Nice & Cool*.«

»Ja, Shane.« Shane schüttelte ihm die kräftige Hand, war aber von dem schlaffen Druck überrascht. »Alcoforado – das ist Portugiesisch. Sie kommen aus Portugal?«

»Nein, aus Brasilien. Ich studiere hier.«

»Tatsächlich? Und was studieren Sie?«

»Chemie. Ich will Lehrer werden.«

Shane nickte anerkennend und ließ seinen Besucher eintreten. Manuel blickte auf Shanes Bein und die Krücken.

»Unfall«, sagte Shane, um weiteren Fragen zuvorzukommen. Er wies auf die Couch, und Manuel nahm am Rand Platz, als ob er unsichtbar werden wollte.

»Möchten Sie etwas trinken?«

»Nein, danke.« Manuel lächelte entschuldigend. Seine Stimme hatte etwas Unsicheres, Naives.

»Tja, dass meine Frau jetzt nicht da ist – na ja, unsere Tochter will heiraten, und Bekannte empfahlen uns *Nice & Cool* – und Darren Martin.«

Sein Gegenüber nickte schwach, sah auf einmal elend aus.

»Sie kannten ihn sicher.«

Wieder nickte Manuel, schlug die Augen nieder und schwieg. Er war ganz in Schwarz gekleidet. Schwarzes, sauberes und gebügeltes T-Shirt und schwarze leichte Hosen. An den Füßen trug er schwarze Flipflops. Auch seine verdammten Füße waren schön, ging es Shane durch den Kopf. Nun, er musste diesen Jungen aus Brasilien zum Reden bringen …

»Vor einer Weile ist ein alter Partner von mir umgebracht worden«, sagte Shane schließlich.

Jäh blickte Manuel auf, erwiderte aber nichts.

»Und ich mache mir Tag und Nacht Gedanken, warum«, fuhr Shane fort.

Manuel schluckte, befeuchtete die Lippen, schluckte wieder. Seine Augen flackerten. Er war ganz offensichtlich über Darrens Tod schockiert. Doch etwas schien ihm Angst zu machen. »Und warum wurde Ihr Partner …«, brachte er dann doch heraus.

Shane hob die Schultern und ließ sie wieder fallen. »Ich bin noch nicht dahintergekommen. Vielleicht war er einfach nur zur falschen Zeit am falschen Ort?« Das war noch nicht mal gelogen.

Der Brasilianer presste die Lippen aufeinander und nickte langsam.

»Vielleicht war Ihr Kollege auch zur falschen Zeit am falschen …« Shane brach ab, wollte das Gespräch nicht zu sehr forcieren.

»Ja«, sagte Manuel schließlich. Doch das war alles.

»Es ist in Brisbane passiert, nicht wahr?«

»Ja.«

Shane wartete noch ein paar Sekunden ab, doch Manuel blieb stumm, presste die Lippen aufeinander und wippte mit dem Fuß. Bevor Manuel fragen würde, ob man jetzt über die geplante Hochzeit reden könne, wollte Shane noch mehr von ihm erfahren.

»Mein Partner wurde erschossen. Wissen Sie, dass ich über mich selbst erschrocken bin, weil ich mir Gedanken mache, ob er in Geschäfte verstrickt war, von denen ich nichts wusste?«

Shane holte Luft, er brauchte nicht Theater zu spielen. Er hatte sich tatsächlich dabei ertappt, wie er an Jacks Integrität zweifelte. Manuel hörte ihm zu, wartete, doch Shane sprach nicht weiter. Manuel zuckte mit den muskulösen Schultern und spielte nervös an seinen Fingern.

»Kennen Sie das auch?«, fragte Shane weiter.

»Was?« Manuel war irritiert. Hörte er überhaupt richtig zu?

»Den Zweifel«, sagte Shane. »Man glaubt, einen Menschen zu kennen, und muss dann feststellen, dass er eine völlig unbekannte Seite hatte.«

Jetzt nickte Manuel. »Ja.« Er senkte den Blick, als schämte er sich für seine Antwort. Er müsste schon ein außergewöhnlich guter Schauspieler sein, wenn er seine Gefühle nur vortäuschte. Shane ließ ein paar Sekunden verstreichen, bis er sagte: »Ich habe manchmal Tag und Nacht mit meinem Partner zusammengearbeitet.«

Manuel nickte. »Ja.« Doch wieder stockte er.

»In einem Catering-Service muss man ein gutes Team sein, was? Sonst geht alles schief. Ich meine, man wirft Gläser um oder kleckert den Gästen Soße auf ihre Kleider.«

Shane lächelte und erreichte, dass Manuel auch lächelte. Zum Teufel, der Junge war schwer zu knacken.

»Und Sie, waren Sie auch ein gutes Team?«, fragte er weiter.

»Ja, ja.« Manuels Nicken kam rasch. Er wirkte auf einmal ein wenig gelöster. »Manche Leute haben immer mich und Darren bestellt.«

»Das kann ich mir vorstellen!« Shane gab sich kumpelhaft. »Ich wette, dass es Frauen gibt, die nur *Nice & Cool* beauftragen, wenn *Sie* kommen!«

Sehr hellhäutige Menschen liefen rot an, bei Manuel glühten die Augen, und seine bronzefarbene Bräune wurde eine Nuance dunkler. Er lächelte beschämt.

»Na ja, solange die eigene Freundin nicht eifersüchtig wird«, sagte Shane und fügte betont beiläufig hinzu: »Hatte Darren eine Freundin?«

Manuel schüttelte den Kopf.

»Keine Freundin? Keine Affäre?« Für jemanden, der einen Kellner engagieren wollte, war er verdammt indiskret, dachte er.

Manuels Blick wurde starr. Offenbar ging ihm gerade dasselbe durch den Kopf.

»Ich kann mir einfach nicht erklären, warum Darren erschossen wurde. Hat er sich denn mit den falschen Leuten eingelassen?«, fragte Shane.

Manuel zog fragend die harmonisch geschwungenen Augenbrauen hoch.

»Hat Darren vielleicht noch eine andere Beschäftigung gehabt? Von dem Job kann man doch nicht leben, oder?«

Ein Schulterzucken. Ein verstohlener Blick auf die Armbanduhr.

Okay, die Sache lief so nicht. Er könnte noch stundenlang so weitermachen. Schluss, sagte er sich, ziehen wir die Samthandschuhe aus!

Auf dem Tisch lag seine Brieftasche mit dem Dienstausweis, er nahm sie und klappte sie vor Manuel auf.

»Mordkommission«, sagte er knapp.

Manuels Haltung versteifte sich. Er schluckte, starrte abwechselnd auf den Ausweis und auf Shane. Er war sogar ein wenig blass geworden.

»Sie wollen doch in Australien studieren, oder?«

Der Arme! Shane sah, wie Manuel mit sich kämpfte. Er zuckte mit den Winkeln seines schönen Mundes, zupfte schneller und heftiger an seiner Nagelhaut und brachte ein gepresstes »Ja« heraus.

»Gut. Dann erzählen Sie mir was über Darren Martin.«

Manuel räusperte sich und sagte leise: »Man soll über Tote nicht schlecht reden.«

»Aber das machen wir auch gar nicht.« Shane mischte der Strenge in seiner Stimme etwas Freundschaftliches und Väterliches hinzu. »Darren und meine Kollegen wurden erschossen, und ich bin hier, um herauszufinden, warum – und wer das getan hat. Und Sie können mir dabei helfen. Hatte Darren was mit Drogen zu tun?«

Manuel senkte den Blick und nickte dann erleichtert, schwieg aber. Shane hörte das Meer rauschen. Dazu Autogeräusche, Stimmen, Schritte über ihm in der Wohnung. Manuel rutschte noch weiter nach vorn, räusperte sich, sah auf, senkte wieder den Blick. Bestimmt dachte er jetzt an sein Studium, an seine Hoffnungen, in Australien bleiben zu können, an seine Zukunft, er würde reden – das wusste Shane. Plötzlich sah Manuel auf, räusperte sich wieder.

»Na ja, er hat mal gesagt, wie viel Geld man verdienen kann, wenn man sie herstellt. Metamphetamine. Ganz einfach für einen Chemiker.« Er machte eine Pause und fügte leise hinzu: »Wie mich.« Er schluckte.

»Er wollte, dass Sie Drogen für ihn herstellen?«

Manuel schüttelte heftig den Kopf. »Oh nein! Er hat nur mal davon gesprochen.«

Fast täglich wurden irgendwo in Australien in Hinterzimmern oder abgelegenen Häusern primitive Labors entdeckt, in denen mehr oder weniger ausgebildete Leute Metamphetamine herstellten. Die aktiven Inhaltsstoffe waren Ephedrin oder Pseudoephedrin. Beides waren Wirkstoffe, die in Medikamenten gegen Husten und Erkältungen vorkamen. Man konnte sie legal in Apotheken kaufen. Unauffällig allerdings nur in kleinen Mengen. Doch es gab Banden, die durchs Land zogen und überall ihre Sachen zusammenkauften und in mobilen Labors das Zeug panschten, oder Hersteller, die aus Lithium-Batterien, Motorstarter-Flüssigkeit und Rohrreinigern das Zeug zusammenbrauten. Darren Martin hatte also gewollt, dass der schöne Manuel auch so etwas tat?

»Und, was haben Sie geantwortet?«

»Nein! Niemals!« Manuel war außer sich. Es wirkte echt.

»Wissen Sie denn, mit wem er privat verkehrte?«

»Nein, er hat privat nie viel erzählt.«

»Sie haben also auch nichts gemeinsam unternommen?«

»Nein.« Manuel schüttelte heftig den Kopf.

»Und wann hat Darren Sie gefragt, ob Sie nicht Metamphetamine herstellen wollen?«

»Bei einer Party bei den Wilcox'.« Manuel sträubte sich nicht mehr. Er hatte seinen Widerstand aufgegeben.

»Wilcox?« Den Namen kannte er doch. Er wusste nur nicht mehr, woher.

Manuel nickte. »Ja. Wir haben dort immer zusammen gearbeitet. Sie haben immer mich und Darren bestellt.«

»Wo wohnen die Wilcox'?«

»In Buderim.«

Dort wohnte doch Kim?

»Oh, aber Wilcox hat nichts zu tun mit ...«, sagte Manuel

rasch und hob die Hände. »Sie dürfen nicht sagen, dass ich Ihnen …«

»Nein«, Shane lächelte und klappte den Ausweis zu.

»Brauchen Sie mich noch?«, fragte Manuel vorsichtig.

»Nein, vielen Dank.«

Manuel stand rasch auf. »Ach, das – das mit der Hochzeit Ihrer Tochter …«

Shane zuckte mit den Schultern. »War ein Vorwand, ja, tut mir Leid.«

Manuel wirkte bedrückt, und plötzlich wusste Shane, warum. »Ich werde im Büro Bescheid geben und mich lobend über Sie äußern. Morgen wird meine Tochter Ihre Verlobung lösen und die Hochzeit abblasen.«

»Danke. Und wegen der Aufenthaltsgenehmigung …?«

Shane schüttelte den Kopf. »Machen Sie sich keine Sorgen.«

Manuels Hände fühlten sich schweißig an. Shane schloss die Tür hinter ihm. Wilcox. Jetzt wusste er wieder, woher er den Namen kannte. Tim Wilcox, Rechtsanwalt, war der Besitzer des Büros *Artconcept* in Brisbane. Er brauchte nicht lang im Telefonbuch zu suchen. Zu seiner Überraschung wohnten Tim und Carol Wilcox in derselben Straße wie Kim und Frank.

Ein Mann mit Krücken und zerschossenem Bein kann leicht überwältigt werden. Gestützt auf die Krücken, hat er keine Hand frei für eine Pistole – selbst wenn er sie im Halfter mit sich herumträgt. Das ist ein Fakt. Der Detective ist keiner, der sich leicht einschüchtern lässt. Auch das ist ein Fakt. Man muss ihm klar machen, dass er körperlich schwach, ausgeliefert und der Sache nicht gewachsen ist. Wenn der Detective vernünftig ist, kapiert er schnell. Wenn nicht, muss man eben zur nächsten Maßnahme greifen. Er wusste genau, wie ein Cop dachte.

Obwohl er eine Karte für die Tiefgarage hatte, stellte er den Wagen in der Seitenstraße ab, vor dem Hof des Fischladens. Der Regen hatte aufgehört, und die Sonne brannte schon wieder, als er ausstieg. Er warf die Tür zu, schloss sie ab und ging über die kaum befahrene Sackgasse hinüber zur dunklen Höhle der Tiefgarage. Er hörte, wie ein Motor ansprang, und machte rasch einen Schritt zur Seite, zu dem Baum hin, der vor der Einfahrt stand. Der Wagen schoss heraus. Das war er!

Er tastete nach dem Schlüssel.

Von der Tiefgarage in Mooloolaba bis zum Haus von Kim und Frank in Buderim benötigte er nur elf Minuten. Vom Asphalt stieg Dampf aus den Pfützen auf. Die Straße überquerte den Sunshine-Coast-Motorway und führte dann kurvenreich, steil und von hohen, alten und üppig grünen Bäumen gesäumt, nach Buderim. Er fand die Seitenstraße auf Anhieb. Vor Nummer fünf, dem Haus von Kim und Frank, wuchs ein rot blühender Baum. Ein Weihnachtsstern-Baum, stellte er fest, obwohl er sich mit Pflanzen nicht auskannte. Der Baum überragte den Eingang des in Orange und Ocker gehaltenen, schlicht-modernen Holzhauses. Kim hatte sich, was ihren Lebensstandard anging, ganz sicher verbessert, musste er sich eingestehen, als er mit den Krücken vor der Tür stand und klingelte. Im angenehmen Schatten des blühenden Baumes duftete die feuchte Luft süß, und in den Bäumen zwitscherten Vögel. »Noch ein Paradies«, murmelte er.

»Shane!« Kim strahlte ihn an. Ihre Frisur war wie stets tadellos: ein exakter Pagenschnitt, der Pony endete genau einen halben Fingerbreit über ihren schmalen Augenbrauen. »Mein Gott, du siehst erbärmlich aus!«

Nun ja, dachte er, schon immer war es ihr gelungen, ihren Finger in die Wunden anderer zu legen. »Du bist reizend, Kim, bist du zu Frank auch so direkt?«

»Oh, Frank hat Humor.« Sie lachte gut gelaunt.

Früher hätte das der Auftakt eines zermürbenden Streits sein können. Doch jetzt? Ich bin nicht mehr mit ihr verheiratet, sagte er sich.

Sie schloss hinter ihm die Tür, und er folgte ihr humpelnd durch die Diele und durch ein mit Antiquitäten eingerichtetes Wohnzimmer auf die Veranda, deren Holzbretter noch dunkel vom Regen waren. Die Möbel, das Haus, alles könnte er sich nie mit seinem Einkommen leisten. Für Kim war er eindeutig die falsche Wahl gewesen.

Sie wies auf die große Veranda, von der man über die Ebene bis hinunter an die Küste blicken konnte. Hohe Bäume rechts und links des am Hang liegenden Gartens unter der Veranda verbargen die benachbarten Häuser. Er spürte einen Stich im Magen. Nein, das habe ich ihr alles nicht bieten können.

»Schön, nicht?« Sie wirkte glücklich und gelöst, so, wie sie am Geländer der Veranda stand und in die Ferne sah. Und er war froh darüber.

»Aus Träumen geboren«, zitierte er den Satz aus dem Maklerprospekt.

Erstaunt sah sie ihn an. »Bist du unter die Dichter gegangen. Oder ist das deine romantische Masche, Detective Shane O'Connor?«

»Ich bin nicht romantisch, Kim, das weißt du doch.«

»Tja.« Sie seufzte gekünstelt. »Setz dich, ich hole uns den Tee.«

»Wo ist Pam?«

»Oh, sie ist seit zwei Tagen oben in Cairns. Will aber heute zurückkommen.« Kim verschwand im Haus.

Die Begegnung mit Kim verlief so ganz anders als die früheren. Er fühlte sich auf einmal entspannt. Es war richtig, dass sie sich getrennt hatte, damals. Er nahm auf einem der leinenen Deckstühle Platz, stellte die Krücken an die Lehne und streckte vorsichtig die Beine aus. Wann endlich würden die Schmerzen aufhören, wann endlich könnte er sich wieder wie früher bewegen? So fühlte er sich hilflos und verletzlich, trotz der Waffe, die er bei sich trug.

Kim kehrte mit einem Tablett, auf dem ein silbernes Teeservice stand, aus dem Haus zurück, stellte es auf dem Tisch ab, goss ein und setzte sich ihm gegenüber. Er nahm einen Schluck aus der dünnwandigen und ganz sicher wertvollen Tasse. Sie erkundigte sich nach dem Apartment, nach seinem Befinden und versicherte ihm, dass Frank gerne auf die Miete verzichtete.

»Ich bin so froh, dass du noch lebst«, sagte sie auf einmal. Einen Augenblick lang legte sie ihre Hand auf seinen Unterarm. Das hatte sie schon Jahre nicht mehr getan. Sie hatten so viel falsch gemacht – er hatte so vieles falsch gemacht.

Rasch sagte er: »Kim.«

Sie zog ihre Hand langsam zurück, sah ihn fragend an.

»Kennst du Tim und Carol Wilcox?«

Vielleicht war sie erleichtert über die aus ihrer Sicht sicher banale Frage, dachte er, denn ein Lächeln breitete sich über ihr Gesicht.

»Oh, aber sicher! Frank hat geschäftlich mit Tim zu tun. Wir sehen uns öfter auf Partys. Im Übrigen: Ich hoffe, du hast heute Abend noch nichts vor. Wir haben nämlich eine Barbecueparty geplant. Sozusagen, um dich ein bisschen aufzuheitern.«

Eine Barbecueparty! Er hasste nichts mehr als Smalltalk. Er bemühte sich, sie die Enttäuschung nicht merken zu lassen.

»Du solltest dich entspannen, Shane. Endlich mal loslassen!«

Mein Gott, war sie früher jemals so fürsorglich gewesen? Oder hatte er das nur nicht bemerkt?

»Du kennst mich doch, Kim. Das ist nicht so leicht.«

»In deinem Zustand sollte es das aber sein.«

Sie beugte sich vor. »Weißt du, Shane, dass es genau *das* war, weshalb ich dich verlassen habe?« Ihre Augen waren noch schmaler geworden. »Du bist immer mit deiner Arbeit beschäftigt.«

»Ich habe geglaubt, du hast mich verlassen, weil ich getrunken habe.«

»Hättest du in deinem Innersten noch Platz gehabt für etwas anderes als deine Fälle und deine Verbrecher, Shane, dann hättest du auch nicht getrunken.«

Jetzt fiel ihm auf, dass ihr Strahlen, das sie anfangs umgeben hatte, auf einmal verschwunden war. Er hatte es in wenigen Minuten zerstört.

»Kim, hören wir damit auf.«

Ihr Mund zuckte, und dann hatte sie wieder diesen depressiven, verbitterten Gesichtsausdruck, mit dem sie die letzten Jahre ihrer Ehe herumgelaufen war. Sie nippte an ihrer Tasse und starrte an ihm vorbei.

»Es tut mir Leid, Kim«, sagte er schließlich, »du musst mir glauben. Ich bin glücklich, dass es dir gut geht.«

»Das habe ich gemerkt, Shane.« Es klang enttäuscht.

»Kim …« Warum gerieten sie immer wieder in diese alten Verhaltensmuster?

Sie hob ihren Blick und sah ihm direkt in die Augen. »Es ist doch zwecklos, Shane. Unser Kampf ist längst vorbei.«

Sie hatte Recht. Es gab nichts mehr zu retten. Und um nichts mehr zu kämpfen. Warum ging das nicht in seinen Schädel?

»Übrigens hat Frank gesagt, du kannst ruhig ein paar Wochen im Apartment bleiben.«

»Danke.« Er wollte nicht neidisch sein und war es doch. Einen Augenblick lang sah sie ihm direkt in die Augen. In ihrem Blick lag Besorgnis. Dann zauberte sie wieder ein Lächeln aufs Gesicht und sagte: »Also, um sechs heute Abend, da kannst du mit Tim Wilcox über Geldanlagen reden. Du solltest dich vielleicht neu orientieren.«

»Tim Wilcox kommt auch?« Hatte er richtig verstanden? Unter diesen Umständen nahm er die Einladung natürlich gerne an.

»Hab ich das nicht schon vorhin gesagt?« Kim sah ihn überrascht an.

»Nein.«

»Na, jedenfalls lernst du endlich Frank persönlich kennen. Er ist der netteste Mensch auf der Welt.«

»Ich freue mich für dich.« Warum musste sie das jetzt so sehr betonen? Machte es ihr Spaß, ihn zu quälen? »Und wie geht es Pam mit ihm?«, lenkte er ab. Er wusste, dass Pam die Heiratspläne ihrer Mutter nicht gerade begeistert aufgenommen hatte.

»Pam?« Kim seufzte. »Sie ist fast erwachsen. Sie beginnt, ihr eigenes Leben zu leben. Aber Frank ist sehr großzügig und mag sie sehr.«

»Schön, dann geht es ja allen gut.« Ganz sicher war die Ironie nicht zu überhören.

»Shane, wenn du nur nicht immer so sarkastisch wärst!«

Sie hatte Recht.

Er sah auf die Uhr und schob die Tasse von sich. »Ich muss jetzt los. Und danke für den Tee.«

»Gern geschehen.« Sie war förmlich geworden. Er stand auf. Schweigend begleitete sie ihn durchs Haus zur Tür. Im Auto ärgerte er sich über sich selbst. Sie war ihm ganz entspannt begegnet, und er war mit seinem kleinlichen Neid und seinen Schuldgefühlen beschäftigt. Er schaltete die Aircondition auf höchste Stufe und trat aufs Gaspedal.

An der Ampel unten in Buderim zog er sein Handy aus der Halterung. Nein, keine Nachricht. Er steckte es wieder weg. Insgeheim hatte er gehofft, die Person nähme erneut Kontakt zu ihm auf. Vielleicht war das letzte Nacht doch nur ein dummer Scherz gewesen. Er fuhr geradeaus über die Straße, die direkt nach Mooloolaba hinunterführte. Vor ihm glitzerte das Meer in einem metallischen Blau. An der Abzweigung zum Strandparkplatz hielt er sich rechts. Plötzlich glaubte er im linken Augenwinkel ein Gesicht zu erkennen. Er sah in den Rückspiegel, vier Personen überquerten die Straße, eine ging zum Parkplatz hinunter. Nur den Bruchteil einer Sekunde lang hatte er es gesehen, das Gesicht, das einem anderen auf merkwürdige Weise ähnelte … War das Mick Lanski? Er wendete und fuhr zurück, bis er zum Strandparkplatz abbiegen konnte. Mick Lanski, verdammt, was tust du hier?

Nach vorn gebeugt starrte er durch die Scheibe. Im Schritttempo fuhr er an den abgestellten Autos vorbei. Wegen einer Familie mit zwei weißblonden Kindern in rosafarbenen Kleidchen und Sonnenhüten musste er anhalten. Sie blieben an einem weißen Kombi stehen. Mein Gott, geht endlich weiter, murmelte er wütend. Zwei Wagenlängen vor ihm rangierte ein lindgrüner älterer Mercedes aus der Lücke. Zwei Frauen im Bikini mit Strandhandtüchern im Arm kamen ihm entgegen. Wo war der verfluchte Mick Lanski? Ein junges Pärchen ging Händchen haltend hinunter zum Strand. Verdammt! Er schlug mit der Faust aufs Lenkrad.

Er war am Ende des Parkplatzes angekommen und bog nach rechts ab. Verärgert fuhr er zurück in die Tiefgarage, parkte auf seinem Platz. Er betrat den Aufzug und verließ ihn in seiner Etage, ging über den Flur zu seiner Apartmenttür mit der 512. Er drehte den Schlüssel, drückte die Tür auf und humpelte in die Wohnung. Wie stickig es war. Er hinkte zur Balkontür und schob sie auf. Eine frische

Brise wehte herein. Bis zur Barbecueparty blieben ihm noch drei Stunden, um sich auszuruhen. Die er auch bitter nötig hatte. Das Fahren und Laufen strengte ihn viel stärker an, als er wahrhaben wollte. Er hinkte auf den Balkon hinaus und atmete tief ein und aus. Auf dem Meer hatten sich kleine Schaumkronen gebildet. Am Strand war es offensichtlich windiger und ungemütlich geworden, nur noch wenige Menschen hielt es dort. War das wirklich Mick Lanski gewesen? Aber was sollte der hier tun? Ihn beschatten?

Da reißt etwas seinen Kopf nach hinten. Ein eisenharter Griff wie eine Schraubzwinge. Drängt ihn, presst ihn an die Brüstung. Rammt ihm etwas ins Kreuz. Schiebt ihn hoch übers Geländer. Fünf Stockwerke unter ihm der Asphalt. Stühle und Sonnenschirme. Blumenkübel aus Waschbeton. Mick Lanski? Er will schreien, um sich schlagen, doch er kann nicht, der Arm würgt seinen Hals, seine eigenen Hände halten noch immer die Krücken, er lässt los, doch sie sind jetzt an die Brüstung gepresst. Es ist aus. Er hätte es wissen müssen. Er spürt einen Schlag auf den Hinterkopf.

13

Ein stechender, pochender Schmerz im Oberschenkel. Pochen und Brummen im Kopf. Shane schlug die Augen auf. Fliesen. Bodenfliesen. Er lag auf dem Boden des Balkons. Nicht auf der Straße. Eine Krücke nicht weit von ihm. Wenn er den Arm ausstreckte, könnte er sie erreichen. Ich bin nicht tot. Der Arm bewegt sich. Ich bin nicht tot. Irgendwie schaffte er es, sich hinein in die Wohnung zu schleppen. Jetzt erst bemerkte er, dass die Glock noch immer in der Halterung steckte. Der Angreifer war sich sehr sicher gewesen, hatte ihn noch nicht einmal entwaffnet. Warum lag er jetzt nicht tot auf dem Pflaster? Es hatte nicht mehr viel gefehlt. Er zog sich auf den Sessel, streckte vorsichtig sein Bein aus. Verdammt, wie weh das tat. Und dröhnende Kopfschmerzen. Was hatte er von dem Kerl gesehen, wahrgenommen? Aussehen? Kleidung? Schuhe? Stimme? Geruch? Nichts. Nur einen starken, eisenharten Arm in einem Hemd oder einem langärmligen T-Shirt. Keine Uhr. Mick Lanski war sehnig, war ein ausgebildeter Kämpfer – aber, warum sollte er so etwas tun?

Vorsichtig betastete er seinen Hinterkopf und besah sich die Finger. Nein, kein Blut. Trotzdem, der Schlag war hart genug gewesen, um ihn k. o. gehen zu lassen. Ein Könner. Einer, der wusste, wo und wie man zuschlagen musste. Ein Vibrieren an seinem Gürtel. Das Handy. Er zog es aus der Halterung. Der Briefumschlag.

COP LEIDET UNTER DEPRESSIONEN UND STÜRZT SICH VOM BALKON, las er auf dem Display.

Ja, das wäre glaubhaft. Selbstmord. »Ihm ging's schon lange nicht mehr gut«, würden die Kollegen sagen und betroffen schauen. »Er kam damit nicht klar, überlebt zu haben. Er hat sich irgendwie schuldig gefühlt.«

Eine ziemlich deutliche Warnung. Wieder vom Festnetz. Er ließ das Handy sinken, lehnte sich im Sessel zurück.

Der Kerl kannte ihn. Er schleppte sich auf seinen Krücken zur Tür und untersuchte das Schloss. Nichts. Keine Kratzspuren, nichts. Ein Profi. Oder er hatte einen Schlüssel. War das vorhin wirklich Mick Lanski gewesen, unten auf der Straße?

Er rief den Portier in der Lobby an. Doch der beteuerte, niemanden in der letzten halben Stunde gesehen zu haben.

»Mich haben Sie ja auch nicht hereinkommen sehen«, sagte Shane.

»Nein, Sir, wenn Sie durch die Tiefgarage gekommen sind, dann nicht.« Der Ton war sehr höflich.

»Wieso? Haben Sie dort keine Videoüberwachung?«

»Tut mir Leid, Sir, wir haben seit ein paar Tagen ein technisches Problem, und jetzt, so kurz vor Weihnachten, steht kein Wartungstechniker der Firma zur Verfügung. Haben Sie ein Problem, Sir?«

»Nein, schon gut. Danke.«

Er verriegelte die Tür zweimal. Dann streckte er sich auf dem Bett aus und legte die Glock neben sich.

14

Josh umfasste den Griff des Revolvers. Warum hatte Chrissy am Strand diese Frage gestellt: Hast du schon mal jemanden umbringen wollen? Er drehte die Trommel. In allen sechs Kammern steckten Patronen.

Einmal hatte er wirklich jemanden umbringen wollen. Aber das hatte er niemandem gesagt. Und Chrissy würde er es auch nicht sagen. Heulsuse ... Das verächtliche Grinsen auf dem Gesicht seines Vaters. Manchmal fragte er sich, ob er wirklich dazu fähig gewesen wäre. Damals. Sein Vater schnarchte im Liegestuhl, betrunken. Es war Sonntag. Sonntagnachmittag. Seine Mutter lag im Krankenhaus, war an der Galle operiert worden. Still war es, ganz still, als ob alle Nachbarn ihre Häuser verlassen hätten. Er war fünfzehn. Seit seine Mutter im Krankenhaus war, kommandierte ihn sein Vater noch mehr als sonst herum. Hol mir dies, hol mir das, kam abends schon betrunken heim und trank weiter, schimpfte über seine Frau, über sein Leben und über ihn, seinen verweichlichten Sohn. Muttersöhnchen, ja, so nannte er ihn. Vielleicht hatte er sogar Recht. Seine Mutter nahm ihn immer in Schutz. Und wenn sie nicht da war, dann war er seinem Vater und dessen Launen ausgeliefert.

Er langweilte sich an jenem Nachmittag. Seine beiden Freunde waren mit ihren Eltern übers Wochenende weggefahren. Was sollte man hier tun, wenn man ein einsamer Jugendlicher war, keine Drogen nahm, nicht spielte und nicht trank? Das Kino war zu weit weg. Ohne Auto konnte er nicht hin. Und sein Vater würde ihn niemals fahren. Es blieb nur das Fernsehen. Doch da lief auch nichts, was ihn interessierte. Langsam und zäh vergingen die Stunden. Irgendwann stand er im Schlafzimmer seiner Eltern und zog den Nachttisch seines Vaters auf. Er wusste, dass dort eine Waffe lag. Sein Vater, ein großer, kräftiger Mann, hatte ihn, der einen Kopf kleiner war und sicher nur die Hälfte auf die Waage brachte, schon einmal grün und blau geschlagen. Als er, Josh, heimlich das Auto genommen hatte und mit seinem Freund Alex ein bisschen herumgekurvt war. Das war auch an einem Sonntagnachmittag gewesen. Sein Vater war zu früh aus seinem üblichen Rausch aufgewacht und hatte gehört, wie Josh den Wagen zurück in die Garage stellte. Noch bevor Josh die Schlüssel auf die Küchentheke legen konnte, hatte sein Vater ihn an der Schulter gepackt und ihm mit der anderen Hand rechts und links ins Gesicht geschlagen.

Josh hatte nicht geschrien, sich aber gewehrt, doch sein Vater war um einiges stärker. Wer weiß, wo die Schlägerei geendet hätte, wenn nicht seine Mutter dazwischengegangen wäre.

Das ging ihm durch den Kopf, als er die Nachttischschublade aufzog, den Revolver herausnahm und mit ihm hinter dem Rücken versteckt zum Liegestuhl ging. Es war ein Spiel, eine Fantasie.

Der Mund seines Vaters stand offen. Sein Schnarchen war laut und rücksichtslos. Josh wusste, dass er seinen Vater hasste. Langsam zog er den Revolver hinter dem Rücken hervor, streckte den Arm und zielte auf seinen Vater. Erst auf den Bauch, die schwere Bierkugel, die sich gemächlich hob und senkte, dann auf die Stirn, genau zwischen die Augen. Plötzlich hoffte er, dass sein Vater die Augen aufschlüge. Einmal seinen Vater sehen, wenn er Angst hatte. Einmal stärker sein als er.

Doch sein Vater schlief und schnarchte weiter.

Josh ließ die Trommel einrasten und legte den Revolver ins Handschuhfach zurück. Seit zwei Jahren fuhr er mit ihm herum. Seit dem Tod seines Vaters. Er war an einem Herzinfarkt gestorben. Eines Abends, als er aus dem Pub nach Hause gekommen war, war er in der Küche zusammengeklappt. Weder Josh noch seine Mutter hatten etwas gemerkt, sie schliefen schon. Am Morgen stolperte sie über die kalte, steife Leiche.

Er, Josh, hatte keine Tränen geweint, er hatte nur seine Mutter in die Arme genommen, die schlagartig um Jahrzehnte gealtert schien und sich nicht mehr erholte. Ein halbes Jahr später starb sie. Er hatte nie verstanden, wie sie diesen Mann hatte lieben können.

Josh klappte das Handschuhfach zu. Garbo bellte und winselte auf dem Beifahrersitz, er konnte es kaum abwarten, endlich an den Strand zu rennen.

15

Shane hatte sich vorgenommen, den Zwischenfall vom Nachmittag nicht zu erwähnen. Sonst würden ihm alle raten, abzureisen.

Er sah Frank zum ersten Mal, und sofort fiel ihm das Michelin-Männchen ein. Frank war zwar bei weitem nicht so dick, aber er verkaufte Reifen – und eine zweistellige Ziffer an Übergewicht brachte er ganz sicher auf die Waage. Er war stämmig und gedrungen, trug schwarze Jeans, ein schwarzes Lacoste-Poloshirt und Boots. Nicht gerade ein attraktiver Mann, dachte Shane, aber einer von der Sorte, die einer Frau das Gefühl vermitteln konnten, sie zu bewundern und auf Händen zu tragen.

»Shane!« Frank streckte ihm seine Hand entgegen, eine echte Pranke, breit und warm und haarig. Seine Augen strahlten Shane aus einem glatt rasierten, teigigen Gesicht an. »Schön, dass du gekommen bist! Wie gefällt dir die bescheidene Hütte in Mooloolaba?« Er lachte dröhnend und herzlich, sah dann auf Shanes Bein.

»Wie zum Henker kannst du damit Auto fahren?«

»Es geht mit der Automatik.«

»Gut, dass es die Technik gibt, was? Jetzt komm schon rein, du bist der Erste! Kim!« Frank wandte sich ihm vertraulich zu. »Sie hat bestimmt noch mit ihren Haaren zu kämpfen«, er lachte, »du kennst sie ja.«

Ja, er kannte sie, und er war im Gegensatz zu Frank nicht mit ihr zurechtgekommen. Ihre an Hysterie grenzende Sorge um ihr Haar war ihm auf die Nerven gegangen, unzählige Male hatte sich deswegen zwischen ihnen ein fürchterlicher Streit entzündet. Frank dagegen schien ihre Eigenart als Marotte zu betrachten, als liebenswerte Marotte einer Frau, die er bewunderte – und liebte. Frank stapfte voraus, auf die Veranda, die zwei Seiten des Hauses umgab. Auf einem langen Tisch standen mit Eis gefüllte Behälter, aus denen die goldenen Hälse der Champagnerflaschen ragten.

»Lieber Bier?«, fragte Frank.

»Ja«, sagte Shane, obwohl er wusste, dass er besser keinen Alkohol trinken sollte. Die Kopfschmerzen würden vom Bier sicher nicht aufhören.

Frank grinste und zog unter dem Tisch eine Kühlbox hervor, klappte sie auf, holte aus dem großen Vorrat zwei Flaschen FourX-Gold heraus und steckte sie in Neopren-Kühler. Den Werbeaufdruck kannte Shane schon: *Frank's Indestructible Tyres.*

»Auf die Frauen!«, sagte Frank und stieß mit ihm an. »Pammie wollte auch längst da sein.« Frank zuckte mit den Schultern. »Aber in dem Alter ändert man in jeder Sekunde seine Pläne, hab ich Recht?«

Pammie? Shane zuckte zusammen. Frank nannte Pam, die gar nicht seine Tochter war, so, wie Shane sie genannt hatte, als sie noch ein kleines Mädchen war. Frank legte ihm gut gelaunt den Arm auf die Schulter, und Shane schluckte seine Empörung hinunter. Was ist schon dabei, wenn Frank Pammie sagt? Er mag sie. Das ist doch das Wichtigste.

Sie gingen auf die Veranda, die sich seit seinem Besuch am Nachmittag verändert hatte. Ein Grill aus blitzendem Edelstahl wartete auf seinen Einsatz, daneben glitzerte das Wasser eines ovalen Whirlpools, den er gar nicht wahrgenommen hatte. Genauso wenig wie die zahlreichen Terrakottatöpfe mit blühenden Bäumchen. Wie in einem Lifestyle-Magazin, dachte Shane. Ob Frank dies alles überhaupt schätzte? Er kam ihm eher wie ein Mann vor, der sich mit jeder Situation zurechtfand. Ob Blumen oder nicht, Whirlpool oder nur Badewanne, Frank brauchte einfach immer nur eine neue Aufgabe, in die er sich hineinstürzen konnte.

Sie stellten sich ans Geländer und betrachteten den abschüssigen Garten. Die Sonne war schon längst verschwunden. Eine leichte Brise wehte vom Meer herauf, das sich am Ende der Ebene als dunkelblauer Streifen an der lichterbesetzten Küste abzeichnete.

»Hallo!« Sie drehten sich um. Kim lehnte in der offenen Verandatür wie ein Mannequin.

»Umwerfend!«, sagte Frank. Kim gab ihre Pose auf, kam auf die Veranda und küsste Shane auf die Wange. Die Missstimmung vom Nachmittag war offenbar verflogen. Frank war bereits zum Tisch mit den Getränken unterwegs.

»Shane!« Sie betrachtete ihn. »Was ist los? Heute Mittag hast du besser ausgesehen. Ist dir nicht gut?«

»Nur Kopfschmerzen. Nicht der Rede wert.« Er log.

»Bist du sicher, dass du nicht lieber heimfahren und dich ins Bett legen willst?«

»Ja, Kim, ich bin ganz sicher.«

Sie seufzte. »Ich weiß, dass ich dich nicht dazu überreden kann.«

»Genau. Sag mal, Kim, wer hat noch einen Schlüssel zum Apartment?«

Ihr Blick wurde misstrauisch. »Wir, sonst niemand. Der Portier natürlich, der wird einen Generalschlüssel haben. Aber warum willst …«

Beschwichtigend legte er ihr die Hand auf den Arm, und sie sprach nicht weiter.

»Und Champagner für die Dame!« Frank kam zurück und reichte Kim ein gefülltes Glas, die sich daraufhin mit einem Kuss bedankte. Shane schaute zur Seite und fragte sich, warum er so früh gekommen war.

Kim eilte ins Haus. »Ist es nicht seltsam«, redete Frank weiter, »dass wir erst unser halbes Leben mit dem falschen Menschen verbringen müssen, bis wir endlich wissen, was wir wollen? Meine erste Frau war eine echte Kratzbürste!«

»Meine auch«, sagte Shane, und Frank brauchte einen Moment, bis er verstand, dann brach er in lautes Lachen aus.

»Kim!«, rief er ins Haus. »Du hast mir nie gesagt, dass Shane so einen trockenen Humor hat!«

»Staubtrocken, ja!«

»Haha, Schatz!« Er lachte immer noch, als Kim herauskam und erschrak.

»Aber Frank!«

»Was denn, Schätzchen?«

»Die Windlichter sind ja noch gar nicht angezündet!«

»Nur mit der Ruhe, Schätzchen. Frank macht das schon.«

Frank schenkte ihr ein Lächeln und machte sich dann mit dem Feuerzeug an das Anzünden der Fackeln und Windlichter, die auf der Terrasse und im Garten verteilt waren. Ein kurzer Moment der Stille entstand zwischen Shane und Kim, in dem er sich vorstellte, sie sei eigentlich mit *ihm* verheiratet und lebe mit *ihm* in diesem Haus.

Es klingelte, und Kim ging, um die Tür zu öffnen. Auf seine Krücken gestützt, beobachtete Shane die seitliche Veranda, auf der ihn Frank hergeführt hatte. Eine farblose Frau Ende dreißig, in einem langen Leinenkleid, unter dem braune Sandalen wie Mäuse trippelten, am Arm eines breitschultrigen, abgehärtet wirkenden Mannes mit einem zu kleinen Gesicht. Carol und Tim Wilcox?

»Nancy und Mike aus London«, stellte Kim die beiden vor, »Shane, mein Exmann. Die beiden sind gerade dabei, einzuwandern. Ist das nicht aufregend?«

»Ja, unser Einwanderungsverfahren läuft«, sagte Nancy in einem seltsam sperrig klingenden Englisch und strahlte Shane an. »Das Leben dort kann man ja gar nicht mehr bezahlen! Aber was ist Ihnen denn passiert?«

»Betriebsunfall«, warf Frank ein, bevor Shane etwas sagen konnte, und schlug Shane freundschaftlich auf die Schulter. »Er ist nämlich ein Cop!«

Kim warf Shane einen entschuldigenden Blick zu.

»Tatsächlich? Welche Abteilung?« Mike zog die Augenbrauen in seinem sonnengegerbten Äffchengesicht hoch, während Nancy Shane mit ihren wässrig blauen Augen interessiert betrachtete.

»Mordkommission«, antwortete Shane und entschuldigte sich. Er hatte nicht die geringste Lust, mit diesem Ehepaar auch nur einen Satz mehr als nötig zu wechseln. Ein anderes Paar kam über die Veranda spaziert, das sich mit Rolf und Barbara Osborne vorstellte. Shane sah sich nach Kim um. Er entdeckte sie in der Küche.

»Na, amüsierst du dich?«, fragte sie, als er hereinhumpelte.

»Sehr! Ich dachte, du hättest auch die Wilcox' eingeladen.«

Sie zwinkerte. »Wieso interessierst du dich so für sie, Darling?«

Darling? Woher kamen plötzlich ihr Charme, ihr Humor, ihr Interesse an seiner Arbeit? Hatte er denn in den Ehejahren alles in ihr erstickt? Ihm fiel keine Antwort ein, so fragte er nur: »Und wo bleibt Pam? Sie wollte doch von Cairns zurück sein.«

Kim riss eine Packung Cracker auf. »Ach ja, sie hat angerufen. Es kann später werden. Du weißt ja, Jungs.«

»Machst du dir denn keine Sorgen? Kennst du denn ihren Umgang?« Wie konnte Kim nur so unvorsichtig sein?

»Ach, Shane! Was *du* denkst!« Sie schüttete die Cracker in eine Glasschüssel. »Natürlich kenne ich den einen oder anderen. Aber alles weiß ich natürlich auch nicht, dann hätte ich ja keine ruhige Minute mehr!«

Ihm gingen Bilder von Vergewaltigungen, Morden, Verkehrstoten durch den Kopf. Offenbar bin ich derjenige, der hysterisch ist. Früher hatte er das immer Kim vorgehalten.

»Justin ist zuverlässig. Er ist neunzehn und fährt vorsichtig«, sagte sie.

»Er fährt Auto? Sie ist nicht mit dem Bus gefahren? Es fährt doch ein Bus nach Cairns! Weißt du, wie viele junge Leute auf den Straßen verunglücken, Kim?«

»Shane! Hör auf!« Ihr Lächeln war verschwunden und einer Falte zwischen ihren asiatischen Augen gewichen. Hatte ihn wirklich seine Arbeit so werden lassen? Was war normal? Kims Verhalten oder seines?

Von draußen drang Gläserklirren und Gelächter herein. Er sah Kim an, die mit der Crackerschüssel in der Hand dastand.

»Sie wird schon irgendwann antanzen«, sagte er dann.

»Weißt du, Shane: Je länger ich dich kenne, desto rätselhafter wirst du für mich.« Sie ließ ihn stehen, setzte ein strahlendes Gastgeberinnenlächeln auf und ging mit der Crackerschüssel und einem Brotkorb hinaus auf die Terrasse.

Die Nacht war hereingebrochen, und das Ehepaar Wilcox noch immer nicht eingetroffen. Shane lehnte sich an die Brüstung. Am schwarzen Himmel glitzerten unzählige Sterne, die Zikaden zirpten aufgeregt, der Wind fuhr rauschend durch die Bäume, und in Richtung Meer leuchtete großstädtisch Mooloolaba, oder war es das größere Caloundra? Er fühlte sich auf einmal fehl am Platz, dachte an das letzte Fest, Al Marlowes Geburtstag, und dann drängten sich die Bilder wieder auf –

»Carol und Tim Wilcox! Shane, mein Exmann!«, hörte er Kims Stimme. Er fuhr herum, und drei Augenpaare starrten ihn an.

»Hallo.« Tim, ein schlanker, glattgesichtiger Mittvierziger, mit vollem, modisch geschnittenem Haar und einem perfekten Lächeln in einem harmonischen Gesicht, drückte ihm fest die Hand. »Willkommen im Paradies!«

Tim, der Zuversicht und Erfolg ausstrahlende Anwalt, dachte Shane. Das weiße Langarmhemd hing modern lässig über seinen Jeans, er trug bestimmt die neuesten Lederschuhe, und sein schlankes Handgelenk umschloss eine teuer und klassisch aussehende Uhr mit braunem Lederarmband. War es möglich, dass dieser Mann von Darren Martins Verwicklung in Drogengeschäfte wusste?

»Es ist kalt«, sagte Carol Wilcox und rieb ihre nackten Arme. Shane blickte auf ihr Dekolletee und musste sich zwingen, nicht zu lange hinzusehen.

»Liebling, ich hole dir einen Drink, dann wird dir warm.« Zu Shane gewandt, sagte er: »So ist das mit den Frauen, sie tragen uns zuliebe diese durchsichtigen Fetzen und erkälten sich.« Er zwinkerte vergnügt und gab Carol einen Kuss auf ihre nackte Schulter. Sie zuckte zurück, kaum merklich, doch ihm, Shane, war es nicht entgangen. Auch ihr Mund zuckte. Ein schöner, dezent geschminkter – und enttäuschter Mund.

»Und für Sie, Shane, noch ein Bier?«, fragte Tim.

Shane nickte. Dann stand er ihr allein gegenüber. Einer dunkelblonden Frau Mitte vierzig, in einem Hauch von einem Sommerkleid mit rötlichen Blüten, das ihre Hüften und ihre Brüste umschmiegte. Er spürte das Bedürfnis, ihren Arm zu berühren oder ihr Haar zu riechen. Der Wind wehte den Stoff ihres hellen Kleides fest an ihre Schenkel.

»Leben Sie schon lange hier?«, fragte er schließlich. Fiel ihm wirklich keine andere Frage ein?

»Sehr lang.« Die Bitterkeit in ihrer Antwort überhörte er nicht. In ihren Mundwinkeln bemerkte er kleine Fältchen. Ihre Haut war hell und glatt. Sie trug kleine goldene Ohrringe, über die ein paar Strähnen ihres hochgesteckten Haares strichen. Ihre Ohren waren klein –

»Verstehe«, sagte er.

»Glauben Sie? Glauben Sie, dass Sie es verstehen?« Sie sah ihm direkt in die Augen. Welche Farbe hatten sie? Braungrün? Oder braun? Er glaubte an gar nichts mehr, sollte er ihr das sagen? Sie ließ ihren Blick über die Gäste auf der Veranda schweifen. »Mögen Sie Barbecuepartys?«

»Manchmal, und Sie?«

»Nein, nicht mehr.« Sie sah ihn wieder direkt an. »Warum sind Sie hier, Shane?«

»Oh, Kim, meine Exfrau hat mich ...« Unmöglich, ihr die Wahrheit zu sagen, und er brach ab. Doch ihr Blick ließ ihn nicht los.

»Ich meine: Warum sind Sie in Wirklichkeit hier?«

Was sollte er jetzt sagen? Dass er die Spur von Darren Martin verfolgte? Um sich von seiner Schuld zu befreien? Würde sie ihm, wenn er ihr dies sagte, auch eine wahre Antwort geben? Musste er denn so lange überlegen und abwägen, um eine einfache Frage zu beantworten? Er öffnete schon den Mund, um die Wahrheit zu sagen, doch dann, plötzlich, war der Moment vorbei, und er sagte: »Zum Ausspannen.«

In diesem Augenblick kam Tim mit zwei Flaschen Bier und einem Glas Champagner zurück.

»Trinken wir auf das Leben. Frank hat mir von Ihrem Unfall erzählt. Es ist ja wirklich vor meinem Büro in Brisbane passiert. Entsetzlich.« Er war zum ersten Mal ernst geworden.

Shane nahm das angebotene Bier. Spielte Tim mit offenen Karten?

»Ich nehme an, es ist kein Zufall, dass Sie hier sind, Shane?« Tim fuhr sich mit einer geradezu sportlichen Geste durch das volle Haar, als wolle er das Entsetzen, das er eben noch ausgedrückt hatte, damit verjagen.

»Kim hat mich eingeladen ...«

Tim unterbrach ihn. »Ja, ja, schon, aber es geht doch um Darren Martin, nicht wahr? Die Buschtrommeln. Susan von *Nice & Cool* ist eine gute Bekannte von mir. Heute hab ich sie zufällig getroffen. Und sie hat mir von einem Typ mit steifem Bein und zwei Krücken erzählt, der sich nach Darren Martin erkundigt hat. Na ja, sie sind ja nicht ganz unauffällig.«

Carol sah ihren Mann irritiert an. »Davon hast du mir gar nichts erzählt.«

»Ich bin noch nicht dazu gekommen, Liebling.«

Mit einer schnellen Bewegung setzte sie das Glas an die Lippen.

»Ich mache mir natürlich Gedanken.« Tim drehte nachdenklich die Bierflasche in der Hand. »Darren Martin hatte oft Zugang zu unserem Haus. Er wusste von meinem Büro. Ich hab keine Ahnung, was er vor dem Eingang dort wollte! Warum war er ausgerechnet dort?« Er zuckte mit den Schultern. »Vielleicht war ihm auch einfach nur die Adresse spontan eingefallen, und er hat diesen Treffpunkt vorgeschlagen«, gab er sich selbst zur Antwort.

Shane wusste nicht, was er von Tim halten sollte. War er wirklich der aufrichtige Anwalt, der von allem nichts wusste, oder spielte er nur eine Rolle?

Carol murmelte eine Entschuldigung. Shane sah ihr nach, wie sie auf das Paar aus London zusteuerte. Tim, der Shanes Blick nicht zu beachten schien, zeigte auf die Krücken.

»Haben Sie schon mal dran gedacht, umzusatteln? Sie sollten sich in der Gegend umsehen, es wird viel gebaut. Vielleicht können Sie hier ein Schnäppchen machen. Aber was red ich, Shane. Man verdient wohl nicht allzu gut bei der Polizei, was?«

»Nein.« Das war nicht gelogen.

»Und dann werden Sie auch noch zusammengeschossen und kriegen nur einen Blumenstrauß, oder?«

Maree hatte ihm einen Blumenstrauß geschickt, den einzigen. »Und Glückwunschkarten«, sagte Shane.

Tim schüttelte den Kopf und schob nachdenklich die Unterlippe vor.

»So ist es immer: Die Leute, die die Drecksarbeit machen, werden schlecht bezahlt.« Er seufzte. »Ich bin im Landesentwicklungsgeschäft. Überlegen Sie es sich doch mal, ich könnte Ihnen sicher was anbieten. Die Gegend ist gesucht. Franks Apartment zum Beispiel könnte er heute für ein Drittel mehr verkaufen als vor einem Jahr. Und das ist noch gar nichts. Es gibt ganz andere Gewinnspannen. Kommen Sie mal vorbei. Dann können wir reden.« Tim Wilcox zog eine Visitenkarte aus der Brusttasche seines sicher teuren Hemdes. Shane erkannte den gestickten Polospieler darauf.

»Danke.« Shane steckte die Karte in sein Hemd. Es war hellblau und kurzärmlig und hatte nicht mehr als zehn Dollar in einem Supermarkt gekostet.

»Vielleicht sollten Sie Ihr Glück auch als Fingerzeig sehen. Selten geht etwas zweimal hintereinander gut«, sagte Tim. »Ich muss mal nach meiner Frau sehen. Bis später.« Er drehte sich um und steuerte lächelnd die Gruppe mit Carol und dem Londoner Paar an. Hatte Tim Wilcox ihn eben gewarnt? Oder sah er schon Gespenster? Für einen Moment fing Shane Carols Blick auf. Wie zerbrechlich sie wirkte in ihrem fast durchscheinenden, in der leichten Brise flatternden Kleid. Seine innere Stimme warnte: »Nimm dich in Acht.« Ja, ja, natürlich, murmelte er.

Die Windlichter flackerten. Die Gäste waren in angeregte Gespräche verwickelt und schienen sich wohl zu fühlen.

Shane war jede Lust vergangen, zu bleiben. Er suchte Kim, um sich zu verabschieden. Dann sah er sie mit benutzten Tellern in der Hand ins Haus gehen. »Ich gehe jetzt. Warum ist Pam immer noch nicht da?« Er folgte ihr mit seinen

Krücken in die Küche, wo sie die Teller auf der Theke abstellte.

»Sie hat vorhin angerufen. Sie übernachtet bei Justin. Es war zu spät, um noch herzufahren.«

Pam kam nicht! »Wieso?«

Erschrocken wich Kim zurück. »Shane, jetzt sei bitte nicht albern! Sie ist fast erwachsen.« Sie schob die Essensreste in den Mülleimer.

»Sechzehn ist erwachsen?«

»Siebzehn, Shane, sie ist siebzehn.«

»Auch mit siebzehn ist man noch lange nicht erwachsen.«

»Shane! Sie ist vernünftig. Sie weiß, worauf sie sich einlassen kann und worauf nicht.«

»So, dann weiß sie offenbar mehr als ich und als die meisten Menschen. Und außerdem, Kim: Weiß sie denn nicht, dass ich heute hier bin?« Er fühlte sich plötzlich von allen verraten und verlassen.

»Ich habe dir doch gesagt, sie hat Justin.«

»Ach so, und da zählt der eigene Vater plötzlich nicht mehr?«

»Shane, warum regst du dich nur so auf?« Sie drehte sich um und räumte die Teller in die Spülmaschine.

Er atmete tief aus. Sie hatte Recht. Beim Hinausgehen hätte er beinahe eine Glasfigur gestreift, die auf einem Beistelltisch stand. Er sah genauer hin: Es war ein rotes Pferd.

Auf der Veranda drehte Frank den Gashahn am Grill ab. »Genug zu essen gehabt?«, fragte er Shane.

»Ich mag keine Garnelen, Frank«, sagte er mürrisch.

»Aber, Shane, warum hast du das nicht gleich gesagt? Und Kim? Sie müsste das doch wissen! Ich hol uns noch ein paar Würstchen. Magst du Würstchen?«

»Danke, aber ich hab keinen Hunger.« Er wollte nur noch ins Bett und schlafen.

»Ach, komm schon, du musst wieder zu Kräften kommen!« Frank rief ins Haus: »Kim! Bring doch noch die Packung Würstchen aus dem Kühlschrank mit!« Er hob beide Daumen und nickte Shane zu. Alles in Ordnung, hieß das. Frank, dachte Shane, im nächsten Leben werde ich so wie du.

Frank schnupperte in die Nachtluft. »Ein schöner Abend, wirklich. In meinem Alter freut man sich über solche Momente.«

Beinahe hätte Shane erwidert, dass ihm die Freude an solchen Momenten vergangen war. Er traute dem schönen Augenblick nicht mehr, es konnte sein, dass man ihn nicht überlebte.

Kim trat zu ihnen. Die Packung Würstchen hielt sie mit spitzen Fingern. »Das macht dick, Frank, mehr sag ich nicht.«

»Gut so, Schätzchen.« Frank nahm die Styroporpackung, gab Kim ein Wangenküsschen, riss die Folie auf und warf die blassen, dicken Würstchen auf den Grill.

Anstandshalber aß Shane eines der wirklich fettigen Würstchen, dann ging er.

Das Meer glänzte schwarz, und über den Mond zogen wattige Wolken, wie damals an jenem Abend. Nein, er würde sich nicht von der Angst besiegen lassen. Trotzdem fuhr er nicht in die Tiefgarage, sondern parkte seinen Wagen auf der Straße. Und als er oben im Apartment angekommen war und die Tür hinter sich abgeschlossen hatte, atmete er tief durch.

16

Er sah auf die Uhr im Armaturenbrett. Nur noch zwei Minuten. Der Chief mochte keine Verspätungen, das wusste er seit Jahren. Er gab Gas, bog links in die Hauptstraße von Maroochydore ein. Die Leuchtreklamen der Restaurants und Fast-Food-Ketten brannten bunt in der Nacht. Genauso wie die Weihnachtsdekorationen, die überall an den Fassaden angebracht waren. Auf der breiten Straße glitten die Wagen dahin, als wären sie ferngesteuert. Niemand schien es eilig zu haben. Außer ihm. Er hätte früher losfahren sollen, doch da war noch dieses Mädchen. Sie war einmal oben bei ihm gewesen, zusammen mit ihm, Mr. Right. Er hatte sich angewöhnt, ihn so zu nennen.

Jetzt bekam sie von Mr. Right keinen Stoff mehr, war deswegen stinksauer und hatte ihm eben die Ohren voll gejammert. Er hatte ihr etwas gegeben, aber eine Gegenleistung gefordert. Sie hatte es ihm im Auto besorgt. Sie würde ihm wieder einen Gefallen tun, hatte sie ihm versprochen. Er war sicher, sie würde schon bald wieder Kontakt zu ihm aufnehmen – und er würde sie gern einen Gefallen tun lassen …

Da – er konnte schon die beleuchtete Telefonzelle sehen. Sogar eine Parklücke war dort. Er schoss in die Bucht, riss die Wagentür auf, warf sie zu und stürzte zur Telefonzelle. Die Nummer hatte er sich auf der Fahrt eingeprägt. Der Chief war vorsichtig, ließ sich immer an einem anderen Ort anrufen. Er wählte. Nach nur einem Klingeln wurde abgenommen: ein trockenes Klack, doch keine Stimme.

»Chief?«, fragte er in den Hörer hinein.

»Wie läuft die Sache?«

»Ich denke, er weiß, wie gefährlich es für ihn wird, wenn er weitermacht.«

»Das wird ihn nicht bremsen. Du hättest gleich Ernst machen sollen.«

»Noch einen Cop töten?«

Er hörte ein Schnaufen. Ob es Ausdruck von Verachtung oder nur belanglos war, konnte er nicht einschätzen.

»Ich kenne ihn. Er ist gefährlich«, sagte der Chief.

»Ein Mann mit Krücken kann nicht besonders gefährlich sein.«

»Dein Fehler ist: Du unterschätzt deine Gegner.«

»Dann schalte DU ihn doch aus, Chief.« Er ärgerte sich.

»Du vergisst, dass ICH uns die Sache nicht eingebrockt habe. Das warst DU, und DU bringst die Sache auch wieder in Ordnung. Soweit sie überhaupt in Ordnung zu bringen ist. Ich habe jedenfalls gerade ein anderes Problem.«

»Ach?«

»Die Alte …«

»Und?« Er hatte die Sache am Strand vor Wochen schon abgehakt.

»Ich lasse mir nicht alles nehmen!«

»Was zum Teufel meinst du, Chief?«

»Das geht dich nichts an.«

Und schon hörte er ein Knacken in der Leitung und dann das Freizeichen. Er hängte den Hörer auf die Gabel und verließ die Telefonzelle. Der Chief bereitete etwas vor. Und er wusste nichts davon. Das mochte er nicht. Ganz und gar nicht.

17

Das Wetter war erneut umgeschlagen. Um halb acht morgens saß Shane im Sessel vor dem Balkonfenster und sah durch die Scheibe hinaus in den grauen Regenschleier. Die Wipfel von drei hohen, dürren Nadelbäumen, die zwischen Parkplatz und Strand angepflanzt worden und nicht der Bauwut zum Opfer gefallen waren, bogen sich unter den Peitschenhieben des Windes. Das Meer war grau und schaumig. Weit draußen kämpfte eine weiße Motoryacht mit den Wogen. Von der Straße drang das schmatzende Geräusch durch Pfützen pflügender Autoreifen. Über sich hörte er Schritte. Schnelle, energische Schritte. Frauenschritte. Er hatte die Schritte erst heute Morgen beim Aufstehen wahrgenommen, er konnte sich nicht daran erinnern, ob er sie da zum ersten Mal gehört hatte. Vielleicht saß sie über ihm genauso wie er in einem Sessel, stand hin und wieder auf, holte sich aus dem Kühlschrank etwas zu trinken oder zu essen. Er versuchte, sie sich vorzustellen. Doch er sah immer nur Carol Wilcox. Er starrte weiter zum Fenster hinaus in den grauen Regen. Wo stand er mit seinen Ermittlungen?

Darren Martin und der Mann im Hauseingang waren höchstwahrscheinlich bei einem Drogendeal überrascht worden und hatten die Nerven verloren. Gestern hatte man ihm demonstriert, was er zu erwarten hatte, wenn er nicht endlich abreiste. Mick Lanski war verdächtig. Gut, vielleicht hatte er sich getäuscht, als er gestern kurz vor dem Anschlag Lanski gesehen zu haben glaubte. Aber wenn er sich nicht getäuscht hatte? Angenommen, es war Mick Lanski gewesen. Er hatte sich also Zutritt zum Apartment verschafft. Kein Problem für einen Polizisten. Aber, was sollte Mick Lanski mit dem Mord an seinen drei Kollegen zu tun haben? Drogengeschäfte? Steckte Mick Lanski mit drin?

Oder sollte das alles nur ein persönlicher Racheakt sein, weil Shane in der Anhörung den alten Zwischenfall erwähnt hatte? Vielleicht war Lanski krank, psychisch krank und entwickelte einen solchen Hass …?

Er starrte wieder aufs Meer. Die weiße Yacht war umgekehrt und auf dem Weg zurück zum Ufer. Im Schlafzimmer stand ein Fernrohr. Damit könnte er ein wenig aufs Meer schauen und sich die Zeit vertreiben, bis ihm etwas Besseres einfiel. Er erhob sich aus dem Sessel, brachte das Fernrohr ins Wohnzimmer und stellte es an die Scheibe. Endlich hatte er die Yacht im Sucher. Sie sah seltsam zweidimensional aus, als ob die Entfernung zwischen zwei Gegenständen nichts anderes sei als eine bestimmte Menge Luft, die das Fernrohr wie ein Staubsauger absaugte, bis die beiden Gegenstände aufeinander klebten. Am Steuer erkannte er eine Gestalt im Mantel mit Kapuze, und die Fahne am Heck flatterte so sehr, dass sie zu zerreißen drohte. Er ließ das Fernglas über die aufgeschäumten Wellen schweifen und hatte bald den Wipfel von einem der drei Nadelbäume im Blick. Ein dicker brauner Vogel krallte sich auf einem windgepeitschten Ast fest. Er ließ das Fernglas weiter hinabgleiten und traf auf den fast leeren Parkplatz. Vier Autos bloß, zur Straßenseite hin drei weiße und ein rotes ihnen gegenüber. Kein Wunder, wen zog es schon bei solch einem Wetter an den Strand? Ein Läufer wischte durchs Bild. Im mittleren weißen Auto saß jemand. Sicher überlegte derjenige noch, ob er aussteigen oder wieder fahren sollte. Vielleicht war er auch gerade eingestiegen. Vielleicht wartete er auf jemanden oder hatte jemanden abgesetzt. Es war ein Mann. Ein Mann mit kurzen, dunklen Haaren und einem weißen T-Shirt. Vielleicht wartete er, bis der Regen aufhörte?

Stundenlang hatte auch er in Autos gewartet, dabei unzählige Liter Kaffee in sich geschüttet und Unmengen von Hamburgern und Fleischpasteten verschlungen, in schwülen und in feuchtkalten Nächten, auf Parkplätzen, vor Nachtclubs, vor Hauseingängen.

Ein ganzes Jahr hatte er ausschließlich damit zugebracht, als er in der Überwachungs-Abteilung war. Nach einem halben Jahr schon hatte er genug und versuchte, sich versetzen zu lassen, was ein weiteres halbes Jahr dauerte. Damals hatte er geglaubt, sich für den falschen Beruf entschieden zu haben. Das, was er tat, im Auto zu sitzen, in Kneipen, Bars, Nachtclubs und Restaurants rumzuhängen, schien nicht im Geringsten dazu beizutragen, die Welt oder wenigstens die Stadt, in der er arbeitete und lebte, besser zu machen. Und das war es doch, was ihn zur Polizei hatte gehen lassen. Unsere Aufgabe ist es, die Welt ein bisschen besser zu machen, hatte sein Vater immer gesagt. Wie lange war das her? Er fragte sich, wie sein Vater die Wartezeit totschlug, jetzt, allein in seiner Strandhütte auf Fraser Island.

Es regnete stärker. Trotz des Daches, das der Balkon der über ihm liegenden Wohnung bildete, erreichten die Tropfen die Scheibe und liefen in winzige Perlen zersprengt am Glas herunter.

Sein Blick fiel auf die aufgeschlagene Seite der Makler-Werbebroschüre. »Erwerben Sie Ihr privates Paradies am Ozean« stand da. Dies war also das Paradies. Wo aber blieb das Glück, das man ja im Paradies empfinden würde? Jenes Glück, wunschlos zufrieden zu sein. Glück war der Stillstand der Zeit, weil sich jede Minute gleich anfühlte. Im Paradies gab es folglich keine Zeit mehr. Und damit auch kein Warten. Es gab ja nichts mehr danach. Nur das ewige Glück.

Als er wieder durchs Fernrohr sah, saß der Mann mit den dunklen Haaren noch immer im Auto. Regen und Wind hatten nachgelassen. Die Baumwipfel bogen sich nicht mehr. Die Wolkendecke klaffte auseinander, weißes Sonnenlicht brannte. Jetzt könnte der Mann da unten endlich aussteigen. Nein, da kam seine Verabredung. Ein Mann in langen Hosen, die Jacke über den Kopf gezogen, stieg ein. Endlich, dachte Shane, hat wenigstens deren Warterei ein Ende. Doch der Wagen fuhr nicht weg, es stieg auch niemand aus. Ein weißer Sedan.

In der Überwachungs-Abteilung hatte er auch weiße Wagen gefahren. Einen weißen Holden und einen weißen Ford. Autos, die jeder fuhr, die nicht auffielen, wenn sie stundenlang vor einem Hauseingang parkten oder jemanden verfolgten. Der weiße Sedan parkte zwischen anderen Wagen, anderen weißen Wagen. Unauffällig. Auffällig unauffällig. War einer der Männer der, der ihn gestern beinahe getötet hatte? Oder hatten ihn die wenigen Tage im Paradies schon paranoid gemacht?

Wieder schoben sich braunschwarze Wolkenberge heran, verschlossen den Riss im Himmel. Es regnete wieder stärker, Windböen wehten den Regenvorhang klatschend an die Scheibe. Der Wagen mit den beiden Männern stand noch immer da. Er dachte daran, Mick Lanski anzurufen und ihn direkt zu fragen, ob man ihn überwachte. Doch was wäre, wenn Mick Lanski tatsächlich hinter dem gestrigen Anschlag steckte? Aber wen könnte er sonst anrufen? Al Marlowe würde ihm raten, zurück nach Brisbane zu kommen. Tom McGregor auch. Nein, er musste die Sache allein durchstehen. Sollten sie ruhig da unten in ihrem Auto auf ihn warten. Er würde schon mit ihnen fertig werden.

Er humpelte in die Küche, holte sich ein Bier und schaltete den Fernseher ein. Hin und wieder sah er auf sein Handy. Doch das Display blieb dunkel. Sein Kopf schmerzte.

Am Nachmittag brannte die Sonne wieder. Dampf stieg von der regennassen Straße auf. Gerade eben hatte er noch einmal hinunter auf den Parkplatz gesehen, doch der weiße Sedan war verschwunden. In den anderen Autos saß niemand. Vielleicht hatten sie es aufgegeben, oder aber sie hatten es gar nicht auf ihn abgesehen.

Er rief die Nummer an, die auf Tim Wilcox' Visitenkarte stand, doch es meldete sich nur ein Anrufbeantworter, und er legte auf. Auf Tim Wilcox' Visitenkarte stand neben der

Büro- auch die Privatadresse. Er fand sie auf Anhieb im Stadtplan. Die Straße verlief parallel zu der, in der Kim und Frank wohnten, sie zweigte lediglich zwei Einfahrten später von der Hauptstraße ab. Er zog sich an und nahm den Aufzug hinunter in die Lobby. Sein Wagen stand in der prallen Sonne. Die Hitze im Innern nahm ihm den Atem, er ließ alle Fenster herunter und hoffte, dass der Fahrtwind für ein wenig Kühlung sorgte. Er bog auf die Straße hoch zum Motorway ein und musste in einer langen Schlange vor der Ampel halten. Hitze und Autoabgase drangen durch die geöffneten Fenster. Er ließ sie wieder hochfahren und schaltete die Aircondition ein. Doch als sie endlich kühlte, war er schon oben in Buderim und parkte in der von hohen Bäumen beschatteten Seitenstraße vor Tim und Carol Wilcox' Haus.

Er humpelte mit seinen Krücken durch das geöffnete Gartentor, über nasses Gras und unter hohen, tropfenden Büschen hindurch. Die Luft roch süß nach Blüten. Die Haustür des modernen weißen Flachbaus mit einer breiten Glasfront war blau. Die Jalousien waren heruntergelassen. Er hätte auch zuerst zu Tim Wilcox' Büro fahren können, doch irgendetwas hatte ihn zu dessen Privathaus geführt. Dass es die Hoffnung war, Carol wiederzusehen, verdrängte er sofort. Er klingelte. Von drinnen kam ein Brummen, das plötzlich verstummte. Kurz darauf wurde die Tür geöffnet. Ein rundes Gesicht mit Doppelkinn sah ihm entgegen. Das blond gelockte Haar war am Ansatz schon dunkel nachgewachsen.

»Ja?«, fragte die Frau nicht gerade freundlich. In ihrer Hand der Schlauch eines Staubsaugers. Shane war überrascht.

»Sind Tim oder Carol da?«, fragte er.

Ein argwöhnischer Blick. »Und wer sind Sie?«

»Shane O'Connor.«

Sie drehte sich um und brüllte: »Carol?« Als sei Carol schwerhörig oder in der hintersten Ecke des Gartens.

»Ist okay, Mari-Carmen.« Carol kam hinter ihr aus der Wohnung. Mari-Carmen würdigte Shane keines weiteren Blickes, schaltete den Staubsauger wieder an und verschwand in einem Nebenraum. Einen Moment lang sagten weder Carol noch er etwas. Sie war nur dezent geschminkt, trug ein hellgrünes langes Sommerkleid und keine Schuhe. Strähnen fielen ihr in die Stirn und in den Nacken. Sie sah aus, als hätte sie körperlich gearbeitet.

»Stör ich?«, fragte er.

»Nein, kommen Sie nur.« Sie trat zurück. Er humpelte an ihr vorbei. Sie schloss die Tür.

»So kurz vor Weihnachten hat der Gärtner abgesagt. Er wollte den Rasen mähen und die Sträucher schneiden. Aber der Regen …« Sie ging voraus. Er folgte ihr humpelnd durch einen überdachten Vorraum, in dem drei Vogelkäfige hingen. Ein großer weißer Papagei sah ihn neugierig an. Das Haus unterschied sich sehr von Kims und Franks Haus, obwohl es ähnlich, am Hang mit Blick auf die Küste, gelegen war. Wohnzimmer und Veranda waren großzügiger, und die Einrichtung moderner. *Strandhaus*-Stil würden das die Lifestyle-Magazine nennen.

»Sehen Sie selbst, die gehören geschnitten. Das ist schon jetzt der reinste Dschungel«, sagte sie.

Er stellte sich neben sie an die Brüstung des großen Balkons und sah auf den ausgedehnten Garten voller bunt blühender Sträucher hinunter. Dahinter breitete sich die weite Ebene zur Küste hin aus, ein heller Streifen vor dem stahlblauen Meer. Das Staubsaugerbrummen schwoll an.

»Entschuldigen Sie mich einen Moment«, sagte sie und ging ins Haus. Er verdrängte seine Unsicherheit, was er sagen oder fragen sollte, und betrachtete einfach weiter die Landschaft vor sich. Das Staubsaugerbrummen hatte aufgehört, und Carol stand mit zwei Gläsern in der Hand in der Tür. »Was mögen Sie? Scotch, Gin-Tonic?«

Gut, vielleicht fängt sie dann an zu reden, dachte er. »Was trinken Sie?«

»Einen Scotch. Er macht einen so – so wahrhaftig.« Sie verschwand drinnen und kehrte kurz darauf mit den gefüllten Gläsern zurück. Die Eiswürfel klirrten, als sie ihm sein Glas reichte. Der Whisky hinterließ ein warmes Gefühl in Hals und Bauch.

»Und warum sind Sie gekommen, Detective?« Sie lehnte sich wie er mit dem Rücken an die Brüstung und betrachtete ihn von der Seite.

Er spürte ihren Blick. »Sie waren gestern auf Kim und Franks Party so plötzlich verschwunden.«

»Ja, und?« Ihr Blick und ihre Haltung hatten etwas Herausforderndes. Sie strich sich durchs Haar.

Was suchte er hier, hämmerte es in seinem Kopf. Er sollte endlich seine Fragen stellen und dann verschwinden. Gut, erst mal ein paar unverfängliche …

»Nun, was tun Sie so tagsüber?«, fragte er im Plauderton.

Sie lachte kurz, als ob sie seine Frage nicht ernst nehmen könnte. »Stellen Sie sich vor, ich habe mal Innenarchitektur studiert. Ein paar Semester jedenfalls. Jetzt schreibe ich für die Zeitung hier, gebe Einrichtungstipps. Aber interessiert Sie das wirklich? Oder ist das nur die harmlose Einleitung für ein, sagen wir, Verhör?« Sie strich sich eine Strähne aus dem Gesicht.

»Wieso sollte ich Sie verhören wollen, Carol?«

»Shane«, ihr Ton wurde strenger, »verkaufen Sie mich nicht für dumm, okay?«

»Okay. Also, ich wollte eigentlich zu Tim.«

»Er ist im Büro, nehme ich an.«

»Es hat sich nur der Anrufbeantworter eingeschaltet.«

»Tja, dann ist er sicherlich unterwegs.« Sie klang gelangweilt.

Gut, dann ging er jetzt direkter vor. »Ich wollte mit ihm über Darren Martin reden.«

Ihr Blick wurde hart. »Warum, Detective?«

»Shane.«

»So wie Sie die Fragen stellen, sind Sie als Detective hier.«

Er überging ihre Bemerkung. »Ich will wissen, was Darren Martin mit dem Tod meiner Kollegen zu tun hat.«

Abrupt flackerte Wut in ihren Augen auf. »Darren ist auch tot, vergessen Sie das nicht. Ich kannte ihn. Und Ihre Kollegen kannte ich nicht.«

»Dann erzählen Sie mir etwas über ihn, damit ich ihn auch kennen lerne.«

In ihrem Gesicht regte sich nichts. Sie trank.

Er würde nicht länger warten. Wenn sie nicht redete, dann tat er es. »Dann erzähle ich Ihnen jetzt etwas über meine Kollegen: Andrew Hawkings, Anfang dreißig, wollte heiraten, seine Freundin suchte schon die Kleider aus, ein guter Typ, der viel lachte und viele Kinder wollte. Jim Evans, Spezialist für Fingerabdrücke, hatte alle Fortbildungen absolviert und freute sich darauf, im nächsten Sommer in unsere Abteilung zu wechseln. Und Jack, mein Partner, wäre in drei Monaten wieder Vater geworden. Durch den Schock hatte seine Frau eine Frühgeburt. Sie hat dem Kleinen den Namen seines Vaters gegeben, den er nie kennen lernen wird. Das Baby liegt im Brutkasten. Keiner ist sicher, ob es überleben wird. So, jetzt wissen Sie etwas über die anderen Toten.« Sein Herz hämmerte zornig.

Sie sagte nichts, sah ihn auch nicht an.

Er trank sein Glas fast aus. Die Erinnerungen waren wieder da, seine Knie zitterten. Doch jetzt konnte er nicht aufgeben, musste sie wieder zum Reden bringen, und so sagte er so ruhig wie möglich: »Was tun die Leute hier gegen ihre Langeweile?«

Sie zögerte einen Augenblick, dann huschte ein Lächeln über ihr Gesicht. »Oh, sie nehmen Drogen.« Sie hätte im selben Tonfall auch sagen können, *sie sehen fern* oder *sie gehen surfen.*

»Aha. Und was ist mit Ihnen?«

Sie hob ihr Glas und lächelte ihn über den Rand an. »Ich trinke ab und zu Alkohol.«

»Und Darren?«

»Das weiß ich nicht«, sagte sie knapp. Sie trank ihr Glas aus.

Gut, dann wurde er jetzt direkt. »Was macht Darren Martin nachts um drei mit einem Mann in einem Hauseingang in Brisbane? Und warum wird er von ihm erschossen? Er hatte ein halbes Kilo Amphetamine bei sich, Ecstasy und Metamphetamine. Interessiert Sie das nicht?«

Sie spielte mit dem leeren Glas in ihrer Hand. »Ehrlich gesagt: nein.«

»Aber mich, Carol. Ich will wissen, mit wem er dort gestanden hat. Denn das ist der Mörder.«

Sie sah ihn an, neutral, ausdruckslos. »Dann finden Sie es heraus, Detective.«

Er hätte sie jetzt packen und schütteln können, doch er bremste sich. »Schockiert Sie denn nicht die Vorstellung, dass Darren Martin ein ganz anderer war, als er vorgab zu sein?«

Sie blieb ungerührt. »Nein. Wusste er denn, wer *ich* in Wirklichkeit bin?«

»Sind Sie denn in Wirklichkeit jemand anders?«

Sie lachte kurz. »Mal ehrlich: Wann sind Sie schon Sie selbst, Shane?«

Er trank sein Glas aus, und ohne zu fragen, nahm sie es ihm aus der Hand und ging ins Haus. Worauf hatte er sich eingelassen? Bevor er länger darüber nachdenken konnte, kehrte sie mit zwei vollen Gläsern zurück und reichte ihm seines.

»Kümmern sich Ihre Kollegen denn nicht um den Fall?«

»Aber sicher. Was glauben Sie, wie ein Polizistenmörder, noch dazu ein dreifacher, gejagt wird.«

»Dann sollten Sie ihnen auch den Job lassen.«

»Sie gehören also auch zu denen, die mir zur Erholung raten. Oder gehören Sie zu denen, die mich warnen?«

»Weder zu den einen noch zu den anderen. Ich fürchte nur, Sie sind zu sehr vorbelastet. Sie könnten die Dinge nicht objektiv genug sehen.«

»Was übersehe ich denn?«

»Keine Ahnung, aber es könnte sich lohnen, darüber nachzudenken.«

Er wusste nicht, wie er ihre Äußerungen verstehen sollte. Wusste sie mehr und gab es nicht zu? Oder wollte sie sich nur wichtig – und interessant machen?

»Die Situation ist nicht so einfach, Carol«, sagte er.

»Nein?«

»Nein.« Er überlegte, wie er erklären sollte, was er hier tat.

»Lassen Sie mich raten«, sagte sie und lächelte hintergründig. »Sie haben überlebt und wollen wissen, warum, nicht wahr? Und was Sie hier wollen, ist die Absolution.«

Ihn erstaunte ihr Scharfsinn, zugleich ärgerte er sich über ihre Arroganz.

»Eines sollte Ihnen klar sein«, sprach sie weiter und sah ihn eindringlich an. »Nur Sie selbst sind es, der dem, was geschehen ist, einen Sinn gibt, und nur Sie selbst machen sich zum Schuldigen.« Sie drehte sich zum Garten, trank und sah in die Ferne.

»Sie meinen, ich habe keine Schuld?«, brach es aus ihm hervor.

»Haben Sie denn alles vorausgesehen und Ihre Freunde wissentlich in den Tod getrieben?«

Natürlich hatte er das nicht. Aber *er* war es gewesen, der Jack zum Spaziergang überredet hatte. Er wusste selbst nicht, warum er weiterredete. »Ich wollte etwas über Darren Martin herausfinden. Da treffe ich Sie. Sie sind zufällig in der Geschichte aufgetaucht und reden mir nun meine Schuld aus.«

»Und wenn ich nicht zufällig aufgetaucht bin, Detective?« Ihr Ton hatte wieder etwas Herausforderndes.

Verdammt, was sie hier trieben, war kein Spiel!

»Dann sind Sie entweder von der guten oder von der bösen Seite geschickt worden, Carol!«

Einen Moment lang sagte sie nichts, dann sah sie ihm fest in die Augen. »Meinen Sie wirklich, dass es nur Gut oder Böse gibt?«

Er stellte sein Glas aufs Geländer. Er hatte genug von ihren nebulösen Äußerungen. »Wenn Sie sich klar sind, auf welcher Seite Sie stehen, dann rufen Sie mich an.« Er zog eine Visitenkarte aus der Brieftasche, legte sie neben sein Glas und nahm seine Krücken, die an der Brüstung lehnten. »Ich finde schon raus.«

Das war die einzig richtige Entscheidung, sagte er sich im Auto. Die einzig richtige Entscheidung. Er ließ den Motor an und fuhr davon. Über dem dampfenden Hinterland hingen dunkelgraue Wolken. In den Bergen musste es schon wieder regnen.

Er kam am Büro von Wilcox vorbei, einem unscheinbaren Eingang in einer Ladenreihe zwischen *Jo's Bookshop* und einem Schreibwarenladen. Er war viel zu aufgewühlt, um jetzt mit Tim zu reden. Also wendete er und fuhr zurück. Doch er wollte sich nicht wieder im Apartment verkriechen. So bog er in Mooloolaba nicht zur Tiefgarage ab, sondern blieb auf der Promenadenstraße und steuerte in den Parkyn Drive, der am Komplex der *Underwaterworld* vorbeiführte und vor dem Fischereihafen mit ein paar Fischlokalen und der Lotsenstation an einem Parkplatz endete. Dort stellte er den Wagen ab und humpelte den kurzen Weg durch ein lichtes Wäldchen, das an den Strand grenzte. Auf einer Aussichtsplattform blieb er stehen und sah aufs Meer hinaus. Ein Schimmer von Gold lag auf dem Wasser, der Wind war stärker geworden.

Er sollte Ann anrufen. Doch er fürchtete sich davor.

18

Alles, die Planeten, die Lebewesen, das Gestein – alles bestand aus Mischungen von Substanzen. Überall mischten sich Substanzen, reagierten miteinander, brachten neue Substanzen hervor, diese wiederum waren imstande, sich mit anderen zu mischen, zu reagieren. Es gab veränderte Stoffe, veränderte Reaktionen … Seit Jahrtausenden experimentierte nicht nur die Natur, sondern auch der Mensch. Erze wurden geschmolzen, um Waffen herzustellen – und Schmuck und Dinge des täglichen Gebrauchs. Parfums wurden gemischt, Farben, Baustoffe, Rauschmittel …

Jetzt musste er sich konzentrieren – beim »Kochen«. Dieses Zeug hier war entzündlich. Verdammt entzündlich. Nun, zwei Kilo von diesem »Zeug«, Speed, meth, chalk, ice, crystal, glass, uppers, wie es hieß, würden immerhin gute einhunderttausend Dollar bringen. Er schwitzte unter der Atemmaske. Das Geld war eine Sache, doch Geld konnte man auch anders machen. Vielleicht nicht so schnell so viel, aber er kannte Leute, die verdienten sich mit irgendwelchen Patenten auf Liegestuhlschrau-

ben dumm und dämlich. Oder mit Immobilien. Aber, da war etwas, das viel interessanter war als das Geld. Das ihm sein High verschaffte: die Vorstellung, dass jede dieser Tabletten einen Menschen veränderte. Ihn Dinge tun, denken, träumen, ja erleben lassen würde, die er ohne die Droge nie würde wagen oder sich vorstellen können. Er wusste, dass er besser aufhören sollte, aber …

Josh stand vor der Theke in seiner Küche und legte langsam den Hörer auf. Er hatte nicht mit ihrem Anruf gerechnet. Chrissy hatte ihn noch einmal an die Party im Surfclub erinnert. Er würde sie zu Hause abholen.

Garbo war ungeduldig, sah ihn erwartungsvoll an und wedelte mit dem Schwanz.

»Gleich, Garbo.« Aus dem Kühlschrank holte er die dicke Wurst und schnitt eine Scheibe ab, hackte sie klein und schob sie mit dem Küchenmesser in den Napf. Der Hund stürzte sich gierig auf sein Abendessen. Josh wusch sich die Hände, wischte sie am Küchenhandtuch und an seiner Hose ab. Heute Mittag hatte er den Mann in Buderim in einer Telefonzelle gesehen. Wer rief heutzutage noch von einer Telefonzelle aus an? Doch nur Menschen, die nicht wollten, dass ihre Anrufe auf irgendeiner Telefonrechnung erscheinen.

Warum wollte Chrissy mit ihm und nicht mit diesem Mann in den Surfclub? Darauf gab es nur eine Antwort: Der Mann wollte nicht mit ihr gesehen werden. Und er, Josh, war nur Lückenbüßer. Er goss sich einen Tee auf und setzte sich mit der Tasse hinaus, auf einen der Gartenstühle. Die Anti-Moskito-Kerze brannte schon unter dem Tisch, die Zikaden zirpten, der Himmel hatte sich rosa gefärbt. Obwohl er wegen des Regens nicht ganz so viel gearbeitet hatte wie sonst, fühlte er sich erschöpft. Seine Glieder waren schwer.

Ein paar Magpies pickten im Rasen. Garbo raste auf sie zu und bellte. Die Vögel flogen kreischend auf.

Vielleicht hat sie ja auch genug von dem Mann, dachte er. Warum sollte er, Josh, nicht einfach mal einen Abend genießen – ganz egal, was danach kam?

19

Am Morgen nahm Shane den Kaffee unten an der Promenade im *Coffee Club*, dem Café einer Kette, die überall entlang der Küste Filialen betrieb. Man konnte Mitglied werden, zahlte einen Jahresbeitrag und bekam – außer an Wochenenden und zu Ferienzeiten – mit jedem Getränk ein weiteres, billigeres umsonst und zwanzig Prozent Nachlass auf Speisen. Das Konzept schien erfolgreich zu sein, denn obwohl sich an der Strandpromenade ein Café ans andere reihte, saßen hier die meisten Gäste. Er hatte gestern noch Ann angerufen. Das Baby hatte wieder einen Tag überstanden. Doch die Ärzte warnten vor zu großem Optimismus: Noch immer sei sein Zustand nicht stabil.

An der Theke bestellte er einen schwarzen Kaffee und Toast mit Rühreiern, setzte sich draußen unter das Segeltuchdach an den einzigen noch freien Tisch und blätterte den *Sunshine Coast Daily* auf, den er im kleinen Lebensmittelladen nebenan gekauft hatte. Russell Crowe, der bekannte Schauspieler, war Vater geworden und besuchte seine Frau im Krankenhaus mit einer Harley Davidson, Nicole Kidman, so wurde behauptet, hatte mal wieder eine Nasenoperation überstanden (ein unscharfer Schnappschuss zeigte sie mit einem weißen Verband in ein Taxi steigen), der Manager eines Supermarktes äußerte sich sehr zufrieden über die diesjährigen Weihnachtsvorbestellungen von Garnelen und Hummer, und eine junge Frau mit einem kleinen Kind auf dem Arm stand in einer zertrümmerten Wohnung und beschuldigte ihren Exmann, die Verwüstung angerichtet zu haben. Warum bekam er keine anonymen SMS mehr? Warum hatte man nicht wieder versucht, ihn einzuschüchtern – oder umzubringen?

Ein schlanker, dunkelhäutiger Kellner brachte ihm mit unterwürfiger Freundlichkeit sein Frühstück. Er schlug die Zeitung zu. Der Kellner wünschte ihm mit einer leichten Verbeugung guten Appetit und meinte, es wäre endlich mal wieder ein schöner Tag. Shane nickte, und der Kellner begriff, dass er sich nicht weiter unterhalten und ganz sicher nicht die folgenden Fragen, woher er komme, wie lange er bleibe, beantworten wolle, und ging. Shane strich Butter auf den zu braunen Toast, legte ein Stück Rührei darauf und schnitt eine Ecke ab. Kauend lehnte er sich in seinem Stuhl zurück.

Der gestrige Regen hatte die Luft gereinigt. Die Sonne wärmte angenehm, direkt hinter der ruhigen Promenadenstraße rauschte sanft das Meer. Wenn nur der Grund für seinen Aufenthalt nicht so tragisch wäre, hätte er ein paar Tage hier sogar genießen können. Eine Gruppe von Radfahrern in bunten Trikots schwirrte heran wie Insekten. Als sie keinen ausreichend großen freien Tisch entdecken konnten, zogen sie weiter.

Sein Handy schrillte. Es war Maree.

»Ich hoffe, du erholst dich auch ein bisschen, Shane«, sagte sie besorgt.

»Sicher, Maree. Ich sitze gerade am Meer und trinke Kaffee.«

»Das klingt gut.«

»Gibt es denn was Neues in den Ermittlungen?«

»Also, über Darren Martin ist nichts weiter bekannt. Und

diesen John haben sie auch noch nicht gefunden. Aber hier ist der Teufel los, sag ich dir. Jeder in der Drogenszene geht zurzeit am besten auf Tauchstation.«

»Was macht Lanski?«

»Er ist überall. Spielt sich auf, als müsse er bei der gesamten Polizei einen Großputz veranstalten.«

»Ist er denn in Brisbane?«

»Ich sehe ihn hin und wieder ...«

»Maree, ist der Name Tim Wilcox in den Untersuchungen aufgetaucht.«

»Wilcox? Moment.« Er hörte Papiere rascheln. »Ja, hier: Er ist Geschäftsführer und Inhaber von *Artconcept,* dem Büro, das sich in dem Haus befindet, vor dem ...«

»Ja, ich weiß. Ist er verdächtig?«

»Soweit ich informiert bin, nicht. Er ist Anwalt, verheiratet ... nein, mehr steht hier nicht.«

»Könntest du mir einen Gefallen tun, Maree?«

»Nichts lieber als das.«

»Ich möchte gern Näheres über Tim und Carol Wilcox wissen. Wie lange sind sie verheiratet, wo haben sie gelebt, wie sehen die Finanzen aus ...«

»Okay, mach ich.«

»Danke.«

Er steckte sein Handy wieder in seine Gürteltasche, nahm seine Kaffeetasse und sah über die Uferstraße aufs Meer. Ein weißer Sedan fuhr vorbei, blinkte und bog auf den Strandparkplatz ein. Sofort stellte er seine Tasse ab. Darin hatte ein Mann mit braunem Haar und weißem T-Shirt gesessen. Leider hatte er das Kennzeichen wieder nicht erkennen können. Doch er war ganz sicher: Es war *der* weiße Sedan. Er tastete nach seiner Pistole unter der Jacke und erhob sich. Gleich werden wir sehen, wer mich hier überwacht!

Er hinkte mit seinen Krücken zwischen den Tischen hindurch, überquerte die Straße. Ein Wagen bremste abrupt und hupte. Shane hinkte weiter, über den Bürgersteig, hinunter auf den Strandparkplatz. Ein weißer Van kam herauf, Shane schlängelte sich knapp links an ihm vorbei. Wo war der verfluchte Sedan? Da, da vorn. Jetzt würde er gleich wissen, ob er sich die Überwachung nur einbildete oder nicht. Die Wut peitschte ihn vorwärts. Wo war der verdammte Wagen? Er kam an einem roten Holden Kombi vorbei, dahinter parkte ein weißer Ford, endlich, da – Shane blieb kurz stehen. Er konnte den Mann am Steuer sehen. Er trank aus einem Becher. Stellte er sich auf eine längere Wartezeit ein? Warum saß er bei dieser Hitze im Wagen? Shane fasste die Krücken fester und humpelte auf den Wagen zu. Plötzlich sah der Mann durch das heruntergelassene Seitenfenster, bemerkte ihn, doch er blieb sitzen. Shane blieb vor dem Wagen stehen, schlug mit der Hand wütend aufs Autodach. Am liebsten hätte er mit einer Krücke auf das Blech eingeschlagen. Der Mann zuckte zusammen. Ein gedrungener Kerl mit rotem Kopf.

»He, was tun Sie da!«

»Für wen arbeiten Sie?«, schrie Shane ihn an. Er hatte den Mann überrumpelt.

Auf dessen Gesicht zeichnete sich ein irritiertes Lächeln ab. »Ich weiß nicht …«

»Mann, stellen Sie sich doch nicht so blöd! Also, für wen arbeiten Sie?«

Das Lächeln verzerrte sich, wirkte noch angestrengter. »Ich hab Urlaub.«

Er hatte den Mann mit seinem plötzlichen Angriff eingeschüchtert. Trotzdem, vielleicht spielte er einfach nur besonders gut die Rolle des Unschuldigen.

»Aha. Warum sagen Sie nicht, dass Mick Lanski Sie beauftragt hat, mich zu beobachten.«

»Mick *wie*?« Der Mann kniff die Augen zusammen, als sehe er nicht richtig.

»Lanski! Verdammt! Was machen Sie da im Wagen?« Shane brüllte noch immer.

»Ich hole einen Kumpel ab. Der arbeitet da in der Pizzeria.« Der Mann wies zur gegenüberliegenden Straßenseite. Neben dem *Coffee Club* befand sich tatsächlich eine Pizzeria.

»Aber warum sitzen Sie dann verdammt noch mal im Auto, bei der Hitze? Sie könnten doch auch reingehen!«

Jetzt fiel Shanes Blick auf den Schoß des Mannes. Dort lag ein aufgeschlagenes Pornoheft. Der Mann sah ihn an. Beschämt zuerst, dann runzelte er die Stirn. »Was geht Sie das überhaupt an? Ich kann hier sitzen, so lange ich will!« Die Stimme des Mannes wurde bestimmter. Er schien seinen Schock überwunden zu haben. »Verschwinden Sie, Sie sind doch total bescheuert!«

Ich bin paranoid, dachte Shane, murmelte etwas und ging zurück über die Straße. Er wollte gerade auf den Eingang des Apartmenthauses zusteuern, als ihn eine bekannte Stimme herumfahren ließ.

»Shane!« Kim stand mit einer Tasse Kaffee an einem der Tische des *Coffee Clubs,* fast genau dort, wo er vor ein paar Minuten noch gesessen hatte.

»Kim!« Das Zusammentreffen kam ihm ungelegen. Bestimmt machte er einen verwirrten Eindruck.

»Komm doch rüber zu uns!« Sie zeigte zu einem Tisch, an dem drei Frauen in Sportkleidung saßen und bereits begannen, ihre Stühle zusammenzuschieben, um Platz für ihn zu machen.

»Nein«, wehrte er eilig ab, »ich muss dringend zu einem Termin!«

»Shane! Du wirst doch wohl wenigstens mal Hallo sagen können!« Sie hatte die Sonnenbrille auf ihre Pagenfrisur geschoben, trug ein eng anliegendes weißes Trägerhemd und enge weiße Shorts.

Es blieb ihm wohl nichts anderes übrig, als sich mit seinen Krücken zwischen den besetzten Tischen hindurchzuzwängen.

»Das ist Shane, mein Exmann!«, sagte Kim stolz.

»Hi, Shane!«

Sie hießen Mary-Ann, Jane und Josie und sahen sich alle ähnlich. Mager, halblanges Haar und blonde Strähnen. Mary-Ann trug ihr Haar offen mit Pony, Jane und Josie trugen Pferdeschwanz mit Pony. Im Unterschied zu Jane und Mary-Ann hatte Josie ihre Sonnenbrille nicht aufs Haar geschoben, sondern blickte durch dunkel getönte Gläser in seine Richtung.

»Wie nett, Shane, Sie endlich mal kennen zu lernen, Kim hat uns schon so viel von Ihnen erzählt.« Mary-Ann strahlte. Die mit dem offenen Haar.

»Ja, wir finden es wunderbar, Shane, dass Sie zur Hochzeit kommen«, sagte Josie mit der schwarzen Sonnenbrille. »Kim, das ist wirklich sehr großherzig von dir.« Sie sagte tatsächlich *großherzig*. Sie kennt Kims kleines Herz nicht, dachte er.

»… und von Frank natürlich auch«, sagte Jane, die mit der Sonnenbrille auf dem Haar. »Kennen Sie Frank, Shane?«

»Ja.«

»Die beiden verstehen sich prima«, meinte Kim.

»Ach, ist das nicht perfekt?« Josies dunkle Gläser störten ihn. »Kim hat uns erzählt, was Ihnen passiert ist.«

Ein Windstoß fegte am Nebentisch eine Zeitung auf den Boden, doch Mary-Anns offenes Haar rührte sich nicht. »Sie hätten ja auch tot sein können.«

»Wie grauenvoll!« Josies dunkle Gläser glotzen ihn an.

»Gibt es denn keinen anderen Job, in den Sie wechseln könnten, Shane?« Jane sah ihn mitfühlend an.

»Nein.« Jetzt hatte er genug. Er setzte ein Lächeln auf. »Es war nett, Sie kennen zu lernen, aber ich muss leider los!«

»Bye, Shane!«, riefen sie ihm nach, als er mit seinen Krücken zwischen den Tischen hindurchstakste.

Als er wieder im Aufzug stand, kam ihm der Gedanke, ob es nicht die perfekte Tarnung war, die der Mann da unten eben veranstaltet hatte. Ein Pornoheft – vielleicht war das ein ganz cleverer Bursche, einer von Lanskis Leuten …

Im Apartment schleuderte er wütend die Krücken von sich. Warum war er nur so sehr auf sie angewiesen? Auf dem Weg zur Couch traf sein Blick die Broschüre der Immobilienfirma. Warum, wusste er nicht, aber er musste sie immer wieder ansehen. So klemmte er sie sich unter den Arm, setzte sich auf die Couch und blätterte. Tiefblauer Ozean, weißer Sandstrand, die Flosse eines Wals im roten Abendlicht, der sanft geschwungene Bogen einer heranrollenden Woge. »Inspiration und Entspannung in lässigem, modernem Ambiente und erholsamem Luxus – gönnen Sie sich ein Verschnaufen von der anstrengenden Wirklichkeit …« stand da.

War das hier also nicht die Wirklichkeit, sondern ein Traum, ja vielleicht sogar ein Albtraum, aus dem er irgendwann aufwachen würde?

Wie aufs Stichwort klingelte sein Telefon und riss ihn aus seinen Überlegungen. Maree war dran. Sie teilte ihm mit, dass sie über Tim Wilcox nichts Besonderes herausgefunden habe. Er hatte einige Grundstücke und war nicht unvermögend. Seine Frau Carol war zum zweiten Mal verheiratet. Ihr erster Mann, den sie im Alter von dreiundzwanzig geheiratet hatte, hieß Ian Shaw und war siebzehn Jahre älter als sie. Ian Shaw starb nach sechs Jahren Ehe einen plötzlichen Herztod und hinterließ ihr sechs Millionen Dollar. Ihr gemeinsamer Sohn Adam war einundzwanzig und studierte in Europa. Maree fand noch ein paar aufmunternde Worte und verabschiedete sich.

»Sechs Millionen Dollar«, murmelte Shane und seufzte.

20

Er war schon den ganzen Tag aufgeregt und konnte es kaum erwarten, sie abzuholen. Die Frage, die ihn noch gestern beschäftigt hatte, warum ihre Wahl gerade auf ihn gefallen war, interessierte ihn nicht mehr. In einem Laden an der Promenade hatte er sich ein T-Shirt gekauft, ein rotes mit einer weißen Sieben darauf. Dazu trug er eine khakifarbene lässige Hose. So, hoffte er, würde er ihr gefallen. Ihre Mutter wäre nicht zu Hause, hatte Chrissy ihm schon am Telefon gesagt. Und er war ganz froh darüber.

Als er um halb sechs die Haustür abschloss, brachte Betsy Mulder gerade eine Mülltüte zur Tonne in ihrem Vorgarten.

»Oh, Josh, du hast was vor, oder?«, rief sie.

»Ja. Im Surfclub ist eine Weihnachtsparty.«

»Schön! Gehst du allein?« Betsy war näher gekommen. Sie trug einen rosafarbenen Freizeitanzug mit einem weißen Streifen an der Seite. Ihre helle Haut war wie stets von der viel zu starken Sonne gerötet. Ein Geruch nach frisch gebratenen Zwiebeln ging von ihr aus, und ihm fiel ein, dass er gar nichts zu Abend gegessen hatte. Er hatte es vollkommen vergessen.

»Eine Sie?« Betsy zwinkerte ihm zu.

»Könnte sein.« Er lachte.

»Dann viel Glück!« Sie winkte ihm zu.

Er war viel zu früh losgefahren. Wieso hatte er zehn Minuten für den Weg vom Haus zum Auto eingeplant? Er musste über sich schmunzeln und stellte das Radio an. Oben auf der Straße beschloss er, den Umweg am Meer entlang über Maroochydore zu nehmen.

Das Wasser glitzerte golden in der tief stehenden Abendsonne. Touristen, beladen mit ihrem Strandgepäck, kehrten in ihre Apartments zurück. Die Neonschilder der Take-aways, Pizzerien, indischen und chinesischen Restaurants auf der Hauptstraße in Maroochydore brannten hell. An den Schaufenstern blinkte bunt die Weihnachtsdekoration. Grellgrüne Christbäume, Nikoläuse mit weißem Bart und dickem Mantel und braune Rentiere. Er legte den Arm aufs geöffnete Fenster, drehte das Radio lauter und grinste.

Vor ihrem Haus wuchs eine hohe, uralte Jacaranda. Im Frühling erfüllten ihre lilafarbenen Blüten die ganze Straße mit ihrem süßen Duft. Im Sommer spendete sie mit ihrem dichten Blätterdach kühlen Schatten. Und jetzt, in den Abendstunden, schwirrte ihre Krone von Vogelstimmen.

Bevor er ausstieg, warf er noch einen kurzen Blick in den Innenspiegel.

»He, Josh!«, sagte er grinsend. »Egal, wie es ausgeht, genieße es erst mal, okay?« Er zwinkerte sich zu und stieg aus.

Mit festem Schritt ging er auf die Haustür zu und klingelte. Von drinnen drangen schnelle, kurze Schritte, dann wurde die Tür aufgerissen. Ein Tier. Ein wildes Tier mit einer roten Mähne, schoss es ihm durch den Kopf, und er zuckte zurück.

»He, Josh«, begrüßte sie ihn fast beiläufig.

»Hallo«, sagte er und erwartete irgendwas. Ein Lächeln.

»Geh'n wir.« Sie schüttelte ihr kupferfarbenes Haar, das sich bauschte, und ging an ihm vorbei.

Er eilte hinter ihr her. »Warum so schnell?«

Ein enges schwarzes Kleid, das nur eine Handbreit unter dem Po endete, umschloss ihren Körper wie eine Folie. Und ihre langen weißen Beine endeten in Sandalen mit hohen Absätzen. Er musste wieder an einen Schmetterling denken, an einen Schmetterling ohne Flügel.

»He, wir wollen doch was erleben, oder?« Bevor er ihr die Tür aufmachen konnte, hatte sie sie schon aufgezogen. Sie stieg ein und gab ihm dann einen Kuss auf die Wange, als würden sie seit Monaten miteinander gehen. Er wusste nicht, ob er sich freuen oder ob er enttäuscht sein sollte. Sie duftete nach der Jacaranda …

Er fuhr los. Sie machte ihr Handtäschchen auf, zog einen Spiegel hervor und betrachtete kritisch ihre Lippen, spitzte sie und presste sie aufeinander. »Hast du ein Taschentuch für mich?«

»Im Handschuhfach.«

Sie klappte es auf. »He!«

Er sah zu ihr hinüber. In den Lauf des Revolvers.

»Leg das Ding weg!«

»Peng!« Sie zielte durch die Windschutzscheibe und lachte.

»Chrissy, der ist geladen! Verdammt, spiel nicht damit rum!«

Sie lachte und hielt ihn sich an die Schläfe. »Soll ich abdrücken?«

Er scherte aus und trat auf die Bremse. Ruckartig kam

der Wagen zum Stehen. Er riss ihr den Revolver aus der Hand. »Das Ding ist gefährlich!«

»Das Ding ist gefährlich!«, äffte sie ihn nach, »Ach, Josh, du bist langweilig.« Ihre roten Lippen schmollten. Dann seufzte sie, lachte wieder. »He, mach nicht so ein Gesicht, Josh, war doch nur Spaß!«

Er legte den Revolver zurück ins Handschuhfach und gab ihr die Packung Papiertaschentücher. Sie tupfte über ihre Lippen, knüllte das Taschentuch zusammen und ließ es vor sich auf den Boden fallen. Fast hätte er sie gefragt, warum sie ihren Müll in sein Auto warf, doch dann dachte er, dass das kleinlich sei, und er sagte nichts. Sie drehte das Radio auf. Er hatte gewusst, dass der Revolver im Handschuhfach lag. Er hatte ihn ja selbst dort hineingelegt. Warum also hatte er ihr gesagt, sie solle das Handschuhfach öffnen. Wollte er, dass sie ihn fand? Damit sie ihn, Josh, bewunderte?

Die Fahrt über schwiegen sie.

Verheißungsvoll brannte die Beleuchtung am *Surf Club* unten am Strand. Natürlich war der Parkplatz besetzt. Er würde wahrscheinlich ein ganzes Stück die Parkyn Parade hinauffahren müssen, um dort eine Lücke zu ergattern. Er ließ sie aussteigen. Sie verabredeten sich am Eingang des Clubs. Eilig fuhr er davon, denn er wollte sie nicht allzu lange warten lassen. Doch er hatte Pech, erst nach über zehn Minuten konnte er endlich in eine Parklücke rangieren und hastete dann den halben Kilometer zurück zum Club.

Sie war nicht da. Fast zwanzig Minuten lang hatte sie auf ihn warten müssen. Sicher war sie längst hineingegangen. Er lief die Rampe hinauf zur Eingangstür und zahlte den Eintritt.

Laute Musik, Lichterzucken, Gedränge von Körpern. Wo

war Chrissy? Gesichter mit glasigen Augen wandten sich ihm zu, er stieß an nackte Schultern, stolperte über Füße, zwängte sich an warmen Körpern vorbei, immer tiefer hinein in diese Welt, die nicht seine war.

»Hoppla!« Ein Typ mit einer roten Zipfelmütze lächelte ihn an. »Entschuldigung«, murmelte Josh und drängte weiter. Die Menge wurde dichter, zuckte im Rhythmus der Musik, er schwitzte, sah um sich, wo war sie?

An der großen Panoramascheibe kam er nicht mehr weiter. Er atmete durch und sah hinaus. Schwefelgelb lag der Strand im Flutlicht. Das Meer dahinter pechschwarz. Er lehnte die Stirn gegen die kalte Scheibe. Eine Hand fiel auf seine Schulter. Er drehte sich um.

»He, alles okay?« Der Mann war ein Kraftpaket, sein schwarzes T-Shirt spannte über seinen Oberarmen.

Josh nickte. Der Mann sah ihm prüfend in die Augen und ging dann.

Er wollte hier nicht bleiben. Konnte er denn einfach wieder gehen, ohne Chrissy Bescheid zu geben? Warum nicht, sicher hatte sie schon längst jemanden gefunden, mit dem sie den Abend verbringen wollte – aber verließ sie sich nicht auf ihn, rechnete damit, dass er sie nach Hause brachte? Nach Buderim war es nicht weit. Ein Taxi würde sie sich leisten können. Vielleicht würde ihr noch nicht einmal auffallen, dass er nicht gekommen war.

»Da bist du ja!« Chrissy stand vor ihm. Ihre Augen leuchteten.

»Chrissy! Wo verdammt warst du?«

»He, Moment, ich hab mir draußen die Beine in den Bauch gestanden!«, fauchte sie. Jäh stand wieder das Lächeln auf ihrem Gesicht. »Du brauchst keine Angst zu haben, er ist nicht da.«

»Wer?« Was war nur mit ihr los?

Sie lachte gurrend. »Komm schon!« Er ließ sich auf die Tanzfläche ziehen, obwohl er gehen wollte und nicht gern tanzte und es ihm zu laut und zu voll und überhaupt alles zu viel war. Chrissy tanzte bald ohne ihn, sah ihn nicht mehr an. Sie hatte ihn sicher längst vergessen.

Er hörte mit den albernen Bewegungen auf und drängte sich zur Bar. Einen Drink würde er nehmen und dann nach Hause fahren. Als er Cola-Rum bestellte, tauchte sie auf einmal aus der Menge auf und zog ihn in eine dunkle Ecke vor den Toiletten. Ihre Hand war heiß und nass. Auf seinen fragenden Blick hin drückte sie ihm eine Pille in seine Handfläche.

»Warum?«, fragte er.

»Damit du ein bisschen auf Touren kommst!«

»Und du?«

»Ich hab schon!«

Er betrachtete die Pille in seiner Hand. Die Farbe konnte er in dem Licht nicht erkennen, die Form sah aus wie ein Herz.

»Nun mach schon, ich hab keine Lust, hier erwischt zu werden.« Sie sah sich verstohlen um.

»Was ist das?«

»Gib her, ich nehm sie lieber selbst!«

»Nein«, sagte er, »ich nehm sie ja. Ecstasy, stimmt's?«

Sie verdrehte genervt die Augen, fuhr sich durchs Haar. Er hatte nur ein paarmal Haschisch geraucht. Es hatte sich nie eine Gelegenheit geboten, da er selten ausging und wenig Leute kannte. Und er hatte Angst, weil er nicht wusste, was dann mit ihm passierte. Er könnte die Kontrolle über sich verlieren. Er ahnte, dass irgendetwas in seinem Innern schlummerte, das an die Oberfläche wollte, er wusste, dass er ein anderer sein wollte und sich zugleich davor fürchtete …

»Hast du etwa Schiss?« Ihr Mund bekam wieder diesen verächtlichen Zug, den er schon öfter an ihr bemerkt hatte.

»Quatsch!« Er nahm die Pille zwischen Daumen und Zeigefinger, legte sie auf die Zunge und schluckte sie hinunter. Sie zog ihn an die Bar, bestellte Wasser, ließ ihn trinken und sagte dann: »Jetzt tanzen wir.«

21

Mit dem Morgenlicht sickerte die Erinnerung in seinen bleiernen Schlaf. Als sie fast zur Gewissheit geworden war, blieb ihm nur noch eine letzte, dürftige Hoffnung, dass er, wenn er die Augen aufschlug, erkannte, alles war nur ein Albtraum. Aber wenn es doch wahr ist, dachte er und presste die Augenlider zusammen. Er wollte zurück in sein altes Leben, so unglücklich war er doch gar nicht gewesen – allein, mit seinem Hund. Chrissys Stimme dröhnte in seinem Kopf: *Peng, peng, peng!* Er hörte ihr Lachen, das immer lauter wurde, so laut, dass er sich die Ohren zuhielt, doch es half nicht, und so machte er die Augen auf. Die Sonne schien hell durch die zugezogenen Vorhänge, es musste spät am Morgen sein. Oder sogar schon Mittag. Garbo lag nicht mehr auf dem Bett, war sicher schon draußen, durch die nur angelehnte Küchentür geschlüpft. Auf dem Sessel unter dem Fenster lag eine Handtasche. Chrissys.

Die Tür zum Gästezimmer stand einen Spalt offen. Tatsächlich lag Chrissy im Bett, ihr Mund geöffnet, Haarsträhnen klebten auf ihrer Stirn. Letzte Nacht hatte er sie gehasst – und heute? Er wusste es nicht. Durch die Verbindungstür ging er in die Garage. Im Handschuhfach lag der Revolver.

Er zog ein altes T-Shirt, das er als Lumpen bei Reparaturen benutzte, aus einem Regal an der Garagenwand, wischte die Waffe ab, wickelte sie dann sorgfältig darin ein, steckte das Bündel in eine robuste Plastiktüte, nahm einen Spaten aus der Ecke, ging zurück in die Wohnung und von dort in den Garten. Garbo, der in der Sonne im Gras gedöst hatte, sprang ihm freudig entgegen. Ach, Garbo, wenn du wüsstest, dachte er.

Sie hatten getanzt. Und es war das Beste gewesen, das er in seinem Leben erlebt hatte. Niemals zuvor hatte er sich so lebendig gefühlt. Es war, als ob endlich ein dichter Vorhang von seinen Augen und Ohren gerissen worden war.

Chrissy hatte noch andere Pillen geschluckt. Sie war aufgedreht, lustig, riss ihn mit, küsste ihn und rieb ihren Körper an seinem. Er tanzte und wunderte sich, wie leicht es ging, obwohl er doch immer geglaubt hatte, er könne nicht tanzen. Er lachte und fand, dass er gut aussah, wenn er sich zufällig in einem Spiegel sah. Warum nur war er früher nie ausgegangen? Warum nur hatte er sich so unwohl gefühlt, als gehöre er nicht dazu? Alles Unsinn! Er war jung, die Welt und das Leben lagen vor ihm! Endlich begriff er das! Wie glücklich er war! Irgendwann küsste er sie, und das gefiel ihm. Er spürte ihren Körper, den er zum ersten Mal gesehen hatte, wie er an die Fensterscheibe gepresst war, und dieses Bild nahm wieder von ihm Besitz, und es erregte ihn, und jetzt hielt er diesen Körper wirklich in seinen Armen …

»He, ich hab 'ne Idee!«, schrie sie ihm gegen die laute Musik ins Ohr und zog ihn hinaus ins Freie. Er ahnte, was sie wollte. Sie wollte Sex. Ja, das wollte er auch.

»Fahr'n wir zu mir?«, fragte er.

»Fahr'n wir ein bisschen rum.«

»Okay, ich hole den Wagen.«

»Ich komme mit.«

»Aber es ist weit.«

Sie bückte sich, streifte ihre Sandalen ab.

»Los!« Sie rannte, lachte, die Schuhe an den Riemchen haltend. Er lief ihr hinterher, die lange dunkle Straße hinauf, an parkenden Autos und Vorgärten von Apartmenthäusern vorbei. Sie gab, nach Luft japsend, nach der Hälfte der Strecke auf. »Ich warte hier«, sagte sie und zündete sich keuchend eine Zigarette an.

»Bestimmt?«, fragte er. »Nicht dass du zu einem anderen steigst, weil er ein größeres Auto hat.«

Sie entblößte ihre Zähne. »Würdest du mich dann umbringen?«

Er lachte. »Wegen so was?«

»Wegen was denn sonst?«

Lachend schüttelte er den Kopf. »Und dann müsste ich den Rest meines Lebens im Gefängnis verbringen?«

»Nur wenn man dich erwischt.«

»Stimmt.« Er lachte wieder. »Also, ich verspreche dir, ich bin gleich zurück. Warte hier.«

Er rannte zu seinem Auto, schloss auf, fuhr los, beschleunigte, verlangsamte die Geschwindigkeit, kroch. Wo war sie?

Ein Körper krachte auf die Motorhaube. Er stieg auf die Bremse.

»Beinahe hättest du mich überfahren!«, sagte sie, als sie die Tür aufriss und sich atemlos auf den Sitz fallen ließ. Auf einmal lachte sie laut. Da lachte er mit.

»Hast du keinen CD-Player?«, fragte sie dann und zündete sich eine Zigarette an.

»Nein.«

Sie wählte in dem alten Radio einen Sender und drehte die Lautstärke hoch. Er kannte den Song, aber er wusste nicht, wie die Sängerin hieß. Chrissy sang mit. Bei der zweiten Wiederholung des Refrains sang er auch mit.

»Fahr die Straße da hoch!«, sagte sie und versuchte, die Musik zu übertönen. Sie deutete nach links, in Richtung Buderim, und sog tief an der Zigarette.

»Willst du schon nach Hause?«

»Nee, aber das ist 'ne schöne Strecke.«

Sie hatte Recht, und er bog ab. Die Bäume wirkten geheimnisvoll im Mondlicht, ja, Chrissy hatte Recht, es war eine schöne Strecke. Ein neuer Song begann. Den kannte sie auch und summte ihn mit. Er legte die Hand auf ihren nackten Oberschenkel, und sie ließ sie dort liegen. So wie jetzt wollte er sich von nun an immer fühlen. Endlich war er, wie er wirklich war, nicht nur ein ängstlicher und zweifelnder Schatten seiner selbst ...

Die Erinnerung stockte. Vielleicht war alles doch nur ein Traum. Doch da war die Handtasche in seinem Zimmer.

»Bieg da links ein«, hatte sie auf einmal gesagt.

Die Straße kannte er, er hatte hier zwei Kunden. »Da steht aber ein Haus am andern, wir könnten noch weiter ...«

»Ich will aber jetzt da hin!«, schnitt sie ihm das Wort ab.

Wenn sie unbedingt will, dachte er gelassen. Er war doch großzügig. Sie würde schon selbst sehen, dass da nichts war. Er bog ab, und sie drehte das Radio aus. Es war still.

»Da.« Sie zeigte auf ein Haus, das er kannte. »Halt an!«

Er fuhr an den Straßenrand und stellte den Motor ab.

Sie ließ ihr Feuerzeug aufschnappen. Knisternd verbrannte das Papier der Zigarette.

Seine Hand schob sich ihren Oberschenkel hinauf. Sie reagierte nicht, starrte weiter aus dem Fenster.

»Fahr weiter«, sagte sie schließlich.

»Warum, hier ist doch niemand.« Seine Hand arbeitete sich weiter vor. Oh, wie erregt er war.

»Fahr verdammt weiter!«

Sofort zog er die Hand zurück und legte den Gang ein. Langsam rollte der Wagen die Straße hinunter.

»Nein, dreh um, auf die Hauptstraße!« Sie hatte sich vorgebeugt und sah wie eine Kurzsichtige aus dem Fenster. »Wir müssen auf die Hauptstraße, los.«

Er fragte nicht, warum, sondern wendete und fuhr zurück. Es war ihm egal, wohin sie fuhren. Er liebte es, durch die Nacht zu fahren. Besonders heute. Heute war die Nacht viel lauter und bunter und lebendiger.

»Und jetzt hier rein!«

Er bog ab.

»Halt hier an!«

Er hielt an.

»Weißt du, wer hier wohnt?«

Schräg vor sich, auf der anderen Straßenseite, erkannte er das moderne, nüchterne Haus.

»Ja.« Die Leute gehörten zu seinen Kunden.

Sie blies ganz langsam den Rauch aus der Nase, lehnte sich behaglich zurück. »Kennst du ihn?«

»Meistens ist nur sie da.«

»Wie findest du sie?« Sie starrte weiter auf das Haus.

»Wie meinst du das?«

»Mensch! Ist sie sexy?«

»Ich weiß nicht«, wich er aus.

»Er ist ein fieser Typ.« Sie lachte kurz auf und drückte ihre Zigarette im Aschenbecher aus. Sie klappte das Handschuhfach auf und nahm den Revolver. »Ich will ihm einen Schrecken einjagen.«

»Chrissy, leg das Ding weg!« Er versuchte, ihr den Revolver wegzunehmen, doch sie war geschickt und nahm ihn in die andere Hand.

»Weißt du, dass er mich betrügt?«, fuhr sie ihn an.

»Wer?«

»Dieser Typ betrügt mich mit einer anderen aus meiner Schule. Er hat mich angelogen!«

»Na und, jetzt hast du doch mich!« Er bog ihren Arm, doch sie hielt den Revolver so fest, dass er Angst hatte, es könnte sich ein Schuss lösen. Er ließ sie los.

»Er betrügt und belügt mich!« Schon wollte sie die Tür öffnen, doch er packte sie am Arm.

»Chrissy! Bleib hier!«

Doch sie hörte ihn gar nicht. Und er? Das alles war doch gar nicht wirklich.

»Du legst den Revolver jetzt sofort zurück!«

Sie grinste und zielte auf ihn. »Lass mich los.«

Er ließ sie los, sah ihr nach, unfähig, zu handeln. Alles ist nur ein Spaß, sagte er sich, sie wird ein bisschen mit der Waffe vor ihm herumfuchteln, und er wird sich entschuldigen, und die Sache ist ausgestanden. Er rutschte tiefer in den Sitz, verschränkte die Arme, sah hinaus in die dunkle Nacht und saß plötzlich im Cockpit eines Flugzeugs. Am schwarzen Himmel blitzten nur wenige Sterne. Er flog allein durch die Nacht. Er schwebte durch die Stille der Dunkelheit. Wie still und einsam es hier oben war. Unter sich sah er die Lichter der Städte leuchten, und am Horizont würde bald die Sonne aufgehen. Rot und gelb. Wenn ihn doch seine Eltern sehen könnten. Ah, da war er schon, sein Vater. Er sah beschämt aus. Ja, er hatte seinem Sohn so wenig zugetraut! Und seine Mutter? Sie lächelte glücklich, oh, nur für ein paar Sekunden …

Ein Knall zerfetzte seinen Traum. Ein weiterer Knall. Oder war es das Echo des ersten? Jetzt erst wurde ihm klar, dass er nicht im Cockpit, sondern in seinem alten Auto saß und Chrissy gerade jemanden erschossen hatte … Nein, das konnte nicht die Wahrheit sein, er hatte sich eingebildet, dass er Chrissy mitgenommen hatte, wieso sollte auch Chrissy …

In diesem Augenblick sah er sie über die Straße rennen. Sie riss die Beifahrertür auf und ließ sich auf den Sitz fallen. »Fahr! Verdammt, fahr los!«

Er stieg mit seinem ganzen Gewicht aufs Gas. Mit quietschenden Reifen schoss der Wagen davon.

»Gib mir die Kanone, Chrissy!«

»Lass mich!« Sie wehrte sich. »Fahr einfach! Ich hab ihn erschossen. Peng, peng!« Sie lachte und zielte mit dem Revolver durch die Windschutzscheibe.

»Scheiße, Chrissy! Scheiße!« Er war einfach losgefahren, wollte nur weg. Er fuhr langsamer, als er merkte, dass er schon in Maroochydore war, bog in die Straße am Fluss ein und fuhr auf einen der Parkplätze, auf denen tagsüber Bootsbesitzer ihre Autos und Bootsanhänger abstellten.

Er schaltete den Motor aus. Es war still. Das Mondlicht schimmerte auf dem breiten Fluss. Auf der anderen Seite des Parkplatzes fiel Licht aus ein paar Fenstern. Es hätte so schön werden können.

»Wieso hältst du hier? Los, fahr weiter!«

Er sah sie an. Doch in der Dunkelheit konnte er kaum ihre Augen erkennen. Auf einmal fühlte er sich vollkommen ruhig.

»Gib mir den Revolver«, sagte er einfach und hielt ihr seine offene Hand entgegen.

»Was, die schöne Kanone?« Sie fuchtelte vor ihm damit herum. Er schlug ihr ins Gesicht. Sie verstummte, hielt sich die Wange. Noch nie hatte er jemanden geschlagen. Sie grinste ihn herausfordernd an.

»Den Revolver«, sagte er wieder und hielt die Hand auf.

Sie zögerte, dann gab sie ihm den Revolver und ließ sich mit verschränkten Armen und einem trotzigen Schnaufen zurück in den Sitz fallen. Er öffnete die Trommel und ließ die Patronen herausgleiten. Vier – statt sechs. Chrissy hatte zwei Schuss abgefeuert.

»Du hast ihn wirklich umgebracht.«

»Du weißt ja nicht, was er mir angetan hat! Ich hab dir doch gesagt, dass ich's machen würde! Hast du gedacht, ich mach Spaß, oder was?«

»Schrei nicht so!« Die Waffe fühlte sich schwer und heiß in seiner Hand an. Er steckte die Patronen in seine Hosentasche und legte die Waffe zurück ins Handschuhfach. Sie riss die Tür auf und stieg aus. Ihm war plötzlich übel, er drückte die Tür auf und übergab sich.

»Oh Mann, Josh!« Sie stand vor ihm und blickte auf ihn hinunter, wie er sich vom Fahrersitz aus nach draußen gebeugt hatte. »Du bist ein echter Waschlappen!«

»Und du, Chrissy, bist ein durchgeknallter Junkie! Und eine verdammte Hure bist du auch!« Er wartete ihre Reaktion erst gar nicht ab, sondern schlug ihr die Tür vor der Nase zu, stieß zurück und fuhr davon.

Auf einmal war er nüchtern. Wieso hatte er sich auf Chrissy eingelassen? Sie benutzte ihn doch nur! Sie hatte diesen Mann vielleicht eifersüchtig machen wollen, wenn sie mit einem anderen im *Surf Club* aufkreuzen würde. Und dann wollte sie nur noch den Revolver und jemanden, der sie zum Haus des Mannes bringt und sie wieder wegfährt. All das hatte sie von ihm bekommen. War er denn tatsächlich so blöd gewesen? Hatte sie das sogar von Anfang an geplant und ihn benutzt?

Die Ampel vor ihm sprang auf Rot. Neben ihm hielt ein bulliger Jeep. Der Mann auf dem Beifahrersitz sah zu ihm herüber. Josh drehte den Kopf weg.

Das Police Headquarters Maroochydore befand sich gleich hinter der ANZ-Bank, dort, wo er gerade stand. Sein

Herz hämmerte. Seine Kehle war ausgetrocknet. Wenn er jetzt da hineinginge und berichtete, was passiert war? Wofür konnte man ihn dann drankriegen? Beihilfe zum Mord? Unerlaubter Waffenbesitz? Drogenkonsum? Er käme ganz sicher ins Gefängnis. Bei dieser Vorstellung setzte sein Herz aus. Schweiß schoss ihm aus allen Poren. Hart lenkte er an den Fahrbahnrand und brachte das Auto zum Stehen. Und wenn Chrissy bei der Polizei behaupten würde, *er* habe geschossen? Es war seine Waffe, auch wenn sie nicht registriert war. Und wenn jemand das Auto identifizieren könnte – es war zwar dunkel gewesen, und er hatte nicht direkt vorm Haus geparkt, aber …

Ich muss zu Chrissy zurück. In ihrem Zustand fällt sie jedem auf. Und die Polizeistation ist nur ein paar Straßen weiter. Es muss ja nur eine Streife vorbeikommen … Er fuhr wieder los, bog an der nächsten Kreuzung nach links ab und gelangte wieder auf die Straße am Flussufer. Schon von weitem sah er sie mitten auf der Fahrbahn stehen und winken. Er fuhr neben sie, stieß die Beifahrertür auf.

»Los, steig sofort ein!«

Sie lachte und ließ sich Zeit beim Einsteigen.

»Mensch, Chrissy! Mach endlich!«

Sie zog die Tür zu, und er fuhr an. »He, relax, Sweetie!« Sie gab ihm einen Kuss auf die Wange. Doch er wischte sich die Stelle mit dem Ärmel ab.

»He, bist vielleicht doch kein Waschlappen …«

»Halt's Maul!« Er hatte genug.

Sie stellte das Radio an, drehte die Lautstärke hoch, wiegte sich im Takt. Er schaltete es wieder aus.

»He, lass uns doch ein bisschen Spaß haben!« Sie streckte Zeigefinger und Daumen aus und richtete die Hand wie einen Revolver auf ihn. »Peng, peng! Du hättest es sehen sollen. Peng, peng!«

Was sollte er nur mit ihr machen? Er fuhr weiter, ziellos

durch die leeren Straßen. Ich muss endlich klar denken! Wenn Chrissys Schüsse den Mann nicht tödlich getroffen haben? Vielleicht ist er noch am Leben? Ich muss die Polizei benachrichtigen. Wo zum Teufel ist nur so eine verdammte Telefonzelle? Sonst stehen sie einem ständig im Weg, aber wenn man mal eine braucht, findet man keine.

Chrissy prustete plötzlich los, hielt sich die Hand vor den Mund, drehte das Radio wieder auf. Er ignorierte sie. Sie war vollkommen durchgeknallt. Er wusste nicht, was sie in der Nacht alles an Drogen eingeworfen hatte. Er musste eine Telefonzelle finden.

Sie waren bereits auf dem David Low Highway nach Norden und, wie er feststellte, entfernten sich immer weiter von Mooloolaba. Er fuhr langsamer. Hier muss doch irgendwo eine verdammte Telefonzelle zu finden sein! An einem Einkaufszentrum, einer Reihe von Läden, die alle geschlossen waren, erkannte er das orangefarbene Dach mit der *Telstra*-Aufschrift.

»Du rührst dich nicht von der Stelle! Kapiert? Du bleibst im Auto sitzen!«, befahl er und parkte den Wagen direkt vor der Zelle.

»Ja, ja, Boss!« Sie kicherte. Er kümmerte sich nicht darum und wählte dreimal die Null. Als das Freizeichen ertönte, stand Chrissy plötzlich neben ihm und drückte auf die Gabel. Ihr Haar war rot wie Feuer. Ihre Lippen zuckten wie unter Strom.

»Ich sag dir doch, er ist tot!«, zischte sie. »Mausetot! Du kannst dir den Anruf sparen.«

»Ich muss die Polizei anrufen, und einen Krankenwagen …« Er versuchte, ihre Hand, die immer noch die Gabel hinunterdrückte, wegzuschieben, doch sie hielt sich krampfhaft fest.

»Quatsch! Wenn dich einer gesehen hat, können sie deine Stimme überprüfen, und dann werden sie feststellen, dass du es warst, der angerufen hat, und schon bist du dran.« Sie wirkte plötzlich nüchtern.

»Ich?«

»Ja, du.« Sie bohrte ihren Zeigefinger in seine Brust. »Und ich natürlich auch. Ich will nicht ins Gefängnis.«

»Das hättest du dir verdammt früher überlegen sollen, Chrissy!« Dennoch legte er den Hörer auf die Gabel. Er ging zum Auto zurück und ließ sich erschöpft auf den Fahrersitz fallen. Als Chrissy neben ihm saß, fuhr er wieder los.

Chrissy hatte Recht. Er wendete und bog auf den Sunshine-Coast-Motorway ein. Er zwang sich, sich auf die Straße und die Geschwindigkeitsbeschränkungen zu konzentrieren und sich von den Scheinwerfern entgegenkommender Fahrzeuge nicht blenden zu lassen. Chrissy sang wieder einen Song aus dem Radio mit, unschuldig, als wäre nichts geschehen, als hätte ihr Leben vor fünfzehn oder zwanzig Minuten nicht vollkommen anders ausgesehen. Er stöhnte. Noch nie im Leben war er so verzweifelt gewesen. Chrissy stellte das Radio noch lauter und brüllte mit.

An der großen Kreuzung fuhr er nicht rechts nach Buderim, sondern bog links nach Mooloolaba ab. Entschlossen drehte er das Radio ab.

»He?«, protestierte Chrissy.

»Willst du den ganzen Ort aufwecken?«

Sie erwiderte nichts und machte auch keine Anstalten, das Radio wieder einzuschalten.

Er blinkte nach rechts und fuhr den Berg hinunter, noch zweimal links und einmal rechts – endlich stand er in der Einfahrt seines Hauses. Chrissy starrte ihn an.

Er drehte sich zu ihr. »Hör zu«, sagte er kalt, »du darfst niemandem sagen, was du getan hast. Niemandem, hörst du. Du musst es vergessen. Einfach vergessen.«

»Vergessen! Okay. Schon vergessen.« Sie lachte. »Schon

vergessen. Wupps«, sie machte eine Handbewegung, als verscheuche sie eine Fliege. »Vergessen! Ich kann mich wirklich schon gar nicht mehr erinnern, ehrlich. Es ist gar nichts gewesen heute Abend. Ein stinklangweiliger Abend mit dir!«

Er ging nicht auf ihre Bemerkung ein, sondern stieg aus und machte ihre Tür auf.

»Komm raus, Chrissy.«

»He, sieht so der neue *Surf Club* aus?« Sie lachte über ihre Bemerkung und bewegte sich noch immer zur Musik, die längst nicht mehr spielte.

Er schloss auf. Garbo bellte, drängte seine Schnauze durch den Türspalt. Freudig bellend sprang der Hund an ihm hoch, dann begrüßte er Chrissy, die sich sofort hinunterbeugte und ihn streichelte.

Er erinnerte sich an die Valiumtabletten, die seine Mutter nach dem Tod ihres Mannes regelmäßig geschluckt hatte. Schnell schloss er hinter ihnen die Tür ab, eilte ins Bad, kramte in der Schublade des Waschtischs und fand zwischen Heftpflastern, Mullbinden und mehreren zerdrückten Aspirinschachteln die Valiumtabletten. Er hastete damit in die Küche, wo Chrissy schon dabei war, alle Schranktüren aufzureißen.

»Hast du keine Schokolade oder Kekse?«, fragte sie.

Anstatt zu antworten, füllte er ein Glas mit Leitungswasser und gab es ihr mit den Tabletten.

»Nimm das.«

»Aha. Jetzt bringst du mich um, was?« Sie lachte laut.

»Mach keinen Scheiß, und nimm das verdammte Valium!«

»Du willst mich doch umbringen, oder?«

»Nicht mit *der* Menge!«

Sie lachte. »Wusste ich doch, dass es komplizierter ist.« Sie schluckte das Valium, spülte mit Wasser nach.

Im Gästezimmer warf er die Wäsche vom Bett, schlug

die von seiner Mutter gehäkelte Tagesdecke zurück. Dann holte er Chrissy.

»Ach, Josh«, seufzte sie, »du bist ein dummer Junge«, sagte sie, als sie sich aufs Bett legte. Dann schloss sie die Augen.

In dem Moment konnte er nicht glauben, dass sie gerade jemanden getötet hatte. Er setzte sich auf den Bettrand und nahm ihre feuchte, heiße Hand. »Chrissy«, flüsterte er, »hast du ihn wirklich erschossen? Vielleicht hast du dir das alles eingebildet? Vielleicht war er gar nicht zu Hause?«

Sie lächelte mit geschlossenen Augen, kurz darauf atmete sie schwer.

Er betrachtete sie noch eine Weile, dann stand er auf und ging ins Bad, putzte die Zähne und duschte. Garbo legte sich vor das Waschbecken. Und auf einmal war alles wieder wie sonst. Im Gästezimmer lag eine Freundin, die ihren Rausch ausschlief. Wie auf einem Videoband versuchte er sich den Abend anzusehen, sie waren tanzen gewesen, dann hatte er sie zu sich nach Hause mitgenommen, und jetzt schlief sie. Doch da war diese eine Szene, die sich dazwischendrängte: Chrissy erschießt einen Menschen, während er, Josh, im Auto auf sie wartet. Er drehte die Dusche ab. Garbo schnaufte zufrieden. Wie sollte er aus dieser Situation jemals wieder herauskommen? Im Bett fühlte er sich noch unruhiger. Er dachte an die Schlaftabletten, nahm auch eine, legte sich wieder hin.

Langsam ließ die Anspannung nach. Vielleicht war ja alles nur ein Traum gewesen, und morgen sah die Welt wieder ganz anders aus.

Doch am Morgen sah die Welt genauso aus. Der viele Regen der letzten Tage hatte den Boden aufgeweicht, sodass er hinter den stachligen Blättern der Aloe vera leicht ein etwa dreißig Zentimeter tiefes Loch ausheben konnte. Garbo beobachtete ihn. Er legte die verpackte Waffe mit den Patronen hinein und schüttete das Loch wieder zu. Natürlich konnte man sehen, dass hier die Erde aufgegraben worden war, aber wer sollte schon seinen Garten absuchen? Er wandte sich um. Sofort begann Garbo an der Stelle zu schnüffeln und zu scharren. Josh jagte ihn weg, grub die hintere der fünf Steinplatten aus, mit denen er einen Weg zwischen den Büschen hindurch zum Hinterausgang des Gartens gelegt hatte, und deckte damit das Versteck zu. Die fehlende Platte würde nicht auffallen, zu sehr wucherten Büsche und Bodendecker – und den Weg hatte er sowieso schon lange nicht mehr benutzt. Als er den Spaten zurück in die Garage stellte, fühlte er sich erleichtert, als habe er gerade seine Schuld an der ganzen Angelegenheit begraben.

22

Im Nachhinein fragte er sich, wie es gewesen wäre, wenn er aus den Fernsehnachrichten davon erfahren hätte oder aus der Zeitung, die er unten im *Coffee Club* las. Doch er hatte weder den Fernseher eingeschaltet noch die Zeitung gekauft – die davon sowieso erst am nächsten Tag berichten würde –, er war gerade aufgestanden und unter die Dusche gehumpelt, als es an der Tür Sturm läutete. Er schlang sich ein Handtuch um die Hüften, stützte sich auf seine Krücken, hinkte, fluchend und Tropfen auf dem dunklen

Parkettboden hinterlassend, zur Tür und drückte auf die Sprechanlage. Doch da klopfte es schon.

»Shane, mach auf!«

Mick. Mick Lanski. Einen Augenblick lang wusste er nicht, was er tun sollte. Die Tür öffnen? Die Pistole holen? Er entschied sich, die Pistole zu holen, und humpelte zurück zur Couch, wo er sie unter einem Kissen liegen hatte. Er steckte sie sich zwischen Handtuch und Rücken. Dann öffnete er die Tür.

Mick Lanski stand im grauen Sommeranzug vor ihm und sah ihn aus einem blassen Gesicht mit dunklen Augenringen an.

»Ich erinnere mich nicht, dich zum Frühstück eingeladen zu haben, Mick.«

Micks Mund zuckte. »Lass mich rein, Shane, ich muss mit dir reden.«

Am liebsten hätte er gesagt, *Ich will aber nicht mir dir reden,* doch Mick wirkte noch angespannter als sonst. Shane wies zur Couch und schloss hinter ihm die Tür.

»Ich muss mir nur noch etwas anziehen …«

»Nein, nicht nötig«, unterbrach ihn Mick, ohne sich zu setzen. Sein Blick tastete die Wohnung und ihre Einrichtung ab. Shane wusste, dass er dabei deren Wert taxierte. Für Mick war schon immer wichtig gewesen, warum sich wer was leisten konnte.

»Wie geht's dir?«, fragte er. Sein Lächeln sollte freundlich und harmlos wirken, doch Shane ahnte, dass es nur etwas anderes vertuschen sollte.

Shane zuckte mit den Schultern, ohne zu antworten.

»Immerhin kannst du dich nicht über eine schlechte Unterkunft beklagen, was?«

»Was willst du, Mick? Was machst du hier? Solltest du dich nicht um die Morde in Brisbane kümmern? Meine Kollegen sind ermordet worden!«

Mick trat an die Balkontür. »Schöner Blick, Shane. Das Apartment gehört Frank, hab ich gehört. Hast du auch hier investiert? Man kann hier 'ne ganze Stange Geld verdienen.« Er drehte sich langsam zu Shane um und lächelte eisig. »Wenn man weiß, wie man's anstellen muss.«

Shane reagierte nicht. Mick glaubte wohl noch immer, er habe irgendetwas mit den Drogendeals zu tun. Nur jetzt nicht die Nerven verlieren, sagte er sich.

»... oder wenn man die richtigen Leute kennt, die wissen, wie man's anstellen muss, hab ich Recht?«, redete Mick weiter.

»Hör zu, Mick, entweder rückst du jetzt mit der Sprache raus, oder du verschwindest.«

Micks Grinsen gefror. »Okay, Shane. Sag mir einfach, wo du gestern Nacht warst.«

»Brauche ich ein Alibi?«

»Kannst du mir diese einfache Frage nicht beantworten, Shane?« Lanskis Stimme hatte einen gefährlich sanften Ton angenommen.

»Oh, lass mich überlegen. Ich war 'ne Runde mit den Krücken joggen, dann tanzen, und schließlich hab ich den Rest der Nacht mit 'ner schönen ...«

»Lass den Mist, Shane!« Mick setzte sich auf die Couch. Sein Scheitel war exakt, wie mit dem Messer, gezogen. »Tim Wilcox wurde heute Morgen von der Putzfrau – die ausnahmsweise am Sonntag kam – in seinem Haus erschossen aufgefunden. Seine Frau war von gestern Abend bis heute Morgen in Brisbane. Ihr Alibi wird gerade überprüft.«

Was machte Carol in Brisbane? Ausgerechnet an diesem Abend?

»Womöglich hat Wilcox einen Einbrecher überrascht und ist deshalb ermordet worden«, fuhr Mick fort, »aber vielleicht will uns einer auch nur auf eine falsche Spur lenken.«

Carol. Carol Wilcox, die von ihrem ersten Mann sechs Millionen Dollar geerbt hatte. Hatte sie sich Tim vom Leib schaffen – und ihn beerben wollen? Shane zwang sich zu einem Lächeln. »Und, warum kommst du zu mir, Mick?«

Mick legte einen Arm über die Rückenlehne, als ob es seine Couch und seine Wohnung wären. »Du kennst die beiden doch.« Sein Blick bekam etwas Anzügliches. »Besonders Carol, nicht wahr?«

Woher wusste er das? Am liebsten hätte er Mick am Kragen gepackt und verprügelt, doch auf seinen Krücken war er dazu wohl nicht in der Lage. So schluckte er, so gut es ging, seine Wut hinunter.

»Flüchtig.«

Mick lächelte mitleidig, als habe er Shanes Gedanken erraten. »Sag mal …« Er beugte sich vor und fixierte ihn. »Wieso machst du ausgerechnet dort deinen Erholungsurlaub, wo Darren Martin gearbeitet hat? Wieso lernst du bereits nach kurzer Zeit Tim und Carol Wilcox kennen, bei denen Darren Martin öfter beschäftigt war? Das ist doch merkwürdig, findest du nicht?«

»Mick, wieso schnüffelst du eigentlich hinter mir her? Solltest du nicht die Morde in Brisbane untersuchen? Ich frage dich: Warum bist *du* hier?«

Mick hatte einen spöttischen Zug um den Mund. »Oh, wenn du hier deinen Erholungsurlaub verlebst, dann würde ich sagen, ich besuche meinen Dad oben in Noosa.« Er seufzte gekünstelt. »Wie geht's deinem übrigens?«

Was sollte dieses dumme Gerede über die Väter? Micks und sein Vater waren ein paar Jahre lang Partner im Polizeidienst gewesen.

»Hör auf, Mick. Was hat die Abteilung für Innere Angelegenheiten mit Tim Wilcox' Tod zu tun? Und was habe ich damit zu tun?«

»Shane, du solltest Urlaub machen, dich erholen, froh

sein, überlebt zu haben, stattdessen wühlst du so lange, bis du glaubst, Recht zu haben und deinen Kollegen ihre Unfähigkeit oder was auch immer beweisen zu können. Dabei warst *du* es, der an jenem Abend zu Fuß gehen wollte. *Du* bist es, der als Einziger überlebt hat. Und jetzt bist du hier, und ein weiterer Mord geschieht. Fändest du das an meiner Stelle nicht auch ein wenig seltsam?« Er stand auf und ging zur Tür, wandte sich dort noch einmal um. »Du solltest die Sache nicht auf die leichte Schulter nehmen. Jemand hat deinen Wagen am frühen Abend vor Wilcox' Haus gesehen.«

»Na und? Heißt das, ich werde verdächtigt?«

»Je mehr du dich in diese Geschichte vertiefst, desto mehr wirst du in sie verwickelt, glaub mir.« Mick sah ihn eindringlich an. »Man wird dich wegen Wilcox vernehmen.« Er zog die Tür auf.

»He, Mick!«

»Ja?«

»Lässt du mich überwachen?«

Mick drehte sich um. Diesmal stand kein verächtliches Grinsen auf seinem Gesicht. »Shane, du solltest heimfahren und eine Therapie machen.«

Leise fiel die Tür hinter Lanski ins Schloss, und Shane stand da, halb nackt, auf Krücken gestützt, und versuchte zu begreifen, was er soeben erfahren hatte.

Tim Wilcox war erschossen worden. Lanski glaubte, er habe ein Verhältnis mit Carol. Jemand hatte gestern am frühen Abend seinen Wagen vor dem Haus parken sehen. Tatsächlich war er dort gewesen, aber er war dann doch nicht ausgestiegen, weil es ihm plötzlich peinlich war, zu ihr hineinzuspazieren, nur weil er sie wiedersehen wollte. Also war er nach ein paar Minuten wieder weggefahren. Hatte der Mord an Wilcox etwas mit den Morden in Brisbane zu tun? Oder würde Carol Wilcox gerade zum zweiten Mal einen Ehemann beerben – und noch vermögender werden? Warum war sie ausgerechnet in Brisbane gewesen? Um ein Alibi zu haben?

Der weiße Sedan unten auf dem Parkplatz fiel ihm wieder ein. Er humpelte auf den Balkon. Kein weißer Sedan. Er stellte das Fernrohr auf und versuchte, in die parkenden Autos zu spähen. Doch alle waren leer. Er stöhnte.

Schaffen Sie sich Ihr eigenes Paradies am Ozean – der Satz aus dem Maklerprospekt. Das Paradies hier wurde immer mehr zum Albtraum.

Doch was sollte er tun? Zum Abreisen war es längst zu spät. Also zog er sich an und fuhr mit dem Aufzug hinunter in die Garage.

Kaum fünfzehn Minuten später parkte er vor Carol Wilcox' Haus, hinter einem Streifenwagen, in dessen offener Tür ein uniformierter Polizist lehnte und in ein Funkgerät sprach. Der Schatten der mächtigen blühenden Bäume schenkte fast der ganzen Straße Kühle.

Am Eingang, vor der blauen Tür, trat ein Polizist ungeduldig von einem Bein aufs andere und sah auf die Uhr. Auf die Krücken gestützt, humpelte Shane auf ihn zu und zeigte ihm seinen Ausweis. Der Kollege grüßte. »Die Spurensicherung ist gerade erst weg.« Shane nickte und ging hinein.

Carol saß auf der Veranda mit dem Rücken zum Haus. Sie wandte noch nicht einmal den Kopf, als er geräuschvoll mit seinen Krücken durch die geöffnete Verandatür stapfte. Sie hielt ein Glas Whisky in der Hand. Neben ihr auf dem Boden stand eine halb volle Flasche.

»Carol?«

Sie reagierte nicht. Er ging zu ihr. Als er neben ihr stand, sah er, dass ihr Gesicht aufgequollen war, von Tränen und wahrscheinlich vom Alkohol, das wenige Make-up war verschmiert. Der helle Hosenanzug aus Leinen war zerknittert, als ob sie ihn die ganze Nacht getragen hätte.

»Carol?«

Müde blickte sie ihn aus roten, glasigen Augen an. Er setzte sich und legte die Krücken auf den Boden. Sie spielte mit ihrem Glas und starrte wieder vor sich hin. »Es tut mir Leid«, sagte er.

Ihr Blick kehrte zu ihm zurück. »Untersuchen Sie den Fall?«

»Nein.«

Sie nippte an ihrem Glas und sah wieder in die Ferne. »Jemand hat Ihren Wagen am frühen Abend vor dem Haus gesehen.«

»Ich habe nur kurz dort geparkt.«

»Warum?« Sie sah ihm endlich wieder in die Augen.

»Ich musste nachdenken.«

Sie runzelte die Stirn. Ihr Blick ging in die Ferne. »Es ist seltsam, ich habe auf einmal das Gefühl, als ob es ihn nie gegeben hätte. Selbst sein Name klingt fremd. Als ob ich ihn nie ausgesprochen hätte.«

»Ian Shaw hat Ihnen ein paar Millionen hinterlassen. Er war fast zwanzig Jahre älter als Sie. Er starb schon nach wenigen Jahren Ehe. Er war gerade mal sechsundvierzig. Ziemlich jung.«

Sie drehte sich zu ihm. »Warum sagen Sie mir das, Detective?«

»Hat Ihnen Ian genauso wenig bedeutet wie Tim?«

Sie lachte auf. »Sie wollen mir doch nicht etwa unterstellen, ich sei eine Ehemänner mordende Schwarze Witwe?«

»Haben Sie Kontakt zu Ihrem Sohn?«

»Sie wissen wohl alles, was?« In ihre Bitterkeit mischte

sich Verachtung. Aus war es mit ihrer überlegenen Art, mit der sie ihn bei seinem ersten Besuch verwirrt hatte.

»Er ist Anfang zwanzig, studiert Kunstgeschichte. Das Leben in Europa ist teuer.«

Er wartete auf einen heftigen Ausbruch.

Doch sie sah ihn nur an und wandte sich dann ab. »Sie bearbeiten den Fall nicht. Ich muss Ihnen gar keine Auskunft geben. Und jetzt gehen Sie bitte.« Sie stand auf, nahm Flasche und Glas und ging ins Haus. Kurz darauf hörte er eine Tür zufallen.

Er hinkte hinaus. Für alle Mordfälle in Queensland war die Mordkommission in Brisbane zuständig, er musste wissen, wer den Fall bearbeitete. Vom Auto aus rief er Al Marlowe an, der sofort losdonnerte: »Shane, verdammt noch mal, was zum Teufel treibst du in Buderim? Warum wird gerade jetzt dort jemand erschossen? Stell dir mal vor, die Presse bekommt Wind davon? Die behaupten doch glatt, die beiden Vorfälle hängen zusammen, und wir vertuschen was! Wir haben verdammt noch mal genug am Hals, Shane!«

»Gibst du etwa mir die Schuld an allem?«

Al verstummte.

»Al, wer bearbeitet den Fall Wilcox?«

Seufzend nannte Al ihm die Namen. Spencer Dew, der sonst mit Tom McGregor zusammenarbeitete, und – er wusste nicht, ob er erleichtert sein sollte – seine Partnerin Tamara Thompson.

»Aha«, sagte er nur. Dann berichtete er Al von Mick Lanskis Besuch. »Sag mir die Wahrheit, Al: Lässt Mick mich überwachen? Habt ihr das nach der Anhörung ausgeheckt?«

»Was?! Shane, ich glaube, du hast nicht begriffen, in welcher Verfassung du bist. Du fühlst dich verfolgt, bedroht, dauernd in Gefahr. Warum hast du die therapeutische Hilfe so schnell abgelehnt? Komm zurück, und kümmere dich um deine Gesundheit, ich meine es verdammt ernst!«

»Ich weiß schon, was ich tue, Al.« Wütend beendete er das Gespräch. Er stieg in seinen Wagen und fuhr durch die drückende Hitze zurück ins Apartment.

Sie wartete in der Lobby des Apartmenthauses, als er aus dem Aufzug trat. Die nackten Beine übereinander geschlagen, in einem Rock, der eine Handbreit über den Knien endete, und einem T-Shirt mit tiefem V-Ausschnitt. Sie saß in einem der weichen Polstersessel und blätterte in der Hochglanzbroschüre des Maklerbüros. Das klackende Geräusch der Krücken ließ sie aufsehen. Detective Tamara Thompson warf die Broschüre auf den Glastisch und eilte hilfsbereit auf ihn zu, wie fast alle Menschen, denen er in seinem jetzigen Zustand begegnete. Ihr braunes Haar war besonders kurz geschnitten, ihre Haut gebräunt, und ihre Augen leuchteten. Sie sah erholt und jung aus.

»Lass nur, es geht!«, wehrte er gereizt ab. »Ich wusste gar nicht, dass du schon aus dem Urlaub zurück bist.« Er fühlte sich von ihr hintergangen. Dabei konnte sie ja nichts dafür, dass sie mit der Aufklärung dieses Falls beauftragt wurde. Und Al war ihm, Shane, auch keine Rechenschaft schuldig. Dennoch. Seine Laune wurde nicht besser.

»Ich war schon zu Hause, da hat Al mich angerufen und mir den Fall Wilcox übertragen.« Sie sah ihn skeptisch an.

»Shane, du bist doch nicht etwa sauer deswegen?«

Er ignorierte ihre Frage. »Kommst du, um mich zu vernehmen, oder hast du mir Obst und Pralinen mitgebracht?«

Ein Lächeln flog über ihr Gesicht. »Weder noch, ich will mich mit dir unterhalten.«

Mit der Krücke deutete er zum Aufzug. »Fahren wir rauf.«

Im Aufzug vermied er, sie anzusehen. Er ahnte, dass es um seine Anwesenheit hier in Mooloolaba, seine »Schnüffeleien« und auch ganz sicher um seine Beziehung zu Carol gehen würde. Eine Beziehung, die gar nicht existierte. Er ließ sie die Wohnungstür aufschließen.

»Wow!« Das Sonnenlicht fiel in schmalen Streifen durch die Rollos. Tamara erkannte auf den ersten Blick den Luxus der schlichten – und kostspieligen – Eleganz. »Frank ist erfolgreich, ja?«

»Sieht danach aus«, sagte er und nahm sich vor, zunächst nichts von Franks Absicht zu erwähnen, mit Wilcox' Hilfe ins große Geschäft der Landentwicklung einzusteigen.

»Willst du was trinken?«

Sie schüttelte den Kopf.

»Wie war deine Fahrt hier hoch?«, fragte er, um seine Verärgerung zu überspielen.

»Oh, eine Menge Verkehr. Spencer und ich haben fast drei Stunden gebraucht.« Sie sah sich immer noch um.

Er nickte, wartete, dass sie endlich zum Thema kam.

»Shane, lass uns reden«, sagte sie dann auch.

Er wies auf den Platz auf der Couch, wo Lanski am Morgen gesessen hatte, nahm selbst im Sessel gegenüber Platz und wartete.

Sie räusperte sich, ihr Blick wurde ernst, dann kam es: »Shane, wir machen uns Sorgen um dich.«

Er hatte es geahnt. Sie würde ihm raten, zurück nach Brisbane zu fahren und sich in therapeutische Behandlung zu begeben. Er erwiderte nichts.

»Zeugen haben dich gestern …«

»Ich weiß, Tamara, na und?«

Auf ihrer glatten Stirn bildeten sich Furchen. »Es gibt ein paar Leute, denen es absolut nicht gefällt, dass du hier bist.

Sie meinen, dass du dich in eine Idee verstiegen hast und sogar zu einem persönlichen Rachefeldzug fähig bist.« Sie faltete die Hände in ihrem Schoß. Hände ohne Ring. Noch immer.

»Wie kommen sie darauf? Und wer sind *sie?* Lanski und seine verdammte Interne Abteilung?«

Sie holte Luft. »Warum hast du Kontakt zu Wilcox gehabt? Sag jetzt bitte nicht, dass er zufällig auf der Barbecueparty deiner Exfrau war.«

»Genau das wollte ich sagen, Tamara. Denn genau so war es.«

Natürlich nahm sie ihm das nicht ab, aber das war ihm egal. Sie seufzte und zog aus ihrer schmalen, großen Handtasche, die neu sein musste, er hatte sie noch nie gesehen, eine Mappe heraus, schlug sie auf und gab ihm ein Foto. Darauf erkannte er den Eingang des Hauses in Brisbane, wo die Schießerei stattgefunden hatte.

»Siehst du das Schild da an der Hauswand?«, fragte sie. »Weißt du, was *Artconcept* ist?«

»Ja. Eine Agentur für Kunst.«

»Eine Firma, die Plastiken und Kunstgegenstände vertreibt.« Sie machte eine Pause. »Rate mal, wem sie gehört?«

»Tim Wilcox.«

Sie nickte und musterte ihn, sagte aber nichts.

Und dann berichtete er ihr, wie er über Darren Martin und Manuel auf Tim Wilcox gestoßen war.

»Und jetzt ist also Wilcox tot«, sagte sie nachdenklich.

Er fragte sich wieder, welche Rolle Carol spielte, doch er fand keine Antwort und zählte die hellen Sonnenstreifen auf dem dunklen Parkett. Es waren elf.

Als er den Kopf hob, bemerkte er, dass sie ihn beobachtet hatte. In ihrem Blick lag Besorgnis.

»Shane, ich kann mir keinen Reim auf das alles machen, aber es wäre besser, du würdest dich aus weiteren Nachforschungen heraushalten. Wir können nicht ausschließen, dass es jemand auch auf dich abgesehen hat.«

Wie könnte er sich jetzt noch aus allem heraushalten? Wenn sie wüsste, dass man ihn beinahe umgebracht hatte. Er musste wissen, was gespielt wurde, musste wissen, welche Rolle Carol spielte und – noch immer hatte man nicht den Mörder seiner Kollegen gefunden. Er war Klein-Jack etwas schuldig – aber das sagte er Tamara nicht.

»Tamara, ich kann mich nicht heraushalten. Punkt. Und jetzt will ich alles über Tim Wilcox' Tod erfahren.«

Sie kannte ihn lange genug, um zu wissen, dass jeder Versuch, ihn umzustimmen, zwecklos war. Also seufzte sie nur, zog ihr kleines Notizbuch aus der Tasche, blätterte, fand die Eintragungen und begann, ihm zu berichten.

Carol Wilcox war um halb drei am gestrigen Nachmittag in ihren Wagen gestiegen und nach Brisbane gefahren, um mit einer Freundin eine Ballettaufführung zu besuchen. Bei dieser Freundin blieb sie auch über Nacht. Am nächsten Morgen wollte sie einen Stadtbummel anschließen, doch die Polizei verständigte sie und teilte ihr den Tod ihres Mannes mit. Daraufhin kehrte sie sofort nach Buderim zurück.

Tim Wilcox starb zwischen zehn und zwölf Uhr in der Nacht. Nachbarn hatten um kurz vor zwölf zwei Schüsse – zumindest zwei sehr laute Geräusche – und dann den Motor eines schnell wegfahrenden Autos gehört. Doch keiner war zum Fenster geeilt. Niemand hatte etwas gesehen.

Tim Wilcox hatte an diesem Abend eine Einladung zu einer Vernissage mit Cocktailparty bei dem Maler Mark Willing in Marcoola Beach wegen Migräne, an der er häufiger litt, abgesagt. Zum Zeitpunkt seines Todes war er jedoch nicht im Bett gewesen. Er trug Jeans und Hemd, als er mit zwei Kopfschüssen, die aus nächster Nähe abgegeben worden waren, im Wohnzimmer ermordet wurde. An der Eingangstür fand man keine Spuren eines Einbruchs, auch die Leiche wies keine Spuren eines Kampfes auf. Wilcox saß, als ihn die Putzfrau am Morgen fand, auf der Couch. Und wenn das Blut, die aufgerissenen Augen und die beiden Löcher im Kopf nicht gewesen wären, hätte man meinen können, er hätte dort geschlafen. Carol hatte ausgesagt, dass sie, wenn sie zu Hause waren, selten die Tür abschlossen. Das Arbeitszimmer war durchwühlt worden, nicht aber das Wohnzimmer.

Shane stutzte. »Wieso erschießt der Einbrecher Wilcox dann im Wohnzimmer? Wieso sitzt Wilcox ruhig auf der Couch, als ob er nur auf seinen Tod wartet? Hatte Wilcox denn eine Waffe?«

»Nein. Jedenfalls nicht, soweit wir wissen.«

»Der Einbrecher erschießt also erst Wilcox und durchsucht dann das Arbeitszimmer? Klingt eher nach einem Killer als nach einem Einbrecher. Nach einem Killer, den er kannte …«

»Ja, das klingt alles sehr seltsam. Aber noch mal zu Carol. Carol Wilcox verbringt ziemlich regelmäßig alle zwei Wochen eine Samstagnacht in Brisbane. Die Karten für den Ballettabend sind von der Freundin schon vor drei Wochen gekauft worden.«

»Wie heißt diese Freundin?«

Tamara blätterte in ihrem Notizbuch, ließ den Finger über die Zeilen gleiten. »Helen Shapiro, verheiratet mit Dr. Peter Shapiro, Internist, drei Kinder. Wir lassen Carols Alibi gerade überprüfen.«

Er zählte wieder die Sonnenstreifen auf dem Parkettboden. »Was kann der Einbrecher gesucht haben?«, fragte er.

»Carol Wilcox behauptet, es fehle nichts außer einem Feuerzeug und einem älteren Diktiergerät, das sie ihm mal vor Jahren geschenkt hat. Deshalb konnte sie sich daran erinnern.«

»Könnte es das Diktiergerät gewesen sein, hinter dem der Einbrecher her war? Bearbeitete Wilcox gerade einen heiklen Fall?«

»Normalerweise befasste er sich nur im Büro mit seinen Fällen. Zu Hause in seinem Arbeitszimmer erledigte er eher private oder halb private Angelegenheiten.«

»Wieso wurde kein Schmuck gestohlen, kein Fernsehgerät, keine Musikanlage, CDs? Tamara, das ist ein ziemlich untypischer Einbruch.«

»Das finde ich auch.« Sie zögerte. »Ich hatte den Eindruck, dass die Ehe der Wilcox' nicht besonders gut lief. Vielleicht hat Carol Wilcox jemanden engagiert, um sich ihren Mann vom Hals zu schaffen. Sie hat zwar ein eigenes Vermögen, aber ...« Sie klappte das Notizbuch zu. »Ich halte sie jedenfalls für ziemlich berechnend und skrupellos.«

Er erwiderte nichts und hoffte, Tamara würde nicht weiter über Carol Wilcox reden.

»Warum sagst du nichts?«, fragte sie. »Du kennst sie doch auch, oder?«

»Nur ganz flüchtig.«

Tamara sah ihn prüfend an. »Ach ja«, sagte sie, und er merkte sofort, dass es zu beiläufig klang, um unwichtig zu sein, außerdem lächelte sie gezwungen. »Noch mal zu deinem Wagen. Er wurde gestern Abend angeblich vor dem Haus der Wilcox' gesehen.« Sie suchte etwas in ihrer Tasche, er war sich sicher, dass sie das tat, um ihm nicht in die Augen sehen zu müssen. »Vielleicht hat man ja deinen Wagen verwechselt, weiße Corollas gibt's ja wie Sand am Meer, und das Kennzeichen konnte man auch nicht genau erkennen.« Sie sah wieder auf. »Ich kann mir auch nicht vorstellen, was du da gemacht haben sollst, aber ich muss es dich trotzdem fragen.«

Er hielt ihrem Blick stand. »Ich war dort. Ich habe im

Auto gesessen und überlegt, ob Tim Wilcox etwas mit den Morden in Brisbane zu tun hat und wie ich ihn das fragen könnte.«

Das war nicht die ganze Wahrheit. Doch Tamara lächelte erleichtert, ließ ihr Notizbuch in der großen Tasche verschwinden. »Dann wäre das geklärt.« Sie stand auf. »Jetzt müssen wir nur noch den Mörder finden! Bleib sitzen, ich finde allein raus. Und wenn dir was einfällt, irgendeine Idee, wie wir in diesem Fall weiterkommen könnten, dann sag mir Bescheid. Aber bitte, versprich mir, unternimm nichts auf eigene Faust! Es könnte gefährlich werden, und außerdem wartet Lanski nur darauf, dich in irgendetwas verwickelt zu sehen!«

Er machte eine Handbewegung, die Verständnis signalisierte, Verständnis, nicht Einverständnis. Aber diesen Unterschied bemerkte sie offensichtlich nicht.

»Wunderbar.« Sie schulterte die Tasche. Ein Vorweihnachtsgeschenk? Von wem? Ihren Eltern? Oder hatte sie ein Verhältnis?

Sie ließ ihren Blick noch einmal durch die Wohnung schweifen. »Du findest mich tagsüber in einem winzigen Büro im Police Headquarters in Maroochydore. Übrigens wohne ich auch dort ganz in der Nähe – aber längst nicht so schön wie du.«

»Du kannst mich ja ab und zu besuchen kommen.« Er deutete auf ihre Tasche. »Schön. Da hat jemand viel Geschmack …«

Sie klopfte darauf. »Hab ich mir selbst geschenkt, schon ein paar Tage vor Weihnachten.«

Als die Tür hinter ihr zufiel, überlegte er, ob es bitter geklungen hatte. Doch sein Handy klingelte irgendwo und unterbrach seine Mutmaßungen. Er hinkte durch die Wohnung, bis er das Telefon endlich in der Küche fand.

»Ja?«

»Shane, hier Carol. Ich muss Sie dringend sprechen. Kann ich zu Ihnen kommen?«

»Wann?«

Pause. »Jetzt, sofort.« Ihre Stimme klang atemlos.

Er war also mittendrin in den Verwicklungen.

23

Er traute seinen Ohren nicht, drehte das Radio lauter. Wilcox! Erschossen von einem Einbrecher! Vor ihm sprang die Ampel auf Grün. Er bog zur Sunshine Plaza ein, kurvte über mehrere Parkplätze und hielt am Hintereingang des Golden-Donut-Shops. Er drehte das Radio ab. Es war noch früh, die meisten Läden öffneten gerade erst. Benommen stieg er aus. War es wirklich ein Einbrecher gewesen? Zufall also?

Er öffnete den Kofferraum, hob den Karton heraus, ein Kilo schwer. Nein, ein bisschen schwerer, wegen der Tüten mit den Donut-Backmischungen obendrauf. Der Karton sah genau so aus, wie die, die Ethan, ein lässiger junger Typ, dem die Mädchen in Scharen hinterherliefen, gerade in den Shop geschleppt hatte. Ethan kam wieder heraus und grinste, als er ihn sah.

»Hi.« Ethan nahm ihm den Karton ab. Sein blondes Haar fiel modisch fransig in seine Stirn. Er war weiß gekleidet. Links über seiner Brust prangte das eingewebte Emblem von Golden Donut. Alle Angestellten waren blond. So schrieb es die Firmenphilosophie vor. Inoffiziell. Denn niemand durfte wegen seiner Religion oder seines Geschlechts – und erst recht nicht wegen seiner Haarfarbe – benachteiligt werden. Das hatte ihm Ethan mal erzählt, und das ging ihm jedes Mal durch den Kopf, wenn er einen Mitarbeiter von Golden Donut sah.

»Ein Kilo. Schmetterlinge«, sagte er.

Ethan nickte, verschwand mit dem Karton im Laden, aus dem der Duft von frisch Gebackenem strömte – künstlich verstärkt wahrscheinlich –, und kehrte mit einer weißen Schachtel von Golden Donut zurück.

»Genau hunderttausend.« Ethan gab ihm lächelnd die Schachtel. »Und drei Donuts mit Vanillecreme.«

»Selbst gebacken, hoff ich.«

Ethan grinste über sein schmales, gut geschnittenes und gebräuntes Gesicht. »Klar, für dich immer.« Drinnen klingelte das Telefon, und Ethan verabschiedete sich mit einer lässigen Handbewegung.

Er ging zum Wagen, stellte die Schachtel neben sich und fuhr los. Die Lust auf die Donuts, die er sonst verspürte, blieb heute aus.

24

Sie stand in der Küche, als er aus der Garage, in die er den Spaten zurückgestellt hatte, hereinkam, und sah ihn mit großen, leeren Augen an, die ihm Angst machten. Dunkle Ringe ließen ihre Augen noch hungriger aussehen als sonst. Sie trug ein langes, weißes T-Shirt von ihm. Es waren Flecken drauf, stellte er fest. Kaffeeflecken, die beim Waschen nicht rausgegangen waren. Ich sollte es einweichen, vielleicht half das … Was denke ich für ein Zeug!

Er betrachtete Chrissy. Ihr kupferfarbenes Haar sah wirr und ungepflegt aus. Ihre Haut stumpf. Kurz flackerte das Bild von ihr auf, als er sie vom Garten ihres Hauses aus gesehen hatte, doch als er es näher betrachten wollte, verblasste es, wie die Spiegelung in einer Scheibe verschwindet, wenn ein Sonnenstrahl darauf trifft. Jetzt sah er nur noch die Frau, die gestern mit dem Revolver in der Hand *peng, peng* gerufen und verächtlich gelacht hatte.

Er war nicht imstande, ihr einen guten Morgen zu wünschen. Ja, er konnte noch nicht einmal lächeln, obwohl ihm das sonst leicht fiel. Sein Hals schnürte sich zu, und wenn er nicht fürchten müsste, dass sie einen unüberlegten Schritt tun könnte, hätte er sich jetzt einfach umgedreht und wäre aus dem Haus gegangen. Er öffnete den Kühlschrank.

»Erinnerst du dich an gestern Nacht?«, fragte er, als er ihr nicht mehr in die Augen blicken musste.

»He, das ist ja 'ne Begrüßung! Hast du keinen Kaffee?« Ihre Stimme klang rau und gereizt. Er nahm die Plastikflasche Milch aus dem Kühlschrank und drehte sich zu ihr um. Sie hatte sich im Schneidersitz auf einen Stuhl am Tisch gesetzt. Ihre Füße waren lang und schmal. Wortlos schaltete er den Wasserkocher an und füllte Instantpulver in zwei Becher. Seine Hände zitterten, und er verschüttete ein wenig davon. Er fluchte leise.

Bevor das Wasser anfing zu kochen, drückte er auf die Fernbedienung des kleinen Fernsehers auf der Theke. Es war zehn. In wenigen Minuten kamen die Lokalnachrichten. Vielleicht, dachte er wieder, vielleicht ist doch alles gar nicht wahr gewesen …

»Wir sind zu diesem verdammten Haus in Buderim gefahren«, sagte Chrissy.

Nein, lass es nicht wahr sein, lass es nicht wahr sein, betete er.

»Und dann hab ich ihn erschossen.«

Ihm wurde übel. Das Wasser kochte, das Gerät schaltete sich aus.

»Was ist mit dem Kaffee?«, fragte sie.

Mechanisch übergoss er das Kaffeepulver in den Bechern.

»Viel Milch und viel Zucker«, sagte sie.

Er schüttete Milch in beide Becher und Zucker in einen. Dann nahm er einen Löffel aus der Schublade und brachte ihr den Becher und den Zucker in einem großen Glas.

In Chrissys Gesicht mischten sich Gleichgültigkeit und Trotz. Mit beiden Händen nahm sie den Kaffeebecher, als müsste sie sich bei bestimmt sechsundzwanzig Grad Raumtemperatur daran wärmen.

Wie hypnotisiert starrte Josh auf den Bildschirm. Die bekannte Musik. Das bekannte Logo. Vielleicht gab es doch noch eine letzte Chance ... Die Moderatorin begann zu sprechen: »Letzte Nacht wurde in Buderim an der Sunshine Coast der zweiundvierzigjährige Anwalt Tim Wilcox offenbar von einem Einbrecher erschossen. Die Polizei bittet um Mithilfe. Bitte melden Sie jeden Hinweis an die ...«

Also doch. Die Hoffnung war dahin, die letzte Chance vergeben. Es war wirklich geschehen. Chrissy hatte es wirklich getan. Und er hatte es zugelassen. Aber hatte er richtig verstanden? Wilcox sollte von einem Einbrecher erschossen worden sein?

»Wieso kommen die auf Einbruch?«, fragte Chrissy auch schon. »Ich hab doch kein Fenster eingeworfen oder die Tür aufgebrochen!« Sie lachte in sich hinein. »Vielleicht war's ein bisschen unordentlich, weil seine Schlampe von Ehefrau nicht aufgeräumt hat, und schon denken die, es war ein Einbrecher!«

Er erschrak über ihre Grobheit. Selbst jetzt bereute sie ihre Tat nicht. »Vielleicht ist es eine Falle«, sagte er leise, »sie wollen, dass wir uns in Sicherheit wiegen, und dann schlagen sie zu.«

»Quatsch! Ich sag dir, die haben keine Ahnung.« Sie nippte an ihrem Kaffee, verzog den Mund und kippte eine gewaltige Portion Zucker aus dem Glas in den Becher.

Das glaubte er nicht. Er blieb misstrauisch. »Weiß jemand von dir und Wilcox?«

»Nein! Natürlich nicht!« Sie stellte den Kaffeebecher so heftig auf den Tisch zurück, dass der Kaffee überschwappte. »Denkst du, er hat sich hingestellt und rausposaunt: He, seht her, ich, der erfolgreiche Anwalt Tim Wilcox, ich hab 'ne Achtzehnjährige aufgerissen, ficke sie und gebe ihr Drogen. Vielleicht bezahle ich sie ja auch damit. Jedenfalls gehört sie jetzt mir! Und die nächste Achtzehnjährige gehört mir auch – mir, Tim Wilcox, dem Oberarschloch!« Ihre blasse Haut war rot geworden. In einem Auge bemerkte er ein rotes Äderchen. »Glaub mir, er hat's verdient, dieses Schwein!«

Er wollte es glauben, wollte davon überzeugt sein. Ja, sagte er sich, er hat es verdient. »Ich hab den Revolver vergraben«, sagte er.

Sie reagierte nicht, sondern starrte auf den Bildschirm, wo eine Werbung für ein Kakerlaken-Spray lief. Eine korpulente Hausfrau stieg auf einen wackligen Hocker, um die Kakerlaken in den letzten Ecken ihrer Küche mit dem todbringenden Spray zu traktieren.

»Sieh dir die fette Kuh an! Wie meine Tante Mia!« Chrissy lachte.

Er betrachtete Chrissy, konnte nicht glauben, dass sie die Meldung und die Erinnerung an das, was geschehen war, so einfach wegstecken konnte. »Chrissy!« Er packte sie an der Schulter und schüttelte sie. »Chrissy, kapierst du nicht? Du hast einen Menschen getötet!« Ihr Körper fühlte sich schlaff an. Sie starrte ihn ausdruckslos an. Er ließ sie los. Er kannte sich selbst nicht wieder. Was machte sie aus ihm?

Langsam glitt ihr Blick von seinem Gesicht auf ihr T-Shirt. Sie entdeckte die Kaffeeflecken. »Ob die wieder rausgehen?«

Er konnte sie nicht ertragen. Wenn jetzt die Polizei gekommen wäre, hätte er alles gestanden. Aber sie kam nicht. Er ließ sich auf einen Stuhl sinken. Müde, unendlich müde fühlte er sich. Am Küchenschrank krabbelte eine Fliege hinauf. Chrissy starrte noch immer auf die Kaffeeflecken. Im Fernsehen brüllte jemand Sonderangebote. Garbo erschien in der Küche, blieb aber in großem Abstand zu Josh stehen und sah abwechselnd zu ihm und Chrissy.

Wenn die Polizei tatsächlich von einem Einbruch ausging, dachte Josh, dann würde sie eine völlig andere Spur verfolgen. Wie erleichtert er sich fühlte. Als bewiese der Irrtum der Polizei seine und Chrissys Unschuld …

Könnten wir, dachte er, könnten wir vielleicht doch alles vergessen, so tun, als ob nichts gewesen wäre? Seine Müdigkeit war schlagartig vorüber. Das Leben ging weiter. Er stand auf.

»Chrissy, ich muss mit Garbo raus. Am besten bleibst du hier.«

Sie gähnte. Kraftlos hing sie auf dem Stuhl. Wie viele Schlaftabletten hatte sie genommen? Vielleicht ist es so das Beste, dachte er. Da kommt sie nicht auf dumme Gedanken. Er fasste sie wieder an den Schultern. Sie waren knochig und kalt.

»Versprich mir, Chrissy, dass du hier bleibst. Du musst hier bleiben. Ja?«

Müde hob sie den Kopf. »Wohin soll ich denn abhauen?«

Er griff zur Hundeleine auf dem Fensterbrett. In seinem Innern war ein Krater aufgerissen, vor dessen Tiefe er Angst hatte.

25

Um halb vier am Nachmittag stand Carol vor seiner Apartmenttür. Zögernd betrat sie seine Wohnung, blieb unschlüssig stehen. Er bot ihr Kaffee an, doch sie lehnte ab. In den wenigen Stunden, die seit der letzten Begegnung vergangen waren, schien sie sich, wenigstens was ihre äußere Erscheinung anging, unter Kontrolle gebracht zu haben. Sie hatte ihr Haar sorgfältig zurückgesteckt. Über einer weißen, weiten Hose trug sie ein weißes Poloshirt.

Sie nahm in einem Sessel Platz und sah ihn ernst an. »Ich brauche Ihre Hilfe.«

Das hatte sie auch am Telefon gesagt. Wusste sie, dass sie ihn in Schwierigkeiten brachte? Er setzte sich in den anderen Sessel. Dass sie ihn noch vor ein paar Stunden nicht gerade freundlich weggeschickt hatte, überging sie ganz offensichtlich. Nun, er würde es auch nicht erwähnen.

Sie strich sich über ihr Haar, zögerte, räusperte sich und sah ihm fest in die Augen: »Mein Alibi …«

Er ahnte nichts Gutes. »Der Ballettabend mit Helen Shapiro?«

Sie war nicht überrascht, dass er schon davon wusste. »Ja.« Sie wandte ihren Blick nicht ab. »Ich war nicht dort.«

Der Satz stand kalt im Raum. Plötzlich war sie ihm fremd geworden. Ganz fremd. Was erwartete sie? Dass er ihr Tipps gab, wie sie weiterlügen könnte?

»Haben Sie es meinen Kollegen gesagt?« Er unterdrückte nur mühsam seine Wut und Enttäuschung. Sie schüttelte den Kopf.

»Warum kommen Sie zu mir?«

Ihr Mund zuckte nervös. »Helens Mann hat Fragen gestellt, und da ist Helen umgefallen. Er verlangt, dass sie zur Polizei geht und ihre Aussage widerruft.« Ihre Stimme bekam etwas Verzweifeltes. Er wartete darauf, dass er Mitgefühl spürte oder Nachsicht oder irgendetwas Warmes, doch er wartete vergeblich. Jegliches Gefühl, das er gleich bei ihrer ersten Begegnung empfunden hatte, war verschwunden.

»Und warum haben Sie gelogen?«, sagte er schließlich.

Jetzt senkte sie den Blick, spielte mit ihren Händen. Er hörte das Meer rauschen und Autos vorbeifahren.

Als sie wieder aufblickte, sagte sie: »Ich weiß nicht. Es schien mir einfacher zu sein.«

»Einfacher? Einfacher als was?«, fuhr er sie an. Sie zuckte zusammen, kaum merklich, doch ihm war es nicht entgangen.

»Einfacher als …« Sie brach ab. Doch immer noch tat sie ihm nicht Leid.

»… als die Wahrheit?«, fragte er kalt.

Sie nickte erleichtert. »Ich hatte Angst, dass es mich verdächtig machen würde, wenn ich …« Sie brach wieder ab und betrachtete ihre ineinander verschränkten Finger. Dann hob sie den Kopf. »Ich hatte eine Verabredung.«

Das hatte er sich gedacht. Mit einem Mann natürlich. Er stellte fest, dass er ihr gegenüber Geringschätzung empfand. Wie spießig er doch war.

»Ich hab Ihnen ja gesagt, dass unsere Ehe nicht besonders … Ich hab ihn an einem der Abende mit Helen kennen gelernt. Wir haben uns hin und wieder getroffen, mein Gott, höchstens fünf Mal. Er ist dauernd unterwegs. Pilot …« Sie zuckte mit den Schultern, als ob ihr der Mann völlig gleichgültig wäre.

Ihre Erklärung enttäuschte ihn noch mehr. Er dachte an den Abend zurück, als er ihr zum ersten Mal begegnet war. Und jetzt fühlte er sich von seiner eigenen Wahrnehmung betrogen.

»Und was erwarten Sie nun von mir?«

»Mein Gott, Shane, sagen Sie mir, was ich tun soll!« Sie sah ihn mit großen Augen an und schluckte.

Er ertappte sich dabei, wie er ihre Hilflosigkeit genoss. Verdammt, Shane, dachte er, du bist auch nicht besser als andere. Und für die Worte, die aus seinem Mund kamen, schämte er sich, denn sie klangen kalt und zynisch: »Es gibt nur eins, Carol: Sagen Sie die Wahrheit. Einfach nur die Wahrheit.« Er hasste sich dafür und noch mehr für das angestrengte Lächeln, das ganz sicher auf seinem Gesicht stand.

Aus ihrem Blick verschwand die Hilflosigkeit. An ihre Stelle trat ... War das wirklich Verachtung? Oder Enttäuschung?

»Haben Sie doch etwas zu trinken?«, fragte sie. Er nickte und wollte aufstehen. Sie machte mit den Händen eine abwehrende Geste. »Nein, lassen sie nur.« Sie stand auf und ging in die Küche.

Er sah ihr nach und bemerkte, dass sich ihre Unterwäsche unter Hose und T-Shirt abzeichnete. Warum war sie zu ihm gekommen? Wollte sie ihn benützen? Erwartete sie von ihm, dass er Partei für sie und gegen seine Kollegen ergriff? Wollte sie ihn korrumpieren? Was würde sie ihm anbieten? Welchen Preis war er ihr wert?

Mit zwei Gläsern Whisky kam sie zurück. Sie setzte sich wieder, und schweigend tranken sie. Durch die schräg gestellte Jalousie fiel Helligkeit ins Zimmer. Das an- und abschwellende Rauschen des Pazifiks drang gedämpft herein.

»Was hatte Darren Martin mit *Artconcept* zu tun?«, fragte er auf einmal.

Sie hob die Augenbrauen. »Darren? Keine Ahnung. Hatte er denn etwas damit zu tun?«

»Die Schießerei in Brisbane fand direkt vor dem Büroeingang von *Artconcept* statt. Das kann doch kein Zufall sein, oder?«

Sie sah ihn verständnislos an.

»Hatte Tim mit Drogen zu tun?«

»Was?«

»Amphetamine. Ecstasy.«

Auf ihrer Stirn bildeten sich Längsfalten, und ihr Blick ging durch ihn hindurch.

»Carol! Denken Sie nach! Ihr Mann ist ermordet worden. Dafür gibt es einen Grund.«

»Es war ein Einbrecher«, sagte sie tonlos.

»Ein Einbrecher, auf den Tim auf dem Sofa sitzend wartet?« Er war laut geworden. Warum war sie so apathisch? Was war mit ihr los? Wusste sie die Wahrheit, und konnte sie sie nicht ertragen?

»Carol!«

Ihr Blick glitt an ihm vorbei. Dann trank sie mit großen Schlucken ihr Glas leer und stellte es mit einer fahrigen Bewegung auf den niedrigen Tisch.

»Ich muss gehen«, sagte sie. Doch sie stand nicht auf, starrte irgendwohin ins Leere. Stand sie unter Schock? Doch auch jetzt verspürte er kein Mitgefühl. Er war wütend. Wütend, dass sie sich nicht auf seine Seite schlug, wütend, dass sie ihn zu benutzen versuchte.

»Carol, was soll ich meinen Kollegen wegen Ihres Alibis sagen?«

Sie sah ihn an, als sei ihr erst jetzt wieder bewusst, dass er ihr gegenübersaß.

»Ich weiß es nicht.« Ihr Ton klang gleichgültig. »Sagen Sie, was Sie wollen.« Sie stand auf. Er wollte sie zur Tür bringen, doch bevor er sich auf eine Krücke stützen konnte, war sie schon gegangen. Verärgert hieb er sein Glas auf den Tisch. Zuerst wollte sie seine Hilfe, dann war ihr plötzlich alles einerlei!

Er lehnte sich zurück und schloss die Augen. Das Meer rauschte, Autos fuhren an, Türen schlugen zu, von den Restaurants drangen Stimmen, Gelächter und Geschirrklappern herauf, Schritte hallten über ihm, eins, zwei, drei, vier und noch mehr Schritte … Schritte von vier Polizisten auf dem Weg zum Taxistand, Gelächter, in der Ferne Autogeräusche, Jack, Hawkings, Evans und er … und vor Tim Wilcox' Büro: Darren Martin und der Mörder. Er riss die Augen auf. Diese Bilder wollte er nicht sehen.

Ächzend vor Schmerzen und Wut griff er zum Handy auf dem Couchtisch und tippte Anns Telefonnummer im Krankenhaus ein. Er wusste sie auswendig. Ann meldete sich nicht, doch er ließ es weiterläuten, bis eine Frauenstimme den Namen des Krankenhauses nannte. Er fragte nach Ann Kelly und wurde mit der Station verbunden. Während er scheinbar endlos wartete, listete er alle Gründe auf, weshalb Ann am Abend nicht im Krankenhaus war. Erstens: Sie war kurz nach Hause gegangen. Zweitens: Das Baby war gestorben …

»Kinder-Intensiv-Station?«, sagte eine Stimme.

Er nannte seinen Namen. »Könnte ich Ann Kelly sprechen?«

»Ah, Mrs. Kelly ist nicht da.«

»Warum? Was ist mit dem Baby, Jack, Jack Kelly?«

»Ich darf Ihnen keine …«

»Ich weiß schon, aber ist sie zu Hause? Was ist mit ihrem Kind?«

»Es tut mir Leid, Sir, aber ich darf Ihnen keine …«

»Hören Sie, letztes Mal haben Sie mir auch eine Auskunft gegeben! Ich bin ein Freund, ich will lediglich wissen, ob ihr Kind noch lebt und es Ann gut geht!«

»Sir, es tut mir Leid, aber wir dürfen Informationen nur an Familienangehörige …«

»Ach, lecken Sie mich am Arsch!«

Zornig tippte er Anns Nummer zu Hause ein. Er kannte sie auswendig, da er sie oft an Wochenenden oder frühmorgens und spät in der Nacht gewählt hatte, wenn er Jack erreichen musste, weil sie zu einem Tatort gerufen worden waren. Endlich meldete sich Ann.

»Shane, ich wage kaum, aufzuatmen, die Ärzte sagen auch, es ist noch zu früh, aber ihm geht es besser!«

»Jack hatte einen verdammten Dickschädel, Ann, ich bin sicher, sein Sohn hat den geerbt. Er will bei dir bleiben, bestimmt!«

»Ja.« Er hörte ihr Schlucken am Telefon. »Shane?«

»Ja?«

»Ich …« Sie holte Luft. »Ich hab immer gedacht, mit dir kann man nicht reden, du bist so …«

»Ach, Ann«, sagte er. Er wusste nicht, wie lange er es noch durchhalten würde, deshalb brach er das Gespräch lieber ab. »Es tut mir Leid, aber ich muss jetzt aufhören, weil …«

»Ja, ich verstehe. Danke, dass du angerufen hast.«

Er legte auf, hinkte in die Küche und goss sich ein weiteres Glas Whisky ein, kehrte zurück ins Wohnzimmer und wollte sich gerade wieder auf die Couch fallen lassen, als sein Blick auf den Sessel fiel, in dem Carol gesessen hatte. Ihre Handtasche. Carol hatte ihre Handtasche vergessen. Eine rechteckige aus grünem Wildleder, zumindest sah es wie Wildleder aus, mit feinem Muster und zwei kurzen Henkeln. Er bückte sich und hob sie auf. Normalerweise überlegte er nicht lange, ob er Handtaschen, die Verdächtigen gehörten und die er zufällig in die Hände bekam, öffnen durfte. Doch jetzt zögerte er. Carol zählte zu den Verdächtigen, aber …

Wollte er die Handtasche nicht öffnen, weil er Angst hatte, die Wahrheit zu entdecken, die sie vor ihm geheim hielt? Grünes Veloursleder, das nach ihrem Parfum roch. Ein wenig süßlich und ein wenig nach Salz, wie das Meer …

Schluss jetzt, befahl er sich. Mach dieses verdammte Ding auf! Was wird drin sein? Lippenstifte, Schlüssel, nun, vielleicht auch ein kleiner Revolver?

Er wischte alle Gedanken und Bedenken beiseite und knipste die Tasche auf. Wie er geahnt hatte, Lippenstift … Das Geräusch der Türglocke erschreckte ihn. Carol, sie hatte bemerkt, dass sie ihre Tasche vergessen hatte! Plötzlich musste er wissen, was in der Tasche war. Es klingelte wieder.

»Moment!« Er durchsuchte die Tasche. Ein Schlüssel, Taschentücher, hier, was war das? Eine Visitenkarte. *Bellavista Motel,* Nambour. Na und? Es klingelte nochmals. Er ließ die Visitenkarte zurück in die Tasche fallen, knipste den Verschluss zu und hinkte mit der Tasche zur Tür. Draußen stand Carol und wirkte erleichtert, als er ihr die Tasche entgegenhielt.

»Danke.« Sie nahm sie und sah ihn einen Augenblick lang an. Er wusste nicht, was er erwartete. Irgendetwas, das ihn für immer von ihrer Unschuld überzeugte. Für den Bruchteil einer Sekunde flog ein Lächeln über ihr Gesicht.

»Ich hätte sonst nach Hause laufen müssen«, sagte sie, und schon war ihr Lächeln wieder verschwunden. Doch ihre Augen sahen in seine, und da begann etwas tief in seinem Innern zu brennen.

»Auf Wiedersehen«, sagte er rasch und hoffte, dass sie jetzt ging.

»Auf Wiedersehen«, sagte sie langsam, und dann erst nahm sie den Blick von seinen Augen, drehte sich um und ging. Er sah ihr nicht nach, sondern schloss sofort die Tür.

Verdammt, dachte er, du bist schon halb drin in der Falle.

Bellavista Motel, Nambour. Warum bewahrte man die Visitenkarte eines Motels auf, das sich nicht weit entfernt von zu Hause befand? Traf sie dort ihr »Alibi«? Hatte sie dort vielleicht sogar die letzte Nacht verbracht und war gar nicht in Brisbane gewesen?

Er sah auf seine Armbanduhr. Zu spät, um jetzt noch dorthin zu fahren. Morgen, dachte er, ich werde morgen fahren. Er notierte sich sicherheitshalber den Namen. Auf jeden Fall sollte er Tamara verständigen und ihr von Carols widerrufenem Alibi berichten. Das war er ihr schuldig. Er versuchte es im Maroochydore Headquarters. Man verband ihn weiter. Nach ein paar misslungenen Versuchen, die Telefonistin beherrschte offenbar die Telefonanlage nicht, hatte er sie endlich am Apparat.

»Ich habe es auch gerade erfahren«, erwiderte sie. »Helen Shapiro war bei unseren Kollegen in Brisbane und hat ihre Aussage widerrufen. Danke, dass du mich angerufen hast. Ach, Shane?«

»Ja?«

Die Pause war ungewöhnlich lang, und er glaubte schon, die Verbindung sei unterbrochen. »Tamara?«

»Shane … Ich frage mich, wieso sie zu dir gekommen ist.«

Ihm fiel keine Antwort ein. Jedenfalls keine, die er ihr jetzt geben konnte.

»Sie kämpft mit allen Mitteln, Shane.« Etwas in ihrer Stimme berührte ihn unangenehm. Hatte sie ihm gerade zu verstehen gegeben, dass Carol Wilcox ihn um den Finger wickeln wollte?

»Sie ist jetzt unsere Hauptverdächtige«, fuhr Tamara fort. »Sie ist die Haupterbin, und sie hat eine falsche Aussage gemacht.«

»Ich weiß, Tamara.«

»Im Übrigen, Shane: Carols erster Mann hat ihr sechs Millionen Dollar hinterlassen.«

Er hätte jetzt *Ich weiß* sagen müssen, doch er sagte nichts.

»Sein Tod kam ziemlich plötzlich«, redete sie weiter,

»Herztod mit sechsundvierzig, nicht gerade alltäglich. Genauso wenig wie erschossen zu werden – Tim Wilcox war auch nicht arm.«

Das hatte sie angriffslustig hinzugefügt. Vielleicht erwartete sie eine Stellungnahme, eine Meinung, Unterstützung oder Widerspruch, doch er fühlte sich nur ausgelaugt, erschöpft und unfähig, sich für eine Seite zu entscheiden.

»Was hast du jetzt vor, Tamara?«

»Wir überprüfen natürlich ihr neues Alibi.«

»Verstehe.«

26

Er hatte es nicht lange draußen ausgehalten, es war zu heiß und seine Unruhe zu groß. Seit einer Stunde war er mit Garbo zurück, hatte geduscht und versucht, sich durch Fernsehen von seinen Gedanken abzulenken. Gerade holte er Cheddar und Schinken aus dem Kühlschrank, als er sie duschen hörte. Eine Zeit lang hatte er es fast geschafft, sie zu vergessen. Jetzt lastete wieder das schreckliche Geschehen auf ihm. Er hörte sie kommen, barfuß, und sah auf. Sie trug ein frisches T-Shirt von ihm, das er ihr aufs Bett gelegt hatte, und eine von seinen Boxershorts. Wie dünn sie war.

»Hunger?« Er deutete auf sein Sandwich, das er gerade zuklappte.

Sie schüttelte den Kopf. Ihr nasses Haar lag auf ihren Schultern. Schwer und dunkelkupferrot.

Langsam kam sie auf ihn zu. Er fühlte sich unsicher, sein Körper spannte sich. Was würde sie tun?

Er blieb stehen. Wartete. Tief tauchte ihr Blick in seine Augen und verwirrte ihn. Dann war ihr Gesicht ganz nah an seinem. »Eigentlich bist du ziemlich sexy.«

»Ich?«

»Ist denn noch jemand hier?« Ihr Blick ließ ihn nicht los, und ihre Hand glitt zwischen seine Beine. »Du hast einen geilen Körper, Josh.«

Hitze schoss in seine Lenden. Alle Gedanken waren auf einmal gelöscht. Ihre Lippen berührten seine, er schloss die Augen. Er spürte nur noch ihren Kuss, ihre Lippen, ihre Zunge, er zog sie fester an sich.

»He«, flüsterte sie und griff in seine Shorts. Endlich, dachte er nur noch, endlich. Hastig zog er ihr das T-Shirt aus und streifte seine Shorts ab.

»He, das geht ja ganz schön schnell bei dir …«

Seine Lenden waren heiß, pochten. Jetzt erfüllte sich, wovon er tage- und nächtelang geträumt hatte, was ihn schier verrückt gemacht hatte … Er nahm sie, und im Moment seines Höhepunkts … war er Tim Wilcox.

Danach zog er sich schweigend an. Für ein paar Sekunden trafen sich ihre Blicke, und er erschrak. Plötzlich war sie wieder die Mörderin – und er ein geiler Spanner. Jetzt hatte er also Sex mit ihr gehabt. Und was nun? Würde er immer zu Tim Wilcox werden, wenn er mit ihr schlief?

Er suchte etwas in ihrem Blick, in ihrer Gestik, irgendetwas, mit dem sie ihm zeigte, dass gerade etwas zwischen ihnen geschehen war. Doch er konnte nichts finden, gar nichts. Ihr Blick war leer.

Sie zog ihre Kleidung zurecht. »Bei deinem Nachbarn ist 'ne Schraube locker. Der pfeift schon wieder und immer dasselbe. Wenn's wenigstens ein Song wäre oder irgendeine Melodie«, sagte sie, als wäre nichts geschehen.

Er war verärgert – und enttäuscht. »Ich hör's schon gar

nicht mehr.« Tatsächlich hatte er sich an das Pfeifen von Pete gewöhnt, das morgens begann und abends endete. Er war im Korea-Krieg gewesen, und seitdem hatte er diesen Tick.

»Schon wieder! Ich knall ihn ab, das nächste Mal! Sag mir, wo du die Waffe vergraben hast! Er hört nicht auf! Er pfeift und pfeift! Ich will die Kanone! Sofort, Josh!«

Sie riss die Schubladen in der Küche auf, wühlte im Besteckkasten. Er packte sie am Handgelenk. Da spürte er sie schon wieder, die Lust. Er erschrak darüber und ließ sie los. Sie schien seine Verwirrung nicht bemerkt zu haben.

»Ich brauch ein Messer, wenn du mir schon nicht die Kanone gibst! Ich schneide deinem bescheuerten Nachbarn die Kehle durch!«

»Chrissy!« Er knallte die Schublade wieder zu. Sie sah ihn ausdruckslos an. »Hast du keine Schokolade?«

»Chrissy, verdammt noch mal, wir haben jetzt was Wichtigeres zu tun, als Schokolade zu essen! Wir müssen uns was ausdenken! Wenn die Polizei kommen sollte.«

Sie ließ sich auf den Stuhl fallen. »Vorher gibst du ja doch keine Ruhe.«

Er blieb an die Theke gelehnt stehen. Sein Gehirn war eingetrocknet. Chrissy begann mit den Fingern auf den Tisch zu trommeln.

»Hör auf damit, Chrissy!«

»Aber deinen Nachbarn lässt du pfeifen!« Sie trommelte weiter und begann dann eine Strähne ihres Haares zu drehen und vor sich hin zu summen. Da hielt er es nicht mehr aus und schlug ihr auf die Wange. »Du hast schon wieder dieses verdammte Zeug genommen, stimmt's?«

Sie lachte. Seine Hand war als rote Flamme auf ihrer Wange abgebildet. Er hatte sie zum zweiten Mal geschlagen. Was machte sie aus ihm?

»Joshy, du entwickelst dich ja noch zu einem echten Macho!« Sie lachte wieder. »Josh – der Macho, Macho-Josh! He, wie klingt das? Macho-Josh!«

»Chrissy! Halt die Klappe! Halt deine verdammte Klappe!«

Sie hörte nicht auf zu lachen. »Woooh! Josh! Willst du noch mal Sex? Komm schon, du willst es doch, oder?«

Schon hatte er zu einem weiteren Schlag ausgeholt, als ihn plötzlich die Wut verließ. Sie verschwand einfach, als hätte sie nie existiert. Was blieb, war Ernüchterung. Er ließ die Hand sinken und wandte sich ab. Sie hatte wieder dieses Zeug genommen, dann war sie nicht mehr sie selbst. Aber wer war sie überhaupt? Er versuchte, seine Gedanken auf das Praktische und Notwendige zu konzentrieren. Von ihr konnte er keine Unterstützung erwarten. Es war an ihm, sich etwas einfallen zu lassen. Er durfte nicht die Nerven verlieren. Denn eines stand für ihn fest: Die Polizei durfte nicht erfahren, was wirklich geschehen war. Er wollte nicht ins Gefängnis. Niemals. Und Chrissy … Wenn man sie fassen würde, müsste er sich auch stellen. Er schluckte. Sie mussten zu einem unauffälligen Alltag zurückkehren, und gleichzeitig durfte er sie nicht aus den Augen lassen.

»Wir müssen in den Supermarkt, einkaufen«, sagte er ruhig.

Sie krümmte ihre Finger und betrachtete ihre Nägel. »Oh ja. Ich muss in die Drogerie.«

»Kaufst du dir wieder irgendwelche Scheiß-Tabletten?«

»Denkst du, die gibt's in der Drogerie? Ich brauche Nagellack.«

Natürlich hätte er den Ton, in dem sie mit ihm sprach, übergehen können, aber etwas in seinem Inneren wehrte sich dagegen, und er fragte: »Hast du Tim Wilcox auch so behandelt wie mich?«

Einen Moment lang starrte sie ihn nur an, dann prustete

sie los. »Weißt du, was dein Problem ist, Joshy? Du hast einen Mutterkomplex. Und einen Vaterkomplex. Du hast dauernd Angst, ihnen nicht zu gefallen. Dabei sind sie schon längst zu Staub zerfallen!« Sie schnitt eine Grimasse.

Er hasste sie. »Und du musst deine Mutter anrufen. Sie wird sich Sorgen machen.«

»Die?« Sie lachte gehässig. »Die ist doch froh, wenn ich nicht da bin. Dann hat sie ihre Ruhe.«

»Trotzdem. Nicht, dass sie noch die Polizei einschaltet.«

»Mensch, Joshy, du bist echt 'n Angsthase.« Sie stöhnte. »Aber wenn dir dann wohler ist, meinetwegen. Aber ich rufe sie nicht an.«

Das war ihm sogar lieber. Wer weiß, was Chrissy in ihrem Zustand erzählen würde. Er hatte ja Erica Wagners Telefonnummer und ging ins Wohnzimmer, um von dort aus ungestört zu telefonieren. Er würde sagen, dass Chrissy bei ihm sei, sich nach einer ausgedehnten Party wieder hingelegt habe und eingeschlafen sei und dass sie sich keine Gedanken machen müsse. Am anderen Ende der Leitung hörte er ein Klacken. Er räusperte sich. Doch dann merkte er, dass sich der Anrufbeantworter eingeschaltet hatte. Er sprach seinen Text darauf, legte auf und fühlte sich erleichtert.

»Fahren wir jetzt?« Chrissy war hereingekommen, sie trug zwar immer noch das viel zu weite T-Shirt, hatte aber im Schrank ein gebatiktes Tuch gefunden und es sich als langen Rock umgeschlungen. Sie sah fast wieder normal aus, und er schöpfte Hoffnung, dass … ja, was hoffte er eigentlich? Dass sie davonkämen? Dass er irgendwann alles vergessen könnte? Pete pfiff. Jetzt hörte er es auch. Und jetzt störte es ihn. Warum sagte Betsy ihm nicht, dass er damit aufhören sollte?

Schweigend saßen sie im Auto. Chrissy rauchte. Die Sonne brannte, und die Farben waren zu grell. Eine Frage ließ ihn nicht los. Obwohl seine Vernunft ihm riet, die Frage besser nicht zu stellen, tat er es doch, als sie auf die Straße, die zur Hauptstraße führte, einbogen.

»Was hast du gedacht, als du gemerkt hast, dass ich euch beobachte?«

Sie stöhnte auf. »Keine Ahnung! Vielleicht hab ich mich amüsiert.«

»Über mich?«

Sie zog an ihrer Zigarette und sah nach vorn, ohne zu antworten.

»Du hast dich über mich amüsiert«, sagte er. »Warum?«

»Mensch, können wir nicht über was anderes reden?«

»Wieso? Ich will gern darüber reden.« Er wusste nicht, warum er sich selbst quälen wollte.

Sie sah kurz zu ihm hinüber, fragend, abschätzend. »Also, dann sag ich dir, was ich gedacht habe: Dieser Idiot da unten besabbert sich, weil er sicher schon lange keine Frau mehr gevögelt hat.« Sie blies den Rauch aus der Nase.

Hatte er denn eine andere Antwort erwartet? »Und warum hast du dich mit mir verabredet? Und warum hast du vorhin mit mir Sex gehabt?«

»Warum, warum? Mein Gott, ich hab's eben gemacht.« Ihr Blick glitt zum Seitenfenster. »Außerdem bist du ein ganz netter Typ.«

Er war sich nicht sicher, ob sie das ernst meinte. »Ist dir denn überhaupt irgendwas wichtig?«

Sie sah ihn an, mit diesen Augen, die nichts preisgaben, zog an der Zigarette und ließ den Rauch aus der Nase strömen. »Du klingst wie meine Mutter und meine Lehrer.«

Er sagte nichts mehr. Es gab nichts mehr zu sagen. Am liebsten würde er sein Leben um ein paar Tage zurückdrehen, einfach nicht mit Chrissy in den Club gehen, dann wäre sein Leben doch ganz normal weitergegangen …

Zehn Minuten lang suchten sie im Parkhaus einen Platz, bis endlich ein silbergrauer Mercedes wegfuhr.

»Noch eine Minute länger, und ich hätte diesen Penner aus seinem Auto gezerrt!«, schimpfte sie beim Aussteigen.

»Hi, Josh!«

Er fuhr herum. Gloria Tudor, eine Kundin, Malerin schrillbunter Bilder, winkte vom übernächsten Parkplatz. Sie war Mitte fünfzig, und seit sie erfahren hatte, dass er schon vor Jahren beide Eltern verloren hatte, besonders fürsorglich.

»Hallo, Gloria!« Er hoffte, dass sich Chrissy im Hintergrund halten würde.

»Wie geht's, Josh? Wollen Sie nicht an Weihnachten zu mir und meinem Mann rüberkommen?« Ein bunter Seidenschal lag um ihren Hals.

Gern hätte er jetzt Ja gesagt, denn er mochte sie beide, doch er brachte kein Ja hervor, spürte nur Angst und hoffte, dass Chrissy jetzt nicht ausrastete und sie beide in Gefahr brachte.

»Oh, danke«, hörte er sich mit einer fremden Stimme antworten. »Ich weiß noch nicht …«

Gloria warf einen Blick auf Chrissy und lächelte. »Oh, Sie können auch gern zu zweit kommen …«

»Nein, nein, danke, wir sind wahrscheinlich bei ihren Eltern …« Hoffentlich vermasselt Chrissy jetzt nicht alles, betete er. Doch sie verhielt sich noch immer ruhig und wirkte gelangweilt.

»Ja, dann, alles Gute – und schöne Weihnachten!«

»Ihnen auch!« Gleich wäre es ausgestanden …

Gloria drehte sich schon zu ihrem Wagen um, hielt dann aber inne. »Ach, Josh?«

Er erschrak. Jetzt würde sie irgendeine Frage stellen, die er nicht beantworten könnte, jetzt würde Chrissy die Nerven verlieren … Er holte Luft, dann zitterte seine Stimme doch.

»Ja?«

»Gleich nach Weihnachten müssen Sie unbedingt die Umrandung der Beete erneuern. Durch den Regen ist alles aufgeweicht, aber na ja, es wird wohl schon noch gehen. Sie haben nicht doch noch vor Weihnachten Zeit, um schnell mal vorbeizukommen?«

Er atmete auf. Unter normalen Umständen hätte er Ja gesagt. Gloria war eine treue Kundin, und er arbeitete gern für sie. Doch jetzt fühlte er sich außerstande, mehr als das Allernotwendigste zu tun.

»Tut mir Leid, Gloria, aber ich bin gerade völlig überlastet, wirklich …«

»Na ja, war nur eine Frage, also, alles Gute dann!« Sie winkte mit dem Schlüssel in der Hand, er winkte zurück und war endlich erlöst, als Gloria in ihr Auto stieg.

»Nagellack!« Chrissy verdrehte die Augen.

»Ja, ist schon gut.« Er ging hinter ihr die Treppe ins Erdgeschoss hinauf. Er sehnte sich nach dem vergangenen Weihnachtsfest. Wie gern hätte er seine Angst, Wut und Enttäuschung von heute gegen seine Traurigkeit von damals eingetauscht. Er steckte bis zum Hals in der Sache drin, und wenn die Polizei irgendetwas herausfand oder sogar auf Chrissy stieß, dann war er mit dran. Als er sich vorstellte, dass er ins Gefängnis musste, drehte sich ihm der Magen um. Selbst wenn man nur kurz dort war, kam man als ein anderer heraus.

27

Sein erster Gedanke, als er aufwachte, galt Carol. Irgendwann in der Nacht war er aus einem Traum aufgeschreckt: Carol Wilcox stand in der Nacht unter einem Neonschild mit der Aufschrift BELLAVISTA MOTEL und wartete auf ihn. Als er langsam auf sie zuging, zog sie eine Pistole und erschoss ihn.

Er sah sie vor sich und begann sich schon wieder den Kopf über sie zu zerbrechen. Wegen seines verletzten Beins konnte er nur auf dem Rücken schlafen. Jetzt schmerzte sein Rücken. Schließlich stand er stöhnend auf.

Um sieben war er geduscht und angezogen. Von der Auskunft ließ er sich Telefonnummer und Adresse des Motels in Nambour geben. Dann rief er dort an und fragte, wie man am besten dorthin käme. Der Mann, der seinen Namen nicht nannte, erklärte es ihm. Shane bedankte sich und legte auf. Dann nahm er seine Waffe und verließ das Apartment. Im *News Agent Shop* in den Arkaden kaufte er den *Sunshine Daily.* Auf der Titelseite war Tim Wilcox abgebildet. »Noch keine Spur im Wilcox-Fall«, lautete die Schlagzeile. Weiter unten zeigte ein kleineres Foto Tim Wilcox mit Carol bei einer Party. Carol trug Ohrringe und ein Kleid mit einem tiefen Ausschnitt.

Auf dem Weg in die Tiefgarage überlegte er, ob er Tamara von seinem Plan berichten sollte, doch dann entschied er sich dagegen. Sie war mit der Überprüfung von Carols Alibi beschäftigt, und er wollte erst selbst herausfinden, ob es mit dem Motel etwas auf sich hatte.

Bevor er den Wagen aufschloss, warf er einen Blick auf sein Handy. Keine Nachricht. Der Typ hatte offenbar aufgegeben. Sollte der Absender tatsächlich Wilcox gewesen sein? Wäre das nicht ein Beweis dafür, dass die beiden Fälle zusammenhingen?

Die Situation hatte sich vollkommen verändert. Auch für ihn. Nun standen die Cops hier schon an jeder Straßenecke. Wilcox war tot, erschossen worden. Warum? Von wem? Wer steckte dahinter? Hatte es etwas mit den Geschäften zu tun? Spielte man zehn kleine Negerlein? Oder war es wirklich nur ein Einbrecher gewesen? Er hängte den Hörer wieder auf die Gabel. Der Chief hatte sich nicht gemeldet. Er hatte alle drei Nummern, unter denen er ihn schon angerufen hatte, versucht, doch nirgends hatte jemand abgenommen.

»He, Sir!« Er fuhr herum und sah in ein rundes Frauengesicht. »Sind Sie fertig oder nicht?«

Er nickte nur und ging eilig zu seinem Wagen. Und wenn der Chief auch schon tot war … zehn kleine Negerlein?

Er ließ den Motor an und bog auf die Hauptstraße von Maroochydore ein.

Über einen strahlend blauen Himmel blies ein kräftiger Wind saubere, weiße Wölkchen. Fünfunddreißig Grad Celsius zeigte das Außenthermometer seines Wagens. Die Luft war nicht mehr so feucht, und wenn er nicht noch immer diesen Verband am Bein gehabt hätte, dann hätte er sich wohl gefühlt. Doch der Verband juckte und drückte, und an seinen Unterarmen war die Haut durch die Krücken aufgeschürft und brannte. Er konzentrierte sich auf die stark befahrene, kurvige und über Hügel und durch Täler führende Straße im Hinterland von Buderim. Die Straße war tiefschwarz und staubfrei, und die Wiesen leuchteten satt und grün, Folgen des üppigen Regens der vergangenen Tage. Überall kündigten Schilder einen Immobilienverkauf an, man konnte glauben, das ganze Land stünde zum Verkauf. Seit dem Zusammenbruch der Zuckerrohrindustrie hier im Hinterland musste sich die Region neu orientieren. Einige Farmer hatten Millionen mit der Umwandlung ihres Farmlandes in Bauland verdient. Und die meisten Haus- und Landbesitzer hofften, von den in die Höhe geschossenen Immobilienpreisen zu profitieren. In den letzten Tagen hatte er manchmal das Gefühl gehabt, der Einzige zu sein, der kein Grundstück besaß und nicht am großen Glücksspiel teilnahm.

Die Straße krümmte sich über einen Berg und fiel dann steil nach Nambour ab. Die üblichen Geschäfte reihten sich aneinander, Take-aways, Kleiderläden, Werkzeug- und Haushaltswarengeschäfte. Am Straßenrand parkten Autos ein und aus und hielten den Verkehr auf. Weiter geradeaus entdeckte er das Hinweisschild auf das Drei-Sterne-Motel *Bellavista.* Ein paar hundert Meter weiter bog er rechts in die Einfahrt ein. Er stellte den Motor ab. Die Anlage bestand aus einem zweistöckigen U-förmigen Gebäude mit, wie er schätzte, 30 Zimmern. Im Hof parkten zehn, nein – mit seinem – elf Autos. An den Wänden rankten rosafarbene Blütengewächse in die Höhe. Ein nicht sehr auffälliges, aber ein auch nicht ganz geschmackloses Hide-away. Er war gespannt, was Carol hierher geführt hatte.

Als er die Glasschiebetür mit der Aufschrift »Reception« aufschob, warf der Mann hinter der Theke sofort einen mitleidigen Blick auf sein Bein. Aus einem Hinterzimmer drangen verzerrt typische Werbemusik und aufgeregte Stimmen. Wahrscheinlich lief dort ein Fernseher oder ein Radio. Der Mann, ein hagerer Typ mit heller, fleckiger Haut, offensichtlich eine starke Pigmentstörung, krempelte die Ärmel seines Jeanshemdes hoch und stand auf.

»Hi, was kann ich für Sie tun?«

Shane klappte seinen Ausweis auf, worauf der Mann die Brille, die er vorn auf der Nase trug, nach hinten schob und ihn musterte.

»Müssen Sie tatsächlich noch mit dieser Verletzung arbeiten?«, fragte er ungerührt. Seine Augenlider waren schwer und faltig. Er muss mal eine ganze Menge mehr Kilos auf den Knochen gehabt haben, dachte Shane.

»Tarnung. Aber sagen Sie's nicht weiter, okay?«

Der Mann sah ihn mit einer Mischung aus Ungläubigkeit und Bewunderung an und nickte langsam. Ob er den Spaß verstanden hatte?

»Mister …?«

»Rodd. Henry Rodd.«

Shane hatte beschlossen, gleich zur Sache zu kommen. »Mister Rodd, erinnern Sie sich an diese Dame?«

Er legte die Zeitung auf die Theke und zeigte auf das Foto von Carol. Henry Rodd zuckte kaum merklich zusammen. Dann zog er eine Schublade auf und holte eine altmodische große Brille heraus, setzte sie auf und studierte das Foto, als wäre es das Kleingedruckte eines Vertrags. Shane ließ ihm Zeit.

Schließlich setzte er die Brille ab und lächelte gezwungen. »Tja, wissen Sie, es kommen so viele Leute her.«

Er hat Hasenzähne, fiel Shane auf. »War diese Dame einmal hier?«, fragte er, diesmal in schärferem Ton.

Henry Rodd zögerte, blickte wieder auf das Bild, dann auf Shane.

»Kann sein.« Er versuchte ein unbefangenes Lächeln, was ihm aber gründlich misslang. »Hier kommen so viele her. Wir haben 'ne ganz gute Lage, sind auf dem Weg zur Küste. Viele Touristen, die …«

»Ich hätte gern Ihr Gästebuch gesehen.«

Widerwillig schob der Mann ein großformatiges Heft mit schwarzem Pappdeckel über den Tisch.

Shane blätterte die Seiten durch, auf denen in unleserlicher Schrift, wahrscheinlich die von Henry Rodd, Namen und Daten eingetragen waren. Doch Shane ließ sich so schnell nicht entmutigen. Carol hatte die Visitenkarte dieses Motels in der Handtasche mit sich herumgetragen. Es musste einen Grund dafür geben.

»Sagen Sie«, begann Henry Rodd auf einmal zögerlich.

Shane hielt im Blättern inne und sah auf.

Henry Rodd deutete auf die Zeitung, die noch vor ihm lag. »Ich will nicht in Schwierigkeiten kommen …«

»Ja?«

»Es geht ja wohl um den Mord, nicht wahr?«

»Tim Wilcox, ja.« Was wusste der Mann?

»Ich will hier keinen Auflauf.«

Shane wartete.

»Von Polizei und Presse und so. Die Leute hier wollen ihre Ruhe, wenn sie herkommen.«

»Klar.« Er wartete immer noch. Rodd schnalzte ein paarmal mit der Zunge, dann tippte er mehrmals mit seinem hageren, gefleckten Zeigefinger auf das Foto von Carol. »An sie kann ich mich nicht erinnern.«

Na prima, dachte Shane. Die ganze Fahrt war also umsonst. Rodd hatte ihn zum Narren gehalten.

»Aber«, Henry Rodd blickte ihn über den Rand seiner Brille an und legte dann seinen Finger, ohne hinzusehen, auf eine andere Stelle der Zeitung. »Aber den kenn ich.«

Shane starrte auf das Foto, das Tim Wilcox zeigte.

»Tim Wilcox?«

Henry Rodd zuckte mit den Schultern. »So hat er sich nicht genannt.« Er drehte das Gästebuch zu sich und blätterte.

»Hier.« Er deutete auf einen Namen. »Greg Butler.«

»Er hatte ein Doppelzimmer?« Das glaubte Shane aus der hieroglyphenartigen Schrift entziffert zu haben.

»Ja. Er war mit einer jungen Frau hier. Meistens am Freitagabend oder auch mal am Wochenende.« Rodd setzte die Brille ab, stützte beide Arme breit auf die Theke und sah Shane herausfordernd an. »Wer mit wem ist nicht meine Sache. Ich vermiete nur die Zimmer. Für alles andere bin ich nicht verantwortlich.«

»Ich bin kein Moralapostel, Henry. Wissen Sie, wie die Frau hieß?«

Er schob die Unterlippe vor und schüttelte den Kopf. »Laut Eintrag war's seine Frau. Aber das war sie ja wohl nicht.« Er sah auf das Foto von Carol.

»Nein. Das war sie nicht. Bitte versuchen Sie sie zu beschreiben.«

Rodd holte tief Luft, blies die Backen auf und ließ dann die Luft entweichen.

»Mister Rodd, bitte!«

Rodd hob die Augenbrauen. »Na ja, sie war sicher höchstens zwanzig, eher jünger. Aber da kann man sich ja täuschen. Besonders heute, wo die jungen Mädchen alle so erwachsen aussehen.«

»Also höchstens zwanzig, und weiter? Welche Haarfarbe, groß, klein, Brille …«

»Rot! Rote Haare hatte sie.«

»Na, das ist doch immerhin schon etwas. Weiter.«

Nach und nach beschrieb Henry Rodd eine sehr schlanke junge Frau, mit langem roten Haar, die keine Brille trug.

»Henry, ich will wissen, welche Nummern von den Zimmern, die sie gemietet haben, angerufen wurden. So ein Verzeichnis haben Sie doch sicher, nicht wahr?«

Mit einer schwerfälligen Bewegung holte Rodd einen Ordner unter der Theke hervor und blätterte, bis er auf eine bestimmte Seite gestoßen war. Shane beugte sich vor. Tim Wilcox und seine junge Geliebte waren innerhalb von vier Monaten neun Mal im *Bellavista Motel* gewesen. Sechs

Telefonate waren von hier aus geführt worden. Jedes Mal wurde dieselbe Nummer angerufen.

Der Anschluss war auf den Namen *Erica Wagner Sailing Supplies* in Maroochydore angemeldet, wie Shane feststellte, als er die Nummer wählte. Was hatte diese Frau mit Tim Wilcox zu tun? Diente das Geschäft als Deckadresse für andere Geschäfte? Drogendeals?

Als er aus der Einfahrt des Motels fuhr, zeigten sich am tiefblauen Himmel vereinzelte graue Wolken. Heiße Luft blies durch das geöffnete Seitenfenster. Er schloss es und schaltete die Aircondition an. Es würde wieder Regen geben.

Auf der Hauptstraße durch Maroochydore hatten sich Autoschlangen gebildet. Glitzernde Würmer auf flimmerndem Asphalt. Shane versuchte sein Glück auf dem Parkplatz vor dem Police Headquarters. Doch dort war ganz und gar nichts zu machen. Er fuhr weiter und fand überraschenderweise direkt vor Erica Wagners Laden *Sailing Supplies* einen Behindertenparkplatz.

Mit Sicherheit schlugen nicht nur Seglerherzen beim Blick ins Schaufenster höher. Ein Arrangement von antiquarischen und polierten Messgeräten, goldglänzenden Fernrohren, aufgerollten, geflochtenen Seilen und vergilbten Seekarten beschwor die Romantik der Seefahrt herauf und rief im Betrachter die unzähligen Bilder und Geschichten von Schatzsuchern, Abenteurern, Walfängern und Entdeckern hervor. Sollte das hier ein verdeckter Drogenumschlagplatz sein?

Früher war ihm nie aufgefallen, wie schwer manche Eingangstüren zu öffnen waren. Jetzt, mit seinen Krücken, grenzte das Betreten eines Geschäftes schon an ein Kunststück. Wenigstens gingen diese Türen hier nach innen auf, sodass er sich mit seinen Krücken dagegen stemmen konnte. Die Frau im Laden bemerkte ihn und eilte auf die Tür zu.

»Oh, warten Sie, ich helfe Ihnen.« Sie war ein wenig größer als er, schlank, eher knochig, ihr längliches, dezent geschminktes Gesicht wirkte ausgezehrt, und ihre hastigen Bewegungen kannte er von Menschen, die ständig versuchten, es allen recht zu machen. Als er sich vorstellte und seinen Ausweis zeigte, erschrak sie.

»Es ist doch nichts mit Chrissy?« Sie strich mit den Händen über das schlicht geschnittene Kleid.

»Chrissy ist Ihre Tochter?«

»Ja. Ist etwas mit ihr?«

»Ihre Tochter hat rotes Haar, ja?«

Erica Wagner runzelte die Stirn. »Ja, bitte, jetzt sagen Sie schon …«

Er lächelte und schüttelte den Kopf. »Nein, machen Sie sich keine Sorgen. Es ist nichts mit ihr.«

Erleichtert atmete sie aus. Also kein Telefonat, um Drogen zu besorgen, sondern um Mama anzurufen.

Er sah sich um. Der Laden war mit Stoffen und Seilen voll gestopft, zwei schmale Gänge führten zwischen hohen Regalen und langen Tischen hindurch.

»Können wir uns irgendwo unterhalten?«

Er folgte ihr zum Ende des Raumes an einen Holztisch mit vier segeltuchbespannten Stühlen.

Aus nervös zuckenden Augen sah sie ihn an. »Leider ist meine Mitarbeiterin seit gestern krank, ich bin im Moment ein bisschen überlastet.«

Er glaubte ihr aufs Wort. Ihre langen Hände waren immer in Bewegung. Mal strich sie sich übers Handgelenk, mal über ihr Ohr, dann faltete sie sie. Zwischendurch ließ sie ihren Blick sorgenvoll durch den Laden schweifen.

»Kennen Sie Tim Wilcox?«, fragte er.

»Wilcox, Tim Wilcox?« Sie zog den Kopf etwas ein, so als fürchte sie, einen Schlag versetzt zu bekommen. »Schrecklich. Ich habe es in der Zeitung gelesen.«

»Kannten Sie ihn persönlich?«

Ein nervöses kurzes Lächeln. »Aber sicher. Er hat damals, als mein Mann starb, alles abgewickelt. Sie wissen schon, diese Formalitäten, wenn jemand gestorben ist.« Sie betrachtete ihre Hände.

»Hat Chrissy ihn auch kennen gelernt?«

»Ja, natürlich. Nachdem mein Mann tot war, hatten wir oft Kontakt zu den Wilcox'.«

»Auch zu ihr?«

»Zu Carol? Aber sicher.«

Chrissy kannte Carol. Und Carol kannte Chrissy ... Wusste Carol etwa auch von der Affäre ihres Mannes?

»Sie betreiben das Geschäft ganz allein?«, fragte er weiter.

Ein tiefer Seufzer, ein langer Blick über die Regale. Diese Frau ist verdammt einsam, dachte er.

»Ja, muss ich. Wie gesagt, mein Mann ist gestorben. Schlaganfall, mit Ende neunundvierzig.« Sie rieb über ihre Handgelenke. »Ich wollte es zuerst verkaufen, aber dann dachte ich, der Laden und Chrissy sind das Einzige, was mir vom ihm geblieben ist, also hab ich die Ärmel hochgekrempelt und weitergemacht.« Sie hob den Kopf und lächelte gehetzt. »Alles, was der Segler braucht. Wir nähen selbst, Überwürfe, Planen, Abdeckungen, machen alle möglichen Spezialanfertigungen. Heutzutage muss man sich etwas Besonderes einfallen lassen, sonst kann man nicht konkurrieren. Segelkleidung finden sie in allen Sportläden, von denen es ja unzählige gibt.«

»Und das Geschäft läuft gut?«

»Ja. Aber ich muss immer hier sein, die Wünsche der Kunden annehmen, Bestellungen machen, um tausend

Dinge muss ich mich kümmern. Ich bin wirklich froh, dass Chrissy so selbstständig und schon so früh erwachsen geworden ist. Sonst hätte ich den Laden gar nicht führen können.«

Plötzlich schien sie sich daran zu erinnern, dass sie nicht einen Bekannten, sondern einen Polizisten vor sich hatte, und sie sagte: »Aber Sie kommen ja nicht wegen Chrissy, nicht wahr?«

»Nein.«

»Da bin ich froh. Man weiß ja nie, heutzutage passiert doch ständig was.«

»Ja«, sagte er und konnte sich nicht entscheiden, ob er sie wegen ihrer Unwissenheit bedauern oder ihr Ignoranz vorwerfen sollte. Er fragte sie nach den Anrufen, deren Daten er notiert hatte, und Erica Wagner blätterte ihren Kalender auf und verglich die Daten mit ihren Einträgen. Sie konnte sich anhand der Kunden und Aufträge an diesen Tagen an die Anrufe ihrer Tochter erinnern. Arme Tochter, dachte er.

»Sie hat gesagt, sie übernachtet bei einer Freundin und kommt erst am Samstagmittag …« Sie brach ab. »Sagen Sie bloß, sie war nicht bei einer Freundin?« Ohne seine Antwort abzuwarten, redete sie weiter. »Na ja, vielleicht war sie ja auch bei einem Freund, schließlich wird sie im März achtzehn.« Sie lächelte kurz und biss sich auf die Lippen. »Aber das hätte sie mir auch sagen können, wenn es denn so gewesen ist.«

Diese Frau ist völlig überarbeitet, dachte er, sie fragt gar nicht, warum ich ihr diese Fragen stelle.

»Und wo finde ich Chrissy jetzt?«

»Oh, ein Freund hat gestern angerufen. Sie ist bei ihm.«

»Wie heißt er?«

Sie wirkte beschämt. »Josh, Josh Cline, er ist mein Gärtner …«

Hatte sie sich für ihre Tochter jemand anderen gewünscht? Er notierte Name und Telefonnummer.

Sie begleitete ihn durch den engen Laden zum Ausgang und hielt ihm die Tür auf. »Sie hat doch nichts angestellt, oder?«

Er schüttelte den Kopf. Er hatte das Gefühl, es sei besser, Chrissys Verhältnis mit Tim Wilcox noch nicht zu erwähnen. Zuerst wollte er mit Chrissy sprechen.

Ein Blick auf die Uhr erinnerte ihn an seinen Arzttermin. Kurz dachte er daran, ihn zu verlegen, doch der Verband drückte und fühlte sich durchweicht an. Außerdem war die Praxis gleich hier in Maroochydore.

»Es ist doch wirklich nichts mit Chrissy?«

Sie tat ihm Leid. Ihre hagere Gestalt, der sorgenvolle Blick. Einsamkeit. Er wusste, wie sich die anfühlte.

»Nein, machen Sie sich keine Sorgen.«

Er bemerkte ihr dankbares Lächeln. Sie winkte, als er davonfuhr. Er hatte sie angelogen.

28

Na, Sie hat es ja ganz schön erwischt!« Dr. Eccleston betrachtete die Wunde, nickte und spitzte dabei die Lippen, als würde er eine besonders gelungene Arbeit anerkennend begutachten. Den alten Verband hatte er gerade entfernt und in den Mülleimer geworfen, der glücklicherweise einen Deckel hatte, sodass Shane den Anblick nicht ertragen musste. Mit zusammengebissenen Zähnen lag er auf der Liege, vermied den Blick auf die Wunde und hoffte, dass die Prozedur nicht einen Moment länger als notwendig dauern würde. Dr. Eccleston, ein quirliger Dicker mit Glatze und kleinen Augen, mit denen er gern zwinkernd eine witzige Bemerkung betonte, saß auf einem Bürostuhl, mit dem er blitzschnell von einer Ecke des Behandlungszimmers zur anderen rollte.

»Bis Sie wieder voll einsatzfähig sind, wird's noch ein Weilchen dauern, Detective. Vielleicht sollten Sie schon mal nach 'nem andern Job Ausschau halten.« Er schoss auf einen Schrank zu und kramte in einer Schublade.

»Sie sind nicht der Erste mit dieser glorreichen Idee, Doktor.«

Der Arzt lachte, streckte eines seiner kurzen Beine aus, um sich wieder vom Boden abzustoßen. Ratternd schoss er auf Shane zu.

»Sie werden doch ein hübsches Sümmchen von der Versicherung und von Ihrem Arbeitgeber bekommen, damit lässt sich doch sicher was Neues anfangen.« Er trug etwas Brennendes auf die Wunde auf. Shane biss die Zähne zusammen.

»Ich werde zu Ihnen kommen und mich beraten lassen, wenn es so weit ist.«

»Machen Sie das, machen Sie das! Es gibt die erstaunlichsten Dinge, mit denen man Geld verdienen kann, wirklich, die erstaunlichsten.«

Das Brennen ließ nicht nach. Shane ächzte.

»Eine Freundin meiner Frau zum Beispiel, keine besondere Leuchte, die hatte …«

Das Klingeln von Shanes Handy schnitt Dr. Eccleston das Wort ab.

»He, he, he, eigentlich sollten Sie's hier abgeschaltet haben«, sagte er.

»Gönnen Sie's mir, Doc. Sie wissen doch, man muss Menschen, die genesen sollen, das Gefühl geben, gebraucht zu werden!« Shane deutete auf seine Jacke, die über dem Stuhl neben der Tür des Behandlungszimmers hing. »Bitte, es ist in der Innentasche.«

Der Arzt stieß sich schwungvoll mit seinem Drehstuhl in Richtung Tür ab, fischte das Handy heraus und rollte wieder zurück. »Tun Sie, was Sie nicht lassen können.«

»Danke, Doc.«

Tamara war am Apparat, und ihm fiel im selben Moment ein, dass er sie längst hätte anrufen und ihr von seinen neuen Informationen hätte berichten sollen.

»Shane, wir haben eine neue Spur im Fall Wilcox! Wir haben Wilcox' Adressen und Telefonate gecheckt. Es sieht ganz so aus, als ob Wilcox eine Vorliebe für junge Mädchen hatte. Das Letzte hieß ...«

»Chrissy Wagner. Ich wollte es dir sagen, doch es ist etwas dazwischengekommen.«

»Danke, Shane.« Sie war verstimmt. »Ich frage mich, warum *ich* dir alles mitteile!«

»Tamara!« Das Letzte, das er jetzt gebrauchen konnte, war ein Streit am Telefon mit einem Dritten als Zuhörer. Ihr resigniertes Seufzen ließ ihn aufatmen. Die Gefahr schien gebannt. Er nannte ihr den Namen des Freundes, bei dem sie sich aufhalten sollte. Sie würde sich darum kümmern. Er legte auf.

Der Arzt sah ihn über den Brillenrand an und schmunzelte. »Und, hat man Ihnen vermittelt, dass Sie unabkömmlich und unersetzbar sind?«

»Ja«, brummte er, »unmissverständlich.«

Als er die Praxis verließ, hatte er einen neuen Verband, der sich angenehm frisch anfühlte. Wenigstens etwas, dachte er, denn die Krücken brauchte er noch immer. Der Himmel war auf einmal grau. Und kaum hatte er die Autotür zugeworfen, prasselten auch schon die ersten Regentropfen aufs Dach. Er ließ die Scheibenwischer auf höchster Stufe laufen und musste dennoch sehr langsam fahren. Binnen kürzester Zeit hatten sich tiefe Pfützen auf den Straßen gebildet, und überholende Fahrzeuge zogen eine dichte Wasserfontäne hinter sich her, die ihm für Sekunden die Sicht nahm.

Der Regen hatte alle Badegäste vom Strand in die Cafés getrieben. Die Kellner und Kellnerinnen hasteten mit wagenradgroßen Tabletts, beladen mit üppigen Eisbechern, kühlem Bier, bunten Kuchenstücken, zwischen den voll besetzten Tischen hindurch, während immer weitere Gäste herandrängten und einen freien Platz suchten. Auf der linken Seite der Straße konnte er das Meer sehen. Eine dunkelgraue, schäumende, zähe Masse. Nicht um alles in der Welt wäre er jetzt da hinausgefahren. Doch es gab Menschen, die genau dieses Wetter liebten, bei Sturm draußen auf See sein wollten. Er war eben eine Landratte. Ganz sicher.

Er wollte gerade in die Tiefgarage abbiegen, als er daran dachte, Carol mit einem Besuch zu überraschen. Was würde sie wohl sagen, wenn er sie fragte: Kennen Sie Chrissy Wagner?

Er tauchte unter, da vorn sah er sie paddeln, sah ihre Beine und Arme Schwimmbewegungen machen, im blaugrünen Wasser. Jetzt war er bei ihr, er bekam ihr Fußgelenk zu fassen, packte fest zu, dass es ihm nicht entglitt. Sie strampelte und trat und schlug um sich, doch er hielt sie fest, zog sie hinunter, tiefer, und hielt sie dort fest, bis das Strampeln erstarb. Dann schwamm er mit ihr weiter hinaus, bis zu den Felsen, verhinderte so, dass der Körper gleich an Land geschwemmt werden konnte. Die Ebbe würde ihn weiter hinausziehen. Wenn sie Glück hatten, dann würde man die Leiche nie finden. Und wenn doch, dann würde man glauben, sie habe sich zu weit hinausgewagt und sei ertrunken. In dem Al-

ter sollte man so etwas überhaupt nicht mehr tun, würde es heißen.

Er tauchte tief, er war ein guter Taucher, schwamm um den Vorsprung herum, schwamm weiter und ging am gelben Sandstrand des Nationalparks an Land. Die Sonne war jetzt ganz aus dem Meer aufgestiegen.

Er stapfte über den kühlen Sand zu seinem Mountainbike, das er am Abend zuvor hinter den Felsen und Büschen versteckt hatte. Er öffnete den Beutel, den er unter den Sattel geklemmt hatte, zog das T-Shirt über und stieg auf das Fahrrad, auf dessen Pedalen die Schuhe montiert waren.

Erst vier Stunden später setzte die Flut ein. Bis dahin konnte die Leiche schon längst weit draußen im Meer sein. Und wenn nicht, machte das auch nichts.

Tja, sie ist eben einfach von ihrem morgendlichen Joggen und Schwimmen nicht mehr zurückgekehrt.

Warum dachte er jetzt daran? Hatte Wilcox aus demselben Grund sterben müssen? Aber wer hatte das übernommen? Und: Was war dann mit ihm – und mit dem Chief? Warum erreichte er ihn nicht? Hatte das mit dem Tod von Wilcox, Mr. Right, zu tun? Er mochte es nicht, wenn Dinge geschahen, deren Zusammenhang er nicht verstand.

Auf dem gewundenen Betonweg zu ihrem Haus standen Pfützen, und wenn er seine Krücken hineinstampfte, spritzte das Wasser bis in seine Kniekehlen. Als er endlich das kurze Vordach erreicht und auf den Klingelknopf gedrückt hatte, hingen seine Kleider triefend an ihm, und aus seinen lockigen Haaren liefen Tropfen über sein Gesicht.

Carol öffnete die Tür. Ihr Körper, der in einem schwarzen, eng anliegenden Baumwollkleid steckte, wirkte schlaff und erschöpft. Ohne etwas zu sagen, trat sie zur Seite. Er folgte ihr durch den Vorraum. Das Prasseln des Regens auf das transparente Kunststoffdach hörte sich an, als streue jemand Kieselsteine. Die Papageien krächzten in ihren Volieren, der weiße, der ihm beim ersten Mal aufgefallen war, flog aufgeregt von einer Seite des Käfigs zur anderen.

»Ich werde sie freilassen, sie waren Tims Idee.« Sie hakte die Tür des großen Käfigs auf, in dem zwei bunte Papageien hockten und stumm durch die Stäbe starrten.

Sie ging zum nächsten, dem kleineren Käfig mit dem weißen Papagei. Als sie die Tür öffnete, blieb er wie gelähmt auf seiner Stange sitzen. Sie wartete einen Moment, doch der Vogel rührte sich nicht.

Shane folgte ihr ins Wohnzimmer. Sie ging zum hellblau lasierten Esstisch und stellte Geschirr auf ein Tablett. Zwei Tassen, bemerkte er.

»Störe ich?«, fragte er. »Haben Sie Besuch?«

»Ist schon weg.« Sie blieb mit dem Tablett in der Hand vor ihm stehen und zögerte. Er nahm ihr Parfum wahr.

Sie trug das Tablett in die Küche. Er hörte sie dort hantieren und humpelte zur Tür. Sie klappte gerade die Spülmaschine zu.

»Sagt Ihnen der Name Erica Wagner etwas?«, fragte er.

Der schmale Träger ihres Kleides rutschte von der Schulter, mit einer fahrigen Bewegung streifte sie ihn wieder hoch.

»Sie ermitteln jetzt also doch weiter?« Sie hatte ihm den Rücken zugewandt und machte auch keine Anstalten, sich wieder umzudrehen.

»Ja.«

Jetzt drehte sie sich doch um. »Wagner?« Sie zog ihre Stirn in Falten. Warum machte sie ihm was vor?

»*Sailing Supplies* in Maroochydore«, sagte er.

»Ach ja, ich erinnere mich, sie war, glaube ich, eine Klientin von Tim. Sie war auch ein paarmal hier auf einer Barbecueparty.« Sie wirkte abwesend.

»Sie hat eine Tochter. Sie ist fast achtzehn.«

Ihre Gesichtszüge und ihre Bewegung gefroren.

»Wussten Sie, dass Tim Sie mit diesem Mädchen betrogen hat?«

Sie schluckte, dann verzogen sich ihre Mundwinkel zu jenem bitteren Lächeln, das er ganz zu Anfang auf Franks Party bemerkt hatte. »Sie kennen sicher die Antwort.«

»Also: Ja?«

Sie wandte ihren Blick ab und ging an ihm vorbei ins Wohnzimmer. Er folgte ihr. An der Balkontür blieb sie stehen und sah durch die Scheibe, an der Regentropfen hinunterrannen. »Finden Sie es nicht äußerst seltsam, wenn eine Frau in meinem Alter weiß und zulässt, dass ihr Mann sie mit einem Mädchen betrügt, das ihre Tochter sein könnte?«

»Nein.«

Sie drehte sich zu ihm um. »Nein?«

Er schüttelte den Kopf. »Nein.«

Sie nickte langsam »Glauben Sie, ich habe ihn deswegen umgebracht?«

»Wussten Sie, dass die beiden sich in einem Motel in Nambour getroffen haben?«

Sie schluckte, und ihre Augen flackerten. »Und wenn schon, wäre ich dann mehr oder weniger verdächtig?«

»Beantworten Sie meine Frage: Wussten Sie, dass sie sich dort getroffen haben?«

Ihre Mund- und Augenwinkel zuckten. Sie schwieg. Dann sagte sie tonlos: »Ich muss Ihnen gar keine Frage beantworten. Sie sind nicht der ermittelnde Detective.«

Ja, damit hatte sie Recht. Sie hatte ihn an seiner empfindlichen Stelle getroffen.

»Eins zu null für Sie«, sagte er. Warum war er so heftig geworden? Wie ging es jetzt weiter? Er ließ seinen Blick durch den Raum schweifen. Irgendetwas hatte sich verändert.

»Haben Sie umgeräumt?«

»Die Couch ist neu«, sagte sie knapp.

Die alte war rot-braun gemustert gewesen, erinnerte er sich nun, die neue hatte einen hellen Leinenbezug.

»Ich konnte mich nicht mehr darauf setzen, ohne ihn dort zu sehen.« Sie wies auf die Couch. »Sie dürfen sich gerne setzen.«

Er blickte an sich herunter. Seine Kleider klebten nass an seinem Körper. »Lieber nicht.«

Auch sie setzte sich nicht. Eine Weile standen sie sich stumm gegenüber. Sie hielt die Arme um ihren Körper geschlungen. »Fragen Sie sich wieder, auf welcher Seite ich stehe?«, fragte sie schließlich.

»Ja.«

»Warum sollten Sie mir auch vertrauen?«

Auf seiner Zunge lag ein gekränktes *eben,* aber er hatte sich genug unter Kontrolle, um es in ein knappes Schulterzucken zu verwandeln.

»Falls Sie mich immer noch nicht als Täterin ausschließen: Wäre es denn nicht folgerichtiger gewesen, wenn ich aus verletzter Eitelkeit diese Chrissy umgebracht hätte anstatt meinen Mann?«

»Die Menschen handeln nicht immer folgerichtig.«

»Wenn Ian nicht so ungewöhnlich früh gestorben und mir kein Geld hinterlassen hätte, kämen Sie nicht auf solche Verdächtigungen, oder?«

»Wir müssen immer alles in Erwägung ziehen.« *Auch wenn wir es nicht wollen,* dachte er, sprach es aber nicht aus, sondern verabschiedete sich.

Die Papageien saßen noch immer auf ihren Stangen hinter den Gitterstäben. Als Carol ihm die Tür öffnete, schlug ihnen der Regen entgegen.

»Gehen Sie rein, Sie werden sonst nass«, sagte er und machte sich mit den Krücken auf den Weg zu seinem Wagen.

Carol schloss hinter ihm die Tür, und er bildete sich ein, sie hätte noch kurz zum Auto gesehen. Er fluchte leise und ließ den Motor an.

Ein vor ihm fahrender Lastwagen zog eine Wasserfontäne hinter sich her, die ihm die Sicht nahm. Nur mühsam schafften die hektisch arbeitenden Scheibenwischer den Regen von der beschlagenen Scheibe. Ihm war kalt in der nassen Kleidung. An der Ampel vor der großen Kreuzung mit dem Motorway sah er in den Rückspiegel. Der Wagen hinter ihm war weiß. Die Ampel sprang auf Grün, und er fuhr weiter nach Mooloolaba hinein, über den Berg, von dem aus man endlich auf das Meer blicken konnte. Es war grau und aufgewühlt. Der Wagen hinter ihm bog nach rechts ab. Na also. Schon war er auf die Küstenstraße eingebogen und hatte den Blinker gesetzt, um nach rechts in die Straße, die zur Tiefgarage führte, abzubiegen, als ihm einfiel, er könne einen kleinen Umweg über den Strandparkplatz machen. Vielleicht stand der weiße Wagen wieder dort? Doch auf einmal fand er sein Verhalten lächerlich. Al hat Recht, dachte er, ich bin paranoid. Er trat aufs Gaspedal und fuhr auf dem kürzesten Weg in die Tiefgarage.

Später hörte der Regen auf. Vom Balkon aus blickte er in den vom Licht der untergehenden Sonne braun gefärbten Himmel.

29

Dienstag. Dieser dämliche Radiowecker! Warum hatte er ihn behalten? Josh schlug auf die rechte obere Taste, wie tausendmal schon. Die blöde Musik verstummte. Er musste aufstehen und arbeiten gehen. Vier Kunden hatte er heute. Drei in Buderim und einen in Mooloolaba. Er drehte den Kopf zum Fenster und stellte fest, dass es nicht regnete. Er hatte also keine Ausrede, zu Hause zu bleiben, Schlaftabletten zu schlucken und zu hoffen, dass der Tag ohne Katastrophen vorüberginge und er irgendwann vergessen würde, was Samstagnacht geschehen war. Gestern war die Polizei da gewesen. Er hatte sie an der Tür abfertigen können, hatte behauptet, Chrissy sei schon lange weg. Wohin, wisse er nicht. Sie habe mit ihm die Zeit von Samstagabend bis Montagvormittag verbracht. Sie hatten es ihm abgenommen. Sein Herz hatte gehämmert, und er hatte gehofft, dass Chrissy sich im Schlafzimmer ruhig verhalten würde. Ihm wurde jetzt noch ganz mulmig, wenn er an die Polizei dachte.

Garbo schlief noch, hatte nur müde ein Auge geöffnet und wieder geschlossen.

Wenn sie sich der Polizei stellen würden, wäre dann der Albtraum zu Ende? Oder würde er noch schlimmer werden, weil man ihn als Komplizen mit verurteilen würde? Könnte er sich dann herausreden? Ein guter Anwalt wäre dazu sicher in der Lage. Aber wie kam er an einen guten Anwalt, und wie viel kostete der? Erschwerend kam hinzu, dass Chrissy mit *seiner* Waffe geschossen hatte, aber, Moment, das konnte er leugnen. Die Waffe war verschwunden, nicht registriert. Sie existierte sozusagen überhaupt nicht. Aber wenn die Waffe nicht existierte, wie sollte man dann Chrissy den Mord nachweisen? Wenn es keinen Zeugen gab, niemanden, der sie oder ihn dort zur Tatzeit gesehen hatte – dann, ja dann … aber sie existierte dennoch, die Tat: in ihm selbst. Die Fragen und Antworten schwirrten in seinem Kopf wie ein Schwarm Fliegen, der sich mal da und mal dort niederließ, nie irgendwo blieb. Als Garbo sich schüttelte, stand er auf. Er musste dem Hund etwas zu fressen geben.

Er erschrak. In der Küche saß Chrissy und rauchte. Sie hatte die Beine hochgezogen und mit den Armen umschlungen. Auf dem Boden lagen eine Plastiktüte und ein Lumpen – und auf der Tischplatte der Revolver.

»Ich gehe zur Polizei.« Ihre Stimme klang hohl.

»Wieso wusstest du, wo …?«

Sie sah auf Garbo, der neben ihr stand, mit dem Schwanz wedelte und sie beide abwechselnd anblickte. Garbo hatte also gebuddelt.

»Und …« Josh zog sich den anderen Stuhl heran, drehte ihn um, setzte sich, legte die Arme auf die Rückenlehne und fragte herausfordernd: »Was willst du ihnen sagen?«

»Ganz einfach: Ich habe ihn umgebracht.«

»Chrissy! Die sperren dich ein – und mich auch.« Er schämte sich für diesen Zusatz.

»Du hast doch nur Angst, Josh«, sagte sie verächtlich.

»Verdammt noch mal, vor so was darf man ja wohl Angst haben!«

Garbo klemmte den Schwanz ein und verzog sich.

»Jedenfalls weiß ich jetzt, dass ich ihn nicht geliebt habe.«

»Das fällt dir ja früh ein!« Er war wütend.

Sie starrte auf den Revolver. Eine Weile sprachen sie nichts, als ob sie darauf warteten, dass etwas geschah, das ihnen die Entscheidung abnahm. Doch es geschah nichts.

Das Telefon läutete nicht, an der Tür klingelte niemand, nur Garbo bellte draußen im Garten.

»Ich wollte …«, sie sah auf, »… ich wollte einfach nicht so von ihm behandelt werden. Wie etwas, das man nach Gebrauch wegwirft.«

Pete begann zu pfeifen.

»Er hat mich missbraucht, er hat mir dieses Zeug mitgebracht. *Das macht gute Laune, Baby, und damit hat man besseren Sex!* Immer, wenn wir zusammen waren, hat er auf seine Frau geschimpft, *sie ist frigide und trinkt,* er wollte sie verlassen und mit mir leben. *Baby, wir gehen auf die Fidschis, dort ist das Paradies, es wird dir gefallen. Wir werden Kinder haben …«* Sie ließ den Kopf sinken. »Es war alles gelogen. Er hat mir einfach eine SMS geschickt. *Es ist aus mit uns. Tim.«* Sie schniefte. »Und dann hab ich ihn mit einer aus meiner Schule eines Abends im *Surf Club* gesehen. Sie ist eine Klasse unter mir. Sie haben getanzt und sich geküsst. Ich konnte nicht anders, ich musste hinsehen, und da hat er mich auch gesehen, und dann hat sie mich gemein angelacht, und er hat sich einfach weggedreht. Ich bin ihnen nachgelaufen und hab ihn an der Schulter gepackt und ihn angeschrien, ob er ihr all die Lügen erzählt, die er mir erzählt hat, ob er ihr auch Drogen gibt, und wie es seine Frau finden würde, wenn ich ihr alles sagen würde. Doch er hat nur arrogant gelächelt und mich als Junkie und billige Hure beschimpft. Ich wollte ihm eine scheuern, aber da …«, sie schluckte und griff sich an den Hals, »… da hat er mich an der Gurgel gepackt. *Ich mach dich kalt, wenn du irgendjemandem was erzählst!* Und zuletzt hat er mich ausgelacht und gesagt: *Dir glaubt doch keiner mehr was, Junkie!«*

Er hatte das alles nicht geahnt.

Langsam hob sie den Kopf. Das Blau ihrer Augen war wässrig geworden. »Ich werde ihnen sagen, dass du mit der Sache nichts zu tun hast.« Sie wollte aufstehen.

»Moment!« Er zog sie auf den Stuhl zurück. Schlagartig hatte sich die Situation für ihn geändert. »Die glauben doch, es war ein Einbrecher. Bis jetzt haben sie noch keine Ahnung. Warte noch! Tu nichts, bis ich die Zeitung geholt habe! Ich will wissen, ob sie was Neues herausgefunden haben!«

In ihrem Blick lag Befremden.

»Was ist?«, fragte er.

»Es könnte dir doch egal sein, ob sie mich einsperren. Ich hab dich in die Sache mit reingezogen.« Ihr Blick suchte seinen. »Und ich hab dich mies behandelt.« Sie streckte ihre Hand aus und berührte seine, die auf der Stuhllehne lag.

Er schluckte, sein Herz klopfte hart und schnell. Angst und Mitgefühl, Zärtlichkeit und Erregung vermischten sich in ihm. Jetzt musste er klar denken. Sobald sie die Tat gestehen würde, konnte er nichts mehr für sie tun. Sie wäre allen schutzlos ausgeliefert: den Polizisten, dem Staatsanwalt, dem Richter, der Presse, der Öffentlichkeit. Sie würden sich auf sie stürzen, *auf eine drogenabhängige Siebzehnjährige, die einen verheirateten und seriösen Anwalt verführt und ihn aus Eifersucht kaltblütig erschießt.* Würde jemand erwähnen, dass es der seriöse Anwalt war, der sie verführt, der ihr Drogen besorgt und sie dann einfach gegen eine andere eingetauscht hatte, wie ein Kleidungsstück, das einem nicht mehr gefällt? Und im Gefängnis würde sie endgültig drogenabhängig werden, da war er sicher.

»Nein«, sagte er. »Es ist mir nicht egal. Ich will nicht, dass sie dir was antun.«

Sie blieb sitzen, als er aus der Küche stürmte. Vielleicht wird ja doch noch alles gut, dachte er und fuhr los.

Shane gab gerade den dritten Löffel Kaffeepulver in den Filter, als es Sturm läutete.

»He! Ich komm ja schon!« Er schaltete noch die Kaffeemaschine ein und humpelte ohne Krücken zur Tür. Das Bein tat weh, aber es war auszuhalten. Besser, als immer auf diese verdammten Krücken angewiesen zu sein. Er riss die Tür auf und sah in Carols Gesicht.

»Warum machen Sie nicht auf?«

Er ersparte sich eine Erklärung und ließ sie herein.

Ihre Gesichtszüge waren angespannt und ihre Augen müde. »Ich habe mich erst heute Morgen daran erinnert.« Aus ihrer Umhängetasche aus braunem, glattem Leder zog sie ein geöffnetes Briefkuvert. »Es kam vor zwei Wochen.«

»Kommen Sie herein«, sagte er. »Wollen Sie auch einen Kaffee? Ich mache gerade einen.« Er schloss die Tür hinter ihr.

Ohne zu antworten, gab sie ihm einen Brief. Er faltete ihn auseinander. Es handelte sich um ein offizielles Schreiben des Bundesstaates Queensland. Tim Wilcox wurde zu einer Anhörung der Fitzgerald-Kommission geladen. Shane wusste, was die Vorladung vor diesen Ausschuss bedeutete: unbedingtes Erscheinen und Beantwortung aller Fragen. Der Fitzgerald-Ausschuss war Ende der achtziger Jahre, es musste siebenundachtzig oder achtundachtzig gewesen sein, zum ersten Mal tätig geworden, nachdem die Korruption innerhalb der Polizei, der Justiz und anderer staatlicher Organe in Queensland der Öffentlichkeit bekannt geworden war. Polizei und Minister hatten bei Überfällen auf Geldtransporter mitkassiert, steckten im Drogengeschäft mit drin, hatten ihre Anteile im illegalen Glücksspiel bekommen, nahmen die Dienste von Prostituierten in Anspruch und bezahlten, indem sie die Verbrecher deckten oder sogar mit neuen Informationen und Tipps über weitere Geldbeschaffungsquellen versorgten. Anfangs glaubte man, die Arbeit des Ausschusses auf ein paar Jahre begrenzen zu können. Doch diese Annahme war zu optimistisch. Heute, zwanzig Jahre nachdem sie ins Leben gerufen worden war, hatte die Kommission immer noch zu tun.

»Wer wusste außer Ihnen von diesem Brief?«, fragte Shane und beobachtete Carol, wie sie nachdenklich zum Sessel ging, sich setzte und mit selbstverständlicher Eleganz ihre Beine, die von einer lässigen weißen Hose umspielt wurden, übereinander schlug.

»Ich weiß nicht, wem er davon erzählt hat.«

Wenn jemand zu diesem Ausschuss geladen wurde, dann existierten schwer wiegende Anschuldigungen oder Beweise für korruptes Verhalten. Wegen Falschparkens wurde niemand vorgeladen. Tim Wilcox war Anwalt gewesen. Hatte er mit staatlichen Stellen zusammengearbeitet? Hatte er Verbrecher gedeckt und unterstützt und auch mitkassiert? Shane las das Schreiben noch einmal, als könne er darin den Namen von Tim Wilcox' Mörder finden.

»Haben Sie meinen Kollegen davon berichtet?«

Sie schüttelte den Kopf.

»Warum nicht? Warum kommen Sie damit zu mir?« Wieder stieg Argwohn in ihm auf.

Sie zupfte an einem Faden ihrer Hose. Dann sah sie auf. »*Sie* sind es doch, der glaubt, eine Schuld abtragen zu müssen, oder?«

Volltreffer, dachte er und unterdrückte den Drang, etwas Verletzendes zu bemerken.

»Kaffee?«, fragte er.

Sie nickte.

Er humpelte in die Küche. Der Kaffee war durchgelaufen, und er füllte zwei Becher. Vorsichtig, um nichts zu verschütten, hinkte er mit einem Becher ins Wohnzimmer. Als er sich nach vorn beugte, um ihn auf dem Couchtisch abzustellen, hielt sie ihn am Arm fest.

»Shane? Was haben Sie gegen mich?« Ihre Augen suchten eine Antwort in seinem Blick, doch er verweigerte sie, und als sie das begriff, stand sie auf, blickte ihn nur noch einmal kurz an und ging dann grußlos hinaus. Als er die Tür ins Schloss fallen hörte, wusste er die Antwort noch immer nicht und wollte auch nicht darüber nachdenken, denn neben ihrem unberührten Becher lag der Brief, der den Tod von Wilcox plötzlich in ein anderes Licht rückte. Er las ihn noch mal, steckte ihn dann gedankenverloren in die Brusttasche seines weißen Kurzarmhemdes und ging hinaus auf den Balkon. Über dem betongrauen Meer hingen schwere, dunkle Wolken, die weiter hinten am Horizont verwaschen aussahen. Dort musste es schon regnen. Wieder fiel ihm ein Satz aus seiner hiesigen Bibel, dem Immobilienkatalog, ein … *Für Menschen, die sich eine Ruhepause von der Wirklichkeit gönnen.*

Wenn er das gewusst hätte, wäre er nicht hergekommen.

Was hatten seine Ermittlungen ergeben? Bisher hatte er keinen einzigen Hinweis darauf, dass Tim Wilcox mit Drogen oder den Morden in Brisbane zu tun hatte. Das Treffen im Motel fand nicht mit Leuten aus der Drogenszene statt, sondern mit einem jungen Mädchen. *Artconcept* war ein Büro, das Kunst vertrieb. Darren Martin war lediglich als Kellner bei den Wilcox' gewesen.

Es gab nun zwei Möglichkeiten: Entweder war Tim Wilcox tatsächlich von einem Einbrecher – oder von Carol – ermordet worden, und dieser Mord hatte nichts mit den Morden in Brisbane oder mit der Drogenszene zu tun, oder aber … Er ließ den Blick über das Meer schweifen. Oder aber: Tim Wilcox war viel tiefer in dunkle Machenschaften verstrickt, als man ahnte.

Wenn ich unter anderen Voraussetzungen ermitteln

würde, würde ich der zweiten Möglichkeit den Vorrang geben. Doch ich bin vorbelastet. Und dann ist da auch noch Carol …

Als es erneut läutete, dachte er, es könnte Carol sein, die sich entschuldigen oder etwas erklären wollte, und er humpelte wieder zur Tür. Aber es war nicht Carol. Es war Mick Lanski.

»Ich an deiner Stelle würde mich nicht mehr hertrauen, bis ich endlich den Mörder unserer Kollegen gefunden hätte!«, herrschte Shane ihn an.

Mick beachtete ihn nicht, blitzschnell suchten seine Augen den Raum hinter Shane ab.

»Hi, Shane, du hattest gerade Besuch?«

»Ich wüsste nicht, was dich das angeht, Mick.« Shane stützte seinen Arm in den Türrahmen und versperrte Mick den Blick.

»Sicher, Shane, nur wenn du eine Mordverdächtige in deinem Hideaway empfängst …« Mick steckte lässig die Hände in die Hosentaschen seines hellgrauen Sommeranzugs und sah Shane herausfordernd an. »Pass auf, Shane: Wenn du nicht von selbst aufhörst, dich in laufende Ermittlungen, die dich nichts angehen, einzumischen, dann werde ich umgehend dafür sorgen, dass man es dir von oberster Stelle untersagt.«

»Ich frage mich, Mick, warum dich meine Anwesenheit hier so nervös macht? Womit bist du eigentlich beschäftigt? Willst du jemanden decken? Den Mörder im Hauseingang vielleicht? Kennst du ihn? Arbeitet er für dich?« Er hatte sich nicht bremsen können, er hatte es Lanski ins Gesicht schleudern müssen.

Der sah ihn mit reglosem Blick an. Keine Emotion ließ er an die Oberfläche dringen. In diesem Moment dachte

Shane, dass Mick Lanski auch genauso töten würde. Völlig kalt.

»Was hat Carol von dir gewollt?«, fragte Mick mit neutraler Stimme.

»Das geht dich nichts an.«

Micks Gesicht zuckte kurz, dann nickte er langsam. »Gut, wenn du meinst. Es gibt auch andere Mittel und Wege.«

Er drehte sich um, und Shane warf die Tür zu.

Jetzt waren die Fronten geklärt. Mick hatte ihm den Krieg erklärt.

Was zum Teufel sollte er tun? Vielleicht mit Tamara reden?

Keine zehn Minuten später schloss er in der Tiefgarage seinen Wagen auf und fuhr auf die Hauptstraße nach Maroochydore zum Police Headquarters, wo Tamara für die Ermittlungen vorübergehend ihr Büro aufgeschlagen hatte. Es schüttete wie aus Kübeln.

Wie lange war er weg gewesen, um die Zeitung in der kleinen Ladengalerie in Mooloolaba zu kaufen? Zehn Minuten? Zwölf? Jedenfalls saß Chrissy nicht mehr in der Küche, und der Revolver lag nicht mehr auf dem Tisch. Auch im Haus und im Garten konnte er sie nicht finden. Wohin konnte sie verschwunden sein, ohne ihr Auto, das in Buderim stand?

»Garbo, wo ist Chrissy?«

Doch der Hund sah ihn nur mit schief gelegtem Kopf an und wedelte mit dem Schwanz.

Vielleicht hatte sie ein Taxi gerufen? Aber oft verstrichen zehn Minuten, bis das bestellte Taxi herfand. Vielleicht hat sie die Polizei angerufen und war binnen weniger Minuten abgeholt worden? Was zum Teufel sollte er jetzt tun? Vielleicht war sie einfach aus dem Haus gegangen und irrte irgendwo in den Straßen herum? Schnell nahm er Garbo an die Leine, ließ ihn an dem T-Shirt, das sie getragen und dagelassen hatte, riechen und eilte dann mit ihm hinaus. Nur die Tatsache, dass er in der Zeitung auf die Schnelle keinen Hinweis auf neue Erkenntnisse gefunden hatte, beruhigte ihn ein wenig.

Drohend hatte sich die schwarze Wolke näher geschoben, bis sie direkt über ihm zu hängen schien. Dann plötzlich platzte sie auf, und Wassermassen stürzten herab. Innerhalb von Sekunden war Josh nass bis auf die Knochen. Inzwischen fragte er sich nach dem Sinn seiner Suche. Besser wäre es gewesen, mit dem Auto die Straßen abzufahren und Ausschau nach ihr zu halten, anstatt zu Fuß loszurennen. Garbo hatte anfangs zielstrebig in eine Richtung gezogen, doch nachdem er sein Geschäft erledigt und es zu schütten angefangen hatte, wollte er nur noch nach Hause. Nach ein paar vergeblichen Versuchen, Garbo doch noch zu motivieren, musste Josh schließlich aufgeben und machte sich auf den Heimweg. Der Regen konnte ihm nichts mehr anhaben, er war sowieso schon klatschnass, und so verlangsamte er seinen Schritt, ließ sich von Garbo ziehen und überlegte, was er tun sollte. Die Polizei verständigen, alles gestehen? Und wenn sich Chrissy etwas antat? Bei dem Gedanken daran ging er schneller, atmete kurz auf, als sie endlich an der Haustür anlangten, hastete, Pfützen auf den Fliesen hinterlassend, durchs Wohnzimmer zum Telefon und wählte die Nummer der Polizei – und legte auf. Nein, er würde noch warten. Noch ein bisschen. Eine halbe – oder vielleicht eine Stunde …

Durch den Spalt der nur angelehnten Tür sah Shane Tamara über ein Formular gebeugt. Sie saß in einem engen, mit Jalousien verdunkelten provisorischen Büro. Als er klopfte, blickte sie auf, grüßte knapp und vertiefte sich gleich wieder in ihre Arbeit.

»Immer noch sauer?«

Sie machte nur eine wegwerfende Geste, und er ging näher. In dem Raum befanden sich außer einem kleinen, überladenen Schreibtisch mit einem altmodischen Computerbildschirm ein ausgedient aussehender Kopierer, zwei Plastikstühle, ein hoher, hässlicher Schrank und eine verklebte Kaffeemaschine. Das war alles. Und schon zu viel. »Was hältst du davon?« Er warf ihr den Brief der Fitzgerald-Kommission auf das Formular, das sie gerade ausfüllte, und ließ sich auf den Besucherstuhl vor ihrem Schreibtisch fallen. Sein Bein tat entsetzlich weh. Und auf dem kurzen Weg vom Auto ins Headquarters war er so nass geworden, dass seine Hose klebte und ihm das Wasser aus den Haaren in die Augen und in den Nacken tropfte.

Wortlos faltete sie das Schreiben auseinander. Sie las den Brief ein zweites Mal und blickte fragend auf.

»Carol hat ihn mir gegeben«, sagte er und schaute sich nach einem Handtuch um, sah aber keines.

Sie musterte ihn.

»Ich habe nicht mit ihr geschlafen«, sagte er, ihre Frage erratend, doch sie lächelte nicht, sondern sah ihn nur weiterhin mit diesem abschätzenden Blick an. Er berichtete ihr, dass Mick Lanski ihn unbedingt von den Ermittlungsarbeiten ausschließen wollte.

Sie runzelte die Stirn. »Wieso sollte er das tun, Shane?«

»Weil er was zu vertuschen hat.«

Das glaube ich nicht, stand in ihrem Gesicht. Doch sie sagte nichts.

Draußen auf dem Flur ging jemand vorbei. Die Schritte

verhallten. Eine Polizeisirene drang von der Straße herauf. Sie lehnte sich zurück und verschränkte die Arme hinter dem Kopf.

»Können wir herausbekommen, was dieser Ausschuss von Wilcox wollte?«, fragte sie auf einmal.

Er rutschte auf dem Stuhl herum, um eine weniger schmerzhafte Sitzposition zu finden. »Nicht die geringste Chance. Absolutes Stillschweigen ist angesagt. Und Bestechung scheidet wohl aus«, fügte er noch hinzu, doch sie lächelte nicht.

Tamara klopfte mit einem Kugelschreiber auf die Tischplatte. »Wir waren übrigens bei diesem Josh Cline. Er hat behauptet, mit Chrissy Wagner das Wochenende verbracht zu haben. Am Montag sei sie gegangen. Seitdem ist sie aber nicht wieder zu Hause aufgetaucht.«

Er sah Erica Wagner, die überarbeitete Frau, vor sich, die sich Vorwürfe machte, weil sie nicht genügend Zeit für ihre Tochter hatte.

Tamara seufzte. »Ihre Mutter sagt, das sei öfter so. Ihre Tochter lebe ihr eigenes Leben.«

Hatte nicht Kim etwas Ähnliches über Pam gesagt? *Sie ist alt genug, Shane, sie weiß, was sie tut.* Pam war noch immer nicht zurück, oder warum hatte sie sich noch nicht mal bei ihm gemeldet? Er müsste Kim unbedingt anrufen.

»Shane?«

»Ja?«

Tamara sah ihn mit hochgezogenen Brauen an.

»Hm. Und was ist mit Carols neuem Alibi?«, fragte er schnell.

»Immer noch Fehlanzeige. Dieser Pilot ist dauernd unterwegs. Wir haben ihn noch nicht sprechen können.«

Nur ein unglücklicher Umstand, oder hatte Carol das einkalkuliert? Verdammt, warum war er so argwöhnisch? Ein Pilot war nun mal unterwegs. Das war sein Job!

»Warum geht hier eigentlich nichts vorwärts?«, brauste er plötzlich auf. »Warum hängen wir uns jetzt in den Wilcox-Mord rein, anstatt den anderen aufzuklären?«

Tamara warf den Kugelschreiber hin. »Sag mal, was ist jetzt in dich gefahren, Shane? Alle reißen sich den Arsch auf. Glaubst du etwa, es gibt nur *deinen* Mord?«

»Tamara!« Er schlug auf den Tisch, »Verdammt! Kannst du dich denn nicht in meine Lage versetzen? Mein Partner wurde erschossen!«

»Jack war auch *mein* Partner! Und Evans und Hawkings waren auch *meine* Kollegen, Shane!«

»Okay! Aber ich kann nicht einfach rumsitzen und warten, bis ...«

»Bis was? Glaubst du denn, du bist der Einzige, der Jacks Mörder finden will? Zufälligerweise haben wir noch einen weiteren Toten! Und die Sache wird immer komplizierter! Das ist übrigens das erste Mal, dass du dich hierher in mein Büro verirrst, ist dir das eigentlich klar?« Ihr Gesicht hatte vor Aufregung rote Flecken bekommen, und ihre Augen funkelten ihn an.

»Begreifst du denn nicht, Tamara, dass *ich* es bin, der ...«

»Ich bin noch nicht fertig, Shane! Fändest du es an meiner Stelle nicht auch ziemlich befremdlich, wenn ich mich ständig mit dem Hauptverdächtigen treffen würde?«

»*Ständig?*« Er lachte verärgert. »Das ist doch Bullshit! *Sie* ist zu mir gekommen und hat den Brief gebracht.«

»Aha.« Über ihr Gesicht huschte ein hintergründiges Lächeln, das er überhaupt nicht an ihr mochte. »Hast du eigentlich mal darüber nachgedacht, dass sie dich vielleicht benützt?«

»Ja, Tamara, das habe ich.« Er nahm seine Krücke von der Stuhllehne und wollte aufstehen.

»Tut mir Leid, Shane.« Tamara seufzte. »Bitte, bleib sitzen.«

Er zögerte, war zornig – und gekränkt.

»Shane …«

Widerwillig legte er die Krücke wieder weg.

»Reden wir wieder wie Partner miteinander, ja?« Dabei lächelte sie ihn an, als hätte es die Auseinandersetzung gar nicht gegeben. Doch so schnell wie sie konnte er sich nicht umstellen, nein, wollte er sich nicht umstellen. Und so brummte er: »Von mir aus.«

»Schön.« Sie lächelte immer noch. Sie lehnte sich in ihrem Stuhl zurück und nagte an ihrer Unterlippe, während sie ihn ansah. »Sag mal«, sie beugte sich vor, »Frank war doch mit Wilcox befreundet.«

»Frank? Kims neuer Mann?«

»Ja.« Sie faltete die Hände und sah ihn aufmunternd an. »Könntest du ihn nicht mal über *Artconcept* und Wilcox' Tätigkeiten ausfragen? Dir sagt er vielleicht mehr als mir.«

Damit könnte sie Recht haben. Dennoch beschlich ihn ein unangenehmes Gefühl: Schon wieder vermischte sich der Fall mit seinen persönlichen Bindungen. Vielleicht aber musste er das einfach akzeptieren, und so erhob er sich mit Schwung, unterdrückte den stechenden Schmerz im Oberschenkel, stützte sich auf seine Krücke und sagte: »Ich werde Frank einen Besuch abstatten.«

»Gut.« Tamara war zufrieden. »Ich kümmere mich weiter um Chrissy. Vielleicht hilft sie uns weiter.«

30

Die Sonne brannte wieder, als wollte sie alles Leben versengen. Vom schwarzen Asphalt des großen Parkplatzes vor dem Maroochydore Police Headquarters stieg Dampf auf. Die Luft roch süßlich nach verfaulenden Blüten.

Er startete den Motor und bog auf die Hauptstraße ein. Die Autos stauten sich endlos.

Was wusste er über Frank? Als er von seiner Tochter gehört hatte, dass Kim wieder heiraten würde, wollte er alles über Frank in Erfahrung bringen, weil er hoffte, dunkle Stellen zu finden, die Kim die Augen öffnen würden. Doch dann begriff er, dass er nur eifersüchtig war. Sie hatte jemanden gefunden, der sein Leben mit ihr teilen und auch noch Pam aufnehmen wollte, während er, Shane, von einer Affäre zur anderen zog und immer einsamer wurde. Er war bis zur Ampel vorgedrungen. Wenn sie beim nächsten Mal auf Grün schalten würde, hätte er freie Fahrt.

»Warum hast du dich nicht gemeldet, Chief?«

»Das Ganze ist nicht so einfach, wie du gemerkt hast.«

»Ich dachte immer, hier räumt einer auf.«

Er ärgerte sich. Räuspern am anderen Ende der Leitung, dann: »Die Lage ist angespannt. Wir gehen auf Tauchstation.«

»Meinetwegen.«

»Da ist aber noch was.«

»Ja?«

»Es gibt da dieses Mädchen. Wenn sie ihn anschwärzt wegen der Drogen, dann könnten sie unter Umständen auf dich …«

Er hörte nicht hin, er wollte es nicht hören, sah hinüber in seinen Wagen.

»Wir sollten uns um sie kümmern«, sagte der Chief noch.

»Ja«, antwortete er mechanisch.

»Du verhältst dich absolut ruhig. Keine Aktivitäten, bis sich hier die Wogen geglättet haben. Am besten, du fährst weg.«

»Meine Frau war gerade weg. Sie hat keine Lust, schon wieder zu verreisen.«

»Dann fahr halt allein!«

»Das macht mich verdächtig. Nein. Ich bleibe hier.«

»Na gut. Aber verhalte dich wirklich ruhig.«

»Und was ist mit dem Cop?«

»Der? Der weiß doch schon gar nicht mehr, wonach er sucht!« Lachen.

»Ay, ay, Chief.«

»Ach, halt die Klappe.« Damit legte der Chief auf.

»Idiot!«, murmelte er und hängte den Hörer ein. Er sah zu seinem Wagen, der auf einem fast voll besetzten Parkplatz des Sunshine Plaza *parkte. Über den Motorhauben flimmerte die Luft. »Idiot!«, murmelte er wieder, während er über den Asphalt, der unter den Gummisohlen seiner Strandlatschen glühte, zum Wagen zurückging. Sie saß noch immer auf dem Beifahrersitz. Er machte die Fahrertür auf und ließ sich auf den Sitz fallen. Hier drin war es noch heißer, trotz der heruntergelassenen Scheiben.*

»Also, was ist jetzt, willst du nicht mehr?«, fragte sie. Die Sonne fing sich in ihrem Haar, es glühte rot wie Feuer.

»Du kannst es schon gar nicht mehr abwarten, was?« Er legte seine Hand auf ihren nackten weißen Schenkel. Dann ließ er den Motor an. Wenige Straßen neben dem Einkaufscenter hatte er ein winziges Apartment in einem mehrstöckigen Haus, das schon bessere Tage gesehen hatte.

»Wohin fahren wir?«, fragte sie.

»Das siehst du schon.«

»He, aber du hast das Zeug da, oder? Wenn nicht, dann lass mich hier raus.«

Wieder legte er die Hand auf ihren Schenkel.

»Keine Angst. Du kriegst schon, was du willst.«

Sie erregte ihn jedes Mal, wenn er sie sah. Sogar wenn sie in ihrem Low war. Dann vielleicht sogar noch mehr. Denn dann brauchte sie ihn wirklich. Dann tat sie alles, was er von ihr verlangte …

Frank's Tyres lag auf der Strecke nach Noosa. »Nicht zu übersehen«, wie Frank einmal gesagt hatte. An der Kreuzung mit dem Motorway fuhr er also nicht nach Mooloolaba zurück, sondern bog in Richtung Noosa Heads ab. Er schaltete das Radio an, drehte die Lautstärke hoch und überließ sich der Musik von Norah Jones, die so oft, seitdem er hier war, gespielt wurde. Durch den Regen der letzten Tage waren die gelben und ausgedörrten Wiesen und Zuckerrohrfelder entlang der Straße dunkelgrün geworden. Als er die Brücke über den Maroochydore River passierte, sah er hinunter auf die vielen kleinen Boote der Touristen. Kurz danach fuhr er in den David Low Highway ab, passierte die Abzweigung nach Twin Heads und konnte schon auf der linken Straßenseite einen größeren Parkplatz und das breite weiße Schild mit den dicken schwarzen Blockbuchstaben erkennen. Er blinkte und bog ab. Auf dem Parkplatz herrschte Betrieb. Autos wurden in die Werkstatt gefahren, andere herausgebracht, Kunden parkten ein, andere fuhren weg. Im Schaufenster lagen Stapel von Autoreifen. Wahrscheinlich das Markenzeichen von *Frank's Tyres,* denn jetzt erkannte er, dass das F des Schriftzugs, der über dem Schaufenster auf einem Neonlicht-Balken prangte, aus Stapeln von Autoreifen gebildet war.

Er stieg aus. Die Glastür öffnete sich automatisch. Der Verkaufsraum war groß und leer, bis auf eine Theke, an der fünf Kunden standen, die von drei Mitarbeitern in pechschwarzen Overalls bedient wurden. Eine blonde junge Frau, ebenfalls im schwarzen Overall, telefonierte. Sie legte gerade auf. Er wandte sich an sie.

»Shane O'Connor, ich möchte zu Frank.«

»Oh, Sie haben Glück, er ist noch da. Warten Sie.« Sie sprach mit dieser hohen, quäkenden Stimme, die Shane aus amerikanischen Sitcoms kannte, lächelte ihn an, nahm wieder das Telefon und meldete seinen Namen. »Frank erwartet Sie im Büro«, quäkte sie, drehte sich zur Seite und zeigte auf eine schwarz glänzende Tür in einem weiß gestrichenen Seitengang.

Frank saß kauend hinter einem ausladenden, schwarz lackierten Schreibtisch, über den Ordner, Zeitschriftenstapel und sonstige Papiere verstreut lagen. Vor sich hatte er eine Pappschachtel, in die er seinen angebissenen Hamburger legte, als er Shane sah.

»Shane, was für eine Überraschung! Setz dich, willst du auch einen? Ich schick Melanie! Dauert nur 'ne Minute!« Er leckte zwei Finger ab und streckte die Hand zum Hörer aus. Doch Shane winkte ab.

»Mach dir keine Umstände, Frank, ich wollte dich nur was fragen.« Er ließ sich auf den Stuhl sinken und legte die Krücke neben sich auf den robusten grauen Teppichboden. An der Wand hinter dem Schreibtisch erblickte Shane ein großes buntes Foto von Franks Geschäft. Frank stand stolz lächelnd und mit verschränkten Armen davor. Zur Siegerpose fehlte nur noch der Fuß auf einem Reifen.

»Wirklich keinen Hamburger, sicher?«

»Ganz sicher.«

»Stört's dich, wenn ich …?«

»Nein, iss nur.«

Genussvoll biss Frank in den Hamburger. »Abends sag ich dann, ich will nur Salat.« Er kaute und grinste. »Kim meint, ich sollte abnehmen.«

»Das meint sie immer.«

Frank lachte. »Also, Shane, was hast du auf dem Herzen? Du willst doch nicht kneifen und nicht zur Hochzeit kommen?« Wieder biss er ab.

»Bis jetzt noch nicht, Frank. Aber ich hab gerade ein anderes Problem.«

Frank schluckte den Bissen hinunter. »Was? Schieß los. Für alles gibt's 'ne Lösung. Da bin ich überzeugt.«

»Tim Wilcox.«

Frank hörte auf zu essen, legte den Rest des Hamburgers in die Schachtel. Sein Gesicht wurde ernst. »'ne schreckliche Geschichte.« Er seufzte und blies seine Backen auf, ließ dann die Luft langsam entweichen und schüttelte den Kopf. »Wer weiß, es hätte ja auch mich treffen können.«

Shane sah ihn fragend an.

»Na ja, ich meine, wenn ich einen Einbrecher erwischt hätte …«

»Hast du denn eine Waffe?«

»Aber klar.« Frank zog eine Schublade seines Schreibtischs auf und hielt mit zwei Fingern den Lauf eines Revolvers hoch.

»Zu Hause hab ich 'ne Walther.« Er ließ den Revolver wieder in die Schublade gleiten.

»Weißt du, ob Tim auch eine Waffe hatte?«

Frank zog die Stirn kraus. »Er hat mich mal gefragt, ob ich 'n Schießeisen hätte. Als ich Ja gesagt hab, war das Thema erledigt. Ich hab ihn jedenfalls nicht gefragt. Hat der Einbrecher denn mit Tims Waffe geschossen?«

»Keine Ahnung, bisher wissen wir ja noch nicht mal, welche Waffe und ob er überhaupt eine hatte. Angemeldet war sie jedenfalls nicht.«

»Meine schon.« Frank nahm den letzten Rest des Hamburgers in Angriff.

»Ach ja, und da ist noch etwas.«

Frank kaute weiter, ohne besonders neugierig zu sein.

»Was weißt du über *Artconcept*?«

»Das Büro in Brisbane?« Frank schluckte den letzten Bissen hinunter, wischte sich die Hände an einer Serviette ab, steckte sie in die Schachtel und sah auf. »Einen Kaffee?«

Shane nickte. Frank nahm den Hörer ab und tippte auf eine Taste. »Melanie, machst du uns zwei Espresso?« Er lächelte Shane zu und legte wieder auf. Dann lehnte er sich in seinem Sessel zurück und verschränkte die kräftigen, mit rötlich blonden Locken behaarten Arme. Unter seinen Achseln hatten sich dunkle Flecken auf dem weißen Lacoste-Polo-Shirt gebildet.

»Tja«, sagte Frank, »das ist eine Firma, die Kunst vertreibt.«

»So weit sind wir auch, Frank.«

»Viel mehr weiß ich auch nicht, Shane.« Frank lächelte. Doch Shane glaubte eine Unsicherheit in seinen Zügen zu bemerken.

»Frank: Wilcox ist tot. Du kannst ihm nicht mehr schaden. Also?«

Frank ließ sich nach vorn kippen und legte die breiten Hände auf die Tischplatte. »Wie meinst du das?«

Shane wusste, dass Frank mit dieser Gegenfrage Zeit gewinnen wollte. Zeit, um über eine unverfängliche Antwort nachzudenken.

»War Tim im Drogengeschäft?«

»Shane, ehrlich: Das weiß ich nicht. Er hat nur mal …«

»Ja?«

Es klopfte, und Melanie brachte ein Tablett mit zwei kleinen Tassen, Milch- und Zuckerschale. Frank nickte ihr zu, worauf sie lautlos verschwand. Dann löffelte er Zucker in seine Tasse und rührte eine Ewigkeit lang. Shane wartete ab. Schließlich legte Frank den Löffel auf die Untertasse und sah auf.

»Er hat die Sachen von einem Künstler vertrieben, einem Glaskünstler. Ray Morrison. Ich hab ihn mal kennen gelernt. Hast du nicht die Glasfiguren gesehen, als du bei uns warst?«

Das rote Pferd, ja, und die blaue Giraffe im Apartment, erinnerte sich Shane.

»Er hat ihn unterstützt, ihm unter die Arme gegriffen, Tim konnte so was.«

»Und?«

Frank schnaufte wieder und spreizte abwehrend seine Hände. »Tim hat öfter mal davon angefangen, ich solle doch ein bisschen Geld zur Seite schaffen.«

»An der Steuer vorbeischleusen?«

»Ja. Er hat mir den Vorschlag gemacht ... in eine Firma auf den Fidschis zu investieren.«

»In welche Firma?«

»Eine, nun ... in eine Transportfirma.«

»Und wem gehörte die Firma?«

»Oh, Shane, ich weiß wirklich nicht ...«

»Hast du Geld investiert?«

Frank schüttelte heftig den Kopf. »Aber nein! Das war mir zu suspekt.«

»Also?«

»Die Firma hieß *Movation* und gehörte laut Tim einem Freund, dem man vertrauen könne. Tim hat mir den Vorschlag gemacht, finanziell einzusteigen. Er hat nur mal ganz nebenbei erwähnt, wie leicht es wäre, mit Drogen Geld zu machen. Aber ich bin nicht darauf eingegangen, und er hat auch nicht wieder davon angefangen. Ich hab auch keine Ahnung, ob er wirklich damit zu tun hatte. Ehrlich, ich würde mich auf so was nie einlassen! Immerhin hab ich ja jetzt fast selbst 'ne Tochter, die …«

Shane konnte nicht fassen, was Frank sagte. »Lass Pam da raus, Frank! Sie ist immer noch meine und Kims Tochter! Und wenn du irgendwas mit dieser ganzen Drogenscheiße zu tun hast, dann mach ich dich fertig!«

»Aber, Shane, ich habe wirklich nichts …«

»Fix und fertig, Frank!« Er nahm seine Krücke, stand auf und ging zur Tür. Dort wandte er sich noch einmal um. Frank war hinter seinem schweren Schreibtisch blass und klein geworden. Wortlos zog Shane die Tür hinter sich zu.

Er fuhr am Maroochydore River entlang und bog dann in die Straße ein, in der mehrere ältere Apartmenthäuser standen. Er parkte vor der Nummer fünf.

Sie stieg aus und ging, ohne sich umzusehen, auf den Eingang zu. Sie hat es verdammt nötig, dachte er und folgte ihr. Der Aufzug funktionierte nicht. Er rüttelte an der Tür, doch sie ließ sich nicht öffnen.

»Was für ein Scheißladen!«, schimpfte sie und trat gegen die Metalltür.

»Ist nur im zweiten Stock. Das wirst du noch schaffen, oder?«

Sie folgte ihm hinauf. In dem schmalen Gang, an dessen Ende durch ein Fenster helles Licht fiel, hörte man Stimmen und Musik. Er steckte den Schlüssel ins Schloss, stieß die Tür auf und ließ sie vorangehen.

»Ich will gleich was«, sagte sie sofort.

Das kannte er. Aber er wollte sie so, wie sie war. Schwach. Bittend. Ihm ausgeliefert. Er riss sie zu sich.

»Lass mich!«

Er presste sie an die Wand neben dem Spiegel, hielt ihr den Mund zu, klemmte sein Knie zwischen ihre Schenkel.

»Au! Du verdammte …« Sie hatte ihn in die Hand gebissen.

»He, bist du wahnsinnig!« Der Lauf des Revolvers zielte genau in sein Gesicht. Woher hatte sie das Scheißding? »Moment, langsam«, versuchte er sie zu beruhigen. Sie hatte diese verdammte Kanone in ihrer Handtasche gehabt!

»Rüber zur Tür!«, befahl sie.

Er hätte sich auf sie werfen können, doch in ihrem Zustand hätte sie ihn abgeknallt. Also tat er, was sie sagte.

»Da rein!« Sie meinte die Toilette.

»He, Baby, warum nimmst du nicht die Kanone runter, ich geb dir das Zeug, und dann machen wir's, he?«

»Du bist genauso ein Scheißkerl wie Tim. Rein jetzt.«

Er machte einen weiteren Schritt Richtung Toilette. »Tim hat ja seine Strafe bekommen, oder? Irgendein Arschloch hat ihn abgeknallt. Du könntest doch zufrieden sein.«

Sie lachte auf. »Das Arschloch war ich. Und wenn du noch eine blöde Bewegung machst, dann bin ich noch mal ein Arschloch, kapiert?«

Er schluckte. Jetzt sah die Sache anders aus. »Du hast Tim Wilcox erschossen?«

»Was dagegen?« Sie kniff die Augen zusammen und zielte genauer.

»Hör zu, ich versprech dir, du kriegst deinen Stoff, wann immer du ihn brauchst, aber du lässt mich jetzt hier raus!« Scheiße, dachte er, Scheiße, Scheiße! Die weiß nicht mehr, was sie tut!

»Ich scheiß auf dein Versprechen. Ist nichts wert. Genauso wenig wie seins.«

Er musste sie beruhigen. Sie würde ihn abknallen … »Hör zu. Da drüben, im Hängeschrank über der Kochplatte«, er zeigte auf die primitive Küchenzeile, »ist eine Packung für dich. Nimm sie, okay? Und dann hau ab.«

Sie folgte seinem Blick, zögerte, ging dann rückwärts auf den Schrank zu, die Kanone immer auf ihn gerichtet.

Verfluchte Schlampe, dachte er. Nimm das Zeug und verschwinde!

Sie öffnete die Schranktür und zog eine kleine Tüte hervor. Über ihr Gesicht flog ein Lächeln.

»Also dann, bis zum nächsten Mal!«, sagte sie, rannte aus dem Zimmer und schlug die Tür hinter sich zu.

Eine kleine Investition, dachte er. Sie wird ein guter Kunde bleiben. Im Kühlschrank hatte er zwei Bier, erinnerte er sich. Er nahm sich eines und trank es in einem Zug aus.

Die Kleine hatte Wilcox erschossen. Ob der Chief das wusste?

31

Auch zwei Stunden später hatte Josh die Polizei nicht angerufen. Er hatte immer noch die Hoffnung gehabt, Chrissy käme zurück. Als es heute Mittag an der Tür geläutet hatte, hatte er geglaubt, es sei Chrissy. Doch es war wieder die Polizei gewesen.

»Detective Tamara Thompson«, hatte die Frau gesagt und ihm einen Ausweis entgegengehalten, den er durch die Fliegengittertür nur ungenau sehen konnte, »und das ist mein Kollege, Detective Spencer Dew. Wir möchten Ihnen ein paar Fragen stellen.«

Sie kommen, um mich festzunehmen. Es war also aus, dachte er in dem Moment. »Ja, natürlich.«

Er ließ sie eintreten, führte sie hinaus auf die Veranda. Vielleicht, dachte er, wäre es das letzte Mal, dass er hier sitzen konnte.

Die Fragen, die sie ihm stellten, sah er nur als Anfang einer Entwicklung, an deren Ende seine Verhaftung stand. »Sie sind also der Gärtner?« »Sie arbeiten unter anderem auch für Erica Wagner?« »Wo ist Chrissy jetzt?« »Warum ist sie bei Ihnen?« »Wo haben Sie den Samstagabend verbracht?« »Wussten Sie, dass Chrissy ein Verhältnis mit Tim Wilcox hatte?« »Mr. Wilcox war doch ein Kunde von Ihnen, nicht?« »Waren Sie eifersüchtig?«

Er beantwortete alle Fragen mechanisch und wahrheitsgemäß, nur was am Samstagabend geschehen war, verschwieg er. So leicht wollte er es ihnen nicht machen.

»Ich mache mir Sorgen, um Chrissy. Sie nimmt Drogen, und ich habe Angst, dass Sie sich etwas antut«, sagte er irgendwann.

Die beiden Polizisten machten sich Notizen.

»Sie dürfen nicht alles glauben, was sie sagt. Sie redet oft wirres Zeug, wegen der Drogen.« Er hoffte, so dafür zu sorgen, dass man Chrissys Geständnis, sofern sie eines ablegen würde, nicht sofort glauben würde.

Die Polizistin nickte verständnisvoll und stand auf.

Jetzt, dachte er, präsentiert sie mir Chrissys Geständnis und einen Haftbefehl, und er warf einen Blick auf Garbo, der sich auf dem Rasen wälzte. Wer würde für ihn sorgen, wenn er im Gefängnis wäre …

»Auf Wiedersehen«, sagte die Polizistin und gab ihm eine Visitenkarte, »wenn Sie etwas von Chrissy hören, rufen Sie mich sofort an.«

Er nahm die Karte und starrte die Polizistin an.

»Wir finden schon raus«, sagte sie und verschwand mit ihrem Kollegen durch die Verandatür.

Und wenn es doch falsch gewesen war, der Polizei gegenüber Chrissys Drogensucht zu erwähnen? Er setzte sich unter die Pergola und starrte auf das nasse Gras, das im schwindenden Licht grau wirkte. Sein Blick fiel auf die Aloe vera. Garbo hatte gebuddelt, und Chrissy hatte die

Steinplatte einfach zur Seite geschoben. Wieso hatte er die Waffe nicht woanders versteckt, oder schon Samstagnacht in den Maroochydore River geworfen?

Einen Moment lang dachte er daran, sich etwas zu essen zu machen, doch dann erschien es ihm viel zu mühsam, und er schlurfte über die Steinfliesen zurück ins Schlafzimmer und legte sich ins Bett. Er spürte, wie das Blut aus seinem Kopf sackte, sein Herz langsamer schlug. Wo mochte Chrissy jetzt sein? War sie schon bei der Polizei? Schon im Gefängnis? Dann würden sie sicher bald auch zu ihm kommen. Er zog die Decke über den Kopf und träumte sich ins Cockpit eines Flugzeugs, mit dem er allein durch den stillen blauen Himmel flog.

Ein lauter Knall schreckte ihn auf. Chrissy, dachte er und stürzte aus dem Bett zur Tür. Noch ein Knall. Da sah er, wie die Nachbarin von nebenan aus der Garage rangierte. Noch ein Knall. Es war der Auspuff ihres Wagens. Niedergeschlagen schloss er die Tür.

Vor ihm auf dem Couchtisch lag der Inhalt des Kuverts. Shane schaltete die Stehlampe an, denn dichte Wolken hatten das Licht der untergehenden Sonne verschluckt. Der Tag hatte ihn angestrengt. Gerade hatte er hungrig, aber appetitlos ein Sandwich in der Küche hinuntergeschlungen. Das dritte Bier stand vor ihm. Er blätterte den Stapel durch. Ann musste eine Menge Zeit damit verbracht haben, all die Urkunden von Sportwettbewerben und Fortbildungen, die Zeugnisse und Bewerbungen zusammenzusuchen. Jack war immer fleißig und ehrgeizig gewesen und hatte doch darunter gelitten, »nur« Polizist zu sein und nicht Anwalt oder gar Richter wie Anns Vater. Jack hatte auch Zeitungsausschnitte aufgehoben von Fällen, die er bearbeitet hatte. Dass Jack so ein Sammler gewesen war, hatte er gar nicht gewusst. Auf einer vergilbten Schwarz-Weiß-Abbildung eines Zeitungsausschnitts stand Jack mit zwei Männern auf einem Podest. Alle hatten Pistolen in der Hand. Jack war noch ein wenig schlanker und hatte mehr Haare auf dem Kopf. Darunter stand: Die Gewinner des diesjährigen Schießwettbewerbs in Kalbar. Jack Kelly, Howard Klinger und – Trevor John Pierce.

Die Erschöpfung, gegen die Shane gerade noch gekämpft hatte, war mit einem Schlag verschwunden. Jack war in Kalbar geboren, das wusste er. Trevor John Pierce … John …?

Er betrachtete das Foto. Es war vergilbt und das Raster des Drucks sehr grob. Das Gesicht von Trevor John Pierce war nichts weiter als ein lachendes Oval mit zwei Augen, einer Nase und einem Mund. Das Haar war kurz geschoren, oder er hatte eine Glatze. Mehr konnte er nicht erkennen. Er blätterte die anderen Ausschnitte durch, in der Hoffnung, auf ein besseres Foto von Pierce zu stoßen. Mehrere Fotos zeigten Jack im Kreis von Freunden, bei Festen, am Strand, hin und wieder hatte er auch auf die Rückseite Namen geschrieben: Andy, Evelyn, Rich, Guy, Pete, Paul, Dick … aber keinen John.

Missmutig schaltete er mit der Fernbedienung den Fernseher ein, zappte durch das kümmerliche Programm und blieb schließlich bei einem amerikanischen Film aus den achtziger Jahren mit Tom Cruise hängen. An den Titel erinnerte er sich nicht mehr, aber ein paar Bilder kamen ihm bekannt vor. Der Film interessierte ihn nicht besonders. Immer fiel sein Blick auf den vergilbten Zeitungsausschnitt. Trevor John Pierce, wiederholte er mehrmals. Mit einem Ruck setzte er sich auf und griff zum Telefon. Detective Tom McGregor hatte Nachtschicht. Er notierte den Namen und versprach, sich so schnell wie möglich zu melden.

Nervös trommelte Shane auf die Sessellehne. Auf den Film achtete er schon längst nicht mehr. Stattdessen sah er wieder die Bilder der Nacht, hörte die Stimmen, Jack hatte John gesagt, ganz sicher, John …

Er erschrak, als das Telefon klingelte. Tom McGregor war am Apparat.

»Trevor John Pierce wurde 1964 in Kalbar geboren, ging zur Polizei und arbeitete schließlich in der Drogenabteilung.«

»Was?« Shane setzte sich kerzengerade hin. Jetzt passte es zusammen. Sie hatten ihn! John! Trevor John!

»Moment, Shane! Trevor John Pierce wurde vor acht Jahren bei verdeckten Ermittlungen in Melbourne erschossen.« Tom seufzte. »Hätte gut gepasst, was?«

»Ja«, brachte Shane nur hervor. Tom wünschte ihm noch eine gute Nacht und legte dann auf.

Gerade noch hatte er sich dem Ziel oder zumindest einer heißen Spur so nah gefühlt! Er stemmte sich hoch und humpelte in die Küche, goss sich ein großes Glas Whisky ein und trank es in einem Zug leer. Er wusste nicht mehr weiter. Er goss sich einen weiteren Whisky ein und ging auf den Balkon. Über dem schwarzen Meer glitzerten verschwommen die Sterne.

Es ist Sommer und so schwül, dass die Scheiben im Wagen ständig beschlagen. Selbst jetzt, um halb zwölf in der Nacht, steht die Luft noch immer. Er hat mit Mick Lanski Nachtschicht. Zwei frisch gebackene Detectives in der Mordkommission. Nur weil sein älterer Partner krank ist, ist er mit Mick unterwegs. Er mag Mick nicht besonders, weiß nicht, ob er ihm trauen kann. Mick ist ein Taktierer, nicht einer, der geradeheraus sagt, was er denkt. Sie sind auf der Rückfahrt von Hendra, einem Viertel in der Nähe des Flughafens. In einer der großen Garagen, in denen viele Fluggäste ihr Auto abstellen, hat der Hund eines Angestellten vor einem

Kofferraum Laut gegeben. Als der Angestellte den Kofferraum öffnete, fand er eine blutgetränkte Bluse und verständigte daraufhin die Polizei. Er war also mit Mick hingefahren. Sie befragten die Mitarbeiter und veranlassten alle weiteren Untersuchungen. Sie haben gerade Bretts Wharf hinter sich gelassen, als ein Notruf sie erreicht. Kollegen bitten dringend um Verstärkung. Sie haben am Hafen Drogendealer entdeckt. Er reißt das Steuer herum, kaum drei Minuten später stürzt er mit Mick aus dem Auto. Da hören sie Schüsse fallen. Sie suchen hinter Kisten Schutz. Einer der Kollegen sackt getroffen zusammen. Shane versucht, sich zu ihm durchzuschlagen, um ihn aus der Schusslinie zu ziehen, will von Mick Feuerschutz. Shane duckt sich und läuft im Zickzackkurs zwischen den Kisten hindurch zu dem verletzten Kollegen, zieht ihn hinter einen Pfosten. Dann hebt er den Kopf, sieht, wie aus wenigen Metern Abstand eine Waffe auf ihn gerichtet wird, er kann sich noch mit dem verletzten Kollegen zur Seite rollen, bevor der Schuss peitscht, fast gleichzeitig blickt er zu Mick, der wie gelähmt am Boden sitzt und ins Leere starrt, die Hand mit der Waffe liegt schlaff in seinem Schoß. Zuerst glaubt Shane, Mick ist getroffen. Shane hört ein Auto davonfahren, dann kommen zwei Kollegen hinter den Kisten hervor. Die Dealer sind geflohen. Mick ist nicht getroffen, nicht verletzt.

»Warum hast du mir keinen Feuerschutz gegeben?«, schreit Shane ihn an. »Wir wären beinahe draufgegangen.«

Doch Mick starrt durch ihn hindurch.

Auch später hatte Mick ihm nie erklärt, was damals in ihm vorgegangen war. Er hatte sich auch nie entschuldigt. Mick hatte einfach nie wieder davon gesprochen.

Es war still geworden, nur das Rauschen des Meeres drang zu ihm herauf. Über dem Mond lagen Wolkenschlieren.

Damals hatte er einen Moment lang Mick im Verdacht gehabt, ein doppeltes Spiel zu spielen. Doch dann hatte er diesen Verdacht verdrängt. Mick war einer von ihnen. Akkurat, dienstbeflissen, undenkbar, dass er korrupt sein könnte. Seltsam. Jetzt stieg dieser Verdacht wieder in ihm auf.

Micks Vater wohnte in Noosa, gerade mal dreißig Kilometer von hier entfernt, Mick selbst hatte ihn daran erinnert. Warum sollte er ihm nicht einmal einen Besuch abstatten … Vielleicht würde er von Don etwas über Micks Aktivitäten erfahren?

Sein Glas war leer. Er ging hinein.

32

Früher war er aufgestanden, hatte Garbo in den Garten gelassen, sich einen Trunk aus Bananen und Sojamilch gemixt, seine Arbeitskleidung angezogen und war dabei den Tagesablauf durchgegangen. Manchmal hatte er mehr Lust gehabt, manchmal weniger, manchmal hatte er sich erleichtert gefühlt, wenn es regnete und er zu Hause bleiben konnte – obwohl er dann kein Geld verdiente. Dann war er mit Wagen und Anhänger losgefahren, in dem Bewusstsein, etwas Sinnvolles zu tun – auch wenn das darin bestand, die Natur nach menschlichen Wünschen zurechtzustutzen. Das alles war vorbei. Er kam kaum noch aus dem Bett, wollte nicht mehr aufstehen, nur Garbos Gewinsel brachte ihn dazu, es doch zu tun. Er hatte keinen Appetit mehr. Die Freude an einem neuen Morgen war verschwunden. Er sagte Termine ab, verlor Kunden, es war ihm gleichgültig. Am liebsten hätte er sich im Bett verkrochen, bis, ja, bis wann? Bis er alles vergessen hätte. Bis das, was geschehen war, in so weiter Vergangenheit versunken wäre, dass er selbst schon nicht mehr sicher war, ob er es wirklich erlebt oder nur geträumt hatte. Wie lange würde es dauern, bis er in diesen Zustand geraten würde? Fünf Jahre? Zehn, zwanzig oder fünfzig? Er starrte hinauf zum Ventilator. Wo mochte Chrissy sein? Hatte sie sich etwas angetan? Garbo stupste seinen Schnauze an seine Hand. Mühsam setzte er sich auf. Die Fliesen unter seinen Füßen waren kühl und glatt. Garbo bellte, als er in den Garten gelassen wurde. Er hörte, wie Garbo durch den Garten hetzte, Vögel und im Wind schaukelnde Blätter anbellte.

Um kurz vor acht läutete es an der Tür, und Josh sprang auf. Chrissy? Er öffnete.

Hinter der Fliegengittertür stand ein Mann und hielt ihm einen Ausweis entgegen. »Sind Sie Joshua Cline?«

Josh nickte. Er war enttäuscht und ängstlich. Was würde der Polizist ihm gleich mitteilen?

»Detective Blix, es geht um Chrissy Wagner.«

Der Detective trug wie die anderen, die ihn aufgesucht hatten, keine Uniform. Josh schätzte ihn auf Ende fünfzig. Er hatte dunkles, sehr dichtes Haar, und sein Lächeln war freundlich.

»Haben Sie sie gefunden?«, fragte er und fürchtete die Antwort.

Detective Blix räusperte sich. »Darf ich reinkommen?«

»Entschuldigung«, sagte Josh hastig und wollte schon die Fliegentür aufhaken, als Blix fragte: »Wird Ihr Hund was dagegen haben?«

»Oh nein, er tut nichts.« Er öffnete die Fliegentür und ließ den Polizisten herein. Garbo schnüffelte kurz an den Beinen des Detectives und trabte dann davon.

»Schönes Haus.« Detective Blix blickte sich um.

»Na ja, es gibt schönere«, sagte Josh und ging voraus auf die Terrasse. Jetzt erst fiel ihm ein, dem Polizisten etwas anzubieten. »Wollen Sie etwas trinken?«

»Nein, danke. Ich bin auch gleich wieder weg. Ich möchte nur noch ein paar nähere Informationen über Chrissy Wagner.«

Josh zeigte auf einen der Plastikstühle, und Blix nahm Platz. Josh setzte sich ihm gegenüber und sah nervös und voller schlimmer Vorahnung zu, wie Blix ein kleines schwarzes Notizbuch und einen Kugelschreiber aus der Innentasche seines Jacketts herauszog und dann über sein dichtes dunkelbraunes Haar fuhr, um es glatt zu streichen. Obwohl es schon glatt war.

»So«, sagte Blix und sah Josh freundlich aus blauen Augen an, »jetzt erzählen Sie mir noch einmal alles, was Sie über Chrissy Wagner wissen.«

»Ich weiß eigentlich nicht viel, und das, was ich weiß, habe ich bereits Ihren Kollegen ...«

»Sie haben gesagt, Sie seien am Samstagabend zusammen aus gewesen.«

»Ja. Die ganze Nacht«, beeilte er sich zu sagen. »Wir waren auf einer Party im *Surf Club* in Mooloolaba.«

»Und Sie haben wirklich keine Ahnung, wo sich Chrissy aufhalten könnte?« Blix sah ihn scharf an.

»Nein, wirklich nicht, ich bin schon überall gewesen.«

Der Polizist klappte sein Notizbuch zu und steckte es zusammen mit dem Kugelschreiber wieder zurück in die Jackeninnentasche. »Falls Sie irgendetwas von ihr hören sollten, falls sie gar hierher zurückkommt, rufen Sie mich unbedingt unter dieser Telefonnummer an.« Er legte eine Visitenkarte auf den Plastiktisch und stand auf.

»Aber ich habe schon eine Karte von einer Polizistin«, sagte Josh.

Der Detective lächelte. »Ich habe die Leitung in dieser Angelegenheit übernommen.« Er deutete noch mal auf die Karte. »Ab sofort rufen Sie *mich* an, damit wir umgehend alle Suchaktionen einstellen können.«

»Ja, natürlich.«

Josh begleitete Blix hinaus. An der Tür blieb der Polizist noch einmal stehen. »Ich kann mich doch auf Sie verlassen?«

»Ja.« Ihm selbst war doch nichts lieber, als dass Chrissy zurückkehrte.

Der Polizist lächelte, drückte ihm fest die Hand und stieg dann in seinen Wagen, einen weißen Hyundai, der in der Einfahrt parkte. Josh schloss hinter ihm die Tür und ging wieder hinaus in den Garten. Er nahm die Visitenkarte vom Tisch und legte sie in die Küche neben das Telefon. Die Karte, die ihm die Polizistin gegeben hatte, zerriss er und warf sie in den Mülleimer. Nicht, dass er in der Aufregung die falsche Nummer anrief.

Seltsam, der Besuch des Polizisten hatte ihm wieder Hoffnung gemacht, dass Chrissy zurückkäme.

33

Auf der Brücke über den Maroochydore River stellte Shane fest, dass seit gestern, als er zu Frank gefahren war, mehr Boote auf dem Wasser waren. Weit hinten am Horizont standen Wolkenberge. Es hatte kurz geregnet. Doch jetzt schien die Sonne wieder, und der Himmel vor ihm war strahlend blau. Heute Morgen hatte er Don Lanski angerufen und ihn gefragt, ob er vorbeikommen könne. Don hatte ihn herzlich eingeladen und laut gelacht, als Shane ihm auf seine Frage, was denn sein eigener Vater Colin so treibe, geantwortet hatte, er lebe noch immer in seiner Hütte auf Fraser Island und studiere die Wale.

Shane schaltete das Radio ein, um die Wettervorhersage zu hören. Dabei konnte es ihm gleich sein. Er fuhr weder

Boot noch ging er schwimmen oder fischen oder badete in der Sonne. Er fuhr durch Strandorte, die alle das Wort Beach oder Sunshine in ihrem Namen führten, Orte, die eine Ansammlung mehr oder weniger teurer Häuser zwischen Eukalyptusbäumen waren. Auch hier wiesen überall am Straßenrand Schilder von Immobilienmaklern auf freies Land hin, und bunte Plakate zeigten Villenanlagen an künstlich angelegten, gefahrenfreien Seen, umgeben von kurz geschorenem, immergrünem Rasen, auf dem in ewigem Sonnenschein glücklich Kinder tollten und Eltern grillten. Die Straße zog sich endlos durch sich gleichende Ansiedlungen. Ab und zu, wenn die Straße über einen Hügel führte, blitzte das dunkelblaue Meer auf. Je näher er Noosa kam, desto dichter wurden Verkehr und Bebauung. Er hielt in einer Parklücke vor einem Videoladen und holte aus dem Handschuhfach die Straßenkarte von der Sunshine Coast. Sie enthielt ein Straßenverzeichnis verschiedener Orte, und das von Noosa fehlte nicht.

Noosa bestand aus dem an der Spitze der Küste gelegenen Naturschutzgebiet mit Stränden, die nur zu Fuß oder vom Wasser aus zu erreichen waren, und aus den sich westlich anschließenden Ansiedlungen Noosa Heads und der um ein künstlich angelegtes Kanalsystem angelegten Wohngegend Noosaville. Dort fand er im Stadtplan die Straße, in der Don Lanski wohnte: Shorehaven Drive. In Noosa hatte man auf Hochhäuser verzichtet und stattdessen Terrassenwohnungen in die bewaldeten Hügel, die zum Meer hinabführten, gebaut. Noosa galt als nicht gerade preiswert. Die Grundstücke und Häuser an den Kanälen in Noosaville verfügten über eigene Bootsstege. Donald Lanski hatte schon immer Sinn für Luxus gehabt, im Gegensatz zu seinem Vater Colin, der ihn strikt als überflüssig ablehnte. Seine Frau hatte das nicht ertragen und sich einen anderen Mann gesucht.

Shane blinkte und fädelte sich hinter einem Wohnmobil

aus Victoria in den Verkehr ein. Für die letzten Kilometer durch die von Touristen, Ausflugsbussen, Wohnmobilen und Autos voll gestopfte Stadt brauchte er zwanzig Minuten, fast so lang wie für die Strecke von Mooloolaba bis hierher. Schließlich hatte er die Straße gefunden und rollte langsam, auf die Hausnummern achtend, an modernen, gepflegten Häusern vorbei. Viele waren in den leuchtenden Farben der Tropen gestrichen. Sicher besaßen sie auf der dem Fluss zugewandten Seite große Fenster.

Vor Don Lanskis Haus wachten zwei Steinlöwen aus Gips, die in merkwürdigem Kontrast zum modernen Baustil des Hauses standen. Shane parkte vor der Tür, nicht in der Garageneinfahrt, stieg aus und bemerkte über dem hohen Gartentor, das zwischen den Steinlöwen eingelassen war, eine Kamera. Er drückte auf den blank polierten Klingelknopf unterhalb der Pfote des rechten Löwen, der ihn, so schien es Shane, herablassend ansah. Der Türöffner summte, Shane drückte gegen das Gartentor, während sich gleichzeitig die stabil aussehende Haustür öffnete und ein sonnengebräunter Don Lanski heraustrat. Sein graumeliertes, volles und gewelltes Haar war nur an der Stirn ein wenig licht geworden. Ein imposanter Mann, noch immer, dachte Shane.

»Shane!« Don Lanski breitete die Arme aus und umarmte ihn. Seine Augen strahlten, doch dann wurde er ernst. »Shane, du hast verdammtes Glück gehabt. Aber jetzt komm rein!«

Er ging voraus. Wie er sich von seinem Vater unterschied, dachte Shane. Don trug über einer weißen Leinenhose ein seidenglänzendes kornblumenblaues Hemd. Seine Füße steckten in weißen Leinenschuhen. Wenn er sich dagegen seinen Vater vorstellte, wie der in zerschlissenen Shorts und löchrigem T-Shirt in seiner Strandhütte auf Fraser Island herumlief – aber Don Lanski hatte schon immer

Wert auf sein Äußeres gelegt. Über einen Boden aus weißen Fliesen folgte Shane Don Lanski in den Wohnraum, der bis zum Giebel hin offen war und der, wie er es vermutet hatte, durch eine großzügige Glasfront einen weiten Blick auf das Kanalsystem bot.

»Ach, ich denke oft an Colin. War schon immer ein Eigenbrötler!« Lanski lachte. »Bestell ihm schöne Grüße!«

»Mach ich.« Shane sah sich um. In der Mitte des Raums stand eine protzige Couchgarnitur mit rotem Samtbezug. An der Wand, unter einer australischen Buschlandschaft in Öl, stand eine antik anmutende Vitrine mit einem Goldfuß-Lämpchen darauf. Shane fühlte sich an Hotelzimmer der gehobenen Kategorie erinnert. Nur das Zimmermädchen mit der weißen Schürze fehlte.

Mit schnellen, elastischen Schritten ging Lanski hinauf zur erhöhten, in einem Halbrund erbauten Küchentheke, die wie eine Schiffskommandozentrale den Raum beherrschte. Sein Vater schlurfte nur noch, fiel Shane ein.

»Was sagst du zu meinem Reich? War 'ne echte Gelegenheit«, sagte Don. »Der Vorbesitzer ist gestorben, und seine Kinder wollten es so schnell wie möglich verkaufen. Mit allem Drum und Dran. Ehrlich gesagt, ich musste mich erst mal dran gewöhnen. Was willst du trinken, Shane? Bier? Whisky?«

»Bier.« Im Nebenzimmer sah er die Kante eines grün bespannten Billardtisches.

»Draußen unter dem Schirm ist's angenehmer.« Don ging mit zwei Flaschen James Boag's Premium Lager in zwei Kühlern voraus auf die Veranda. Sie lief in einen breiten Steg aus, an dessen Ende eine Segelyacht im Wasser schaukelte.

»Du segelst, Don?«

»Ach wo! Die Yacht gehört einem Freund.« Don blieb einen Moment lang stehen und blickte über das Wasser. Die Sonne schien von einem blauen Himmel.

»Setz dich«, sagte er und wies auf die leinenbezogenen Stühle unter dem Sonnenschirm. »Geht doch nichts über ein kühles Bier, was?« Don drehte den Verschluss ab und warf ihn lässig auf den Tisch. An seinem Handgelenk hing locker eine goldene Uhr. »Tja, das Leben hat's gut mit mir gemeint, wie du siehst.« Don lächelte zufrieden. »Wenn mein Vater das sehen könnte! Wir haben früher in 'ner Wellblechhütte gehaust.«

Shane nickte. Sein Vater und Don kamen aus ähnlich ärmlichen Verhältnissen.

Don sah ihn an. »Du siehst mitgenommen aus, Shane. Du arbeitest zu viel. Sag ich Mick auch immer. Am Ende erwischt's einen, wie unsere Jungs da in Brisbane. Was bleibt, ist ein Kranz und eine verlogene Rede bei der Beerdigung. Ich hab so was oft genug mitgekriegt.« Er schüttelte den Kopf. »Du hast verdammtes Glück gehabt, Shane!« Don hielt die Bierflasche hoch, und Shane trank mit ihm. Das Bier war wunderbar kalt.

»Warum nimmst du es nicht als Anlass, dir was Neues zu suchen?« Don machte eine ausladende Bewegung. »Das Leben hat viel zu bieten, man muss nur die Chancen nützen.«

Wie oft in den letzten Tagen hatte er solche Ratschläge bekommen? Er sah über die Terrasse hinüber zu den anderen Häusern. »Und wie soll ich das anfangen, Don? Mir eine von diesen frisch gemähten Parzellen kaufen und sie nach zwei Jahren wieder verkaufen?«

Don lachte. Shane erinnerte sich, dass Lanski nur entweder gute oder schlechte Laune hatte, bei ihm gab es keine Gemütsregung dazwischen.

»Vor ein paar Jahren noch haben sie alle nur an der Gold Coast in diesen Wolkenkratzern Apartments gekauft. Inzwischen ist es aber auch hier nicht mehr billig«, sagte Don.

»Sieht so aus, als ob ich zu spät bin, was?« Shane musste

sich noch nicht einmal besonders verstellen, um einen bitteren Ton mitschwingen zu lassen.

»Es ist nie zu spät, Shane. Lass dir das von einem alten Bullen sagen.«

»Ich werde darüber nachdenken, Don.«

»Tu das, Shane. Das Leben dauert nicht ewig, glaub mir. Es ist ein verdammt komisches Gefühl, wenn dich jemand fragt, wie alt du bist. Dann fängst du an, nachzuzählen, und wunderst dich, denn du kommst auf siebzig. Tja, und dann fällt dir ein, dass du vielleicht noch zehn Jahre vor dir hast. Aber die letzten zehn Jahre sind verdammt schnell rum, fällt dir dann ein.«

Eine Zeit lang sprachen sie nicht. Der Wind wehte eine wohltuende Brise über die Veranda. Das Brummen eines Motors drang zu ihnen herüber, das helle Klingen einer Leine, die der Wind gegen einen Mast weht …

»Sag mal, Don«, begann Shane, »weißt du, was Mick gegen mich hat?«

Don machte eine wegwerfende Handbewegung. »Mick? Mick hat einen Minderwertigkeitskomplex. Dorothy hat ihn verstanden. Die beiden sind prima miteinander klargekommen.« Er sah auf den Fluss und schien Shane vergessen zu haben. Dorothy war Dons verstorbene Frau, erinnerte sich Shane. Er hatte sie nur einmal auf einem Foto gesehen, das Mick ihm in einer Nacht, als sie stundenlang einen Hauseingang überwachen mussten, gezeigt hatte.

»Hast du denn Kontakt zu ihm? Er ist doch hier an der Sunshine Coast.«

»Mick? Er lässt sich nicht blicken.« Don seufzte. »Wir verstehen uns nicht. Sobald wir uns sehen, streiten wir, also sehen wir uns lieber nicht.« Sein Blick hatte etwas Trauriges bekommen. »Tja, so ist das mit Vätern und Söhnen.« Rasch setzte er ein Lächeln auf. »Ich hoffe, du und Colin kommt besser miteinander aus.«

»Nein, nicht wirklich.« Shane dachte an die Vorhaltungen und Besserwissereien seines Vaters. Nein, er verstand sich mit seinem Vater auch nicht.

»Schade«, sagte Don.

»Al behauptet, ich bilde mir ein, dass Mick mich beobachten lässt. Er meint, ich leide unter Verfolgungswahn.«

»Verfolgungswahn?«

»Ja. Kennst du nicht auch das Gefühl, beobachtet zu werden? Fühlst du dich eigentlich bedroht?«

»Ich? Oh, du meinst die Kamera am Eingang?«

»Ja, und die Furcht einflößenden Löwen.«

»Ach, das hab ich alles vom Vorbesitzer übernommen. Und jetzt hab ich mich so daran gewöhnt, dass ich's auch nicht mehr abbaue.« Er lachte kurz. »Soll ich uns noch ein Bier holen?«

»Danke, für mich nicht. Was machst du eigentlich den ganzen Tag als Pensionär?«

»Oh, es gibt dauernd was zu tun.« Don ließ einen zufriedenen Blick über das Haus gleiten. »Seit Dorothys Tod reise ich öfter. Sie hasste Reisen. Meine Tochter kommt mit ihrem Sohn oft vorbei. Er ist ein aufgeweckter Kerl. Du solltest ihn mal sehen mit seinen dreizehn Jahren. Ich geh öfter mit ihm fischen. Er hat Talent. Ich bin froh, dass ich für ihn da sein kann, meine Tochter hat sich ja Gott sei Dank von ihrem nichtsnutzigen Ehemann getrennt.«

Shane erinnerte sich an Micks gut aussehende Schwester. Man glaubte nicht, dass sie Geschwister waren.

»Na ja, und dann gibt es da noch Silver.« Don lächelte mehrdeutig. Er liebte es, Frauen zu imponieren, sie zuvorkommend zu behandeln, ohne je Zweifel daran zu lassen, wer das Sagen hatte. Während seiner langen Ehe mit Dorothy hatte er immer wieder Geliebte gehabt. »Silver.« Er lachte wieder. »Wie hält es Colin mit den Frauen?«

»Du sagst ja selbst: Er ist ein Eigenbrötler.«

Don Lanski wippte in seinem Deckstuhl, er wirkte sehr entspannt und gut gelaunt, doch plötzlich hielt er inne und sah Shane ernst an. »Sag mal, was ist das für eine Geschichte mit Tim Wilcox?«

»Du kanntest ihn?«

»Aber klar! Hier in der Gegend kennt man sich nun mal. Du wirst auf ein paar Barbecuepartys eingeladen, und schon kennst du die ganze Region.«

»Wir haben noch keinen Täter.«

Don spitzte die Lippen. »Nun, ich weiß nicht, ob dir das eine Hilfe ist.«

»Was?«

Don setzte sich aufrecht, zögerte und sagte dann: »Tim hatte eine Schwäche für – für junge Mädchen.«

Shane ließ sich nicht anmerken, dass das für ihn keine Neuigkeit war. »Kanntest du welche?«

»Na ja, es gab da eine, die Tochter der Besitzerin eines Ladens in Maroochydore. Tim hat wenige Tage vor seinem Tod mit mir über sie gesprochen. Chrissy Wagner. Sie hat die ganze Sache wohl zu ernst genommen.«

»Die ganze Sache? Du meinst, das Verhältnis mit Wilcox?«

»Ja, er hatte schon mit ihr Schluss gemacht, aber sie konnte sich nicht damit abfinden und hat ihm gedroht, seiner Frau alles zu berichten. Sie hat ihm vor dem Büro und am Auto aufgelauert. Sie war wirklich ziemlich penetrant. Sie hat wohl auch gedroht, ihn umzubringen. Man glaubt natürlich, das gibt sich, aber als Tim dann erschossen wurde, dachte ich zuerst an das Mädchen. Dann hieß es, es sei ein Einbrecher gewesen. Außerdem nimmt sie angeblich Drogen, Kokain, Ecstasy und dieses Zeug, hat mir Tim gesagt.« Don sah ihn aus seinen blauen Augen offen an.

»Danke, Don, ich werde es weitergeben.« Er schob seinen Stuhl zurück. »Ich denke, ich mache mich auf den Weg nach Hause.«

»Wo wohnst du?«

»In Mooloolaba, in Franks Apartment, dem neuen ...«

»Ja, ja«, unterbrach ihn Don, »ich weiß, ich bin zur Hochzeit eingeladen.«

»Ich auch.«

Don begleitete ihn durchs Haus zur Tür. »Dann sehen wir uns. Wenn du willst, komm einfach wieder vorbei.« Er legte Shane die Hand auf die Schulter. »Pass auf dich auf. Hast du schon mal dran gedacht, dass der Mörder hinter dir her sein könnte?«

»Hab ich, Don.«

»Na, ich weiß, dass du dich nicht abhalten lässt, den Mörder deines Partners zu jagen. Würde ich an deiner Stelle auch nicht, aber sei vorsichtig. Es wäre verdammt schade um dich, Shane. Du weißt, ich hab dich immer sehr gemocht. Vielleicht hat mir Mick das auch übel genommen.«

Don winkte, als er davonfuhr. Konnte das der Grund für Micks Verhalten sein? War Mick eifersüchtig, weil sein Vater ihn, Shane, mehr schätzte als seinen eigenen Sohn?

Aber konnte Mick so empfindlich sein? Er rief Tamara an und teilte ihr mit, was Don Lanski über Chrissys Drohung gesagt hatte.

»Danke, Shane«, sagte sie, »wir haben tatsächlich einige Anhaltspunkte, dass Chrissy Wilcox ermordet haben könnte. Aber sie ist verschwunden.«

Sie versprach, ihn auf dem Laufenden zu halten.

Als er an der Kreuzung die Straßenschilder las, fiel ihm das Wort *Zentrum* ins Auge, und er beschloss, einen Abstecher dorthin zu machen. Er musste nachdenken, und jetzt, um halb sechs, herrschte sowieso dichter Verkehr, sodass er für die dreißig Kilometer nach Mooloolaba sicher viel länger brauchte, als wenn er später fuhr.

Im Schritttempo zuckelte er in einer Wagenkolonne durch die Hastings Street, die belebte Hauptstraße von Noosa Heads, die hinter der ersten Häuserreihe am Strand entlang bis zum Nationalpark führte und in der sich Cafés, Restaurants, Mode- und Sportläden, Galerien und Maklerbüros lückenlos aneinander reihten. Anders als in Mooloolaba gab es hier keine Promenade. Offensichtlich hatte man kurzsichtig oder gar nicht geplant. In den Genuss des Meerblicks kamen nur diejenigen, die Häuser und Apartments direkt am Strand besaßen.

Aus den entgegenkommenden Autos blickten ihn rote, sonnenerhitzte Gesichter an. Auf den Bürgersteigen schleppten sich mit Handtüchern und Badetaschen bepackte Mütter und Väter mit kleinen quengelnden Kindern an der Hand zu ihren Ferienquartieren. Barfüßige Jungen und Mädchen mit Surfboards unter den Armen schlenderten lässig die Straße vom Strand herauf.

Er musste bremsen. Vor ihm überquerte eine Familie die Straße. Provozierend langsam, so kam es ihm vor, schlurften sie mit ausdruckslosem Gesicht und schlaffen Gliedmaßen vorbei. Direkt vor ihm, auf der linken Straßenseite, rangierte ein Auto aus einer Parklücke. Wenige Sekunden später stand sein Wagen auf einem der besten Parkplätze der Straße.

Er stieg aus und humpelte mit seiner Krücke ins nächste Café. Es trug den Namen *Aromas,* und offensichtlich gehörte es zu den Orten, an denen »man« sich traf, denn es war bis auf einen kleinen runden Tisch in der zweiten Reihe voll besetzt, und die Gäste machten allesamt den Eindruck, Wert auf Sonnenbrillen, Kleider, Frisuren, Kosmetik und Fitness zu legen. Er war also völlig fehl am Platz und wollte sich dennoch gerade setzen, als er hinter sich eine bekannte Stimme hörte.

»Ja, so was!«

Er drehte sich um und blickte in Kims Gesicht. Sie hatte ihre Sonnenbrille aufs Haar geschoben – wie fast alle hier – und lächelte ihn an.

»Machst du jetzt endlich Ferien, Shane?«

Statt zu antworten, fragte er: »Bist du am Kommen oder am Gehen?«

»Am Gehen. Ich habe mich mit einer Freundin getroffen. Und du?«

»Ich bin auch am Gehen.« Ihm war die Lust auf einen Kaffee vergangen.

»Schön. Möchtest du das Restaurant sehen, in dem wir die Hochzeit feiern?«

»Warum nicht?«

»Gut, dann können wir ja dort einen Drink nehmen.« Sie blickte auf seine Krücke. »Kannst du so weit laufen?«

»Wo ist es denn? In Brisbane?«

Sie lachte. »Es ist das *Sails,* unten, wo die Hastings Street die Kurve macht.«

»Das schaff ich noch.« Das waren höchstens drei- oder vierhundert Meter.

»Soll ich dich einhaken?« Sie bot ihm den Arm, und er nahm ihn an. Er konnte sich nicht mehr daran erinnern, wann er zuletzt so eng mit ihr gegangen war.

»Geht es so?«

»Wunderbar«, sagte er trocken, »ich lass mich jetzt immer so führen.«

Sie lachte wieder. Wie sehr hatte sie sich verändert. Sofort fiel ihm Frank ein, und er fragte sich, ob er das Recht hatte, Kim unglücklich zu machen oder zumindest Misstrauen zu säen. Sollte er mit ihr über seinen Besuch sprechen? Wenn er es nicht tat, würde Frank es sicher am Abend tun und dann wäre sie zu Recht verärgert, dass er, Shane, nichts davon erwähnt hatte.

Kim winkte. Er folgte ihrem Blick und entdeckte eine zierliche, dunkel gebräunte Frau mit weißblondem Haar in einem engen, kurzen Kleid. Das Alter der Frau schätzte er auf mindestens fünfzig.

»Hi, Kim! Wir sehen uns an deinem großen Tag!«, rief die Frau herüber. »Grüße Frank!«

»Mach ich!« Kim tätschelte Shanes Arm. »Das ist Shane, ich wollte ihm mal das *Sails* zeigen!«

»Hi, Shane!«, rief die Frau über die Straße, und einige Passanten blickten zu ihm herüber. »Sie kommen doch auch, oder?«

»Ja.« Es war ihm peinlich, so im Mittelpunkt zu stehen.

»Bye-bye, ich muss wieder!« Sie drehte sich um und huschte leichtfüßig wie ein junges Mädchen in den Eingang einer Galerie.

»Das war Paula«, sagte Kim. »Ihr Mann ist Makler. Ihnen gehören mindestens sieben Grundstücke in Noosa.«

»Aha.«

»Warum bist du so grummelig?«

»Jeder redet hier von Grundstücken und günstigen Gelegenheiten. Morgens studieren alle die Immobilenbeilagen der Zeitungen. *Wie viel ist mein Haus heute wert?* Gibt es denn noch was anderes, was die Menschen interessiert, als die Frage, wie kann ich meinen Besitz noch vergrößern?«

»Ach, Shane!« Kim winkte ab und lachte. »Das ist ein Spiel. Es kann Spaß machen.«

»Ich weiß nicht.« Sie gingen an einem Sonnenbrillenladen mit Drehständern vor der Tür vorbei. Da sie nichts erwiderte, redete er weiter. »Ich war bei Frank.«

Sie blieb stehen und sah ihn verwundert an. »Und?«

Er machte Anstalten, weiterzugehen, und da er sich bei ihr eingehängt hatte, musste sie mitgehen. Er wusste nicht, wie er die Frage formulieren könnte, jene heikle Frage nach dem Vertrauen. Wer würde schon zugeben, dass er dem

Menschen, den er in wenigen Tagen heiratete, nicht vertraute? Kim sicher nicht.

»Kim, ich muss dich was Ernstes fragen.«

Sie sah ihn belustigt, wie er fand, an. Bevor sie etwas fragen konnte, sagte er: »Kannst du Frank vertrauen?«

Kim blieb stehen. »Was soll das, Shane?«

»Kim, Frank war mit Tim Wilcox befreundet, und Wilcox hatte offenbar keine weiße Weste.«

Es vergingen ein paar Sekunden, bis sie antwortete. »Aber natürlich vertraue ich Frank! Was soll er denn mit Wilcox zu tun haben?«

»Ich dachte nur«, er brach ab. Was stellte er nur für dumme Fragen!

Schweigend gingen sie an T-Shirt-Ständern, Cafétischen und Schaufensterauslagen vorüber. Menschen drängten sich an ihnen vorbei.

»Versteh mich nicht falsch, Kim, ich will dich nicht beunruhigen …«

Abrupt blieb sie stehen. »Hast du aber!« Sie war verärgert. Nein, wütend. »Wenn du doch nur ein Mal jemandem vertrauen könntest, Shane O'Connor!«

Darauf wusste er nichts zu erwidern. Einerseits hatte sie Recht, andererseits gehörte das zu seinem Beruf. Aber ihr das klar zu machen, würde nur weitere Diskussionen nach sich ziehen, die zu nichts führten. Also wechselte er das Thema.

»Sag mal, du erinnerst dich doch auch noch an Lanski, ich meine nicht Mick, sondern seinen Vater, Donald Lanski?«

Kim schluckte offensichtlich ihren Ärger hinunter. »Sicher! Er kommt zu unserer Hochzeit. Er wohnt hier in Noosa. In einem schicken Haus am …« Sie brach ab. »Tut mir Leid, aber er behauptet auch, es war eine Gelegenheit. Heute ist es fast das Doppelte …«

»Ich war heute bei ihm.«

»Aha. Ist er immer noch so attraktiv?«

»Ich glaube schon.«

»Früher, auf diesen Polizeifesten, hat er mich immer umschwärmt wie eine Motte das Licht.«

»Wirklich?«

»Shane, hast du das etwa nicht gemerkt?«

»Ich weiß nicht.« Er konnte sich nicht richtig daran erinnern. »Vielleicht war ich immer so in andere Gespräche …«

Sie seufzte. »Ja. Das ist wahr.« Plötzlich blieb sie stehen und sah ihm prüfend in die Augen. »Shane, hast du was mit Carol?«

»Carol? Wie kommst du darauf?«, wiederholte er wie ein Angeklagter, der Zeit für eine Antwort gewinnen will. Was sollte er antworten? Er wusste doch selbst nicht, was es war, das ihn immer wieder zu Carol zog. Sicher nicht nur sexuelles Interesse, denn dann wäre die Sache ja einfach. Und so antwortete er mit einem entschiedenen »Nein«.

Sie gingen weiter.

»Wie geht es Ann?«, fragte sie auf einmal. »Sie tut mir schrecklich Leid. Es ist so grausam.«

»Ja.« Mehr brachte er nicht heraus.

»Hier.« Sie deutete mit dem Kinn auf ein unscheinbares Eckgebäude. »Das *Sails.* Wir gehen vorne rein.« Sie zog ihn weiter. »Übrigens: Der Besitzer hier war clever. Er hat das letzte Grundstück direkt am Strand erwischt.«

»Verstehe. Eine Gelegenheit.«

»Oh nein, ich könnte mir eher vorstellen, dass es ziemlich teuer war.«

Sie gingen um die Ecke, wo die Straße zum Nationalpark über den dicht mit Bäumen bewachsenen Hügel hinaufführte, und traten auf ein Stück kurz geschorenen Rasen, der zwischen Sandstrand und Häuserfront angepflanzt worden war. Das *Sails* bestand aus einem großen, trapezförmigen Raum, der sich nach vorne hin zum Strand auf eine breite, sonnensegelüberspannte Terrasse öffnete. Dorthin setzten sie sich. Kim würde nie verstehen, dass er, Shane, keinen Wert auf ein luxuriöses Ambiente legte.

»Schön, Kim, wirklich schön.«

Sie strahlte stolz in Erwartung des besonderen Tages und zeigte auf den belebten Strand, der sich links von ihnen sichelförmig fortsetzte. »Und bei der Hochzeitsfeier komme ich dann mit Frank über den Strand gelaufen.«

Er stellte sich vor, wie Frank im roten Abendlicht, auf einem Schimmel reitend, Kim hinauf auf den Pferderücken hob und davongaloppieren würde.

»Zu Fuß?«

Kim sah ihn verständnislos an.

Die sonnengebräunte Bedienung fragte nach ihren Wünschen. Kim bestellte ein Glas Pinot Grigio, er ein Bier. Die Bedienung entfernte sich, und Kim legte ihre Unterarme auf den Tisch und ließ ihren Blick über den Strand schweifen.

»Es ist kaum zu glauben, dass hier vor kurzem jemand ertrunken ist.«

»Ja?«, fragte Shane.

»Ja, Sonia O'Hara, diese skandalumwitterte Massagesalonbesitzerin, über die sogar einige Politiker gestolpert sind.«

Shane erinnerte sich wieder. Seltsam, irgendetwas machte ihn stutzig, aber er wusste nicht, was.

Sein Telefon riss ihn aus seinen Gedanken. Kim sah ihn abwartend an. Vielleicht hoffte sie, er würde nicht abnehmen. Er zögerte tatsächlich einen Moment lang.

Dann meldete er sich doch. Es war Carl Spring von den Fidschis. Er hatte schon ganz vergessen, dass er den alten Bekannten, einen trinkfreudigen Journalisten, gebeten hatte, sich nach der Firma *Movation* umzuhören.

»Hast du gerade Zeit?«, krächzte es aus dem Hörer.

»Ja.« Shane lächelte Kim zu und wandte sich zur Seite.

»Also, dann hör zu. Die Firma *Movation Import-Export* gehört einem gewissen Jim Redmond aus Neuseeland. Das ist 'ne ziemlich interessante Firma, Shane. Ein Gebäude mit Hof, auf dem kein Auto steht. Ein Büro, in dem ich niemanden angetroffen hab, ein Telefonanschluss mit Anrufbeantworter, eine E-Mail-Adresse und ein Briefkasten. Ich hab's fotografiert und schick es dir gleich per Mail rüber.«

Shane hörte, wie Spring Luft einsog. Er rauchte seit Jahrzehnten Kette. Seine Finger waren ockerfarben.

»Danke, Carl. Und was weißt du noch über diesen Jim Redmond?«

Spring hustete sekundenlang. Kim nippte an ihrem Wein, den die Bedienung in der Zwischenzeit gebracht hatte, drehte ihren Stuhl in Richtung Strand und sah aufs Meer hinaus. Endlich beruhigte sich Spring. »Nada. Das Apartment in der Stadt, in dem er angeblich wohnt, sieht so bewohnt aus wie der Mond.«

»Existiert dieser Mensch überhaupt?«

»Laut Dokumenten ja. Moment ... So, jetzt hab ich's. Jim Redmond, geboren in Christchurch, Neuseeland, am zweiten Juni, der Gute wird nächstes Jahr dreiundsechzig. Zwei Kinder, von Beruf Kaufmann.«

Shane notierte sich die Daten, er würde sie überprüfen lassen. »Danke, Carl.«

»War mir ein Vergnügen.« Spring hustete wieder.

»Wie hast du das überhaupt in der kurzen Zeit geschafft?«

»Du kennst das doch mit der einen und der anderen Hand.«

Shane fragte nicht nach. Spring kannte alle möglichen Leute, er sammelte Informationen, speicherte sie und konnte sie jederzeit abrufen und dazu nutzen, um weitere Informationen zu bekommen oder Kontakte zu vertiefen. Irgendwann bringt mich einer um die Ecke, weil ich zu viel über ihn weiß, sagte Carl Spring hin und wieder, und Shane glaubte ihm aufs Wort.

»Wir bleiben in Kontakt, ja?«, sagte Shane abschließend. »Ich brauche vielleicht noch mal deine Hilfe, je nachdem, was ich hier weiter herausbekomme.«

»Sicher. Du weißt ja, ich bin immer erreichbar.« Er hustete. »Fast immer.«

Shane legte auf. »Tut mir Leid, Kim.«

Er konnte ihre Augen nicht sehen, weil sie die Sonnenbrille aufgesetzt hatte. »Ach, Shane«, ihre Stimme klang erschöpft, dann lächelte sie auf einmal, »wie hab ich's nur mit dir ausgehalten?«

»Hast du ja nicht.« Er lächelte auch, hob sein Bierglas und stieß mit ihr an. Gerade wollte er trinken, als sein Telefon erneut klingelte. Diesmal wollte er es tatsächlich klingeln lassen, doch Kim zuckte nur schicksalsergeben mit den Schultern, und er nahm ab.

»Hier ist Carol.«

Shane spürte, wie er rot wurde. Kim hob kurz die Augenbrauen und sah dann weg.

»Glauben Sie wirklich, ich habe ihn umgebracht?«, sagte sie ohne Einleitung.

Sie hatte getrunken.

»Carol, lassen Sie uns nicht am Telefon …«

»Dann kommen Sie also vorbei?«

»Ich bin gerade in Noosa.«

»Aber am Abend sind Sie doch wieder zurück? Wir könnten einen Strandspaziergang …«

»Carol, es ist kein Vergnügen, mit Krücken im Sand herumzustaksen.«

Sie unterdrückte ein Lachen. »Oh, das hab ich ganz vergessen.«

»Ich melde mich auf der Rückfahrt.« Er legte rasch auf.

Kim trank gedankenverloren von ihrem Wein und nahm keine Notiz von ihm, als er das Handy zurück in seine Brusttasche steckte. Er beschloss, beim nächsten Klingeln nicht abzunehmen, und trank einen Schluck Bier.

»Scheidet sie denn wirklich als Täterin aus?«, fragte Kim schließlich und sah ihn ernst an.

Er seufzte nur. Es quälte ihn, dass er nicht zweifelsfrei hinter Carols Aussage stehen konnte.

»Wie hältst du nur ein Leben aus, in dem du jedem misstrauen musst?«, sagte sie mit Bedauern in der Stimme.

Er hielt es ja nicht aus.

Sie schwiegen eine Zeit lang.

»Ich mach mir manchmal Sorgen wegen Pam«, sagte Shane schließlich. »Diese Chrissy ist kaum älter. Und wenn sie auch auf so einen wie Tim Wilcox hereinfällt? Wenn sie auch Drogen nimmt? Du hast doch mit ihr über Drogen gesprochen?« Er wollte nicht vorwurfsvoll klingen, aber offensichtlich tat er das, denn ihre Haltung versteifte sich.

»Natürlich!«, sagte sie lauter als notwendig. »Ich bin ja schließlich ihre Mutter.«

War das wieder ein indirekter Vorwurf gegen ihn als Vater, der seine Pflichten vernachlässigt hatte?

»Kim, bitte …« Er versuchte, heiterer zu klingen. »Ist sie inzwischen zurück?«

»Sie ist mit Justin nach Brisbane gefahren.«

Er holte Luft, schluckte aber eine Bemerkung hinunter.

Schweigend betrachteten sie die Menschen am Strand. Wie sorglos wirkten sie alle auf ihren bunten Badetüchern, in ihren Bikinis, Badeanzügen und Badehosen, als lebten sie in einer heilen Welt, in der das Leben nichts weiter war als ein einziger Badespaß.

Sie seufzte. »Es ist nicht leicht, loszulassen.«

Eine Weile noch saßen sie nur da und genossen den Wind, der am frühen Abend aufgekommen war und die

Hitze erträglicher machte. Kim ließ sich nicht davon abbringen, sein Bier zu zahlen, und fuhr ihn in ihrem Wagen, der neben dem *Sails* parkte, zu seinem zurück. Beim Abschied gab sie ihm einen Kuss auf die Wange. »Pass auf dich auf, mein Lieber.«

Er winkte ihr nach, dann ließ er den Motor an.

34

Shane fuhr nicht zu Carol, und er rief sie auch nicht an. In Maroochydore bog er zum Police Headquarters ab. Die Sonne war schon untergegangen, doch auf dem großen geteerten Parkplatz stand die Hitze noch immer. Er musste mit Tamara reden, um Ordnung in seine Gedanken zu bringen. Wieder stellte er sein Auto auf dem Behindertenplatz ab und hinkte mit einer Krücke in den Empfang. Die Dienst habende Polizistin erkannte ihn wieder, sagte: »Sie ist oben« und drückte den Knopf, der ihm die Tür zum Gang öffnete.

Tamara legte gerade den Hörer auf, als er die nur angelehnte Tür öffnete. Sie sah überarbeitet aus, und unter den Achseln ihres gelben T-Shirts hatten sich dunkle Schweißflecken gebildet.

»Verdammt stickig hier.« Er setzte sich auf den Besucherstuhl.

»Die Klimaanlage funktioniert nicht.«

»Warum machst du nicht die Fenster auf?«

»Hatte ich«, sagte sie und nahm ein Schreiben von einem Stapel, »aber da sind mir bei jedem Windstoß sämtliche Papiere durcheinander geflogen.« Sie legte das Blatt in einem Ordner ab.

Er beobachtete ihre Bewegungen. Noch immer trug sie

keinen Ring. Und sie hatte ja gesagt, dass sie sich die Handtasche selbst gekauft habe.

Er berichtete ihr von Carl Springs Informationen über die Firma auf den Fidschi-Inseln. Sie stutzte, als er den Namen des Firmeninhabers nannte.

»Redmond«, wiederholte sie langsam. »Der Name kommt mir bekannt vor, irgendwo hab ich den gelesen.« Sie blätterte in dem rechten Stoß Papier, schlug einen Ordner auf, blätterte darin, schlug ihn wieder zu, zog eine Schublade auf.

»Und?«, fragte er, als sie sie wieder zuschob.

»Ich komm einfach nicht drauf. Aber ich bin sicher, der Name ist mir in den letzten Tagen untergekommen.«

Da fiel ihm ein, dass Carl Spring ihm per E-Mail Fotos von Jim Redmonds Firma schicken wollte, und er bat sie, den Computer benutzen zu dürfen.

»Bedien dich.« Sie stand auf. »Ich hole mir was zu trinken. Willst du auch was?«

»Nein, danke.«

Tamara ging hinaus, und er setzte sich auf ihren Platz. Er gab seine Mailadresse ein und sah die Post durch. Keiner der Kollegen hatte ihm etwas mitgeteilt, alle nahmen an, dass er sich erholte, und außerdem wussten sie, dass er kein Notebook mitgenommen hatte. Er überflog ein paar unwichtige Meldungen, löschte sie dann und öffnete schließlich Carl Springs Nachricht. Auf dem Schirm baute sich ein Foto auf. Ein Werksgelände: der Hof ohne Auto, so wie Spring gesagt hatte.

»Was ist das denn?« Tamara war zurückgekommen und deutete auf ein in der Auflösung nicht ganz deutlich erkennbares helles Gebilde. »Moment.« Sie stellte ihre Flasche Wasser auf den Schreibtisch und zog aus einer Klarsichtmappe eine länglich gefaltete Broschüre. »Das hat Spencer mitgebracht.«

Glass House Art – Ray Morrison las Shane auf dem Deckblatt, darunter war eine sicher zweieinhalb Meter hohe Glaskonstruktion zu sehen: in verschiedenen Winkeln zueinander angeordnete Glasscheiben. Auf der gegenüberliegenden Seite war ein farbiges Foto des Künstlers. Ein gut aussehender Mann, sicher Anfang vierzig, dichtes, wirres Haar, gebräunte Haut und herausfordernd blickende Augen.

»Ray Morrison gestaltet kleine Gebilde, aber auch solch große«, sagte Tamara und wies auf die Broschüre. Shane dachte an die blaue Giraffe in Franks Apartment. »Dabei sägt er Glasplatten und Glasblöcke und verbindet sie mit Draht, Seilen und Stangen, hat Spencer mir erklärt.«

Das Gebilde auf dem Hof der Firma *Movation* auf den Fidschis hatte große Ähnlichkeit mit der im Prospekt abgebildeten Glaskonstruktion. Das konnte kaum Zufall sein.

»Was bedeutet das?« Tamara starrte angestrengt auf den Bildschirm.

»Die Firma *Movation* auf den Fidschi-Inseln hat ein Kunstwerk von der Firma *Glass House Art* gekauft – würde ich mal vermuten.« Er druckte Carl Springs Aufnahme aus.

»Wenn ich nur wüsste, wo mir dieser Name Jim Redmond untergekommen ist.« Tamara spielte mit einem Kugelschreiber. Schließlich rief sie Spencer an und fragte ihn nach dem Namen. Als sie auflegte, runzelte sie die Stirn. »Spencer hat die Akten von Wilcox' Kanzlei durchgesehen. Peter und Mary Redmond waren Klienten von Tim Wilcox.«

»Der Besitzer der Firma *Movation* auf den Fidschis heißt aber nicht Peter oder Mary, sondern Jim. Jim Redmond«, sagte er.

»Jim? Genauso wie der Vater von Peter und Mary Redmond!«

Vielleicht lag es an der stickigen Luft im Raum, Shane

verstand noch immer nicht, worauf sie hinauswollte. »Und was soll das bedeuten, Tamara?«

»Pass auf: Peter und Mary kamen zu Wilcox, um die letzten Dinge ihres Vaters regeln zu lassen. Das ist jetzt fünf Jahre her.«

Langsam glaubte er, zu begreifen. »Moment, Tamara, das heißt also: die Firma *Movation* auf den Fidschis …«

»… gehört einem Toten, der aber offiziell gar nicht tot ist! Wann ist Redmond gestorben?«

Rasch verglichen sie die Daten. Es bestand kein Zweifel. Die Firma wurde erst nach dem Tod von Jim Redmond auf dessen Namen gegründet.

»Wilcox hat also von Peter und Mary alle Unterlagen zur Abwicklung der Dinge bekommen, die nach einem Tod zu erledigen sind«, sagte er, »doch Wilcox hat ihn weiterleben lassen. Er konnte ihn Konten eröffnen und Firmen gründen lassen.«

»Aber sah er ihm denn ähnlich? Ich meine, er musste doch hin und wieder auch den Pass zeigen, oder?«

»Mit all den Dokumenten konnte er sich doch ohne weiteres einen neuen Pass ausstellen lassen.«

»Und der Altersunterschied? Tim Wilcox war doch zwanzig Jahre jünger.« Sie runzelte die Stirn.

»Es ist ziemlich einfach, sich älter aussehen zu lassen, Tamara. Graue Haare, Brille, zotteliger grauer Bart …«

»Ich muss telefonieren.«

Während sie mit verschiedenen Leuten im Headquarters Brisbane sprach, blätterte er wieder in der Broschüre. Ray Morrison stellte sich als Künstler imposanter Glasplastiken vor, *die Zeichen setzen.* Über den Preis dieser »Zeichensetzung« schwieg sich die Broschüre aus. Er konnte nicht behaupten, dass ihm die Plastiken gefielen, aber immerhin waren die Gebilde aus unterschiedlich großen und dicken Glasscheiben, -kugeln, -röhren und -würfeln auffallend, und das mochte das Wichtigste sein, worauf seine Kunden achteten, so kam es Shane jedenfalls vor. Wer kaufte schon so ein Monstrum aus Glas – und wo sollte man so etwas hinstellen?

Tamara hatte aufgelegt. »Glaubst du, dass es eine Verbindung zu diesem Darren Martin gibt? Immerhin stand der doch vor dem Büro von *Artconcept* in Brisbane. Dort hat man übrigens auch diese Glasplastiken vertrieben. Was meinst du, sollten wir uns morgen bei Tageslicht nicht mal die Glasskulpturen ansehen? Ich hole dich um acht ab.«

»He, ich bin als Begleitung gefragt?«

Sie lächelte müde.

Er wollte schon aufstehen, als ihm noch etwas Wichtiges einfiel. »Und was ist jetzt mit Chrissy Wagner?«

Sie seufzte. »Immer noch nichts. Ihre Mutter ist völlig aufgelöst. Sie wusste nicht, dass Chrissy Drogen nimmt und ein Verhältnis mit Wilcox hatte. Für sie bricht gerade eine Welt zusammen.«

Shane sah die nervöse, überarbeitete Frau vor sich, die ihre Tochter für so unabhängig und selbstständig hielt. Er dachte an Pam. Kim hielt sie auch für erwachsen.

»Machst du dir Sorgen wegen deiner Tochter?«, fragte Tamara.

»Ja.«

»Verstehe ich.«

»Tja«, sagte er nur, wünschte ihr gute Nacht und ging hinaus.

Auf der kurzen Rückfahrt von Maroochydore nach Mooloolaba rief er Ann an und erkundigte sich nach dem Baby.

»Jack geht's ganz gut«, sagte sie, »die Ärzte sind zuversichtlich. Natürlich kann man noch nicht durchatmen. Aber ich gehe jeden Tag in die Klinik, bleibe ein paar Stunden, dann gehe ich wieder heim. Ich kann Iris ja nicht immer bei den Nachbarn lassen. Und wie geht es dir?«

»Gut.« Was sollte er auch anderes sagen?

Er hörte ein Seufzen, im Hintergrund Kindergeschrei. Iris, die Zweijährige.

»Er fehlt mir«, sagte sie, »manchmal denke ich, dass es fast ein Glück war, dass ich diese Frühgeburt hatte, so bin ich wenigstens abgelenkt.«

»Wie geht es Iris?«

»Sie kann nicht verstehen, dass ihr Vater nicht mehr kommt. Sie kann nicht begreifen, dass tot tot bedeutet.«

Er bewunderte Anns Stärke.

»Ich wäre froh, wenn endlich die Beerdigung wäre«, sagte sie. »Sie haben sie immer noch nicht freigegeben.«

Die Leichen meint sie, dachte er. Er konnte das Wort auch nicht aussprechen, obwohl er es doch in seinem Beruf so oft tun musste. Aber das mit Jack, das war etwas anderes. Wenn er ehrlich zu sich war, dann hatte er sogar Angst vor der Beerdigung.

»Hast du meinen Brief schon bekommen? Die Unterlagen mit seinen Fortbildungen?«

»Ja, danke.«

»Hast du etwas damit anfangen können?«

»Ich hab zwar einen John gefunden, aber er ist schon tot.«

»Ach, Shane, meinst du, der Mörder wird jemals gefunden?« Bevor er etwas antworten konnte, sagte sie: »Als ich in seinen Papieren geblättert habe, dachte ich, er kommt gleich im nächsten Moment zur Tür herein.« Sie schwieg kurz, dann verabschiedete sie sich hastig und legte auf.

Das Bild von Jack, wie er im Büro am Schreibtisch saß und in seinen Akten und Notizen las, drängte sich in Shanes Gedanken, dann löste es sich auf, und er sah ihn in der dunklen, einsamen Straße … Er schüttelte die Erinnerung ab und konzentrierte sich auf die Straße.

Im Apartment war es stickig. Er flüchtete sofort auf den Balkon. Unten auf der Straße herrschte Betriebsamkeit. Vertraute Küchengeräusche stiegen herauf, Gelächter, Begrüßungsfetzen, Musik, das Zuschlagen von Autotüren und das an- und abschwellende Meeresrauschen. Vom Balkon über ihm kamen Stimmen, und im Apartment links ging das Licht an. Auf einmal war er hungrig. Er humpelte in die Küche und machte sich lustlos ein Schinken-Käse-Sandwich. Zu spät fiel ihm ein, dass das meistens Jacks Lunch gewesen war. Ohne hineinzubeißen, warf er das Brot in den Mülleimer, ging zurück ins Wohnzimmer und schaltete den Fernseher ein. Der Appetit war ihm vergangen.

Um halb zehn schreckte er hoch. Es läutete an der Tür. Auf dem Korridor stand mit nassem Haar und feuchten Kleidern: Carol Wilcox.

»Ich war draußen am Strand. Ich halte es in dem Haus nicht mehr aus. Es ist so … so fremd.« Sie zitterte.

In diesem Moment glaubte er ihr, doch schon wenige Minuten später, als er in der Küche einen Tee machte, während sie eine heiße Dusche nahm, war er sich nicht mehr so sicher. Und wenn sie nur gekommen war, um ihn zu benutzen? In ein großes weißes Badetuch gehüllt, kam sie ins Wohnzimmer und setzte sich auf die Couch, zog die Beine hoch, hielt die Tasse mit beiden Händen und lächelte.

»Das ist der beste Tee, den ich je getrunken habe.«

Er reagierte nicht, sah sie nur an. »Und wie soll es jetzt weitergehen?«, fragte er schließlich.

»Sie trauen mir nicht«, sagte sie.

Er ließ sich in den Sessel fallen und antwortete nicht.

Sie trank und sagte lächelnd: »Okay, dann sehen wir eben fern.«

Stumm starrten sie eine Weile in den Fernseher, bis er das Schweigen nicht mehr aushielt.

»Carol … Ich weiß nicht, ob das eine gute Idee war, herzukommen.«

»Warum nicht?« Sie starrte in Richtung Fernseher.

»Carol, warum haben Sie sich nicht von Tim getrennt?«

»Ach, Shane …« Sie schüttelte den Kopf. Ihre Augen sahen ihn fragend an.

Wie schön sie ist, dachte er. Wie schön und traurig. Warum stellte er diese Fragen? Warum konnte er ihr nicht vertrauen?

Sie sah ihn noch immer an, wartete auf eine Antwort, doch er wusste nicht, wo er anfangen sollte. Es gab viel zu viel zu sagen … und deshalb sagte er nichts.

»Ich gehe besser.« Sie stand auf.

Wie gern hätte er sie zurückgehalten, sie umarmt, ihren Körper und ihre Lippen gespürt, doch er schwieg und blieb sitzen, bis sie angezogen aus dem Bad zurückkam und das Apartment verließ. Als das Schloss einschnappte, ließ er seinen leeren Teebecher auf den Boden fallen. Er hätte sich viele, viele Scherben gewünscht, doch es brach nur der Henkel ab.

John. Auf dem Becher stand John. Er bückte sich und hob ihn auf. Ohne auf die Schrift zu achten, hatte er ihn aus dem Schrank geholt. John. Jack hatte damals »John« gesagt.

Trevor John Pierce war tot. Doch Jack hatte einen anderen für diesen Trevor gehalten. Wenn er nun Näheres über Trevor John Pierce herausfand, würde er vielleicht auch dem richtigen John näher kommen ... Warum war ihm das nicht schon früher eingefallen?

Halb zwölf in der Nacht. Egal, dachte er und rief Andrew Ward von der Drogenabteilung in Brisbane an. Shane konnte ihm ein Treffen in Brisbane abringen, um zehn Uhr morgen Früh. Tamara würde er morgen anrufen. Er wollte sie jetzt nicht stören. Sie müsste allein zu *Glass House Art* fahren.

35

Als er aufstand und auf den Balkon hinausging, hing über einem braun gefärbten Meer eine gelbliche Wolkendecke. Die Wettervorhersage hatte heftigen Regen angekündigt, doch noch war es trocken. Er trank rasch einen Kaffee und machte sich fertig. Er rechnete mit dichtem Verkehr und wollte unbedingt pünktlich sein.

Er war keine Minute zu früh aufgebrochen. Jetzt, so kurz vor Weihnachten, war der Verkehr an der Sunshine Coast noch dichter geworden. Lastwagen, Motorräder, Wohnmobile, Autos mit Wohnwagen, alle drängten sich auf der hundert Kilometer langen Strecke. Offenbar hatte sich ein Unfall ereignet, denn kurz nach Caloundra steckte er fest. Er hatte Hunger, doch für eine Rast an der Tankstelle vor den Glass House Mountains würde die Zeit nicht reichen. Noch nicht einmal einen Kaugummi oder einen Keks fand er im Handschuhfach. Seufzend schlug er es zu. Nach dem Treffen mit Andrew Ward würde er etwas Ordentliches essen. Über ihm hingen dunkle Wolken, die nur darauf zu warten schienen, endlich aufzuplatzen und einen sintflutartigen Regen über die Blechlawine auszuschütten.

Als er Brisbane endlich erreicht hatte, war es halb zehn. Er bog in die River Terrace ein, wo er den Wagen auf einem Parkplatz abstellte. Er war gerade ausgestiegen, als ein weißer Subaru Outback in die übernächste Parklücke fuhr. Andrew Ward war ebenfalls pünktlich.

»Hi.« Andrew trug eine dunkelblaue R.-M.-Williams-Kappe mit einem braunen Wildlederschild. Er war drahtig und braun gebrannt und hatte gegenüber dem letzten Mal vor einem halben Jahr, als Shane ihn gesehen hatte, abgenommen. Scharf trat die Falte vom Nasenflügel zum Mundwinkel hervor, und auch auf der Stirn konnte Shane, trotz des Schattens, den die Kappe warf, ein dichtes Faltengitter entdecken.

»Ich hab nicht viel Zeit, Shane«, sagte er, »lass uns zur Uferpromenade hinuntergehen.«

»Gut. Erzähl mir was über Trevor John Pierce.«

Andrew drehte sich ruckartig zu ihm um. »Warum über ihn?«

»Weil Jack ihn kannte und weil er John hieß. Trevor John.«

Andrew zögerte, dann ging er weiter die Treppe hinunter. Shane versuchte, mit Andrew Schritt zu halten. Er hatte nur eine Krücke dabei, das Laufen ging ein wenig besser als die Tage zuvor. Zwei Frauen in Sportkleidung gingen schnellen Schrittes an ihnen vorbei, besorgte Blicke auf die heranziehenden schweren Wolken werfend. Hinter den City-Hochhäusern am anderen Ufer war der Himmel schon dunkelgrau.

Dafür, dass Andrew nicht viel Zeit hat, zögert er das Gespräch ziemlich lange hinaus, dachte Shane. Doch er wartete und humpelte schweigend neben Andrew her. Ein blaues Wassertaxi, die *City Cat*, pflügte durch den grauen, unruhigen Fluss, drehte rechts bei, um auf der Seite der City anzulegen.

Endlich blieb Andrew stehen. »Trevor John Pierce ist tot.«

»Das weiß ich bereits, Andrew. Wo war er eingesetzt, wie sah er aus? Vielleicht sieht der andere John ihm ähnlich.«

Andrew sah ihn skeptisch an, dann ließ er seinen Blick über die nähere Umgebung gleiten. Er kratzte sich unter der Kappe, rückte sie wieder zurecht, kniff die Augen zusammen. Er schindet Zeit, dachte Shane.

»Also, Shane«, sagte Andrew dann endlich. »Die Sache war ziemlich unerfreulich.«

»Daran bin ich gewöhnt, Andrew.«

Andrew Ward nickte und begann schließlich. Vor zehn Jahren war Trevor John Pierce in die Drogenabteilung der Australian Federal Police gekommen. Zwei Jahre später setzte man ihn mit einem Kollegen bei einer verdeckten Ermittlung in Melbourne ein. Zuerst lief es gut. Es sah so aus, als ob die Drogendealer die beiden als Käufer akzeptierten. Schließlich wollten Pierce und sein Kollege Kokain für dreihunderttausend Dollar kaufen, doch dann ging etwas schief, der Deal lief anders als geplant. Als die Polizei endlich zugriff, war der Kollege schon tot. »Das Motorboot der Drogendealer hatte schon abgelegt, es war Nacht, wir waren überhaupt nicht auf den Einsatz vorbereitet, die Übergabe hätte einen Tag später stattfinden sollen, na ja, jedenfalls lag Trevors Kollege tot am Kai, und wir konnten nur noch zusehen, wie das Motorboot der Drogendealer ablegte und Trevor erschossen wurde und über Bord ging.« Andrew stapfte schweigend weiter. Der Wind wurde stärker und kräuselte die Oberfläche des Flusses. »Die Sache war komplett danebengegangen«, sprach Andrew weiter. »Unsere Leute tot, und das Geld verloren.«

»Warst du dabei?«

»Ja.«

»Wer noch?«

»Shane, wir waren acht Leute!«

»Und habt ihr die Bande gefasst?«

»Nein«, sagte Andrew gequält. »Nein, haben wir nicht.« Er sah auf den Fluss. Die *City Cat* verschwand hinter der Biegung des Flusses. Der Himmel wurde noch dunkler, die Wolken sackten tiefer.

»Was war Trevor John Pierce für ein Mensch?«, fragte Shane.

»Oh.« Andrew krauste die Stirn. Die Frage mochte er offenbar nicht. »Wir dachten, er sei ein geeigneter Undercover. Ehrgeizig, hart, wenn es drauf ankommt, ein Typ ohne Familie, ohne wirkliche Freunde, einer, der es draufhatte, kumpelhaft aufzutreten ... es richtig gut zu spielen.« Andrew sah Shane in die Augen. »Wirklich, wir waren fest überzeugt, dass die Sache gut gehen würde. Dann muss ihn irgendetwas oder irgendjemand verraten haben. Denn er war ehrgeizig. Verdammt ehrgeizig. Und er begriff schnell. Aber, na ja, er hatte keine Freunde. Was uns zugute kam.«

Shane überlegte: Jack musste von Trevor tief beeindruckt gewesen sein, wenn er ihn sogar noch nach acht Jahren zu erkennen glaubte. Trevor John Pierce musste irgendetwas gehabt haben, was auch der Mörder hatte.

Andrew seufzte, und sah auf seine Uhr. »Ich muss zurück, Shane.«

»Moment.« Shane hielt ihn zurück. »Habt ihr an der Sunshine Coast etwas am Laufen?«

Andrew lachte auf. »Wir haben immer was am Laufen, Shane, das weißt du doch.«

»Verdammt, Andrew! Was macht Mick Lanski die ganze Zeit dort?«

Andrews Augen zogen sich zusammen. »Shane, lass die Finger davon«, sagte er ernst.

»Von was?«

»Von deinen Ermittlungen auf eigene Faust.«

»Klingt fast wie ein Befehl, Andrew.«

Andrew sah ihm fest in die Augen. »Ich kann dir nichts befehlen, Shane.«

»Andrew«, sagte Shane eindringlich. »Es geht um drei tote Kollegen! Darunter mein Partner Jack. Um mehr kann es kaum gehen!«

Andrew musterte ihn, dann schüttelte er resigniert den Kopf. »Shane, es tut mir Leid. Du bist zu sehr betroffen. Da kann keiner nüchtern denken. Das ginge mir genauso. Also, ich muss noch Weihnachtsgeschenke einkaufen.« Er griff an das Schild seiner Kappe und ging mit schnellen Schritten davon.

Sprachlos starrte Shane ihm nach. *Da kann keiner nüchtern denken.* Er wollte Andrew etwas hinterherrufen, doch seine Gehirnwindungen schienen auf einmal verstopft zu sein. Da fielen die ersten Regentropfen, und Shane beeilte sich, zum Auto zurückzukommen. Trotzdem wurde er nass, bis er sich endlich auf den Fahrersitz fallen lassen konnte und hinter sich die Autotür zuwarf. Wenige Sekunden später war der Himmel tiefschwarz, und es regnete so stark, dass die Tropfen hart wie Kieselsteine auf die Karosserie aufschlugen. Die Bäume duckten sich unter den Peitschenhieben des Windes, über die Windschutzscheibe liefen Sturzbäche. Er nahm ein Tuch aus dem Fach in der Wagentür und rieb ein Stück der Windschutzscheibe frei, doch sie beschlug gleich wieder. Draußen herrschte Weltuntergangsstimmung.

Er ließ den Motor an und stieß aus der Parklücke. Einen Augenblick lang zog er in Betracht, am Headquarters vorbeizufahren, doch auch dort würde ihm niemand seine Fragen beantworten. Also bog er nach der Story Bridge nicht auf die Straße zur City ein, sondern auf die in Richtung Flughafen. Es herrschte dichter Reise- und Berufsverkehr, der auch bei der Abzweigung auf den Motorway zur Sunshine Coast nicht abnahm. Der Himmel hing noch immer dunkel und schwer über dem Land, unablässig trommelte der Regen auf das Autoblech, und die Scheibenwischer verrichteten Schwerstarbeit.

Erst eine Stunde später, als er am Eingang zum *Australian Zoo* vorüberfuhr, ließ der Regen nach, und zwischen den grauen Wolken zeigten sich Fetzen von blauem Himmel. Kurze Zeit später brach die Sonne hervor, und von der Straße und aus dem grünen Dickicht der Palmen und Gummibäume stieg Dampf auf. Er schaltete die Klimaanlage aus, fuhr das Fenster herunter und atmete die schwüle Luft ein.

Bei der Ausfahrt nach Buderim dachte er wieder an Carol. Er verließ den Motorway an der Abfahrt nach Mooloolaba und Buderim. Oben an der Kreuzung musste er sich entscheiden. Links für Carol, rechts für zu Hause. Sie würde ihn nur noch mehr verwirren, sagte er sich und bog nach rechts ab. Als er über den Hügel fuhr und vor ihm das dunkelblau leuchtende Meer auftauchte, schöpfte er Hoffnung. Hoffnung, am Ende etwas gutmachen zu können.

36

Garbo bellte und rannte zur Tür. Die Türglocke schrillte. Jetzt, dachte Josh, jetzt hat man sie gefunden. Jetzt kommt die Schreckensnachricht.

»Ruhig, Garbo!« Er zog den Hund am Halsband von der Tür weg. Dann drehte er den Schlüssel und öffnete die Haustür. Einen Augenblick lang glaubte er, er bilde es sich nur ein, doch da bellte Garbo wieder. Vor der Fliegentür stand Chrissy mit strähnigem, nassem Haar, als sei sie gerade dem Ozean entstiegen.

»Hallo«, sagte sie müde, und er bemerkte die dunklen Ringe unter ihren Augen. Er drückte die Fliegentür auf. Sie musste zu Hause gewesen sein, denn sie trug ein anderes, trockenes Kleid, und hinter ihr sah er ihr Auto am Bordstein parken. Ohne noch etwas zu sagen, ging sie an ihm vorbei ins Haus. Er wollte sie nicht bedrängen, und so stellte er erst mal keine Fragen, sondern folgte ihr in die Küche. Sie sank auf den Stuhl am Tisch, stützte den Kopf in die Hände und seufzte. Garbo ließ sich zu ihren Füßen nieder und sah ihn, Josh, an, als wolle er ihn auffordern, etwas zu sagen.

»Willst du etwas trinken?«, sagte er. »Ich könnte Kaffee oder Tee …«

Sie nickte schwach. Der schmale Träger ihres dünnen Sommerkleides war ihr über die linke Schulter gerutscht.

»Was? Kaffee oder Tee?«

»Egal.«

Er entschied sich für Tee und füllte Wasser in den Kocher. »Ich hab gedacht, dir ist was …«, sagte er in die Stille hinein.

»Dreimal war ich auf dem Parkplatz und immer wieder bin ich gegangen.« Sie sah ihn nicht an, hielt den Kopf noch immer in den Händen gestützt.

»Wo?« Er verstand nicht.

»Vor dem Headquarters. Ich wollte ihnen den Revolver bringen, aber …«

»Du hast ihnen den Revolver *nicht* gebracht?« Er hielt den Atem an. Da war noch nichts verloren.

Sie schüttelte den Kopf und starrte vor sich hin. Das Wasser brodelte, und Josh übergoss die Teebeutel in den Bechern. Dann setzte er sich zu ihr. Pete pfiff wieder.

Schweigend schob er eine Tasse näher zu ihr und nippte an der anderen. Dann fiel ihm ein, Blix anzurufen, um ihm Bescheid zu geben, dass Chrissy zurückgekehrt war. Doch vorher wollte Josh den Revolver versteckt wissen.

»Chrissy, wo ist der Revolver?«

Sie nahm den Kopf aus ihren Händen und sah ihn aus einem blutleeren Gesicht an. »Ich hab ihn nicht mehr.«

»Wie?«

Müde und gleichgültig zuckte sie mit den Schultern. »Ich hab ihn weggeworfen.«

»Wohin, Chrissy, wohin?«

Ihr Blick verlor sich. »Ich weiß nicht mehr.«

Schlimmer hätte es kaum kommen können. Wer weiß, wo Chrissy den Revolver hingeworfen hat, vielleicht hat ihn schon längst jemand gefunden und bei der Polizei abgeliefert, dachte Josh. In kürzester Zeit würde man dann wissen, dass mit dieser Waffe Tim Wilcox erschossen worden war. Dann brauchte nur noch jemand, zum Beispiel Blix, sich an die Verbindung von Wilcox und Chrissy zu erinnern, ihre Fingerabdrücke auf der Waffe zu entdecken – die mit Sicherheit zu finden waren –, und schon wäre Chrissy überführt. Und er gleich mit.

Er wollte ihr Vorwürfe machen, aber wozu? Sie konnten nur noch warten. Ihr schien alles gleichgültig zu sein.

Sicher hat sie wieder Drogen genommen, dachte er, oder sie sind ihr ausgegangen, und deshalb ist sie so. Sollte er der Polizei Bescheid geben? Wäre das nicht sogar ein guter Schachzug? Wenn er schuldig wäre, würde er sich ja wohl kaum bei der Polizei melden ... und vielleicht hatte Chrissy den Revolver ja doch an einem Ort zurückgelassen, wo man ihn nie finden würde. Er wurde zuversichtlicher.

»Chrissy, ich sage jetzt der Polizei Bescheid, dass sie dich nicht mehr suchen müssen.«

Selbst das war ihr vollkommen gleichgültig. Er konnte noch nicht einmal ein müdes Schulterzucken erkennen. Sie braucht Ruhe, sagte er sich, das war alles zu viel für sie. Ich muss ihr Zeit geben. Er nahm das Telefon und die Visitenkarte von Detective Blix und ging ins Wohnzimmer. Nach langem Läuten nahm endlich jemand ab: »Ja?«

»Hier Josh Cline. Spreche ich mit Detective Blix?«

Als er auflegte, hatte Josh ein unangenehmes Gefühl. Wie sollte er Chrissy beibringen, dass gleich ein Polizist käme und sie befragen würde? Würde sie nicht annehmen, er, Josh, habe sie verraten?

Nachdenklich ging er zurück in die Küche. Chrissy hockte noch immer apathisch da.

Er setzte sich zu ihr und bereitete sie auf den Besuch vor. »Chrissy, glaub mir, die Polizei hat keine Ahnung. Sie wollen nur etwas über Tim Wilcox wissen.«

Chrissy hob den Kopf, und ihre hohlen Augen machten ihm Angst. Würde er für sie ins Gefängnis gehen? Er fürchtete sich vor seiner Antwort und schob die Frage beiseite.

»Dieser Detective ist nett. Aber sag ihm nicht, was passiert ist, Chrissy. Die haben keine Ahnung und verdächtigen dich nicht. Du darfst nur dein Verhältnis mit Wilcox zugeben. Sonst nichts, hörst du? Sonst nichts! Und sag auf keinen Fall was über die Waffe, hörst du?«

Chrissy hatte ihn die ganze Zeit über angesehen, als spreche er in einer unverständlichen Sprache.

Plötzlich zweifelte er, ob Chrissy in ihrem Zustand Detective Blix' geschickten Fragen, die er sicher stellen würde, gewachsen wäre. Sollte sie nicht doch besser wieder verschwinden? Er betrachtete sie. Sollte er sie wegschicken? Aber wohin? Sie konnte doch nicht irgendwo im Auto sitzen und warten, bis er, Josh, sie wieder abholen würde. Oder doch?

»Chrissy, meinst du, du hältst das durch, ohne uns in Gefahr zu bringen?«

Endlich nickte sie. »Ja.«

Er nahm ihr Gesicht in seine Hände. Wie zart es war. Ihr durfte nichts geschehen. »Chrissy, wenn das gleich vorbei ist, dann hauen wir ab und fangen woanders neu an. Ja? Willst du das auch?«

»Ja, Josh. Wir fangen neu an.« Sie schien einen Moment lang zu lächeln, dann aber wurden ihre Augen dunkel und traurig.

Hätte er nicht durchs offene Fenster vom Strand her ein Weihnachtslied gehört, wäre er direkt in die Tiefgarage gefahren. Nicht weil er Weihnachtslieder so liebte, fuhr er auf den Strandparkplatz, sondern weil er sich eingestehen musste, nicht zu wissen, was er jetzt eigentlich oben im Apartment tun sollte. Er stellte seinen Wagen ab und nahm mit einer Krücke mühsamer als gedacht die wenigen Stufen auf die überdachte Plattform des *Loo with the view*, einer architektonisch, so fand er, gelungenen Verbindung von Aussichtsplatz und dem darunter liegenden Komplex der sanitären Anlagen. Von hier oben aus konnte man den ganzen Strand überblicken. Er stützte sich aufs Geländer. Was hatte sich hier in den letzten Tagen alles verändert! Er hatte gar nicht bemerkt, wie man unten am Strand ein großes Trampolin aufgebaut hatte, auf dem sich gerade ein stämmiger Mann mit Glatze in einem Haltegurt, der an einem Kran hing, unsicher auf und ab federn ließ. Der Weihnachtsgesang kam von der Kindergruppe gleich vor ihm am Strand. Jungen und Mädchen in weiß-weinroten Schuluniformen und Sonnenhüten sangen ein bekanntes Weihnachtslied, dessen Titel er vergessen hatte. Erwachsene standen ihnen grüppchenweise gegenüber und lauschten, Strandgäste auf ihren Badetüchern hatten sich aufgerichtet. Die Kinder beendeten das Lied, die Erwachsenen klatschten Beifall, dann zog der Chor geordnet ab. Eine Gruppe von dreizehn- oder vierzehnjährigen Jungen, mit roten Badekappen und dunkelblauen Badehosen, auf deren Rückseite *Mooloolaba* stand, trug ein langes Kajak den Strand hinunter. Eine zweite Mannschaft mit gelben Badehosen und einer Aufschrift, die Shane von seinem Platz aus nicht entziffern konnte, ging von der weiter weg gelegenen Treppe am *Surf Club* auf den Strand hinunter. Ein Team von der Strandwache in gelb-roten Trikots mit der Aufschrift ihres Sponsors *DHL* dirigierte über Megafon die Mannschaften auf ihre Startpositionen. Als der Startschuss fiel, stürmten beide Mannschaften ins Wasser, sprangen in die Boote und paddelten hinaus aufs Meer. Shane erkannte in der Ferne eine orangefarbene Boje, die auf den Wellen schaukelte.

»Hast du bei solchen Dingen mitgemacht, Shane?«

Er kannte die Stimme. Er brauchte sich noch nicht einmal umzudrehen. Sofort war sie wieder da – seine Wut. »Nein«, antwortete er, »wir haben nicht am Meer gewohnt.«

»Wir leider auch nicht. Wir hatten kein Geld. Weder für neue Schuhe noch für Kleider noch für Bücher und gutes Essen.«

Shane wandte sich seinem Nachbarn zu. »Was tust du hier, Mick?« Er blickte in Micks verspiegelte Sonnenbrille und sah doch nur sich selbst ins Gesicht.

»Dasselbe wie du, Shane. Ich erfreue mich an den glücklichen Kindern. Die Kindheit ist die schönste Zeit, heißt es doch.« Mick grinste spöttisch.

»Nicht für alle Kinder, Mick.«

»Nein. Aber für dich und mich schon, oder?« Mick drehte sich wieder zum Strand.

Die Boote hatten fast die Boje erreicht. Es sah ganz danach aus, als würde die Mannschaft aus Mooloolaba zuerst wenden. Shane verspürte nicht die geringste Lust, mit Mick über ihre Kindheit zu sprechen.

»Trevor John Pierce ist tot. Er war übrigens in der Drogenabteilung der Federal Police«, sagte er. »Wieso hast du behauptet, Jack habe sich geirrt?«

Mick stieß einen gekünstelten Seufzer aus. »Shane, du lässt nicht locker, was? Ist das Eitelkeit? Warum kannst du nicht einsehen, dass du nur ein trinkender Bulle bist, jederzeit ersetzbar, noch dazu zusammengeschossen? Warum kümmerst du dich nicht, solange du hier bist, um deine Tochter?«

Shane starrte auf sein eigenes Gesicht, das sich in Lanskis Brillengläsern spiegelte. Wut kochte in ihm hoch. Er hätte sich jetzt auf Lanski werfen und ihn fertig machen können. Doch er presste die Kiefer aufeinander und sagte: »Trevor John Pierce war Undercover-Polizist. Jack hat irgendjemanden mit ihm verwechselt, in der Nacht vor dem Eingang von *Artconcept*. Warum hast du nicht gleich gesagt, dass Jack Trevor John Pierce gemeint hat?« Bleib ruhig, ermahnte sich Shane, bleib verdammt noch mal ruhig.

Mick musterte ihn durch seine Sonnenbrille. »Halt dich aus dieser Sache raus, Shane. Sie hat nichts mit dir zu tun.«

Shane lachte verächtlich. »Oh, mit wem dann, mit dir vielleicht?«

Wenn Mick die Frage irritiert haben sollte, so zeigte er es nicht. Er nahm die Arme von der Brüstung, warf noch einen langen sonnenbrillengeschützten Blick über das Wasser und sagte gleichmütig: »Die mit den roten Kappen gewinnen. Sie waren von Anfang an besser. Ach ja, schöne Weihnachten!« Er drehte sich um und ging.

Zornig sah Shane ihm nach, wie er hinter den Büschen des Grünstreifens verschwand. Was, zum Teufel, hatte Mick Lanski hier zu tun?

Gedankenverloren sah er wieder zum Strand. Die Mannschaft mit den roten Bademützen sprang als Gewinner ans Ufer. Einige der Zuschauer, offensichtlich die Eltern der Jungen, begrüßten sie freudig und hielten Handtücher bereit.

Sein Blick fiel auf einen gebräunten älteren Mann mit graumeliertem Haar: Kein Zweifel, das war Donald Lanski. Er klopfte einem Jungen mit roter Badekappe auf die Schulter. Mick war doch nicht etwa neidisch auf seinen Neffen? Shane überlegte, ob er hinuntergehen und ihn ansprechen sollte, doch dann entschied er sich dagegen, kehrte dem Strand den Rücken, überquerte die Straße, ignorierte die Schmerzen, die nun stärker wurden, und bemühte sich, nicht zu sehr zu hinken, als er zurück zum Strandparkplatz ging. Er fuhr auf die Promenadenstraße, bog dann nach rechts und steuerte schließlich in die fahl erleuchtete Tiefgarage des Apartmenthauses. Er parkte zwischen einem weißen Mercedes und einem roten Toyota und stellte den Motor ab. Ratternd fuhr das Rolltor herunter. Er öffnete die Autotür, stieg aus und ging zum Aufzug. Seine Schritte hallten hohl auf dem Betonboden. Der Aufzug schien auf ihn zu warten. Sanft glitt die Kabine nach oben. Er tastete in seiner Hosentasche nach dem Schlüssel und schloss das Apartment auf.

Hitze und grelles Sonnenlicht überfielen ihn. Heute Morgen hatte er vergessen, die Rollos herunterzulassen. Rasch schleuderte er die Schuhe von sich, zog die lange Hose aus, öffnete die Balkontür auf und trat hinaus. Ein weißer Schleier hatte sich über das Blau des Himmels gelegt, und das Blau des Wassers verwandelte sich allmählich in ein helles Grau. Weiter rechts am Strand konnte er zwei neue Mannschaften auf dem Weg zurück zum Ufer sehen. Von fern hörte er die anfeuernde Stimme aus dem Megafon. Er ging wieder hinein, ließ die Rollos herunter und streckte sich auf dem Sofa aus. Sein Bein schmerzte, und unter dem Verband staute sich die Hitze. Er versuchte, nicht daran zu denken und sich zu entspannen und schloss die Augen. Jetzt merkte er, wie müde er war. Doch seine Gedanken fanden keine Ruhe. Er schaltete den Fernseher ein.

Aufdringliche Stimmen erinnerten an vorweihnachtliche Preisnachlässe bei *K-Mart,* an die Frische von Obst und Gemüse bei *Woolworth,* an Schnäppchen beim Gebrauchtwagenkauf, an Shrimps und Hummer, die man jetzt noch bestellen sollte, an preiswerte Gartenmöbel aus Teakholz, an Pizza, Spaghettisaucen, Kakerlakensprays, Hautlotionen, Hamburger, Waschmittel – bis auf diese hektisch aufeinander folgenden Spots auf einmal wohltuende Ruhe eintrat: Zu lässiger, entspannender Musik spielten zwei Männer auf einem makellos grünen Rasen Golf. Der Golfball flog durch einen strahlend blauen, wolkenlosen Himmel, hinüber in eine friedliche Wohnanlage mit Pools, in denen das blaue Wasser verheißungsvoll glitzerte, an denen junge Frauen in hübschen Liegestühlen lagen, lasen und einen zufriedenen Blick auf glückliche, Ball spielende Kinder warfen ... »Neue Freigabe von Land«, sagte eine angenehme, entspannte männliche Stimme, »an der Sunshine Coast. Sichern Sie sich Ihr eigenes Paradies.« Die Kamera zeigte, wie der Golfball aus dem blauen Himmel exakt in ein Loch fiel, und die beiden Männer blickten sich, überrascht von so viel Glück, an.

Shane wusste es längst: Hier war das Paradies, das gesegnete Land, das tägliche Glück. Aber wer konnte das jeden Tag ertragen? Der Mensch war nicht für das andauernde Glück geschaffen. Der Mensch war nun mal ein Sammler und Jäger, und im Paradies gab es für ihn nichts zu sammeln und zu jagen. Es war alles schon da. Man konnte also nur noch mehr Glück anhäufen, sofern so etwas möglich war, oder den anderen das Glück rauben, was besonders reizvoll sein konnte, denn damit schuf man sich Feinde, und schon war das Leben nicht mehr so langweilig ...

Shane stellte sich vor, wie die glücklichen Ehepaare in den neuen Fertighäusern und den grünen Gärten fröhliche

Barbecuepartys feierten und wie sich der Mann von Hausnummer drei mit der Frau von Hausnummer fünf und die Frau von Hausnummer achtundzwanzig mit dem Mann von Hausnummer elf anfreundete, wie mehr daraus wurde und wie die Ehen in den hübschen Fertighäusern mit den grünen Gärten zu kriseln begannen und sie alle sich nach einer Weile fragten, wo denn das Glück geblieben sei, das man ihnen für ihre hunderttausende geliehene Dollars versprochen hatte. Denn eines sagte man in dem Spot von der schönen neuen Welt nicht: Woher bekam man das Geld, um sich sein Glück zu kaufen?

Plötzlich drängte sich ihm ein Gedanke auf. Was hatte Andrew gesagt? Trevor John Pierce war in der Drogenabteilung der Federal Police gewesen. Und Mick Lanski auch. Oder irrte er sich? Er griff zum Telefon und rief Maree an. Beim Wählen fragte er sich, ob sie heute überhaupt im Büro war. Sie war im Büro, und sie freute sich, von ihm zu hören.

»Ah, dieser Lanski!«, sagte sie. »Ich hab mich mal ein bisschen umgehört. Wusstest du, dass er vor zwei Jahren beim Kampfsport-Training jemanden beinahe umgebracht hätte? Lanski hatte dem Mann fast das Genick gebrochen. Lanski hat behauptet, das Gleichgewicht verloren zu haben, und deshalb sei sein Schlag außer Kontrolle geraten.«

Er dachte an den Überfall auf dem Balkon …

»Ich hab's, Shane.« Maree las ihm die Informationen über Lanskis beruflichen Werdegang vor. Mick Lanski war, bevor er zur Abteilung für Innere Angelegenheiten wechselte, vier Jahre in der Drogenabteilung der Federal Police gewesen. Dort war er vor sechs Jahren ausgeschieden.

»Danke, Maree!«

»Shane, was ist denn eigentlich los mit Mick Lanski?«

»Später, Maree, später!« Er legte auf.

Was sollte er jetzt tun? Steckte also Mick Lanski in der Sache in Brisbane mit drin und wollte verhindern, dass etwas aufgeklärt würde?

Im Fernsehen lief wieder der Werbespot mit dem Golfball.

Was wusste er sonst noch über Mick? Er war nicht verheiratet. Aber schwul war er auch nicht, soweit er wusste. Er lebte allein, in einem kleinen Apartment in Brisbane. Legte wenig Wert auf Luxus. Fuhr einen normalen Dienstwagen. Das war das offizielle Leben von Mick Lanski. Wieso sollte er nicht auch ein verborgenes führen?

Angela Lincoln fiel ihm ein, Privatdetektivin – und eine der cleversten, die er kannte. Allerdings war ihr ihre Cleverness einmal zum Verhängnis geworden, und sie wäre ins Gefängnis gekommen, wenn er, Shane, nicht gewesen wäre, der Einzige, der ihr glaubte und der alles tat, um den wahren Raubmörder zu finden … Er wählte ihre Nummer. Ihr Anrufbeantworter schaltete sich ein. Er hinterließ Namen und Telefonnummer.

Im Fernsehen lief immer noch Werbung: Sonderangebote für Neuwagen, für Matratzen, für Möbel und Kinderspielsachen, wieder für Neuwagen, für Möbel … Genervt schaltete er aus.

In der Küche machte er sich ein Sandwich mit Schinken und Mayonnaise und öffnete ein Bier. Wieder im Wohnzimmer, fiel sein Blick wie so oft auf die Maklerbroschüre, auf die aufgeschlagene Seite mit dem blauen Foto. Strand und Meer im Morgengrauen. *»Das Leben beginnt an der Schwelle des Ozeans.«* Diesen Satz hatte er gleich, als er das Apartment zum ersten Mal betreten hatte, gelesen.

Schemenhaft war ein Mensch zu erkennen, der ins Wasser ging – wie Sonia O'Hara … Sie hatte er ganz vergessen. Sein Vater hatte früher oft von ihr gesprochen. Natürlich, denn sie war zu bestimmten Zeiten Gesprächsthema Nummer eins in den Medien gewesen. Er biss ins Sandwich, nahm einen Schluck Bier und betrachtete das Bild. Immer wieder hatte sie mithilfe von unbekannten Mächtigen ihren Kopf aus der Schlinge ziehen können. Aber am Ende war sie ganz einfach ertrunken. Nicht weit von hier … in Noosa … Was hatte man ihr nachzuweisen versucht? Steuerhinterziehung, Prostitution und Drogengeschäfte … Nein, sagte er sich, er konstruierte einen Zusammenhang, auf den nichts hinwies. Sie war einfach ertrunken … Wieder starrte er auf das Foto. Es ließ ihn nicht los.

Schließlich griff er zum Telefon und rief Tamara an. Ihm fiel ein, dass er ganz vergessen hatte, sie nach den Informationen über Sonia O'Haras Tod zu fragen.

37

So friedlich hatte sie noch nie ausgesehen. Ihr Gesicht war ganz weiß. Eigentlich sah sie aus, als wäre sie tot. Nur die Kurve mit den Zacken, die unablässig von links nach rechts über den Monitor lief, ließ darauf schließen, dass sie noch am Leben war.

Josh saß an ihrem Bett und hoffte, dass sie endlich aufwachte. Er fühlte sich schuldig. Warum nur hatte er die Polizei verständigt? Noch immer konnte er sich nicht erklären, wie alles geschehen war. Chrissy war kaum ins Krankenhaus eingeliefert worden, als auch schon ein Polizist, der sich mit Spencer Dew vorstellte, an den Namen erinnerte er sich, aufkreuzte und Chrissy verhören wollte. Als Josh ihn anfuhr, was das zum Teufel zu bedeuten habe, behauptete der Polizist, das ginge ihn nichts an. Er war auf den Polizisten zugestürzt und hatte ihn gegen die Wand des Krankenhauszimmers gedrückt. Er hätte auf ihn eingeschlagen, wenn der ihm nicht sein Knie zwischen die Beine gerammt hätte, worauf Josh zusammengesackt war und nur noch leise Beschimpfungen gemurmelt hatte. Der Detective war gegangen und hatte einen uniformierten Polizisten vor die Tür gesetzt. Dabei konnte Chrissy doch gar nicht abhauen.

»Sind Sie Josh Cline?«

Er erschrak und drehte sich um. In der Tür stand ein hagerer Mann in einem grauen Anzug, das schüttere Haar messerscharf gescheitelt. Er klappte einen Ausweis auf.

»Detective Sergeant Michael Lanski. Ich muss mit Ihnen sprechen.«

Schon wieder einer dieser fiesen Cops, dachte Josh und fragte: »Wieso?«

Der Polizist wies auf Chrissy. »Nun, mit ihr kann ich im Moment ja schlecht reden.«

»Daran seid ihr doch schuld!« Ihm war egal, was dieser Polizist mit ihm tun würde. Es war sowieso alles aus.

Der Detective musterte ihn wieder. »Bitte«, sagte er dann, »lassen Sie uns draußen reden. Es ist sehr wichtig.«

Und wenn sie jetzt plötzlich aufwachte? Josh betrachtete einen Moment lang dieses zarte, blasse Gesicht, dann folgte er dem Polizisten hinaus auf den Flur.

Der Detective deutete zum Automaten. »Möchten Sie einen Kaffee?«

Josh schüttelte den Kopf. Er war viel zu nervös. »Lieber einen Kakao.«

Der Detective wies auf die leere Reihe von Stühlen neben dem Automaten. Josh setzte sich und sah zu, wie der Detective Geld in den Automaten warf.

»Kakao.« Der Polizist reichte ihm einen Becher und setzte sich neben ihn. Einen Stuhl ließ er zwischen ihnen frei.

»Danke«, sagte Josh und trank. Wie süß die Schokolade war. Selbst als Kind hatte er sie nie so süß getrunken.

Der Detective nippte an seinem Becher, in dem wahrscheinlich Kaffee war. »Sie sind Chrissys Freund, ja?«

»Wir kennen uns noch nicht lang.«

Der Detective nickte. »Es war sicher nicht immer einfach mit ihr und ihren Stimmungsschwankungen …«

Josh fragte sich, worauf dieser Detective hinauswollte. Wollte er ihm eine Falle stellen? Josh ließ sich mit der Antwort Zeit, trank von seiner Schokolade, bis er eine nichts sagende Phrase von sich gab: »Stimmungsschwankungen? Wer hat die nicht?«

Wenn der Detective ungeduldig wurde, dann zeigte er es noch nicht.

»Hat sie angekündigt, sich das Leben zu nehmen?«, fragte der Polizist weiter.

»Nein, aber …« Jetzt kam es wieder hoch, das, was er nicht verstand.

Der Polizist sah ihn mit hochgezogenen Brauen an. »Aber was?«

Es war ihm egal, sollten sie ihn wegen Beleidigung der Polizei oder wie das hieß anklagen. Er musste es einfach sagen: »Ich habe Ihren Kollegen angerufen, dass man die Suchaktion einstellen könne. Doch dann wollte er vorbeikommen und ihr ein paar Fragen über Wilcox stellen. Das war nicht ausgemacht.«

Der Detective zog die Augen zusammen. »Moment. *Wer* wollte vorbeikommen?«

»Blix. Detective Blix.«

»Hat er Ihnen seinen Ausweis gezeigt?«

»Natürlich, sonst hätte ich ihn doch nicht reingelassen. Er hat mir auch seine Karte gegeben, mit der Telefonnummer, die ich anrufen sollte, wenn Chrissy wieder da wäre. Ich hab die Karte zu Hause …« Er brach ab.

Der Detective trank nachdenklich seinen Kaffee. Dann sah er auf. »Erzählen Sie weiter. Detective Blix kam also nach Ihrem Anruf.«

»Ja.« Josh war, als ob er alles noch einmal durchleben würde.

Er hatte die Stimme von Blix noch gut in Erinnerung. *»Ich komme in einer halben Stunde.«* Nach dem Telefonat hatte er überlegt, ob er nicht einfach mit Chrissy verschwinden sollte, doch dann hatte er gedacht, dass die Polizei sie dann beide suchen würde und dass ein Verschwinden ja einem Schuldgeständnis gleichkäme. Also war er geblieben. Er versuchte Chrissy zu beruhigen, ihr zu versichern, dass die Polizei nur etwas über Wilcox wissen wollte. Garbo bellte draußen im Garten, der Nachbar pfiff, Chrissy saß am Küchentisch und trank Tee, als es klingelte. Er ging zur Tür und ließ den Detective herein.

»Danke, dass Sie mich verständigt haben«, sagte Blix, »da ersparen wir uns weitere Mühe.« Er lächelte Vertrauen erweckend.

»Sie werden sie nur nach Wilcox befragen, ja?«, wollte Josh noch einmal von ihm wissen. »Sie ist ziemlich durch den Wind und ...«

»Machen Sie sich keine Sorgen«, sagte der Detective und legte ihm eine Hand auf die Schulter, »ich kenne mich mit solchen Fällen aus.« Er lächelte immer noch, und Josh führte ihn in die Küche.

»Ich würde gern mit ihr allein sprechen«, sagte Blix.

Natürlich, dachte Josh. Er war sogar erleichtert. Er wollte nichts mehr über Wilcox wissen. So nickte er und ging in den Garten, wo er mit Garbo Fußball spielte. Garbo bellte und rannte sich die Seele aus dem Leib. Wenn er selbst sich doch auch auf diese Weise ablenken könnte, dachte er. Er hatte nicht auf die Uhr gesehen, aber es mochte vielleicht eine halbe Stunde vergangen sein, als Detective Blix zu ihm heraus in den Garten kam.

Er lächelte wieder. »Also, Sie müssen sich keine Gedanken machen«, sagte er, »es wird alles okay werden.«

Josh wusste nicht ganz, was er damit meinte, wagte aber auch nicht, zu fragen, um keinen Verdacht zu erregen. So seufzte er nur und sagte: »Sind Sie sicher?«

»Ja«, sagte Blix freundlich, »ganz bestimmt. Es ist wichtig, dass sie mit sich im Reinen ist.«

Das machte Josh stutzig. Hatte Chrissy etwas gestanden? Er wollte an Blix vorbei ins Haus, doch Blix legte ihm seinen schweren Arm auf die Schulter, und er blieb stehen. »Lassen Sie sie noch eine Weile allein. Sie muss sich über einiges klar werden, glaube ich.«

»Aber …« Er wollte einwenden, dass sie ihn vielleicht doch brauche, doch der Detective schüttelte beschwichtigend den Kopf. »Bedrängen Sie sie nicht.« Mit diesen Worten verabschiedete er sich. Josh brachte ihn noch zur Tür und sah ihn in seinen weißen Hyundai steigen und wegfahren. Diesmal warf er einen Blick auf das Kennzeichen, warum, wusste er nicht.

In dem Augenblick trat Betsy von nebenan aus der Haustür. Sie trug einen Stapel Zeitungen.

»Hallo, Josh.«

»Hi!« Er hatte sich nicht früh genug zurückziehen können.

»Wie war die Party?«

»Welche …« Jetzt fiel ihm ein, was sie meinte. »Ach ja, toll, toll, wirklich.« Er bemühte sich, überzeugend zu klingen.

»Und?« Sie zwinkerte ihm zu und klappte dann den Deckel der Mülltonne auf.

Er zwang sich zu einem Grinsen. »Toll. Es war toll. Wirklich.«

»Na?« Sie senkte die Stimme und setzte eine verschwörerische Miene auf. »Hat's geklappt? Ich meine mit dem Mädchen?«

»Ja, ja!« Mein Gott, dachte er, wie schrecklich ist dieses Gespräch. Er hob beide Daumen. »Alles bestens!«

Sie ließ den Zeitungsstoß in die Mülltonne fallen und klappte den Deckel zu. »Ja, dann viel Glück. Vielleicht lernen wir sie ja auch mal kennen.«

»Sicher, klar.« Warum verzieht sie sich nicht wieder in ihr Haus, dachte er. Warum muss sie sich überhaupt in meine Angelegenheiten mischen?

Sie winkte ihm noch zu, dann erst ging sie ins Haus zurück. Er atmete auf und ging ebenfalls zurück in die Wohnung.

In der Küche hockte Chrissy auf dem Stuhl und starrte mit glasigen Augen ins Nichts. Er wusste nicht, was geschehen war, aber er erschrak.

»Chrissy!«

»Ich bin müde, so müde …«

»Chrissy!« Er packte sie an den Schultern, doch Chrissy sackte zusammen. Da erst sah er das Glas mit dem Rest Wasser und auf dem Küchenboden die leere Tablettenschachtel.

»Chrissy? Warum hast du das gemacht?«, schrie er und schüttelte sie wieder.

Josh sah in die Augen des Detectives. Alles kam ihm unwirklich vor. Vielleicht musste man nur irgendwo einen Knopf, eine Taste finden, und alles wäre wieder in Ordnung, so wie früher.

»Dann haben Sie also den Notarzt gerufen«, sagte der Detective, und Josh nickte. Der Detective sah ihn prüfend an. »Können Sie Detective Blix beschreiben?«

Josh stutzte. »Wieso?«

»Bitte. Wie sah er aus?«

Josh versuchte sich das Bild des Detectives in Erinnerung zu rufen. »Er hatte dichtes, ja, sehr dichtes, dunkles Haar.« Er zuckte mit den Schultern. »Mehr weiß ich nicht.«

»Figur?«

»Schlank. Ganz gut in Form für sein Alter, denke ich.«

»Wie alt?«

»Ich kann so was nicht schätzen.«

»Würden Sie ihn wiedererkennen?«

»Ja, aber warum fragen Sie mich …?«

»Was ist mit dem Autokennzeichen?«

»Ich weiß nicht mehr genau, die Buchstaben waren RGN, aber an die Zahlen erinnere ich mich nicht mehr. Aber warum fragen Sie mich das alles?«

Der Detective notierte sich die Angaben und sah auf. »Josh, ich frage Sie: Hat Chrissy Tim Wilcox erschossen?«

Jetzt war er also doch dran. »Ich, ich weiß nicht, was sie … womit sollte sie ihn erschossen haben?« Zeit schinden, dachte er, einfach Zeit schinden. Plötzlich war er sicher, dass sie die Tatwaffe gefunden hatten.

Der Detective musterte ihn mit kaltem Blick. Josh sah weg.

»Nun, eine Waffe kann man sich besorgen«, sagte der Detective. Josh schwieg. Sie haben die Waffe nicht gefunden, dachte er.

»Sie war mit Ihnen an jenem Abend auf einer Party im *Surf Club.*«

Josh spürte, wie er stärker wurde. Die Polizei hatte nichts in der Hand.

»Wo waren Sie danach?«

»Bei mir. Wir sind zu mir gefahren.«

Die Augen des Detectives schienen wie Laserstrahlen auf ihn gerichtet zu sein. »Josh, Sie wissen, dass Chrissy ein Verhältnis mit Tim Wilcox hatte. Das hat er beendet, wie wir wissen. Chrissy muss sehr verletzt gewesen sein. Wollte sie sich nicht an ihm rächen? Josh? Haben Sie sie zu Tim Wilcox' Haus gefahren?«

»Nein! Das ist alles totaler Bullshit! Ich bin mit ihr zu mir gefahren. Wir haben Sex gehabt, großartigen Sex, bis zum frühen Morgen! Sie liebt jetzt mich, Tim Wilcox war ihr egal, nachdem sie mich getroffen hatte! Vollkommen egal!« Erst jetzt bemerkte er, dass er schrie. Sofort verstummte er.

»Hoffen wir, dass sie durchkommt«, sagte der Detective ruhig, stand auf und ging, ohne sich noch einmal umzudrehen, den Flur hinunter.

Josh stürzte den Rest Kakao hinunter. Seine Hände zitterten. Er kehrte zu Chrissys Zimmer zurück. Im Türrahmen blieb er stehen. Er sah Erica Wagners verweintes Gesicht. Er war schuld.

»Es tut mir Leid«, murmelte er.

»Ich bin schuld«, sagte sie leise. Sie tat ihm Leid.

Er wusste nicht, was er tun sollte. Sollte er gehen oder bleiben?

»Warten wir, bis sie wieder aufwacht«, sagte Erica Wagner, und er setzte sich auf die andere Seite des Bettes.

Chrissy atmete gleichmäßig, das Gesicht friedlich und entspannt. Vielleicht wäre es besser, sie würde nie wieder aufwachen.

38

Seit Al Marlowes Geburtstag war er – absichtlich oder nicht – in keinem Pub mehr gewesen. Ein unangenehmes Gefühl beschlich ihn, als er die Passage betrat, in der der Pub mit den roh gezimmerten Balken und der irischen

Volksmusik zwischen Strandboutiquen lag. Sofort tauchten die Bilder jenes Abends wieder auf. Die lachenden Gesichter der Kollegen, wie sie Al zuprosteten, das orangefarbene Leuchtschild auf dem Taxidach, Tom, wie er den Dienstwagen aufschloss und Jack anbot, ihn mitzunehmen, sein Arm auf Jacks Schulter …

Nicht noch ein Opfer, hatte er gedacht, als Tamara ihm telefonisch mitteilte, dass Chrissy einen Selbstmordversuch unternommen habe. Die Ärzte kämpften noch um ihr Leben. Zwar hatte man keinen Abschiedsbrief gefunden, doch Tamara hatte Recht, wenn sie meinte, ihr Selbstmordversuch sähe ganz nach einem Schuldeingeständnis aus.

Er war enttäuscht. Insgeheim hatte er gehofft, dass Wilcox' Tod in einem größeren Zusammenhang stehen würde, ja, vielleicht sogar irgendetwas mit dem Tod seiner Kollegen zu tun hätte. Doch jetzt sah es so aus, als ob es sich um einen Mord aus Eifersucht handelte.

Trotz der schummrigen Beleuchtung und der Gruppen von rotgesichtigen und dickbäuchigen Männern machte er sie sofort auf einem Barhocker an der Theke aus. Sie starrte auf die Flaschenregale, vor sich ein halb volles Glas. Wenn Tamara Alkohol trank, dann musste sie einen Grund haben.

»Du trinkst Bier?«, fragte er.

Sie fuhr herum und lächelte ihn müde an. »Trinkst du eins mit?«

Er gab dem Wirt ein Zeichen. Der nickte ihm zu und zapfte ein Toohey's. Währenddessen lehnte er seine Krücke an die Theke und schob einen Barhocker zwischen Tamara und einen rothaarigen Fleischkloß, der lauthals mit seinen beiden Kumpeln lachte.

»Also«, er setzte sich halb auf den Hocker und nahm sein Glas kaltes Bier, »dann schieß mal los.«

Chrissys Zustand sei noch immer sehr ernst, berichtete

sie. Man könne sie nicht befragen. Tamara seufzte. »Ich fühle mich beschissen. Ich hab das Gefühl, dauernd in die falsche Richtung gelaufen zu sein. Wir haben uns in diese Drogengeschichte verbissen! Dabei stehen weder Tim Wilcox noch Ray Morrison auf der Verdächtigenliste der Drogenabteilung.«

»Das will doch gar nichts heißen, Tamara.«

»Oh doch, Shane, das will wohl was heißen. Willst du wissen, was?« Sie nahm einen kräftigen Schluck. »Ich habe mich von dir in diese Richtung drängen lassen. Du«, und dabei streckte sie ihren Hals kampfbereit vor, »du hast dir, warum auch immer, in den Kopf gesetzt, dass wir es mit Drogen zu tun haben – und warum? Weil du im Grunde genommen überhaupt nicht am Fall Wilcox interessiert warst, sondern nur an dem, was in Brisbane passiert ist!« Sie wollte trinken, stellte das Glas dann aber wieder ab. »Und ich habe dem großen Boss Shane O'Connor vertraut und brav alles gemacht, was er gesagt hat!«

Er war sicher, sie hatte schon mehr als dieses Bier getrunken. »Und«, fragte er bemüht gelassen, »bist du nun fertig?«

»Gleich. Chrissy Wagner hat Tim Wilcox aus verletzter Eitelkeit erschossen.« Sie trank ihr Glas leer und schob es von sich. »Jetzt bin ich fertig.«

»Hat sie das gestanden?«

»Sie kann gerade nicht gestehen, sie ist noch immer nicht über den Berg.«

Wie schuldig musste sich Chrissys Mutter Erica fühlen, dachte Shane.

Tamara seufzte wieder und bestellte ein weiteres Bier. »Ich weiß auch nicht, Shane. Ich fühle mich irgendwie schuldig an Chrissys Selbstmordversuch. Wir hätten sie früher finden müssen.«

»Hör auf damit, Tamara.« Wenn sie ein Mann wäre, hätte

er ihr jetzt kumpelhaft auf die Schulter geklopft. Doch er hatte von Anfang an jeglichen Körperkontakt vermieden, bis auf einmal, da war es nach einem Kneipenbesuch zu einem Kuss gekommen. »Das ist unser Schicksal, Tamara, zu spät zu sein. Wenn wir immer rechtzeitig kämen, gäbe es kein Verbrechen, keinen Mord, keinen Selbst-«

Sie winkte ab. »Bemüh dich nicht, Shane.«

Er war sicher, ein Schulterklopfen wäre tröstender gewesen. Schweigend tranken sie ihr Bier. Die vertrauten Geräusche eines Pubs, Gemurmel, Gelächter, Gläserklirren – und das zweite Bier – besänftigten ihn allmählich. Als sich die Erinnerung an Al Marlowes Geburtstag aufdrängen wollte, schob er sie rasch beiseite. »Trinken wir noch eins?«

Sie betrachtete ihr noch halb volles Glas. »Okay, aber dann Alkohol mit weniger Flüssigkeit.«

Er lachte und bestellte zwei Whisky. »Wie war dein Besuch bei diesem Glaskünstler?«, fragte er und nahm einen Schluck.

»Oh, er ist ein netter Typ, allerdings ...«

»Ja?«

Sie berichtete ihm, dass Ray Morrison eine seltsame Andeutung gemacht habe, er arbeite verdeckt.

»Ein Undercover?«

Tamara nickte. »Das Problem ist nur, ich bekomme keine eindeutigen Informationen, wie immer in solchen Fällen.«

Er selbst hatte Andrew Ward gefragt, auch der hatte sich nur vage geäußert. Wir haben doch immer was am Laufen, hatte er gesagt.

»Ich weiß wirklich nicht ...«, stöhnte sie und fuhr sich durch ihr wirres Haar, »ich fühl mich wie in einem Sumpf. Je mehr ich strample, um festen Boden unter die Füße zu bekommen, desto tiefer sinke ich.«

Das Gefühl hatte er auch.

»Sag mal«, sagte sie irgendwann, »hast du eine Idee, was Mick Lanski beabsichtigt?«

»Warum?«

»Er war bei Chrissy im Krankenhaus. Was ist denn eigentlich damals zwischen euch beiden passiert?«

»Ein anderes Mal, Tamara«, sagte er. »Mick will mir eins auswischen.«

»Ach, Shane«, ihre Zunge war schwer geworden nach dem zweiten Whisky, »glaubst du wirklich? Vielleicht hältst du dich auch für wichtiger, als du bist?«

Als er wissen wollte, was sie damit meinte, zuckte sie nur mit den Schultern und trank ihr Glas aus. Um kurz nach elf verließen sie den Pub.

In der Nacht schlief er miserabel. Er träumte, immer tiefer in einem Sumpf zu versinken. Jedes Mal, wenn er bis zu den Nasenlöchern im Schlamm steckte, schreckte er schweißgebadet auf. Sobald er wieder einschlief, begann der Traum von neuem.

Als endlich der Morgen graute und er einen Kaffee auf dem Balkon getrunken und geduscht hatte, meldete sich Tamara und teilte ihm mit, der Mord an Wilcox sei wohl endlich aufgeklärt.

»Chrissy hat gestanden. Schriftlich.«

Er war sofort hellwach und beschloss, bei Tamara vorbeizufahren. Als sein Wagen aus der Tiefgarage schoss, war der Himmel blau und die Sonne brannte.

Im Büro im Maroochydore Headquarters packte Tamara gerade Unterlagen zusammen, als er klopfte. Es war stickig und heiß. Sie hatte eindeutig zu viel getrunken, sie war blass.

»Jetzt haben wir's schwarz auf weiß.« Sie schob ihm eine Fotokopie über den Tisch.

Er ließ sich auf den Besucherstuhl sinken, legte die Krücke ab und las.

»Ich bin am Samstagabend zu Tim Wilcox' Haus gefahren und habe ihn mit zwei Schüssen getötet, weil er mich gedemütigt hat. Chrissy Wagner.«

»War gerade in der Post«, erklärte sie, bevor er fragen konnte. »Wird im Moment auf seine Echtheit hin geprüft. Damit bekommt ihr Selbstmordversuch natürlich einen Sinn.« Sie rieb sich mit beiden Handflächen über die Wangen, als müsse sie endlich wach werden. »Tja.« Sie seufzte und nahm den Brief wieder in die Hand. »Ich habe ihn schon mindestens dreißig Mal gelesen, und ich denke jedes Mal, ich muss darin etwas finden, das Chrissys Unschuld beweist.« Sie stöhnte. »Aber ich finde nichts. Ich muss warten, bis sie vernehmungsfähig ist. Die Ärzte sind immer noch besorgt. Ich fahre übrigens bei Carol vorbei, um ihr Bescheid zu geben. Willst du mitkommen?«

Er wollte.

»Moment.« Ihm war noch etwas eingefallen.

Tamara drehte sich um. »Ja?«

»Hast du etwas über Sonia O'Hara gehört, du weißt, die ältere Frau, die am Strand …«

»Oh, das hatte ich ganz vergessen.« Tamara ging zum Schreibtisch zurück und blätterte eine Mappe auf. »Hier.« Sie gab ihm eine Seite aus dem Polizeibericht und drei Fotos, die von der Leiche gemacht worden waren. »Es reicht, wenn du sie mir morgen zurückgibst.«

Er steckte die Unterlagen in ein Kuvert, dann folgte er Tamara zu ihrem Dienstwagen. Eigentlich hätte er über Chrissys Geständnis Erleichterung empfinden müssen. Immerhin war damit ein Mord aufgeklärt … und es hatte sich Carols Unschuld erwiesen. Stattdessen war er zornig über die Skrupellosigkeit all derer, die im illegalen Drogengeschäft mitmischten. Er dachte an Pam.

Der Verkehr von Maroochydore nach Buderim war dichter, als er erwartet hatte. Erst nach der Abzweigung zum Motorway nach Brisbane oder Noosa war die Straße wieder frei.

»Hier würde ich auch gern wohnen«, sagte Tamara und schenkte den alten, hohen Bäumen, ihrem üppigen Blattwerk und ihrer verschwenderischen Blütenpracht bewundernde Blicke.

»Und was würdest du dann tun?«, fragte er.

In ihrem Blick lag ein Ausdruck von Belustigung. »Lesen vielleicht. Und Barbecuepartys geben.«

Ihm war nicht nach Späßen, so brummte er nur irgendetwas, das er selbst nicht verstand.

Tamara verzichtete glücklicherweise auf eine Bemerkung und parkte vor der Gartentür.

Als auf ihr Läuten niemand öffnete und sie feststellten, dass die Haustür nicht abgeschlossen war, gingen sie ins Haus. Sie trafen Carol im Garten. Mit Arbeitshandschuhen und Strohhut vor Sonne und Insekten geschützt, schnitt sie verdorrte Blüten und Zweige aus einem Oleander.

»Der Gärtner hat mich schon wieder versetzt«, sagte sie ohne Begrüßung. »Ist einfach nicht gekommen.«

Tamara berichtete ihr von Chrissys Selbstmordversuch. »Im Moment können wir nicht mit ihr reden. Sie ist noch nicht ansprechbar. Vielleicht überlebt sie nicht.«

Carol hatte nur kurz in ihrer Arbeit innegehalten und Tamara mit seltsam starrem Blick angesehen. Ihn, Shane, hatte sie keines Blickes gewürdigt. »Es scheint mir alles schon so lange her zu sein«, sagte sie dann und durchkämmte den Strauch nach weiteren vertrockneten Blüten.

Tamara warf Shane einen Hilfe suchenden Blick zu, doch ihm fiel auch nichts ein, was er sagen sollte, und so verabschiedeten sie sich und versprachen, Carol auf dem Laufenden zu halten.

»Seltsame Person«, sagte Tamara, als sie die Autotür zuwarf. »Eiskalt.«

Er wusste nicht, warum, aber er murmelte eine Entschuldigung und humpelte zurück zum Haus. Als er wieder in den Garten kam, hielt sie noch immer die Gartenschere in der Hand, doch über ihr Gesicht liefen Tränen. »Hat sie es getan?«, fragte sie.

»Sie muss erst wieder wach werden, danach wird man weitersehen.«

Endlich ließ sie die Schere sinken. »Dann hatte die Vorladung nichts mit seinem Tod zu tun?«

»Das weiß man noch nicht«, sagte er unbestimmt, obwohl er nach Chrissys Selbstmordversuch auch nicht mehr daran glaubte.

Sie wischte sich die Tränen ab. »Schade. Das hätte seinen Tod weniger schäbig gemacht.«

Ja, damit hatte sie Recht. »Wenn du mich brauchst …«, sagte er.

Ihr Lächeln war angestrengt. Sie ließ ihren Blick über den Garten gleiten und zuckte dann mit den Schultern. »Ich bin frei, aber ich weiß nichts mit meinem neuen Leben anzufangen. Komisch, nicht?«

Er hätte jetzt sagen können: Das kommt schon noch. Oder: Ruh dich erst mal aus. Doch er nickte nur und ging dann. Es könnte alles so einfach sein, wenn er ihr trauen würde.

Tamara schnaubte ungehalten, als er ins Auto stieg. Er schwieg, hielt sich am Griff über der Tür fest und sah nach vorn.

Die Farben der blühenden Bäume entlang der Straße von Buderim schienen von der Sonne ausgebleicht. Unbarmherzig brannte sie von einem makellos blauen Himmel.

Sie sprachen nicht miteinander, bis Tamara neben seinem Wagen auf dem in der Hitze glühenden Parkplatz vor dem Police Headquarters Maroochydore anhielt.

»Moment«, sagte sie und drehte sich nach hinten zur Rückbank. Dann hielt sie ihm eine blaue Pappschachtel entgegen. »Ein Weihnachtsgeschenk.«

»Von dir?« Sofort fiel ihm ein, dass er keines für sie hatte. Ja, noch nicht mal ein Hochzeitsgeschenk für Kim und Frank …

»Nein. Von Ray Morrison, dem Glaskünstler.«

»Er kennt mich doch gar nicht.«

»Aber er hat mir zwei Päckchen gegeben.«

Sie beugte sich erneut nach hinten und nahm eine weitere Schachtel in die Hand.

»Explodiert das, wenn wir's aufmachen?«

Sie lachte und schnitt mit ihrem Fingernagel den Klebestreifen auf. In der blauen Schachtel lag die Broschüre, die er schon in ihrem Büro gesehen hatte. *Glass House Arts.* Sie hob die Broschüre hoch. Darunter lag, eingebettet in weiße Watte, eine kleine Glasfigur. Sie nahm sie heraus. Das Licht ließ den Papagei fast lebendig erscheinen.

»Süß, nicht?«

Er hob die Schultern und öffnete seine Schachtel. Auch darin lag unter der Broschüre eine kleine Figur, in Watte eingepackt.

»Nein!« Tamara lachte, als er den Affen zwischen zwei Fingern hielt. »Ob sich Morrison was dabei gedacht hat?«

»Wie?«

»Nichts!«, sagte sie und lachte immer noch.

Er begriff nicht, was sie meinte.

»Moment, Shane!« Sie gab ihm die Pappschachtel mit dem Affen.

»Was soll ich damit?«

»Verschenken! Und hier, falls du was nachbestellen

willst!« Sie gab ihm die Broschüre, die aus der Schachtel herausgefallen war.

Er faltete sie zusammen und steckte sie in die Hosentasche. »Halte mich auf dem Laufenden«, sagte er noch, stieg aus und warf die Tür zu.

Zurück im Apartment, öffnete er die Balkontür und ging hinaus. Die Hälfte des Balkons war schon in nachmittäglichen Schatten getaucht. Er stützte sich auf das noch warme Metall des Geländers. In der letzten Stunde war der Wind stärker geworden. Die Wellenkämme kräuselten sich. An den vorgelagerten Sandbänken bäumten sich die Wellen auf, um sich mit ganzer Wucht donnernd auf den Strand zu werfen.

Aus seiner Hosentasche zog er die Broschüre von *Glass House Art*. Immer wieder musste er das Foto von Ray Morrison betrachten, irgendetwas machte ihn stutzig, aber er wusste nicht, was. Sah er dem Mann aus dem weißen Sedan ähnlich? Wurde er, Shane, von einem Undercover-Polizisten überwacht? Welchen Verdacht hatte Mick Lanski? Dass er, Shane, im Drogengeschäft mitmischte? War das Lanskis Erklärung dafür, dass er überlebt hatte? Er verwarf die Gedanken. Es war alles zu absurd.

Die Strandwacht hatte die Flaggen gehisst, die anzeigten, dass es zum Schwimmen zu gefährlich war. Niemand war mehr im Wasser, auch die Surfer wagten sich nicht mehr hinaus.

Wieder betrachtete er das Foto. Dieser Blick. Wo hatte er ihn schon einmal gesehen? Da läutete sein Handy.

»Ja?«

»Detective Shane O'Connor?«, fragte die männliche Stimme. »Detective Paul Farrell. Police Headquarters Maroochydore. Es geht um Ihre Tochter Pam.«

Ihm stockte der Atem. Genauso begann er, wenn er Angehörigen etwas Schreckliches mitzuteilen hatte.

»Ja?«

»Eine dumme Geschichte. Wir haben bei ihr illegale Drogen gefunden.«

»*Was?*«

»Sie will, dass Sie sofort kommen.«

Er sah sie vor sich. Seine Pam … »Ja, natürlich, und was ist mit ihrer Mutter?« Kim würde übermorgen heiraten. Und jetzt so etwas. Eine Katastrophe.

»Ihre Tochter will erst mit Ihnen sprechen.«

»Sagen Sie ihr, ich bin schon auf dem Weg!«

Hastig schnappte er den Autoschlüssel und ließ die Tür hinter sich zufallen. Wütend und besorgt zugleich stieg er in den Aufzug. Kim ging einfach zu sorglos mit Pam um. Pam war doch erst siebzehn. Und von wegen: Pam weiß, worauf sie sich einlassen kann und worauf nicht! Der Aufzug brauchte eine unendlich lange Zeit, bis er endlich in der Tiefgarage ankam. Shane humpelte, so schnell er konnte, durch den neonbeleuchteten, fensterlosen Flur mit den Betonwänden, vorbei an der ersten Metalltür mit dem *Eintritt-verboten*-Schild, vorbei an der zweiten, und trat durch die geöffnete dritte Tür in die düstere Garage. Er hinkte zwischen den parkenden Autos zu seinem weißen Corolla, der, mit der Motorhaube zur Wand, zwischen dem weißen Mercedes und dem roten Toyota stand, steckte den Schlüssel ins Türschloss –

In diesem Augenblick reißt ihn eine Explosion auf den Boden. Er will sich unter ein Auto rollen, da peitscht der nächste Schuss – trifft ihn irgendwo – er hat seine Waffe nicht dabei – sie liegt oben im Apartment – warum nur hat er sie nicht mitgenommen – Blut sickert durch sein Hemd –

vor seinen Augen verschwimmt alles – er hört Reifenquietschen oder Schritte – das Tor – was – alles verschwimmt –

Er rollte sich herum und sah in die Augen von Mick Lanski. Mick Lanski. Natürlich. Er hatte es gewusst. Mick würde ihn jetzt töten.

»Mick?« Er war sich nicht sicher, ob Mick ihn verstanden hatte, er selbst hörte seine Worte ja kaum, und Lanski sprach in ein Telefon. Er wollte Mick fragen, warum er ihn umbringen wollte. Das musste er unbedingt noch wissen, bevor …

»Mick!« Schweiß brach ihm aus, und sein linker Oberarm war heiß. Sein Herz hetzte, sein Arm brannte, als habe man Säure darüber geschüttet. Warum nur hatte er seine Waffe nicht dabei? Lanski machte sich kniend an ihm zu schaffen. Verband er ihn etwa? Aber er hatte doch gerade auf ihn geschossen, oder?

»Warum bist du hier?« Shane hörte kaum seine eigene Stimme, und die von Mick Lanski auch nicht, sah nur noch, wie sich dessen Mund öffnete. Jetzt fühlte er seinen Körper nicht mehr, nur noch ein Brennen, aber auch das verging. Vielleicht war das nun endgültig das Ende. Wer hatte schon zweimal Glück?

39

Er saß unter der Pergola auf einem Gartenstuhl, starrte in den dunklen Garten und hatte Angst. Unter dem Tisch stieg der beißende Geruch der Anti-Moskito-Kerze hoch. Garbo, der gerade sein Futter gefressen hatte, sprang von seiner Decke auf und rannte auf einen Baum zu. Wahrscheinlich hatte er ein Opossum gesehen, die kamen öfter in den Garten. Erst vor einer Stunde war er vom Krankenhaus zurückgekehrt. Chrissy war endlich aufgewacht. Ganz plötzlich hatte sie sich bewegt und erst ihre Mutter, dann ihn angesehen – erstaunt –, als sei er ein Fremder. Das hatte ihm wehgetan und Angst gemacht. Und noch etwas anderes hatte ihm Angst gemacht: Detective Dew war wieder aufgetaucht, diesmal mit einem Haftbefehl, aufgrund eines angeblichen schriftlichen Geständnisses. Er, Josh, hatte es nicht glauben wollen. Wann sollte Chrissy das Geständnis geschrieben und weggeschickt haben? Bevor sie zu ihm gekommen war? Warum hatte sie ihm nichts davon gesagt? Ihn hatte sie offensichtlich nicht erwähnt, denn ihn hatte man nicht verhaftet – nur vernommen. Aber er war bei der Version geblieben, die er auch diesem anderen Detective, dem mit dem grauen, schmalen Gesicht, erzählt hatte: Er, Josh, war mit Chrissy im *Mooloolaba Surf Club* auf einer Party gewesen und dann mit ihr zu sich nach Hause gefahren, wo sie den Rest der Nacht großartigen … und so weiter.

Garbo kläffte noch immer den Baum an. Josh nahm die Taschenlampe von der Fensterbank und ging über den Rasen. Er entdeckte im Geäst des Frangipanis tatsächlich ein Opossum mit einem Kleinen auf dem Rücken. Große Augen starrten in den Lichtkegel. Er schaltete die Lampe aus und zog Garbo am Halsband ins Haus.

Ein Bild drängte sich in seine Überlegungen: Wie er nach Blix' Besuch in die Küche gegangen war und Chrissy gefunden hatte, die ihn mit glasigen Augen ansah. Das leere Glas vor ihr. Im Krankenhaus dann die seltsamen Fragen dieses mageren, farblosen Detectives mit dem schmalen Gesicht. Wie sah Blix aus? Würden Sie ihn wiedererkennen? Etwas war faul an der ganzen Sache. Das wurde immer klarer.

Aber was steckte dahinter? Welche Absicht? Chrissy hatte Wilcox erschossen. Das wusste er. Warum also dann diese Merkwürdigkeiten? Wusste Chrissy vielleicht zu viel? Zu viel worüber? Über Wilcox?

Er musste zu ihr.

»Ich komme bald wieder«, sagte er zu dem Hund, als er die Terrassentür verschloss. »Sei schön brav.«

Garbo blieb stehen und sah ihn an, als sei er überzeugt, Josh käme nie wieder.

»Ach, Garbo.« Josh wandte sich schnell ab und ging hinaus.

Für die Strecke nach Nambour würde er eine halbe Stunde benötigen. Er fuhr los und schaltete das Radio ein. Aber er musste nachdenken, und so schaltete er es gleich wieder aus. Die leuchtenden Nikoläuse und Rentiere an den Häusern und Gartenzäunen kamen ihm vor wie aus einer anderen Welt, einer Welt, in der es keine Verbrechen gab, keine Drogen, nur glückliche Menschen. Schließlich bog er auf den Motorway ein. Die Tachonadel zeigte einhundert Stundenkilometer an. Er drückte aufs Gaspedal. Röhrend schaffte es der Wagen auf einhundertundzwanzig. Nur noch zwanzig Minuten, schätzte er. Die unbestimmte Angst, dass Chrissy etwas geschehen könnte, hatte mit ihrer kalten Hand seinen Nacken im Griff. Noch nie war ihm die Strecke so unendlich erschienen. Jede Minute kam ihm vor wie ein Gegner, den er niederkämpfen musste. Unzählige Male sah er auf die Armbanduhr. Noch fünfzehn verdammte Kämpfe … Endlich bog er auf den Parkplatz ein.

»Ich muss unbedingt zu Chrissy Wagner«, sagte er am Empfang und war auch schon auf dem Weg nach oben, ohne auf die Krankenschwester zu achten, die ihm irgendetwas hinterherrief. Der Stuhl vor ihrer Zimmertür war leer.

Der Polizist war vielleicht gerade auf der Toilette oder holte sich etwas zu essen. Rasch schlüpfte Josh ins Zimmer und schloss die Tür hinter sich. Dämmriges Licht erhellte dürftig den Raum. Chrissy schlief. Sie war noch immer an die Überwachungsgeräte angeschlossen, die Infusion tropfte regelmäßig in ihre Venen. Er beugte sich zu ihr und spürte ihren Atem auf seiner Haut. So friedlich lag sie da. Ihr Gesicht war entspannt, ja, sie schien fast zu lächeln. Ihr kupferfarbenes Haar lag schwer und dick auf dem Kissen. Verschwunden war das Elektrisierende, das Wilde, Unruhige, Unstete und Launische. War das jetzt ihr wahres Ich? Er küsste sie auf die Wange, behutsam, als könne ihr jede Berührung wehtun. Ihre Haut war warm und trocken.

»Chrissy ... Chrissy ...«

Ganz langsam hoben sich ihre Augenlider. Dann sah sie ihn an.

Er setzte sich auf den Bettrand und nahm ihre warme Hand. Diesen Augenblick wollte er festhalten. Ihre Hand in seiner. Ihre Finger, die sich allmählich fester um seine schlossen. Nur noch einen Augenblick, dann würde er sie fragen. Und dann wäre vielleicht alles anders.

Ihr Blick wandte sich von ihm ab, die Hand in seiner Hand wurde feucht. Dann öffnete sie den Mund.

»Was?« Er beugte sich tiefer zu ihr. »Was, Chrissy?«

»Blut«, flüsterte sie, »wie er mich angestarrt hat ...«

»Wer? Wilcox?«

Sie sah ihn an. In ihren Augen war Angst.

»Was, Chrissy? Was meinst du?« Er war verzweifelt.

In dem Moment wurde die Tür aufgerissen, und ein bulliger uniformierter Polizist glotzte Josh an. »Raus hier! Raus!« Da hatte ihn der Polizist auch schon mit eisernem Griff gepackt und zum Ausgang gezerrt.

»Chrissy! Du musst dich erinnern!«

Doch der Polizist zog schon die Tür hinter ihm zu.

»Deine Freundin steht unter Mordverdacht. Nur weil es ihr so schlecht geht, ist sie noch nicht eingebuchtet. Wenn du jetzt ohne Mätzchen verschwindest, mach ich keine Meldung. Klar?«

Josh konnte den abgestandenen Atem des Polizisten riechen. Sein Arm fühlte sich an, als wäre er in einem Schraubstock eingespannt.

»Ist noch was?«

Josh schluckte. »Sie passen auf, dass da keiner reinkommt, ja? Ich meine, ihr kann niemand was tun, ja?«

»Nein. Und jetzt hau endlich ab, bevor ich's mir anders überlege!« Der Polizist ließ ihn los.

Josh rieb seinen Arm und ging mit schleppendem Schritt den Flur hinunter. Die Krankenschwester am Empfang warf ihm einen feindseligen Blick zu, doch es berührte ihn nicht.

Die Nachtluft fühlte sich an wie feuchte Watte. Sein Wagen stand unter einer Laterne. Er steckte den Schlüssel ins Türschloss und bemerkte, als er aufsah, ein Auto, das ihm bekannt vorkam. Er sah genauer hin. Ein weißer Hyundai. Nun, davon gab es eine ganze Menge. Tausende sicher allein an der Sunshine Coast. Dennoch, er zog den Schlüssel wieder ab und ging langsam zu dem Wagen hinüber, vielleicht tat er es, weil er einfach einen Grund suchte, um nicht gleich wieder nach Hause fahren zu müssen. Seine Schritte auf dem Asphalt hinterließen in der nächtlichen Stille ein schabendes Geräusch. Seine Gestalt warf einen kurzen Schatten. Als er vor dem Wagen stand, bückte er sich, sah hinein. Niemand saß drin. Auf dem Blech blitzte das Licht der Laterne. Eine tiefe Schleifspur am linken vorderen Kotflügel fiel ihm auf. Er wurde neugierig. Das Kennzeichen: 229 RGN. RGN? Detective Blix' Wagen?

Abrupt drehte er sich um, rannte zurück in die Klinik, stürzte wieder an der Krankenschwester vorbei, nahm die Treppe und sah, dass der Stuhl vor Chrissys Tür leer war. Er schlitterte den Flur hinunter und riss die Tür auf. Der Raum war unverändert. Das dämmrige Licht leuchtete. Er trat näher ans Bett. Chrissy lag genau so, wie sie gelegen hatte, als er gegangen war – nur die Geräte waren ausgeschaltet …

Er klopfte auf ihre Wangen, aber sie rührte sich nicht, er klopfte fester, ihre Augenlider zitterten.

»Chrissy! Wach auf!«

Er drückte den roten Notrufknopf an der Wand. Sein Herz hämmerte, er drückte wieder und wieder den Knopf und rief ihren Namen, bis endlich eine Krankenschwester hereinkam.

»Was, um Himmels willen, ist denn los?« Noch bevor er antworten konnte, handelte sie bereits, rief einen Arzt, prüfte den Puls, hantierte an den Geräten, nahm keine Notiz mehr von ihm.

»Chrissy«, konnte er nur noch flüstern.

Der Arzt stürzte herein, und ihn, Josh, schob man aus dem Raum.

»Was ist mit ihr?«

Doch man gab ihm keine Antwort. Chrissy durfte nicht sterben. Er hatte doch gerade erst angefangen, ihr wahres Ich kennen zu lernen. Das war doch ihr wahres Ich … Er sank auf den Stuhl des Polizisten. Wo war der eigentlich? Er sah den Flur hinunter. Nichts. Seit wann war der Polizist verschwunden? Er hatte doch behauptet, auf Chrissy aufzupassen? Hatte er versucht, Chrissy zu töten? Er sprang auf und lief den Flur entlang. Zuerst sah er in den Toiletten nach, doch da war niemand. Gegenüber befanden sich zwei Patientenzimmer, er öffnete vorsichtig die Türen, doch es war dunkel. Er schaltete das Deckenlicht an, doch in den beiden Betten lagen zwei ältere Frauen. Rasch machte er das Licht wieder aus und schloss die Tür. Die Teeküche – leer. Noch ein Krankenzimmer, doch auch hier nur zwei Frauen. An der nächsten Tür stand das Schild *Waschraum*. Er zog die Tür auf, knipste das Licht an und schrak zurück. In der Ecke kauerte ein schwarzer Haufen – der bullige Polizist. Langsam hob er den Kopf. Sein Blick war starr wie aus Glas. Neben ihm standen ein fast leeres Glas mit einer bernsteinfarbenen Flüssigkeit und eine Whiskyflasche. Josh konnte sich nicht zurückhalten.

»Du verdammter Dreckskerl! Du solltest auf sie aufpassen, stattdessen besäufst du dich!«

Außer sich vor Wut trat er den Polizisten, immer und immer wieder, der Polizist wimmerte, krümmte sich. Josh erschrak. Was zum Teufel tat er da? Noch nie hatte er auf einen Menschen eingetreten. Der Mann war wehrlos, das konnte er doch sehen! Er ging neben dem Polizisten in die Hocke. Der Mann stank nach Alkohol. Hatte er sich denn innerhalb von kaum zehn Minuten so voll laufen lassen?

Er wollte den Polizisten etwas fragen, doch der verdrehte nur die Augen und sackte zusammen. Josh rüttelte ihn. Vergeblich. Er drückte auf einen roten Alarmknopf und ging auf den Flur zurück.

Blix, dachte er. Detective Blix.

Eine Krankenschwester kam ihm atemlos entgegen. »Was um Himmels willen …?«

Er zeigte nur zum Badezimmer und ging zu Chrissys Zimmer zurück.

Niemand nahm Notiz von ihm, als er hereinkam. Der Arzt und zwei Schwestern bemühten sich um Chrissy. Eine Maschine brummte, ein Arzt sagte »Jetzt!«, und dann folgte ein dumpfer Knall … Er wusste plötzlich: Sie versuchten sie wiederzubeleben. Auf einmal schien er sich von allein zu bewegen, er hob sich hoch in die Luft und blickte von oben auf die anderen hinunter. Jetzt konnte er Chrissy sehen und die runden Metallteller mit den Kabeln, durch die der Strom schoss, um sie ins Leben zurückzuholen. Irgendeine Kraft hob ihn weiter nach oben, es war wie ein Aufwind, beim Fliegen, die Luft wurde kühler und blauer, es wurde stiller, ein Vogel flog haarscharf an ihm vorbei, aber er, Josh, stieg immer höher in einen dunkelblauen Himmel, in den kein Laut drang.

»He, sind Sie okay?« Das Gesicht der Krankenschwester war ganz nah. »Kommen Sie mit raus.« Er spürte ihren Arm an seiner Schulter und ließ sich von ihr vor die Tür bringen.

»Er will mit Ihnen reden.« Sie meinte den Detective.

Wie hieß er doch gleich? Spencer? Spencer Dew? »Aber was ist mit Chrissy?«

»Ihr Zustand muss sich stabilisieren.« Sie ging wieder ins Zimmer.

Der Detective mit der Gelfrisur stemmte die Arme in die Hüfte. »Das hast du dir gedacht, was? Hast sie zum Schweigen bringen wollen, was?«

Am liebsten hätte er losgeschrien, alles in ihm überstürzte sich. Was war geschehen? Warum? Wer hatte das getan? Doch er brachte nichts davon hervor, schaffte es nur zu einem Schulterzucken.

Sein Gegenüber drückte ihn auf einen der Stühle an der Wand.

»So, Freundchen«, der Detective sah auf ihn herunter, »du packst jetzt aus.«

Da musste Josh lachen. Das alles konnte nicht real sein. Nein … Plötzlich wurde er ernst. Sein Lachen war ihm einfach ausgegangen, wie die Flamme beim Kochen, wenn die Gasflasche leer ist.

Der Polizist musterte ihn, als sei er wahnsinnig.

Jetzt fiel sie ihm wieder ein, die Frage, die wichtigste Frage. Josh holte Luft. »Wo ist Detective Blix?«

Der Polizist hob müde die Augenbrauen. »Hör mit den Märchen auf. Du steckst doch in der Sache drin, Josh. Du hast verhindern wollen, dass Chrissy die Wahrheit sagt. Sonst bist du nämlich auch dran. Gib's doch einfach zu, dann hast du's hinter dir. Wir kriegen's sowieso raus.«

Josh spürte, wie sich Handschellen um seine Handgelenke legten.

Das Gesicht des Detectives grinste ihn an. »Sie sind festgenommen. Sie stehen unter dem Verdacht, den Versuch unternommen zu haben, Chrissy Wagner zu ermorden. Ihre Rechte …«

Er hörte nicht mehr zu. Irgendwann saß er auf der Rückbank in einem Wagen und irgendwann auf einem harten Stuhl in einem fensterlosen Raum mit grauen Wänden, vor ihm der Detective, der immer dieselben Fragen stellte, auf die er nicht antwortete. Er dachte an Chrissy, und er dachte an Garbo, der seit Stunden auf ihn wartete, doch er fühlte nichts. Keine Angst, kein Bedauern, keine Trauer. Nichts. Er staunte lediglich. Über das Schicksal, das so urplötzlich in sein Leben eingegriffen hatte.

40

Das hatten sie also verhindern wollen, all diejenigen, die ihm geraten hatten, abzureisen, die Finger davon zu lassen, sich »rauszuhalten«: einen Streifschuss in der linken Schulter – nur um Zentimeter das Herz verfehlt. Schon wieder Glück gehabt …

Man hatte ihn ins Krankenhaus von Nambour eingeliefert. Das war gestern gewesen, hatte man ihm heute gesagt, als er aufgewacht war. Heute, am Weihnachtstag. Sie hatten ihm Schmerzmittel gegeben, und ihm fehlten Stunden seines Lebens. Allmählich aber waren seine Erinnerungen zurückgekehrt, und sofort hatte er Kim angerufen. »Illegale Drogen?«, hatte sie in den Hörer geschrien. »Deine Tochter? Shane, du bist wirklich paranoid!« Als er ihr dann erklärte, was passiert war, änderte sich sofort ihr Ton. »Um Himmels willen, Shane! Pam hat den ganzen Morgen auf der Terrasse gesessen, jetzt steht sie gerade unter der Dusche. Gestern haben wir zusammen eingekauft. Willst du sie sprechen? Wir können sofort vorbeikommen …« In dem Moment hatte er begriffen, dass man ihn reingelegt hatte. Sofort hatte er im Maroochydore Headquarters nachgefragt: Detective Farrell? Gab es nicht.

Tamara hatte sich gemeldet, sich bestürzt nach seinem Befinden erkundigt und ihm dann mitgeteilt, dass man Josh Cline letzte Nacht festgenommen habe, »übrigens im selben Krankenhaus, in dem du liegst«, hatte sie hinzugefügt. Jetzt realisierte er, dass Chrissy ebenfalls hier lag. Tamara berichtete, Josh habe womöglich versucht, Chrissy mit einer weiteren Überdosis umzubringen, damit sie ihn nicht in die Sache mit hineinziehen könnte. Leider sei der wachhabende Polizist unzuverlässig gewesen. Er habe Whisky getrunken, den Josh wahrscheinlich mit Rohypnol, einem Betäubungsmittel, versetzt hatte. Der Polizist könne sich an gar nichts mehr erinnern, und Josh streite alles ab, sofern er überhaupt auf die Fragen antworte, und sowieso, fügte sie hinzu, sei der ganze Fall inklusive dieses Attentats wirklich schrecklich undurchsichtig. Shane fühlte sich außer Stande, ihr Mut zuzusprechen oder ihr gar einen Vorschlag zu machen, wie sie vorgehen sollte.

Jemand hatte ihn beseitigen wollen – und Mick Lanski war auffallend schnell zur Stelle gewesen. Er musste endlich wieder einen klaren Kopf bekommen! Musste sich erinnern, was eigentlich geschehen war. Er hatte auf dem Balkon gestanden … Er kam nicht weiter. Eine unendliche Müdigkeit befiel ihn, es mussten die Schmerzmittel sein, die man ihm gegeben hatte …

Er wurde durch Klopfen geweckt, riss die Augen auf, sah auf die Uhr, halb fünf schon, Nachmittag. Wer war das?

Andrew Ward trat zögernd ein, auf seinem gebräunten faltigen Gesicht ein verkrampftes Lächeln. Wortlos rückte er einen der beiden Stühle am Tisch zurecht, setzte sich, stützte die Hände auf die Oberschenkel und räusperte sich. »Shane, ich muss dir was sagen.«

Shane spürte die Wut in sich hochsteigen, fühlte sich langsam wach werden. »Ich muss also erst fast erschossen werden, damit du mit mir redest, was?«

»Lassen wir das, Shane, die Sache ist nicht zum Spaßen.« Andrew nahm die R.-M.-Williams-Kappe ab und spielte am Wildlederschild. Sein dichtes dunkelbraunes Haar klebte am Kopf. Die Situation war ihm offensichtlich äußerst unangenehm. Schließlich sah er Shane an. »Du erinnerst dich doch daran, was ich über Trevor John Pierce gesagt habe.«

»Ich erinnere mich, dass du mir nichts gesagt hast, Andrew.« Shane hatte nicht vor, es ihm leicht zu machen.

Doch Ward überging seine Bemerkung. »Bei dem Einsatz in Melbourne damals vor acht Jahren wurden Trevor John Pierce und sein Partner erschossen.«

»Das hast du tatsächlich schon gesagt, Andrew.« Wenigstens erinnerte er sich daran.

»Nun …« Ward räusperte sich wieder. »Wir haben die Kugeln, von denen du getroffen wurdest, ballistisch untersucht. Nun«, Ward zögerte erneut, dann sagte er schließlich: »Die Kugeln in deinem Arm stammen mit größter

Wahrscheinlichkeit aus derselben Waffe, mit der damals auch Trevors Partner erschossen wurde.«

Shane versuchte zu begreifen.

»Das könnte entweder bedeuten«, fuhr Andrew fort, »der Mörder von damals hat die Waffe irgendjemandem angedreht oder weggeworfen, und ein anderer hat sie an sich genommen, es könnte aber auch bedeuten ...«

»Der Mörder von damals hat auf mich geschossen«, sagte Shane langsam.

Andrew nickte.

»Aus der Waffe sind in den letzten acht Jahren kaum Schüsse abgegeben worden, sonst wären die Übereinstimmungen beim ballistischen Vergleich nicht so deutlich.«

Shane brauchte ein paar Sekunden, um zu verstehen, was Andrew Ward ihm gerade berichtete. »Michael Lanski war sofort bei mir. Kannst du mir erklären, wieso?«

Andrew zuckte mit den Schultern und lächelte dann unbeholfen. »Zufall, oder?«

Wie er solche Bemerkungen hasste! »Zufall? Andrew! Alles ist Zufall, was? Mick Lanski war *zufällig* auch in der Drogenabteilung der Federal Police – wie Trevor John Pierce. *Zufällig* verbringt er gestern seine Zeit in der Tiefgarage neben meinem Auto. Überhaupt: Was macht Mick Lanski von der Abteilung für Innere Angelegenheiten hier an der Sunshine Coast? Er soll den verdammten Fall in Brisbane aufklären!« Er musste husten, was schrecklich schmerzte. »Und was soll dieser Undercover und überhaupt: Wer hat mich angerufen?«

»Das werden wir untersuchen, Shane.« Andrew wirkte erschöpft und ratlos. »Das werden wir untersuchen.«

Er zog aus der Jackentasche einen Bogen Papier und legte ihn auf Shanes Nachttisch. »Zu deiner Beruhigung«, sagte er, setzte seine Kappe auf und stand auf. »Du musst dich jetzt erholen. Es war alles zu viel für dich! Ich schicke dir gleich jemanden, der aufpasst, dass dir nichts passiert.«

»Ich brauch kein Kindermädchen, Andrew! Knöpf dir endlich Mick Lanski vor!«

Die Tür ging auf, und eine Krankenschwester sah Andrew Ward empört an. »Doktor Rutherford hat Ihnen doch gesagt, dass Mister O'Connor Ruhe braucht! Sie sollten ihn nicht aufregen! Sir, ich muss Sie im Namen von Doktor Rutherford bitten, Ihren Besuch jetzt zu beenden!«

Andrew seufzte und stand auf. »Also, Shane, jetzt ist Schluss mit deinen Ermittlungen. Du hast schon zweimal verdammtes Glück gehabt.«

»Willst du mir drohen?«

Doch Andrew ging zur Tür und drehte sich nicht mehr um.

Die Krankenschwester schüttelte ihm das Kissen auf. »So werden Sie nicht gesund, Detective.« Sie schaltete den Fernseher ein. »In SBS läuft gerade eine lustige Sendung über …«

Er ließ sich aufs Kissen sinken. »Ich will nichts Lustiges sehen!«

Die Krankenschwester stieß einen lauten Seufzer aus, ließ jedoch das Fernsehen eingeschaltet.

Shane griff zu dem Blatt Papier auf seinem Nachttisch und faltete es auseinander. Ein siegessicher lachender Mann von Mitte dreißig. Jugendlicher Typ. Sein dunkles Haar war kurz geschnitten und lag dicht am Kopf. Das Besondere aber waren die Augen. Sie hatten etwas Herausforderndes, etwas, das signalisierte: Ich will mich mit dir messen, ich will mit dir kämpfen, damit wir wissen, wer der Stärkere ist. Unter dem Foto stand: Trevor John Pierce †.

Er starrte auf das flimmernde Bild des Fernsehers, in dem der Werbespot eines Paketzustellers lief. Ein fröhlich lächelnder, sympathischer Mann in Shorts klingelte an einer Haustür und überreichte ein Päckchen, ein Geschenk zu Weihnachten – eine Schachtel …

Jetzt, jetzt wusste er, was er auf dem Balkon gedacht hatte, bevor das Telefon klingelte und dieser »Farrell« ihn in die Falle gelockt hatte. Das vergilbte Zeitungsfoto, das Ann ihm geschickt hatte! Da waren ihm auch diese Augen aufgefallen, obwohl er sonst nicht viel erkannt hatte.

»Andrew!«, schrie er. »Andrew!«

Die Krankenschwester riss die Tür auf. »Was, um Himmels willen, ist los, Detective?«

»Schnell, wo ist der Herr, der mich besucht hat?«

»Oh, der ist schleunigst abgefahren, ich war gerade draußen …«

»Verdammt, geben Sie mir mein Handy, bitte, es muss in meiner Hemdtasche sein!«

Kopfschüttelnd ging die Schwester zum Schrank und tastete über sein schmutziges Hemd.

»Tut mir Leid, aber da ist nichts.«

»Und in der Hosentasche? Sehen Sie in der Hosentasche nach! Schnell!« Ungeduldig beobachtete er, wie sie in den Taschen seiner ebenfalls verschmutzten Hose suchte.

»Tut mir Leid, da ist auch kein …«

Er musste es bei dem Anschlag verloren haben.

»Da.« Sie zog etwas aus einer Tasche. Es war die Broschüre von *Glass House Arts*.

»Geben Sie her!«, schrie er.

Die Krankenschwester gehorchte.

Da! Das war es! Ray Morrison mit wirrem Haar und Bart. Doch er lachte ihn mit diesen herausfordernden und siegessicheren Augen an. Er sah wieder auf das Foto, das Andrew Ward ihm gegeben hatte.

»Sie dürfen sich nicht so aufregen, Detective. Sie brauchen Ruhe!«, protestierte die Krankenschwester.

»Ich brauche etwas ganz anderes!« Er griff zum Telefon

auf seinem Nachttisch, wählte das Police Headquarters in Brisbane und ließ sich mit Andrew Wards Mobiltelefon verbinden.

»Shane?«

»Ist eigentlich die Leiche von Trevor John Pierce damals im Hafen gefunden worden?«

Es kam keine Antwort. War die Verbindung unterbrochen?

»Andrew?«, schrie er ins Telefon.

»Ja?«

»Hast du meine Frage verstanden?«

»Ja, hab ich, Shane.« Shane hörte ein Seufzen. »Die Sache war höchst unerfreulich. Wir konnten ihn nie bestatten. Der Körper kam in die Schiffsschraube, wir haben nur noch Teile ...«

»Die Leiche konnte also nie identifiziert werden?« Er wusste, dass er schrie.

»Wie meinst du das?«

»Genau so, wie ich's gesagt habe!«, brüllte er jetzt in den Hörer.

»Shane, was ist nur los? Du darfst dich nicht aufregen. Hör endlich auf mit deinen Ermittlungen ...«

»Ich will wissen, ob er jemals identifiziert wurde!«

»Nein, ich meine, wir haben seinen Kopf nie gefunden, und es war eindeutig, dass Trevor erschossen wurde, wir haben es gesehen ...«

»Wer, wer hat es gesehen?«

»Unsere Leute!«

»Alle acht?«

»Ich weiß nicht mehr, wer, Shane, aber wir haben auch seine Kleider gefunden ... und Mick ...«

»Mick! Mick Lanski war auch bei dem Einsatz dabei?«

»Ja, natürlich, er war doch bei der Federal ... Shane!«

Shane knallte den Hörer auf. Jetzt war die Sache klar.

Die Schwester, die die ganze Zeit wie erstarrt dagestanden hatte, sah ihn mit großen, besorgten Augen an. »Detective, bitte, Sie sind …«

»Geben Sie mir meine Sachen. Ich muss hier weg!«

»Aber, das dürfen Sie nicht!«

Zornig schlug er die Bettdecke zurück. »Meine Sachen! Schnell!«

Die Schwester war so verblüfft, dass sie tat, was er von ihr verlangte.

Dann rief er Tamara an und befahl ihr, ihn sofort im Krankenhaus abzuholen.

»Aber, Shane, was …«

»Ich erklär dir alles später. Komm sofort!« Er warf den Hörer auf die Gabel. »Und jetzt lassen Sie mich gehen, Schwester, sonst kann ich für nichts garantieren. Und unterstehen Sie sich, mich daran zu hindern!«

Wie verdammt weh das alles tat. Mit zusammengebissenen Zähnen zog er sich an. Schweiß strömte über sein Gesicht, rann über seinen Körper. Jetzt nicht aufgeben, dachte er. Jetzt, so nah am Ziel. Er hatte ihn, Ray Morrison war Trevor John Pierce. Und Mick Lanski, ja, Mick Lanski spielte irgendwo in diesem Spiel mit. Und Andrew? Was machte Andrew Ward eigentlich an der Sunshine Coast?

41

Chief? Was für eine Überraschung!« Die Sache musste ja verdammt heiß sein, sonst hätte sich sein Partner nicht hier oben bei ihm blicken lassen.

»Lass mich rein! Siehst du nicht, dass es regnet?«

Die Abenddämmerung war längst hereingebrochen, und über der weiten Ebene, die sich unterhalb der Berge erstreckte, lag ein Schleier aus feinem Regen. Es war still, nur das leise Sirren des Regens erfüllte die Luft.

Er trat zur Seite.

»Bist du allein?«, fragte der Chief.

»Ja, hab ich dir doch gesagt. Willst du was trinken?«

»Nein, danke, geh'n wir in deine Werkstatt.«

»Okay.« Er ging voraus. Es musste sich wirklich um etwas verflucht Wichtiges handeln …

Flackernd sprang das Neonlicht an. Seine Skulptur tauchte aus dem Dunkel auf wie ein Raumschiff, das gerade aus einer fernen Galaxie hier gelandet schien. Gute Arbeit hatte er geleistet, an diesem sechs Meter hohen Teil!

Doch der Chief hatte keinen Blick dafür übrig, stellte er fest.

»Hör zu: Es ist zu gefährlich geworden«, sagte der Chief.

»Wieso? Die Sache läuft doch. Die Kleine hat gestanden. Und der Cop ist erledigt, denke ich.«

»Ist er nicht.«

»Was?«

»Er ist nicht erledigt.«

»Aber, aber wie konnte das passieren?«

»Tja.«

»Scheiße. Und jetzt?«

»Wir sollten alle Spuren beseitigen.« Der Chief sah sich um. Sein Blick blieb an der offenen Tür zum Labor haften. Über das Gesicht des Chiefs lief ein Zucken, wie ein elektrischer Impuls, ganz schnell und kurz, doch ihm war es nicht entgangen.

42

Tamara nahm die Kurve zur Hauptstraße von Maroochydore mit quietschenden Reifen. Inzwischen war Shane von ihren Fahrkünsten überzeugt, er hielt sich längst ohne Angst am Griff über der Tür fest, und das Treten auf eine imaginäre Bremse hatte er ganz eingestellt. Er hatte ihr alles erzählt.

»Also, wenn ich das alles richtig verstanden habe«, fasste sie zusammen, »ist Mick Lanski bei dem Einsatz in Melbourne dabei. Er hat mit Trevor John Pierce, dem Undercover-Polizisten, abgesprochen, dass die dreihunderttausend Dollar Staatsgelder, die für den fingierten Drogeneinkauf bestimmt sind, in ihre eigenen Taschen wandern. Mick Lanski oder Trevor John Pierce erschießt den anderen Undercover-Polizisten, der nicht kooperieren will. Anschließend behauptet Mick, einer der Drogendealer war's. Trevor John Pierce wird von den Drogendealern auf dem Boot mitgenommen und dort erschossen. Doch: Nicht er, sondern ein anderer wird an seiner Stelle erschossen und von der Schiffsschraube zerstückelt. Mick Lanski bleibt bei der Polizei, geht schließlich in die Abteilung für Innere Angelegenheiten, spielt immer noch sein Doppelspiel, profitiert …«

»Und Trevor John Pierce wird zum Glaskünstler Ray Morrison, verschiebt mit Tim Wilcox Drogengelder. Doch eines Tages, als er mit dem Dealer Darren Martin nachts vor dem Büro von Wilcox steht – vielleicht haben sie gerade eine Besprechung oben im Büro gehabt –, kommen wir vorbei, und Jack erkennt in Ray Morrison einen alten Bekannten: Trevor John Pierce, der eigentlich tot ist. Die Geschichte von damals wäre aufgeflogen …«

Tamara sah kurz zu ihm herüber. »Trevor alias Ray erschießt also Jack, Evans und Hawkings, und dich verfehlt er.«

»Ja. Diesen Fehler versuchte er – oder Mick – vorgestern in der Tiefgarage zu korrigieren.« Vielleicht hatte er den Fehler auch vor Tagen auf dem Balkon korrigieren wollen. Aber davon wusste Tamara ja nichts.

»Sieht so aus, Shane, als ob du am Ziel wärst.«

Er seufzte. Trotzdem: Sein Partner würde nicht wieder lebendig werden.

Tamara fuhr noch schneller.

Durch die dunklen Regenwolken war die Dämmerung nur kurz. Der feine Regen wurde stärker. Hart trafen die Regentropfen auf die Frontscheibe, wo sie zerplatzten und von den Wischblättern hektisch weggeschoben wurden. Regenwasser floss in Bächen den Straßenrand hinunter. Hinter Nambour wurde der Wind stärker, peitschte den Regen an die Scheibe. Konzentriert steuerte Tamara den Wagen in der Dunkelheit über die gewundene schmale Straße hinauf. Im weißen Scheinwerferlicht blitzte der Regen wie Lametta und erinnerte Shane daran, dass morgen Boxing Day und auch Kims Hochzeit war.

»Ach, übrigens«, sagte Tamara auf einmal, »du hast die Unterlagen über Sonia O'Hara bei mir im Wagen vergessen.«

»Oh«, er hatte überhaupt nicht mehr daran gedacht.

»Ich hab mal reingeschaut und den Obduktionsbericht gelesen. Der zuständige Pathologe hat zahlreiche Hämatome entdeckt …«

»Das ist ja nichts Besonderes, wenn man bedenkt, dass sie von der Brandung …«

»Es gab aber auch Hämatome am Hals, und ihr Zungenbein war gebrochen.«

Shane horchte auf. »Warum wurde das nicht näher untersucht?«

»Das hab ich mich auch gefragt. Aber es gab wohl eine Reihe unglücklicher Zufälle. Der zuständige Detective war als Zeuge zu einer Gerichtsverhandlung in Auckland geladen, und der Kollege war hoffnungslos überfordert ... So ist der Bericht in den Akten gelandet. Es war eben nur eine Siebzigjährige ertrunken ...«

Shane dachte nach. »Sollte Sonia O'Haras Tod mit unserem Fall zu tun haben?«

»Könnte doch sein.« Tamara sah kurz zu ihm herüber. »Kannte dein Vater eigentlich Sonia O'Hara?«

Shane war überrascht. »Ja, sicher kannte er sie. Wie kommst du darauf?«

»Ich weiß nicht. Ist mir gerade nur so eingefallen. Vielleicht kannte auch Tim Wilcox Sonia O'Hara?«

»Wilcox?« Worauf wollte Tamara hinaus?

»Sie war ja nicht gerade arm. Und Wilcox hat sich in diesen Kreisen bewegt, Testamente aufgesetzt ...«

»Moment!« Ihm ging das alles viel zu schnell. »Du willst also behaupten, Sonia O'Hara musste sterben, weil ...«

»... weil sie vielleicht zu viel wusste?«

»Oder weil jemand hinter ihrem Geld her war.«

Tamara schüttelte den Kopf. »Nein, das sicher nicht. Ihr Geld geht an eine Stiftung für Waisenkinder.«

Shane stieß einen Pfiff aus. »Ich sage dir, die hat es immer geschafft, rechtzeitig die Seite zu wechseln.«

Tamara nickte. »Wir sind übrigens gleich da.«

Ein Schild wies darauf hin, dass es noch einen Kilometer bis zum Atelier von *Glass House Art* war. Kurz darauf tauchte im Dunkel ein schwach glimmendes blaues Neonschild mit der Aufschrift *Glass House Art* auf.

Tamara hielt unmittelbar vor dem Eingang. Der Regen war nicht schwächer geworden, und Windböen rüttelten am Auto.

»Wir müssen ihm schon einen guten Grund nennen, warum wir an Weihnachten um diese Zeit und bei dieser Witterung vorbeikommen«, sagte sie und zog den Schlüssel ab. Er nickte. »Die Werkstatt befindet sich hinter dem Rolltor«, sagte sie. Er sah, dass das flache Wohnhaus einen großen Wellblechanbau mit einem hohen Giebeldach hatte.

Sie überprüften ihre Waffen und öffneten die Wagentüren. Der Wind zerrte an ihren Kleidern und Haaren. Schnell drängten sie sich an die Haustür, und Tamara drückte auf die Klingel. Regen prasselte aufs Dach und in die Pfützen. Weit und breit war kein anderes Haus zu erkennen. Als Shane sich umdrehte, konnte er diffuse Lichter in der weit unter ihnen liegenden Ebene erahnen.

Sie warteten. Hin und wieder leuchtete zwischen den Wolken das kalte Mondlicht auf und hob Haus und Bäume fremdartig aus der dunklen Umgebung hervor. Als auch nach dem vierten Läuten niemand öffnete, drehte Tamara den Türknauf. Die Tür war nicht verschlossen. Sie zogen die Waffen und traten in das finstere Haus.

Ohne das Licht anzuschalten, tasteten sie sich durch den Flur in den kleinen Warteraum. Blaue Lichtschimmer fielen durch die Ritzen der Jalousie herein. Shane musste an Warteräume billiger Autovermietungen denken. Er ging weiter zur Werkstatttür. Wenn er nur nicht so hinken würde! Die Schmerzen in der Schulter und im Bein waren höllisch.

»Die Werkstatt ist da hinter der Tür«, flüsterte Tamara.

Er biss die Zähne zusammen und zog die Tür auf. Er tastete nach einem Schalter. Flackernd sprangen die Neonröhren an. Das weiße Licht spiegelte sich auf der gläsernen Skulptur, die in der Mitte des Raums stand, entzog ihr alle Farbe, sodass sie seltsam fremdartig wirkte.

Irgendetwas stimmte nicht. Im Bruchteil einer Sekunde erkannte Shane, was es war: Drei Schritte vor ihm, links von der Skulptur, lag ein Körper.

»Ray Morrison!« Tamara eilte zu ihm. Shane erkannte den Mann von dem Foto der Broschüre – und er erkannte ihn als Trevor John Pierce. Er trug ein orangefarbenes T-Shirt mit der Aufschrift *Fucku.* Seine aufgerissenen Augen starrten ins Leere. Unter seinem Kopf hatte sich eine Blutlache gebildet.

»Shane! Er ist tot!«

War er jetzt am Ziel? Ein seltsames Gefühl von Enttäuschung überfiel ihn. Jemand war ihm zuvorgekommen. Plötzlich fühlte er sich unendlich müde und kraftlos.

Der Regen trommelte aufs Dach. Draußen sprang ein Motor an. Die graue Metalltür an der gegenüberliegenden Seite des Raums stand offen.

»Shane, der Geruch!« Das war Tamara. Jetzt roch er es auch.

Urin, Azeton, Ammoniak … Im selben Augenblick sah er an der Metalltür eine Stichflamme emporschießen. Mit einem Satz war er bei Tamara, zerrte sie den Flur entlang und durch den düsteren Warteraum hinaus ins Freie. Sie stürzten weiter, einfach weiter in die dunkle, regnerische Nacht … Er warf sich mit ihr genau in dem Moment auf den Boden, als das Gebäude explodierte. Grelle Flammen schossen in den schwarzen Himmel. Sie mussten weg! Er riss Tamara hoch aus dem Schlamm, zog sie weiter, während hinter ihnen Explosionen zündeten und Splitter durch die Luft flogen. Sie rannten um ihr Leben. Er spürte nichts mehr, sein Körper funktionierte irgendwie, er lief und lief und lief. Erst hundert Meter weiter, hinter einem Felsen an der Straße, versagten seine Beine. Er stolperte über einen Felsbrocken und drehte sich um.

»Shane!« Tamara duckte sich neben ihn.

Er sah es auch. Ihr Wagen wurde von den Flammen ergriffen, leuchtete, glühte und explodierte. Sie kauerten sich noch enger hinter den Felsen.

»Ich hab noch nie einen Dienstwagen verloren!«, schrie Tamara gegen das Krachen und Klirren an. Sie drängte sich an ihn, und er spürte, dass sie zitterte. Er hielt sie fest. Ray Morrisons Haus und Werkstatt wurden unaufhaltsam von den Flammen verschlungen.

Glücklicherweise trieb der Wind die giftigen Dämpfe der Chemikalien von ihnen weg. Hätte es in den vergangenen Tagen nicht so häufig geregnet, wäre bestimmt ein Buschfeuer ausgebrochen.

Tamara verständigte per Handy die Kollegen. »Ich hoffe, sie waren nicht zu Hause«, sagte sie, als sie auflegte, und er wusste, dass sie Rays Frau und Kind meinte. Regen lief über ihr Gesicht.

Aus dem Tal drangen Sirenen der Feuerwehr oder Polizei zu ihnen herauf. Vor ihnen loderten die Flammen in den schwarzen Himmel. Plötzlich spürte Shane Schmerzen in seiner verletzten Schulter und im Oberschenkel. Er sank ins nasse Gras. Wie kalt es war. Die Kleider klebten auf der Haut, sein Haar war klatschnass. Tamara hatte ihre Arme um den Körper geschlungen und starrte hinüber in das brennende Inferno. Beißender Geruch von Verbranntem und Chemikalien hing in der Luft.

»Wir sind ein paar Minuten zu spät gekommen«, sagte sie.

Wie oft hatte er sich schon diesen Vorwurf gemacht. »Wir konnten es nicht wissen, Tamara.«

Sie sah weiter in die Flammen. Aus ihrem Haar troff der Regen, und ihre durchnässten Kleider waren schlammverschmiert. Shane musste an Jack und an seine Kollegen denken, und dann stellte er sich vor, wie es gewesen wäre, wenn Tamara gerade eben ums Leben gekommen wäre, und ob man zweimal die Schuld des Überlebens tragen könnte, und dann fielen ihm Ann und Klein-Jack ein … Er riss sich zusammen und versuchte, sich die letzten Sekunden vor der Explosion ins Gedächtnis zurückzurufen: Er hatte ein Motorengeräusch gehört.

Die Sirenen wurden lauter. Shane rappelte sich auf und sah hinunter ins Tal. Die weiß glühenden Augen eines Fahrzeugs blitzten hinter einer Kurve auf. Rotblaue Lichter blinkten. Dröhnend fuhr der Feuerwehrwagen an ihnen vorbei und kam abrupt zum Stehen. Jetzt erst betrachtete Shane seinen verletzten Arm. Das Hemd war blutdurchtränkt. Die aufgebrochene Wunde pochte. Er wollte die Hand heben, um sich bemerkbar zu machen, doch die Schmerzen ließen ihn mitten in der Bewegung einhalten. Ein weiteres Fahrzeug fuhr heran.

»Komm«, hörte er Tamara sagen, »der Krankenwagen ist da.«

Widerspruchslos folgte er ihr. Seine Knie waren weich, und seine Zähne schlugen aufeinander. Ein Sanitäter, ein blasser Mann mit Nickelbrille, half ihm in den Wagen hinein und begann, den alten Verband zu lösen.

»Was machen Sie eigentlich an Weihnachten hier draußen, Detective?«

Shane antwortete nicht. Was hätte er ihm auch sagen sollen? Im dunklen Viereck der offenen Krankenwagentür sah er die Scheinwerfer eines Autos. Der Wagen parkte, jemand stieg aus, verschwand aus Shanes Blickfeld und stand wenige Sekunden später vor ihm, angeleuchtet vom weißen Innenlicht des Krankenwagens.

»Bist du jetzt zufrieden, Shane?« Micks Mundwinkel zuckten. »Du hast ja nicht eher geruht, bis du's herausgefunden hast.«

Shane zitterte vor Schmerzen, vor Kälte, vor Wut. »Was?

Dass Ray Morrison Trevor John Pierce war? Dass Jack sich nicht geirrt hat?«

Mick antwortete nicht, sah ihn nur an und wandte sich zum brennenden Haus. »Die Drogenabteilung wird nicht besonders begeistert sein, dass du ihnen in die Quere gekommen bist. Sie hatten das Labor hier seit einer Weile unter Beobachtung.«

Die Wut nahm Shane fast die Luft. »Und warum sagt mir das keiner?«

Mick lächelte müde. »Du weißt doch, Shane, je mehr Leute eingeweiht werden, desto größer ist die Gefahr, dass eine Sache auffliegt.«

Wie er Lanski hasste. »Auf welcher Seite stehst du, Mick?«

Lanski lachte leise auf. Am Kinn klebte ein Pflaster. »Ich finde die Frage nicht lächerlich, Mick.«

Lanskis Blick bekam etwas Bitteres. »Shane, du bist dir immer sicher, was?« Er wandte sich zum Gehen, drehte sich aber noch einmal um und sah Shane in die Augen. Er wollte wohl etwas sagen, doch dann entschied er sich dagegen und ging davon.

»Scheint nicht gerade Ihr Lieblingskollege zu sein, was?« Der Sanitäter befestigte den neuen Verband. »Es gibt Menschen, die sind immer neidisch auf andere. Sie kriegen jetzt noch 'ne Spritze von mir, dann bringen wir Sie ins Krankenhaus.«

»Nein! Geben Sie mir die verdammte Spritze, und dann lassen Sie mich in Ruhe!«

Der Sanitäter schüttelte resigniert den Kopf. »Ihr Cops glaubt auch, euch kann nichts umbringen, was?«

Eine unpassendere Äußerung konnte dir nicht einfallen, dachte Shane und sah schweigend zu, wie die Nadel in seine Vene stach.

Wenige Minuten später stand er mit seiner Decke über

den Schultern auf der Straße. Zwei Feuerwehrleute lehnten am Wagen, zwei andere begannen Schläuche einzurollen. Der Brand war gelöscht. Rauch stieg von den Resten des ehemaligen Gebäudes auf, und der beißende Geruch mischte sich mit dem feuchter Erde. Es regnete immer noch. Er beobachtete die Leute von der Spurensicherung, wie sie in Schutzanzügen und mit Atemmasken stumm ihre Arbeit aufnahmen. Tamara sprach mit einem uniformierten Polizisten, der offensichtlich ihren Bericht zu Protokoll nahm. Da sah er Mick Lanski hinter dem Feuerwehrwagen hervorkommen.

»Mick!«, rief Shane ihm zu, als er nur wenige Schritte von ihm entfernt war. »Wieso warst du in der Tiefgarage? Und wieso bist du hier?«

Mick blieb stehen. Er trug jetzt eine dünne schwarze Regenhaut, hatte aber die Kapuze nicht aufgesetzt. Das schüttere, scharf gescheitelte Haar klebte nass an seinem Kopf und ließ ihn noch magerer erscheinen.

Mick baute sich vor ihm auf. »Ich hab wie du den Kindern am Strand zugesehen. Meinen Wagen hatte ich in deiner Tiefgarage geparkt.«

Shane glaubte ihm nicht. »Hast du damals mit Trevor gemeinsame Sache gemacht? Die dreihunderttausend kassiert. Wer ist damals wirklich erschossen worden?«

Mick sah ihn schweigend an. Schließlich schüttelte er müde den Kopf. »Was denkst du nur über mich, Shane?« Er ging zu seinem Wagen, stieg ein und fuhr davon.

»Was wollte der schon wieder hier?« Tamara kam mit einem Schirm auf ihn zu. »Ist ja ziemlich schnell dort, wo etwas passiert.«

Derselben Meinung war er auch.

Sie sahen dem Wagen nach, bis die roten Rücklichter hinter einer Kurve verschwanden.

»Wir sollten heimfahren.« Tamara seufzte. »Für uns gibt's

im Moment nichts mehr zu tun.« Sie sah blass aus. »Lassen wir uns von dem hier kutschieren?« Sie meinte den Krankenwagen.

»Ray Morrison braucht ihn ja nicht mehr.« Er ging voraus. Die Sanitäter schlossen gerade die hintere Tür, als Shane sie um die Heimfahrt bat. Sie hatten nichts dagegen und ließen Shane und Tamara einsteigen. Der Motor sprang an. Eine schwache Notbeleuchtung tauchte den Innenraum in ein graues Licht.

»Wurde Ray erschossen, weil jemand wusste, dass wir ihn als Trevor enttarnen würden?« Tamara hielt sich fest, als der Wagen anfuhr. »Andrew Ward wusste es. Und Mick wahrscheinlich auch.«

Er dachte an das Motorengeräusch, unmittelbar bevor die Werkstatt in Flammen aufging.

»Aber, wie um Himmels willen kriegen wir Mick dran?«

Darauf konnte er ihr auch keine Antwort geben.

Als sie Nambour hinter sich gelassen hatten, bemerkte er, dass Tamara im Sitzen eingeschlafen war.

Der Krankenwagen hielt zuerst vor seinem Apartmenthaus. Shane stieg aus. Wie still es war. Niemand saß in den Restaurants und Cafés oder schlenderte an der Promenade entlang. Er sah auf seine Uhr und stellte erstaunt fest, dass es schon halb eins war. Tamara und den Sanitätern wünschte er gute Nacht und humpelte zum Hauseingang. In Gedanken versunken durchquerte er die sanft erleuchtete Lobby und zuckte zusammen, als er seinen Namen hörte. Er hob den Kopf und erkannte Carol, die aus einem der Ledersessel aufstand. Sie trug lange Hosen und ein langärmeliges Shirt. Plötzlich fror er entsetzlich.

»Shane! Ich hab versucht …« Jetzt erst bemerkte sie seine schlammverschmierten Kleider, den Verband, sein nasses

Haar und erschrak. »Was ist passiert? Woher kommst du, Shane?«

Woher ich komme?, dachte er. Aus dem Inferno? Um ihren Mund waren die Falten tiefer geworden, und ihre Augen waren gerötet. Warum lag sie nicht zu Hause im Bett und schlief? Sie hatte auf ihn gewartet. Warum?

»Wir haben den Mörder von meinen Kollegen und von Darren Martin. Ray Morrison. Er ist tot.«

Einen Augenblick starrte sie ihn an, dann sagte sie leise: »Ach.«

In die stille Lobby drang das an- und abschwellende Rauschen des Meeres.

Sie folgte ihm zum Aufzug, drückte auf den Knopf. In der Aufzugskabine suchte er in ihren Augen immer noch nach dem Grund für ihr Warten. Hatte sie sich tatsächlich Sorgen um ihn gemacht? Auf einmal irritierte ihn ihre körperliche Nähe. Hatte er nicht seit der ersten Begegnung gewünscht, der Anziehung, die er ihr gegenüber empfand, nachzugeben, und hatte er nicht ebenso lang dagegen angekämpft? Warum? Er ermittelte doch gar nicht im Mordfall Wilcox – und seinen Fall hatte er gerade zu einem Ende gebracht. Es bestand also gar kein Grund … Irgendetwas wollte er sagen, doch er wusste nicht, was, irgendetwas, das ihm Gewissheit gebracht hätte, warum sie gewartet hatte und jetzt mitkam. Vielleicht suchte auch sie nach Worten – vielleicht aber auch nicht – und ließ alles einfach geschehen … Die Aufzugtüren glitten auseinander und beendeten seine Überlegungen. Er schloss das Apartment auf. Zum ersten Mal, seit er dort wohnte, hatte er das Gefühl, nach Hause zu kommen.

So wie sie dastand, wusste er, wartete sie auf ein Signal von ihm, auf ein Wort, dass er froh war, sie hier zu haben, oder auf ein Lächeln, auf eine Berührung. Doch er brachte nur einen allgemeinen, unverfänglichen Satz zustande: »Ich muss ins Bad. Mach's dir bequem …«

»Soll ich nicht etwas zu essen machen?«

Er erinnerte sich, zuletzt im Krankenhaus etwas gegessen zu haben – und das war fast zwölf Stunden her.

»Im Eisfach ist Lasagne.«

»Nicht gerade ein Weihnachtsessen.«

»Nein.« Mehr konnte er nicht sagen.

Mühsam gelang es ihm, zu duschen, ohne die Verbände allzu nass zu machen. Als der Duft des Duschgels den Gestank von Verbranntem und Verkohltem verdrängte, fühlte er sich wieder besser. Er trocknete sich ab und dachte, dass er bereits zum dritten Mal innerhalb kurzer Zeit nur knapp dem Tod entkommen war. Sollte er sich darüber freuen? Dankbar sein? Oder sollte er sich schuldig fühlen? Es als Zeichen deuten, sein Leben zu ändern? Oder war es einfach nur »Glück«?

Er schlang sich ein Badetuch um die Hüften und suchte im Schrank neben dem Badezimmer etwas zum Anziehen. Sie lehnte an der Wand und beobachtete ihn. Ihn überlief ein angenehmer Schauer. Sie drehte sich um und ging in die Küche. Er zog eine helle Hose an, hängte das Hemd auf der linken Seite nur über die Schulter und fuhr sich durchs frisch gewaschene Haar. Unter den nackten Füßen das Holz des Parketts zu spüren tat gut. Er ließ sich auf die Couch sinken und streckte das linke Bein aus.

Irgendwo in der Küche hatte sie eine Flasche Rotwein gefunden und geöffnet. Sie setzte sich zu ihm und goss den Wein in die Gläser. Carol, dachte er, wie schön sie ist und wie gut sie duftet.

»Jetzt ist also alles gelöst«, sagte sie und stellte die Flasche auf den Tisch.

Er schüttelte den Kopf und begann zu essen. »Nein. Wir wissen immer noch nicht, wer deinen Mann erschossen hat.«

Sie sah irritiert auf. »Aber Chrissy Wagner hat doch ein Geständnis abgelegt.«

»Ja, das hat sie.« Mehr wusste er im Moment nicht zu erwidern. Er würde ihr jetzt nichts von Josh und Farrell und Blix erzählen. Er war zu müde. Es war alles zu kompliziert.

Schon lang hatte er keinen Rotwein mehr getrunken, lieber zu Bier und Whisky gegriffen, doch jetzt schmeckte er ihm. Samtig wärmte er sein Inneres, und allmählich spürte er, wie sich Ruhe in ihm ausbreitete.

»Warum mussten so viele Menschen sterben?«, fragte sie auf einmal.

»Ich weiß nicht.« Er dachte daran, wie er ihr zum ersten Mal begegnet war, auf der Barbecueparty von Frank und Kim. Wenn Jack, Evans und Hawkings nicht gestorben wären, hätte er sie nie kennen gelernt. Mussten die einen sterben, damit die anderen leben konnten?

»Du siehst traurig aus.« Sie stellte das Glas ab. »Du kannst nichts dafür, dass du überlebt hast.« Sie sah ihn an.

Wenn er hätte weinen können, er hätte es jetzt getan. Wegen Jack und der anderen, wegen des Babys und wegen Ann und wegen all der Unschuldigen, die er in den vielen Jahren seiner Arbeit hatte sterben sehen.

»Sicher kann ich nichts dafür.« Er konzentrierte sich auf die Lasagne.

Sie sah ihm zu und schwieg, bis er die Gabel auf den leeren Teller legte. Dann sagte sie: »Willst du jetzt lieber allein sein?«

Er schüttelte den Kopf. Er wollte jetzt nicht allein sein, und er wollte jetzt nicht mehr nachdenken. Er wollte vergessen, und wenn es nur für ein paar Stunden wäre.

»Nein, Carol. Bleib.«

Ihre Hand legte sich auf seine. Er zog sie an sich. Die Haut an ihrem Hals war warm, und ihr Atem duftete nach Kirschen, reifen schwarzen Kirschen.

43

Sie konnten ihn die ganze Nacht festhalten, ohne Haftbefehl. Das wusste er. Morgen mussten sie ihm etwas Schriftliches vorlegen, etwas, das ein Staatsanwalt unterschrieben hatte, und der unterschrieb nur, wenn es triftige Gründe gab. Was hatten sie gegen ihn in der Hand? Nichts. Sie hatten keinen einzigen Beweis. Er hatte einfach Pech gehabt. So etwas gab es oft. Da wurden Menschen verurteilt, saßen unschuldig jahre- oder jahrzehntelang im Gefängnis. Dennoch, auch wenn er morgen freigelassen würde: Es war aus. Man würde Chrissy verurteilen. Sie käme ins Gefängnis, und er käme vielleicht ungeschoren davon, oder mit ein paar Monaten auf Bewährung, so nannte man das doch, und müsste damit leben, dass er mit schuld war an Chrissys Tat: Es war sein Revolver. Er hatte sie dorthin gefahren. Er hatte sie nicht am Aussteigen gehindert. Er war ihr nicht nachgelaufen. Er war im Auto sitzen geblieben und hatte vom Fliegen geträumt. Durch das kleine, vergitterte Fenster oben in der Wand sah er Wolken über den Himmel ziehen. Und wenn das Schicksal seinem Leben durch das Geschehene eine Bedeutung gab?

44

Warum er plötzlich aufwachte, wusste er nicht. Vielleicht waren es die Schmerzen in seiner Schulter. Die Leuchtziffern der Uhr auf dem Nachttisch zeigten vier Uhr dreiundfünfzig an. Schon schimmerte das graue Licht des Morgens durchs Fenster. Neben ihm atmete ihr warmer Körper. Er hatte Durst und stand leise auf. In der Küche trank er ein Glas Leitungswasser. Es schmeckte fad. Er ging ins Wohnzimmer und von dort aus hinaus auf den Balkon. Die Sonne stieg als gelber Feuerball aus dem Meer. Der Himmel brannte. Auf einmal legte sich eine warme Hand auf seine Schulter. Carol schmiegte sich an ihn. Schweigend blickten sie auf das glühende Meer.

»Woran denkst du?«, fragte sie.

Er drehte sich zu ihr um. Sie hatte ihr Haar hochgesteckt, Strähnen fielen ihr in die Stirn. Ihre Haut sah glatt und weich aus. Der bittere Zug um ihren Mund war verschwunden, und ihre Augen waren nicht mehr so traurig wie früher. Einen Augenblick zögerte er, überlegte, ob er nicht einfach seinem Gefühl nachgeben und sie küssen sollte, doch da war es schon zu spät, der Zweifel ergriff wieder Besitz von ihm, und er machte sich von ihr los. Sie sah ihn an, regungslos, sprachlos.

»Was ist? Du glaubst mir immer noch nicht.«

Der Feuerball war höher gestiegen, Flammen tropften ins Meer. Er schwieg.

»Wir sollten zusammen verreisen.«

Das wäre schön, dachte er, irgendwohin, wo es keine Erinnerungen gibt. Weit, weit weg …

»Was hältst du von Vanuatu?«, fragte sie.

Eine Inselgruppe in der Südsee, unweit der Fidschi-Inseln. Ein Paradies – und eines für Spekulanten, schoss es ihm durch den Kopf. Sofort war sein Misstrauen wieder geweckt.

»Warum ausgerechnet dahin?«

»Oh, ich habe dort ein Haus.«

Wie fremd sie ihm plötzlich wurde.

»Was ist, Shane? Du hast doch selbst herausgefunden, dass ich von Ian ein paar Millionen geerbt habe. Darunter war auch ein kleines Haus auf Vanuatu.«

Sie wollte ihn benützen, auf die falsche Fährte lenken – oder?

»Mein Gott, Shane! Eine kleine Hütte, nicht weit vom Strand. Nichts Luxuriöses und nichts, was irgendwie mit Drogen finanziert wurde, falls du so etwas in Erwägung ziehen solltest!«

War es schon so weit, dass er hinter allem nur Lüge und Verbrechen vermutete? Und wenn es wirklich alles so harmlos war, wie sie sagte?

»Es tut mir Leid, Carol.«

»Was? Was tut dir Leid?«

Die Antwort wäre viel zu kompliziert. Wo sollte er anfangen? Er schwieg und sah in die blutrote Sonne, bis ihm die Augen tränten.

»Dass du mir nicht vertrauen kannst?«, beantwortete sie ihre eigene Frage. »He, Shane, sieh mich an! Sag mir ins Gesicht, dass du mir nicht vertraust! Sag es!«

Ganz langsam drehte er sich zu ihr um. Da kehrte er wieder zurück, der bittere Zug um ihren Mund. Wie gern hätte er sie jetzt umarmt, ihr eine gemeinsame Reise versprochen und ihr versichert, dass alles in Ordnung sei. Doch er sagte: »Wäre es dir lieber, ich würde dich anlügen?«

Ihr Blick gefror.

Was hätte er ihr jetzt alles anvertrauen können! Ganz sicher hätte sie ihn verstanden, vielleicht hätte auch sie ihm ihre Ängste, ihre Verletzungen anvertraut. Eigentlich könnte es so einfach sein … doch er war gelähmt und taub und stumm.

Sie wandte sich ab und ging hinein.

Er starrte in die Ferne. Die Sonne brannte sich wie brodelndes Eisen in den blass-kühlen Himmel. Weit draußen auf dem Meer schaukelte einsam ein Fischkutter.

Plötzlich fiel ihm etwas ein. »Carol?«, rief er und machte

einen Schritt ins Wohnzimmer. »Kannte dein Mann Sonia O'Hara?«

»Warum?«

»Es ist ...« Er brach ab. Ihm wurde bewusst, wie rücksichtslos und geschmacklos es war, sie jetzt so etwas zu fragen.

»Spar dir deine Erklärungen, Shane. Ja, sie war mit uns bekannt, und Tim hat ihr Testament beglaubigt.« Dann drehte sie sich um und verschwand im Flur.

Er war sprachlos. In diesem Augenblick klingelte das Telefon. Sein Handy hatte er oben in den Bergen verloren. Er hinkte hinein und nahm ab.

»Shane«, brachte eine atemlose Kim hervor, »du musst unbedingt sofort vorbeikommen! Mari-Carmen ist völlig aufgelöst.«

»Mari-Carmen?«

»Du weißt doch, Mari-Carmen, die Putzfrau von uns – und von Carol Wilcox!«

Ihm fiel die unfreundliche Matrone mit dem Staubsauger wieder ein, die ihm beim ersten Besuch bei Carol die Tür geöffnet hatte.

»Hast du ihr nicht gesagt, dass ich bei der Mordkommission und nicht bei der Einwanderungsbehörde bin?«

»Shane, bitte, komm vorbei. Sie ist ganz verzweifelt.«

Manchmal hatte Kim schon seltsame Einfälle. Glaubte sie, dass er sich nun für die Barbecueparty revanchieren müsste? Oder dass er sich für die Einladung zur Hochzeit – die ja heute stattfand, wie er sich plötzlich erinnerte – erkenntlich zu zeigen hatte? Er seufzte leise, aber sie hörte es trotzdem.

»Shane, sei um Himmels willen jetzt nicht gereizt! Heute ist Boxing Day und meine Hochzeit, und Mari-Carmen ist in aller Herrgottsfrühe hereingerauscht! Ich weiß nicht mehr, wo mir der Kopf steht!« Sie klang tatsächlich, als wäre sie am Rande eines Nervenzusammenbruchs.

»Mari-Carmen sitzt hier und bewegt sich nicht von der Stelle, bis sie mit der Polizei gesprochen hat.«

»Und, warum ruft sie verflucht noch mal nicht dort an? Die Nummer ist: Null – Null – Null, ganz einfach, sicher sogar für Mari-Carmen.«

»Shane! Begreifst du nicht? Sie hat Angst vor der Polizei! Shane! Du kannst mich doch nicht im Stich lassen! Bitte, tu es mir – und Pam zuliebe!« Ihre Stimme überschlug sich.

Er wusste nicht, was das mit Pam zu tun haben sollte, doch er ersparte sich die Bemerkung. Kim hätte ihm nur wieder mangelnde Vaterliebe vorgeworfen. »Ich fahr gleich los«, sagte er also.

Als er auflegte, sah er Carol die Wohnungstür öffnen.

»Carol!« Doch da fiel schon die Tür ins Schloss. Warum hatten sie nicht da weitermachen können, wo sie letzte Nacht aufgehört hatten? Nein, er musste die Frage anders stellen: Warum hatte *er* nicht da weitermachen können? Und wieder konnte er sich vor der Antwort drücken, indem er einen dringenden Termin vorschob. Manchmal staunte er, wie leicht er sich selbst durchschaute – und wie hartnäckig er dennoch an seinen Verhaltensweisen festhielt. Er seufzte, dann eilte er ins Schlafzimmer, zog sich an und lenkte seine Gedanken auf das Gespräch mit Mari-Carmen. Warum musste sie unbedingt am Boxing Day in aller Frühe die Polizei sprechen?

Als er im Aufzug in die Tiefgarage hinunterfuhr, beschlich ihn Angst. Er hatte selten Angst. Doch zu deutlich tauchten die Bilder von vorgestern in ihm auf. Er tastete nach seiner Waffe am Gürtel. Sie hatte ihm nicht viel genützt. Jetzt merkte er, dass seine Hand zitterte und das Hemd unter seinen Achseln schweißnass war. Er zwang sich, ruhig und tief zu atmen, aber er wusste, gleich würden sich die Aufzugtüren aufschieben. Vorsichtig betrat er die Tiefgarage. Seine Hand suchte die Pistole, blieb auf dem Holster liegen, bis er seinen Wagen aufgeschlossen hatte. Als er den Motor anließ, fühlte er sich wieder sicherer, und als sich die Schranke hob und er ins Freie hinausfuhr, atmete er auf. Er bog auf die Esplanade ein. Der Himmel war blau, und das Meer brannte nicht mehr.

45

Er lag auf der harten Pritsche und starrte ins Grau, das ihn umgab. Als es sich langsam orange färbte, hatte er eine Entscheidung getroffen. Er klopfte gegen die Tür.

»Ich muss mit dem Detective reden. Jetzt. Sofort!«

»Was gibt's?«, kam eine Stimme zurück.

»Ich will ein Geständnis ablegen.«

Er wunderte sich, dass er keine Angst hatte.

46

Shane hatte Mari-Carmen sonnengebräunt in Erinnerung. Doch die Frau, die zusammengesunken auf der Couch saß, war blass. Als sie ihn erkannte, verdüsterte sich ihr Blick. Shane lächelte trotzdem. Er hatte nicht die geringste Lust, sich mit dieser Person und womöglich noch mit Kim anzulegen. »Also, Mari-Carmen, was ist los?«

»Aber ich kann doch nicht zu *ihm* sprechen!« Sie sprang auf und funkelte Kim mit ihren schwarzen Augen an.

Doch Kim, wahrscheinlich aus Angst, dass ihre Wohnung heute nicht mehr geputzt würde, drückte sie bestimmt, aber mit sanftem Lächeln wieder zurück auf die Couch.

»Mari-Carmen, ich habe Ihnen doch gesagt, das ist mein Mann, ich meine, Exmann. Sie können ihm vertrauen. Er wird Ihnen helfen, ganz sicher, nicht wahr, Shane?« Sie lächelte dieses unergründliche asiatische Lächeln, und er nickte und fragte sich, wie lange er dieses Theater noch mitmachen würde.

»Also, Mari-Carmen.« Er schlug einen aufmunternden Ton an. »Jetzt schießen Sie mal los!«

Beim Wort »schießen« zuckte Mari-Carmen zusammen, blieb aber diesmal auf der Couch sitzen, holte Luft und sagte: »Ich habe die Couch von Mrs. Wilcox.«

Er brauchte einen Moment, um zu entscheiden, ob er nun vor Lachen oder vor Wut losbrüllen sollte. Dann fiel ihm ein, dass Carol nach dem Tod ihres Mannes eine neue Couch gekauft hatte, jene hellbeigefarbene, auf die er sich mit seinen nassen Kleidern nicht hatte setzen wollen.

»Und?«, fragte er so ruhig und freundlich, wie er konnte.

Mari-Carmen schnaufte schwer, zog schließlich ihre Handtasche auf ihren Schoß und knipste den Verschluss auf.

»Ich bin erschrocken, hab gedacht, das waren Ratten oder Insekten.«

»Was?«, fragte Shane.

Kim sah Shane irritiert an. Er war nahe daran, die Geduld zu verlieren.

Mari-Carmen schluckte wieder. »Die Löcher in den Rückenpolstern …«

Er wusste noch immer nicht, was sie meinte.

»Mari-Carmen, bitte!« Kim setzte sich und legte den Arm um sie. »Was war damit?«

Mari-Carmen fischte aus der Handtasche eine kleine Plastiktüte und gab sie Shane mit spitzen Fingern, gerade so, als ob sie Angst hätte, Fingerabdrücke darauf zu hinterlassen. »Das hab ich in den Löchern gefunden.«

Er betrachtete den Inhalt der Tüte. Kein Zweifel. Es handelte sich um zwei Projektile.

»Wem haben Sie das gezeigt?«

»Niemandem, natürlich, niemandem!«

»Carol weiß auch nichts?«

Mari-Carmen schüttelte heftig den Kopf. »Nein, nichts.«

»Hat Carol denn die Löcher nicht gesehen?«

Mari-Carmen schob die Unterlippe vor und zog die Augenbrauen hoch. »Weiß nicht. Die Löcher sind sehr klein und im Muster, sie hat vielleicht gedacht, das waren Motten, oder der Stoff ist einfach kaputt.«

»Haben Sie jetzt die Löcher zugenäht?«

»Nein! Nein!« Sie hob abwehrend ihre Hände. Kräftige Hände mit kurzen, fleischigen Fingern.

»Das war sehr vernünftig, Mari-Carmen.« Er nickte anerkennend und hielt die Tüte mit den Projektilen hoch. »Kann ich die haben?«

Mari-Carmen sah Kim unschlüssig an. Kim nickte ihr zu, und Mari-Carmen nickte auch.

Als er ging, raunte Kim ihm »Danke, du hast mir den Tag schon halb gerettet« ins Ohr.

»Gern geschehen«, brummte er, »und grüße Frank.«

Kim legte rasch den Zeigefinger vor die Lippen. »Psst, er schläft noch. Er hat sich gestern doch tatsächlich mit seinen alten Freunden getroffen. Du weißt schon …« Sie verdrehte die Augen.

»Abschied von seinem Single-Dasein?«

Sie nickte. »Oh Gott, der Arme, er ist ziemlich hinüber.« Sie seufzte, »Meinst du, er hat Angst vor der Hochzeit?«

»Warum fragst du ausgerechnet mich das, Kim?«

»Wie war das denn bei dir? Hattest du Angst?«

Er versuchte sich an die Zeit vor fast zwanzig Jahren zu erinnern. »Ja, ich hatte Angst, Angst, dass alles anders wird.«

»Und es ist alles anders geworden, oder?« Sie sah ihm fest in die Augen, und er glaubte darin all die Jahre gespiegelt zu sehen, die sie miteinander verlebt hatten. Gute und schlechte. Die schlechten kamen später.

Er nickte. »Aber man tut es ja, weil man will, dass es anders wird, oder?«

»Ja.« Sie stockte. »Ich hatte Angst. Angst, den Falschen zu heiraten. Komisch. Jetzt nicht.« Schon lange nicht mehr hatte er sich ihr so nah gefühlt. Er gab ihr schnell einen Kuss auf die Wange und wandte sich ab.

»Vergiss um Gottes willen nicht die Hochzeit heute Abend, Shane!« Sie stand an der Haustür. Natürlich würde er sie nicht vergessen.

»Ach, und noch was, Shane. Ich möchte, dass du mir einen Gefallen tust.«

»Ja?«

»Bitte vergiss mal für ein paar Stunden deinen Job, ja? Sei nett. Bitte. Mir zuliebe.«

»Ich versuch's, Kim.«

Sie winkte, als er sich am Auto noch einmal umdrehte. Er hoffte, dass Frank tatsächlich nichts mit Tim Wilcox' Geschäften zu tun hatte.

Auf der Fahrt zum Maroochydore Headquarters grübelte er darüber nach, warum Carol Mari-Carmen das Sofa überlassen hatte. Carol konnte doch nicht annehmen, dass die gründliche Putzfrau die Löcher im Sofa übersehen würde. Oder ging sie davon aus, dass Mari-Carmen die Löcher einfach zunähen würde?

Tamara saß, den Kopf in die Hände gestützt, an ihrem Schreibtisch, als er an die offen stehende Bürotür klopfte.

»Ich konnte nicht schlafen«, sagte sie anstelle einer Begrüßung. Sie sah mitgenommen aus. Ihr Haar war wirr und ihre Haut stumpf. Auf Lippenstift hatte sie ganz verzichtet.

»Schon gefrühstückt?«, fragte er, doch sie schüttelte nur hastig den Kopf und verzog angewidert das Gesicht. »Keine Zeit gehabt. Josh Cline wollte mich sprechen.«

»Und?«

Sie ließ die Hände auf den Tisch sinken. »Er hat gestanden, Tim Wilcox erschossen zu haben.«

»Er? Nicht Chrissy?«

»Ich glaub ihm nicht. Aber was soll ich machen?«

Er ließ sich auf einen der Plastikstühle sinken.

»Wieso bist du eigentlich um diese Uhrzeit hier, Shane? Du könntest nach Hause fahren. Dein Fall ist gelöst.« Sie blätterte eine Akte auf. »Ich hab übrigens die Fingerabdrücke auf der Box und auf der Glasfigur untersuchen lassen. Sie sind identisch mit denen von Trevor John Pierce. Ray war Trevor John Pierce.«

Er nickte nur. Entschlossen schob er die Erinnerung an den Morgen mit Carol weg. Er legte den kleinen Plastikbeutel auf den Tisch und berichtete ihr von Mari-Carmen. Sie hielt das Tütchen hoch, als könnten die Projektile alle Fragen beantworten.

»Shane, was soll ich jetzt damit machen? Erstens: Wilcox wurde nur mit zwei Schüssen getötet. Die Projektile haben wir bereits in seinem Körper gefunden. Also was soll ich mit den beiden? Zweitens: Wir haben zwei Geständnisse, das schriftliche von Chrissy und das von Josh. Von Chrissy haben wir Haare am Tatort gefunden, ob auch welche von Josh dort sind, wissen wir noch nicht.« Sie bückte sich, hob einen Ordner auf, der neben ihrem Schreibtisch stand. »Tim Wilcox saß auf der Couch.« Sie blätterte und fand schließlich die Seite, die sie gesucht hatte. »Hier: Die Nachbarn haben nur zwei Schüsse gehört«, las sie vor. »Vielleicht sind diese Kugeln hier schon vor längerer Zeit ins Sofa hineingeschossen worden?«

»Meinst du etwa, jemand hat schießen geübt?«

Sie zuckte mit den Schultern, und er ärgerte sich, weil er sofort Carol vor sich sah, die wütend auf das Sofa feuerte, auf dem sonst ihr untreuer Ehemann saß.

»Auf jeden Fall lassen wir diese Dinger mal untersuchen.« Sie griff zum Telefon. »Ach ja, und noch was …« Sie bekam jemanden an den Apparat, den sie darum bat, ein Beweisstück abzuholen. Sie legte auf und sah Shane an. »Ray. Wir haben seine Frau Meg und das Kind ausfindig gemacht. Sie wollten Weihnachten bei Megs Vater an der Gold Coast verbringen. Um drei Uhr nachts haben mich die Kollegen angerufen. Aber ich hatte sowieso nicht geschlafen.«

Sie lebten also, er war erleichtert.

»Weiß sie denn etwas von Rays Vergangenheit?«

»Das werden wir sie fragen. Sie klang ziemlich gefasst.«

Ein junger Polizist kam herein. Bevor er etwas sagen konnte, hielt Tamara ihm bereits das Tütchen hin. »Bringen Sie das bitte sofort in die Ballistik. Es ist dringend.«

Er nahm es, murmelte etwas Unverständliches und war in der nächsten Sekunde schon wieder verschwunden. Gedankenverloren wanderte ihr Blick zum Fenster, hinter dem es nichts zu sehen gab. Nur ein helles, diffuses Himmelblau.

»Weißt du eigentlich, dass heute Boxing Day ist?«

Ja, heute war Boxing Day, und heute fand Kims Hochzeit statt.

»Und ich hab kein einziges Geschenk eingekauft«, seufzte sie.

Natürlich hatte auch er kein Geschenk eingekauft. Wann hätte er das tun sollen? Er war zu sehr mit seinem Überleben beschäftigt gewesen. Aber sie, Tamara? Warum hatte sie sich einem solchen Job verschrieben? Warum, verdammt, war *sie* überhaupt an Weihnachten hier?

»Shane?«

Er fuhr zusammen. »Ja?«

Sie klopfte mit einem Stift auf den Schreibtisch. »Was ist, wenn es nur einen Mörder gibt?«

»Was meinst du?«

»Wenn Ray Morrison und Tim Wilcox im selben Geschäft waren, dann könnten sie doch auch von ein und derselben Person erschossen worden sein, oder?«

Da musste er ihr zustimmen. »Möglich ist es.«

Sie stand auf und ging im Zimmer auf und ab. »Also, nehmen wir mal an, Ray Morrison sollte zum Schweigen gebracht werden. Vielleicht genauso wie Tim Wilcox …«

»… und Sonia O'Hara«, fiel er ihr ins Wort.

Sie sah ihn überrascht an.

»Carol hat mir gesagt, dass Wilcox Sonia O'Hara gekannt hat. Er hat ihr Testament beglaubigt«, erklärte er.

»Du meinst«, sagte sie stirnrunzelnd, »sie hat auch zu viel gewusst …«

»Sieht ganz danach aus. Tja, und bei Wilcox kam Chrissy oder Josh dem Mörder zuvor.« Mick Lanski, dröhnte es in seinem Kopf. Mick Lanski beseitigte die Zeugen seiner Machenschaften … »Mick Lanski«, sagte er.

Sie blieb stehen.

Schon fühlte er sich wieder lebendiger, und seine Niedergeschlagenheit war verflogen.

»Tamara! Er schnüffelt die ganze Zeit hier an der Sunshine Coast herum. Er ist praktisch dabei, als in der Tiefgarage auf mich geschossen wird. Und gestern ist er auch sofort an der Unglücksstelle. Und: Er war in der Drogenabteilung, genauso wie Trevor-Ray!«

»Aber was ist dann mit dem Brief der Fitzgerald-Kommission?«

Darüber hatte er sich auch schon den Kopf zerbrochen. »Vielleicht hatte man Wilcox im Visier? Wenn er dort hätte aussagen müssen, wären womöglich alle Beteiligten am Drogengeschäft aufgeflogen.«

Sie schüttelte den Kopf. »Ich weiß nicht, Shane, ob du dich nicht aus persönlichen Gründen ...« Schon wieder ihr skeptischer Blick. Sie stützte sich auf den Schreibtisch und sah ihn eindringlich an. »Überlass den Fall den Kollegen – und mir.«

Er schnellte von seinem Stuhl hoch, stand jetzt ganz nah vor ihr. »Willst du damit behaupten, ich bilde mir nur ein, dass sich Mick ziemlich auffällig verhält?«

Sie setzte sich wieder in ihren Schreibtischsessel, lehnte sich zurück und betrachtete ihn ruhig, was ihn noch mehr aufbrachte.

»Tamara! Hier läuft eine verdammte Korruptionsgeschichte, und du verschließt die Augen davor!«

»Moment, Shane! Das beruht alles auf Vermutungen. Und zwar auf *deinen* Vermutungen. Mick hat dich mal im Stich gelassen, das hast du ihm vor Al und anderen Kollegen unter die Nase gerieben. Da wunderst du dich jetzt, dass er dir auf die Finger sieht?«

»Wie nennst du das? Auf die Finger sehen?«

Sie schlug mit der Hand auf den Tisch. »Du bist verdammt verbohrt, Shane!«

»Verbohrt? Ich? Nur weil ich nicht gleich aufgebe?«

»Nein, weil du dir in den Kopf gesetzt hast, es Mick heimzuzahlen, deshalb!«

»Das stimmt nicht!«

»Doch, genau so ist es!«

»Nein!«

»Doch!«

»Hallo!« Die Stimme ließ sie beide herumfahren. In der Tür stand ein Kollege und lächelte verunsichert. »Ich hole gerade Kaffee, wollen Sie vielleicht ...«

»Sie trinkt keinen«, sagte Shane, »aber mir können Sie gern …«

»Was? Wie kannst du einfach behaupten, ich würde keinen Kaffee …«

»Natürlich trinkst du keinen …« Er lächelte überheblich, was er selbst abscheulich fand, und setzte sich gelassen auf den Stuhl, von dem er vorhin aufgesprungen war.

»Jetzt aber will ich einen!« Sie wandte sich dem Polizisten zu, der gezwungen lächelte. »Bitte bringen Sie mir einen Kaffee, Rob. Schwarz.«

Rob nickte und verschwand hastig.

Shane schüttelte den Kopf. »Ich verstehe dich nicht, Tamara, sonst trinkst du nie Kaffee.«

Sie gab keine Antwort, auch er sagte nichts. Sie schwiegen, bis Rob wieder auftauchte und argwöhnisch, der plötzlichen Stille nicht trauend, zwei Becher Kaffee auf den Schreibtisch stellte und sich rasch entfernte.

Beim ersten Schluck verzog sie das Gesicht. »Du hast Recht, Shane: Ich mag keinen Kaffee.«

Er musste plötzlich lachen, und dann lachte sie auch, bis sie mit einem Mal verstummte.

»Shane, ich muss dir was sagen: Mick Lanski war bei Chrissy im Krankenhaus.«

»Wann?«

Sie schluckte. »Gleich, nachdem sie eingeliefert wurde. Spencer hat es gestern beiläufig erwähnt, und ich habe mir nichts dabei gedacht.«

Er hätte jetzt wieder aufbrausen können, doch er bremste sich noch rechtzeitig. »Was wollte er dort?«

»Das hat er mir nicht gesagt. Zugegeben, ich hab ihn auch nicht gefragt. Ich glaube, ich hab mich schon so sehr daran gewöhnt, dass Mick Lanski überall aufkreuzt.«

Er holte tief Luft. »Ich denke, Tamara, wir sollten Chrissy befragen.«

Sie schüttelte den Kopf. »Ich habe schon im Krankenhaus angerufen. Die Ärzte lassen niemanden zu ihr. Sie ist reanimiert worden, Shane.«

»Gut, dann knöpfen wir uns Josh vor.«

47

Garbo würde bei einem seiner Kunden unterkommen. Vielleicht bei Steph. Sie war tierlieb, hatte einen großen Garten ... Er hatte keine Angst, er würde Chrissy retten. Chrissy würde ihn dafür lieben. Sie müsste ihn dafür lieben. Ihr ganzes Leben lang. Handelte er nicht wie der wahre Held? Noch nie in seinem Leben hatte er sich so stark gefühlt. Noch nie war er sich so sicher gewesen, das Richtige zu tun. Noch nie war er so glücklich gewesen. Endlich hatte sein Leben einen Sinn bekommen.

Auch als er zu den beiden Detectives gebracht worden war, die ihn erneut befragten, hatte er keine Angst gehabt. Er berichtete alles noch einmal von vorn. Dabei dachte er nur daran, wie Chrissy reagieren würde, wenn man ihr sagte, dass sie frei wäre.

»Sie wissen, dass Sie für ein paar Jahre ins Gefängnis müssen, Josh«, hörte er den Detective mit den grauen Haaren sagen. Wie hieß er? Shane O'Connor? Natürlich wusste er das.

»Sind Sie sicher, dass Chrissy auf Sie warten wird?«, redete der Detective weiter.

Er antwortete nicht. Was ging das den Detective an?

»Sie denken, Sie retten ihr das Leben, nicht wahr?«

Wieder gab er keine Antwort. Man wollte ihm eine Falle stellen, das wusste er.

»Sie haben etwas von einem gewissen Lanski erzählt. Und von einem Detective Blix. Warum sind Sie auf einmal sicher, dass die nichts mit dem Mord an Tim Wilcox zu tun haben?«

Was wollte der Detective? Man verdächtigte doch Chrissy, nicht Blix oder diesen anderen.

»Josh«, das war der weibliche Detective, »Sie müssen sich daran erinnern, wo Sie die Waffe hingeworfen haben.«

Das hatte er doch schon x-mal wiederholt. »Ich weiß es nicht mehr.«

»Es geht um Ihr Leben«, sagte der Detective. »Sie sollten sich nicht opfern, Josh.«

Dann waren zwei Polizisten gekommen und hatten ihn in seine Zelle zurückgebracht.

Was verstand dieser Detective schon vom Leben?

Tamara drehte sich um, als sie den Verhörraum verließen. »Glaubst du, er war's?«

»Nein. Er schützt seine Freundin und will nicht daran denken, dass sie ihn vielleicht nur benutzt hat.«

»Das ist Liebe.«

»Nein, das ist Selbsttäuschung, Tamara.«

»Ist das nicht manchmal dasselbe?«

Rasch verdrängte er die Erinnerungen an den Morgen mit Carol und steuerte den Getränkeautomaten an.

»Ich brauche einen Kaffee.« Er drückte auf den entsprechenden Knopf. »Joshs Beschreibung von diesem Blix könnte …«

»Auf Andrew Ward passen«, beendete sie den Satz. Der Kaffee schoss sprudelnd in den Becher. »Ward hat dunkles, dichtes Haar, aber graue Augen.«

»Na ja. Grau und blau ähneln sich manchmal sehr«, sagte er.

Sie hielt mit beiden Armen die Mappe umklammert und starrte auf den Plastikbecher, in den zischend der Kaffee lief. »Dann wäre Ward auch ins Krankenhaus eingedrungen, hätte dem wachhabenden Polizisten Rohypnol in den Whisky gegeben … Der kann sich übrigens an nichts mehr erinnern.«

Er nahm den heißen Becher mit zwei Fingern am oberen Rand.

»Weißt du, was das bedeutet, Shane?« Sie stellte einen Pappbecher unter den Einlaufhahn und drückte die Taste für Kaffee mit Milch. »Das heißt: Ward zwingt Chrissy zu einem Geständnis, flößt ihr die Tabletten ein und gibt ihr im Krankenhaus die Injektion, die tödlich gewesen wäre, wenn Josh nicht gekommen wäre. Ward wollte, dass wir die Akte Wilcox schließen.«

Er zuckte zurück. Der Kaffee war kochend heiß. Sie nahm schlürfend einen Schluck. Er versuchte es noch einmal und verbrannte sich die Zunge. »Warum muss der immer so heiß sein?«

»Du solltest Milch nehmen, aber ich weiß, dass du keine magst.«

»Genau.«

Sie zuckte mit den Schultern, »Dann wirst du dir weiterhin die Zunge verbrennen.«

»Tamara, du bist verdammt hartherzig.«

»Und du verdammt dickköpfig.«

»Unbelehrbar?«

Ein Lächeln kam über ihre Lippen. »Und unbelehrbar, ja.«

»Warum verbrennst du dir nie die Zunge?«

»Darauf hättest du doch sicher eine Antwort.« Sie lächelte kurz.

»Ich?«

»Ja. Eine Macho-Antwort, wie: Eine scharfe Zunge verbrennt sich nicht. Oder: Haare auf der Zunge verhindern …«

»Ach, Tamara.« Er winkte ab. »Was hast du nur für eine Meinung von mir?«

Sie standen schweigend im Flur vor dem Automaten. »Heute Abend findet Kims und Franks Hochzeitsparty statt«, sagte er.

»Ich dachte, du wolltest auf keinen Fall hingehen? Außerdem sind wir mitten in einem ungelösten Fall, und …«

»Meinst du, ich löse den Fall, weil ich am Abend hier hocke?« Er sagte es grober, als er es wollte.

»Ich meine gar nichts, Shane!« Sie hob verärgert die Augenbrauen. »Ich bin genauso nervös wie du. Ich will diesen verdammten Fall endlich zu Ende bringen. Schon zweimal hat es fast danach ausgesehen. Erst legt Chrissy ein Geständnis ab, dann Josh. Inzwischen haben wir einen weiteren Mord und einen neuen Verdächtigen, der vielleicht beide Morde begangen hat. Und dieser Verdächtige ist auch noch einer aus unseren Reihen!«

Tamaras Augen funkelten. Er bemerkte, wie sich die roten Flecken an ihrem Hals bildeten.

»Okay, Tamara«, sagte er beschwichtigend. »Wir brauchen zuerst ein Bild von Andrew Ward.«

Tamaras Flecken verschwanden. Sie nickte. »In Ordnung. Möchtest du dabei sein, wenn ich es Josh zeige?«

»Nein, ich muss nachdenken. Sag mir Bescheid. Ich verzieh mich wieder in diese Abstellkammer.«

Er sah ihr nach, wie sie die Treppe hinaufeilte, zwei Stufen auf einmal nehmend. Langsam, um den Kaffee nicht zu verschütten, hinkte er zum Aufzug.

Die Worte des Polizisten hallten in seinen Ohren. »Sie sollten sich nicht für sie opfern, Josh.« Er lag auf der Pritsche und starrte an die graue Betondecke. Am Rand des Fensters tauchte ein weißer Wolkenfleck auf, der sich schnell über das gesamte blaue Viereck schob. Er sah Chrissy vor sich, wie sie an jenem Mittag nackt hinter der Scheibe gestanden hatte, und er erinnerte sich, wie verwirrt und erregt er gewesen war. Das lag schon so weit zurück, dabei waren erst zwei Wochen vergangen. Du hast keinen Mumm, hörte er die Stimme seines Vaters. Muttersöhnchen! Das dröhnende Lachen des Vaters. Er sah ihn wieder im Liegestuhl schnarchen. Wenn sein Vater die Augen geöffnet und in den Lauf des Revolvers geblickt hätte, wäre er, sein Vater, auch dann in Lachen ausgebrochen? Hätte er dann gewagt, abzudrücken? Wäre er dafür ins Gefängnis gegangen? Sein Vater hatte Recht. Er hatte keinen Mumm. Er war Chrissy nicht hinterhergelaufen, um ihr die Pistole zu entreißen.

Aber er hatte sich geändert. Hatte ein Geständnis abgelegt. Ein Geständnis, das sein Leben grundlegend verändern würde. Aber sie glaubten ihm nicht. Die Wolke stand noch immer unbeweglich vor seinem Fenster.

48

Er hatte den Kaffee schon längst ausgetrunken, den Becher auf einem der Kartons abgestellt und sich vergeblich bemüht, nachzudenken, als sein Telefon klingelte.

»Shane!«

Es war Al. Er klang atemlos.

»Sie haben's mir jetzt erst gesagt.«

»Al, was ist los mit dir? Wo bist du?« Al hörte sich ungewöhnlich gehetzt an.

»Dumme Sache.« Er japste. »Hatte 'nen Herzinfarkt. Bin in der Klinik.«

»Al! Dann solltest du nicht telefonieren und dich nicht aufregen.«

»Ach, Quatsch. Sie sollten es mir noch nicht sagen, aber sie haben's doch getan. Auf die Gefahr hin, dass ich krepiere!« Er lachte kurzatmig. »Trevor John Pierce. Mensch, Shane, du hast hier alles durcheinander gebracht!«

»Wieso?«

Er lachte auf. »Du hast die Jungs aus der Drogenabteilung in eine tiefe Identitätskrise gestürzt.« Er schnaufte. »Du hast die Identität eines ehemaligen Undercover-Agenten gelüftet, ihn des Mordes an drei unserer Kollegen überführt und auch noch ein Drogenlabor hochgenommen.« Al lachte wieder. »Mensch, Shane. Ist dir klar, dass du dir ein paar neue Feinde gemacht hast?«

»Du meinst ...«

»Genau: die Leute aus der Drogenabteilung. Du hast Ihnen ihren Auftritt versaut. Die hatten zwar keine Ahnung, dass Ray ein ehemaliger Undercover-Agent war, aber sie hatten das Labor unter Beobachtung.«

»Davon hat mir keiner was gesagt.«

»Tja, so ist das nun mal. Jedenfalls ist die Heulerei hier groß. Sie hatten nämlich gehofft, ein paar weitere Leute mit festzunehmen.«

»Man kann nicht alles haben.«

»Finde ich auch. Gute Arbeit, Shane, auch wenn sie zu riskant war. Du solltest deine Sachen packen und heimkommen.« Al hustete.

»Der Mord an Wilcox ist noch nicht aufgeklärt.«

»Das ist Tamaras Job. Wie macht sie sich?«

»Gut. Aber ...«

»Na, dann lass sie die Sache zu Ende bringen.«

»Al ...«

»Ja?«

»Es gibt da noch was …«

»Was?«

»Jemand hat Ray Morrison getötet. Hör zu, Al, ich habe jemanden in Verdacht, jemanden, der ein doppeltes Spiel spielt.«

»Wer?«

Er zögerte.

»Verdammt, wer, Shane?«

Al hatte einen Herzinfarkt gehabt, wie konnte er ihm nur so etwas zumuten?

»Shane: ein Name!«

Jetzt konnte er nicht mehr zurück. »Mick Lanski …« Er hörte, wie Al tief Luft holte. »Ist dir klar, was du da behauptest, Shane? Wie kommst du auf so was?«

»Al, Mick treibt sich überall herum, wo er nichts zu suchen hat. Außerdem war er bei dem Einsatz in Melbourne dabei.«

Al schwieg. Dann sagte er: »Die Sache ist zu heikel. Wir werden eine Untersuchung einleiten.«

Genau das würde keinen Erfolg bringen! »Al, sie werden uns entkommen!«

»Das werden wir sehen. Du unterlässt ab sofort jede weitere Aktivität in dieser Richtung, verstanden?«

So hatte er sich die Sache nicht vorgestellt. Warum hatte er Al gegenüber überhaupt seinen Verdacht erwähnt?

»Verstanden, Shane?«

»Nein, Al, ich bin ganz nah dran!«

»Ja, am Ende deiner Karriere und am Ende deines Lebens womöglich. Ist immer noch nicht genug passiert? Du hast nur mit verdammt viel Glück die letzten beiden Wochen überlebt!«

»Aller guten Dinge sind drei, Al.«

»Hör mit diesen blöden Bemerkungen auf, Shane. Du forderst das Schicksal heraus. Du kommst zurück! Das ist ein Befehl.«

»Kim heiratet heute, ich bin eingeladen, Al. Ich kann nicht zurück.«

»Shane?«

»Ja?«

»Du bist bis auf weiteres vom Dienst suspendiert.«

»Al!«

»Marke, Dienstausweis, Waffe gibst du Tamara. Ich teile ihr das mit.«

Das konnte Al nicht ernst meinen!

»Wir sprechen uns, wenn du zurück bist.« Al legte auf.

Ich bin ein Idiot. Shane steckte das Telefon weg. Al als sein Vorgesetzter musste den offiziellen Weg gehen. Nun hatte er wirklich alles vermasselt. Eine Weile blieb er noch auf dem Karton sitzen. Plötzlich hatte er das Gefühl, dies seien *seine* Kartons, dies sei *sein* Auszug. Er war nicht mehr erwünscht.

Und wenn schon: Er hatte die ganze Sache sowieso auf eigene Faust begonnen, dann würde er sie auch so zu Ende führen. Einschüchtern ließ er sich nicht. Weder von Al noch von demjenigen, der ihn hatte umbringen wollen.

Er stand auf, hinkte auf den Flur und klopfte an Tamaras angelehnte Tür. Sie legte gerade den Hörer auf.

»Das war Al, was?«

Sie sah ihn betroffen an.

Er griff in die Gesäßtasche und legte ihr seinen Ausweis auf den Tisch, dazu die Polizeimarke, und dann schnallte er das Halfter mit der Glock ab.

»Shane, lass das!«

»Al hat es dir aufgetragen. Du musst es tun, Tamara.«

»Nein …«

»Doch. Sonst bist du dran. Es schadet deiner Karriere. Besonders dann, wenn mir wirklich etwas passieren sollte. Dann machst du dir auch noch Vorwürfe. Nein, Tamara.«

Sie sah auf seine Sachen, die Kennzeichen eines Cops, und schüttelte den Kopf. »Warum hast du es ihm überhaupt gesagt?«

Er hob die Schultern. Die Frage konnte er sich selbst nicht beantworten.

»Und jetzt? Was machst du?« Sie seufzte. »Ich habe gerade mit Meg Morrison gesprochen. Sie wusste, dass Ray eine Vergangenheit hatte, die er geheim hielt.« Sie rieb ihre Schläfen. »Sie hat darunter gelitten. Sie hat gesagt, sie habe immer gezweifelt, ob er ihr vertraut.«

Das konnte er verstehen. »Wusste sie, dass ihr Mann Drogen herstellt, Drogengelder wäscht?«

»Sie behauptet, keine Ahnung gehabt zu haben. Sie hätte es niemals zugelassen, schon wegen des Kindes nicht.«

»Und wo ist sie jetzt?«

»Andrew Ward ist da …«

Der Name bohrte sich wie ein Stachel ins Fleisch. »Wo ist er?«

»Shane!«

»Verdammt, wo, Tamara?« Er würde jetzt angreifen …

»Shane!« Sie hob beschwichtigend die Hände. »Ich habe Josh das Foto von Andrew Ward gezeigt.«

»Und?«

»Andrew Ward ist nicht Blix.«

Er starrte sie atemlos an. »Was?«

»Andrew Ward ist nicht Blix.«

Er hatte sich also geirrt. Und was war mit Mick Lanski? Sie kam seiner Frage zuvor.

»Aber ich habe etwas anderes, Shane.« Sie zögerte. Sie überlegt, ob sie es mir wirklich anvertrauen darf, dachte er. »Was, Tamara?«

»Josh hat im Krankenhaus das Kennzeichen von Blix' Wagen an Mick Lanski weitergegeben. Der hat es aber nirgendwo erwähnt.«

Also doch Mick …

»Josh konnte sich nur noch an die Buchstaben erinnern. RGN. Ich lasse gerade alle weißen Hyundais mit dem Kennzeichen checken. Bisher ohne Ergebnis.«

Ihm fiel wieder der weiße Wagen auf dem Parkplatz ein. Aber das war ein Sedan, kein Hyundai gewesen.

»Hast du Mick angerufen und ihn zur Rede gestellt?«

»Er geht nicht dran. Weder im Büro noch ans Handy. Allerdings ist heute Boxing Day. Da wird er vielleicht mal etwas anderes im Kopf haben als seine Arbeit.«

»Fragt sich, welche Arbeit, Tamara.« Zornig verließ er den Raum. Ohne Waffe und ohne Ausweise. Er hörte noch, dass sie ihm etwas hinterherrief, doch er ging einfach weiter. Im Apartment hatte er seine Walther. Er musste überlegen, wie er Mick zu fassen bekäme. Ob Angela, die Privatdetektivin, schon etwas herausgefunden hatte?

49

Durch die geöffnete Balkontür drang Weihnachtsmusik. Die meisten Restaurants hatten heute, am Boxing Day, geschlossen, doch in einem Café hatte er Gäste gesehen. Wahrscheinlich kam die Musik von dort. Über sich hatte er seit Tagen keine Schritte mehr gehört. Die Bewohnerin war vielleicht verreist. Er stand in der Tür und sah hinaus aufs Meer. Ruhig und blau lag es da, der Wind blies nicht allzu stark, die Hitze war erträglich. Eigentlich ein schöner Tag. Er hatte sich gerade bei Ann nach dem Baby erkundigt. Sie war beinahe in Tränen ausgebrochen. Über Nacht hatte sich sein Zustand plötzlich dramatisch verschlechtert. Die Ärzte fürchteten, dass es sich um eine Infektion handelte.

»Shane, es ist alles umsonst, ich weiß nicht mehr, ob ich das alles …«

»Ann, Klein-Jack kämpft. Er gibt nicht einfach so auf.« Er wollte selbst daran glauben.

»Ach, Shane, es ist nur manchmal so schwer, wenn man allein …« Sie klang zum ersten Mal völlig mutlos.

»Ann, soll ich kommen?«

Pause. Sie schnäuzte sich. »Nein, Shane, tut mir Leid. Ich weiß, was du durchmachst.« Sie atmete tief. »Es muss weitergehen. Ich weiß.«

»Halte durch, Ann«, sagte er, bevor er auflegte.

In zwei Stunden müsste er nach Noosa zu Kims und Franks Hochzeit aufbrechen. Sollte er wirklich hingehen? Sollte er nicht doch nach Hause fahren, Ann beistehen? Schließlich hatte er Jacks Mörder gefunden. Aber da war noch etwas anderes: Mick Lanski. Er musste die ganze Wahrheit erfahren. Dann erst konnte er nach Hause fahren.

Sein Blick fiel auf die blaue Glasgiraffe, die noch immer auf dem Sideboard stand.

Angela Lincoln … Warum meldete sie sich nicht? Kurzerhand rief er sie an. Es dauerte ungewöhnlich lang, bis sie abnahm.

»Shane! Ich wollte mich gleich melden. Ich komme gerade aus der Dusche.« Sie klang tatsächlich gehetzt.

»Soll ich später …«

»Nein, du siehst mich ja nicht.« Ihr anzügliches Lachen hatte ihn früher öfter erregt. Jetzt nicht mehr. Ihm fiel nur eine müde, abgedroschene Bemerkung ein. »Leider, ja.«

»Shane, immer noch der Alte.«

»Nein. Ich bin ein Wrack.«

»Noch nicht, das höre ich. Also, ich habe etwas gefunden. Moment, ich ziehe mir nur meinen Bademantel …«

Dann begann sie zu berichten. Sie hatte eine ehemalige Kollegin von Mick Lanski ausfindig gemacht, die inzwischen aus dem Polizeidienst ausgeschieden war. Diese Kollegin vertraute ihr an, dass sie mehrmals mitbekommen habe, wie Mick Lanski zu großen Essen von Leuten aus der Unterwelt eingeladen worden sei. Sie habe ihn daraufhin angesprochen, doch er habe sehr unwirsch erklärt, dass man gewisse Kontakte pflegen müsse, um Erfolg zu haben. Sie hatte nach langen Überlegungen beschlossen, sich versetzen zu lassen.

»Sie wollte mit all dem nichts zu tun haben.« Angela machte eine Pause. Er hörte, dass sie trank. »Ich war gestern in Mick Lanskis Wohnung. Ich hab mir, sagen wir mal, Zutritt verschafft. Ich wusste, dass er nicht da ist.« Sie trank wieder. »So, pass auf: Ich hab ein bisschen in seinen Sachen gewühlt. Vorsichtig natürlich, du kennst mich. Also: Ich hab selten so einen Familienmenschen getroffen!«

Was meinte sie?

»Aber Lanski ist weder verheiratet noch hat er Kinder, soweit ich weiß.«

»Das meine ich nicht, Shane. Er hat Stapel von Fotos mit seiner Schwester – wie ich herausbekommen habe –, seinen Eltern, seinem Neffen. Den Kühlschrank hat er voll gekleistert mit alten Bildern. Er als kleiner Junge, er und seine Schwester, er und sein Vater, beim Fischen, beim Kricket, er mit seiner Mutter im Garten, auf einem Pony – muss eine ziemlich glückliche Kindheit gewesen sein. Jetzt scheint er eher einsam zu sein.«

»Hast du etwa Mitleid mit ihm?« Oh, wie er Mick Lanski hasste.

Sie lachte auf. »Nein, so was kenne ich kaum, das weißt du doch. Noch was, Shane: Er hatte die aktuelle Kreditkartenabrechnung auf dem Schreibtisch liegen. Er hat kürzlich eine Auslandsreise gemacht. Ich weiß nicht, ob dich das interessiert?«

»Mich interessiert alles. Wohin?«

»Auf die Fidschi-Inseln.«

Die Fidschi-Inseln! Da war doch die Firma *Movation* … »Gute Arbeit, Angela«, sagte er. Sein Herz klopfte härter, seine Handflächen schwitzten.

»Danke. Tja, ansonsten ist seine Wohnung ziemlich lieblos und unpersönlich eingerichtet. So, als würde er gar nicht richtig leben.«

»Würdest du meine Wohnung in Brisbane auch so beschreiben?«

Sie lachte auf. »Oh nein. Du lebst in einer Wohnung, die andere Menschen so hinterlassen haben.«

Ihre Worte versetzten ihm einen Stoß. Doch er sagte nichts.

»Mehr konnte ich im Moment nicht tun, Shane.«

»Das ist mehr als genug. Wenn du mal Hilfe …«

»… ja, klar. Shane, pass auf dich auf. Und schöne Weihnachten.«

»Dir auch Angela.«

Er legte auf und spürte einen Kloß im Hals. Und wenn schon, sagte er sich, sein Zuhause trug er in sich. Und überhaupt wollte er jetzt nicht über sein Leben nachdenken. Er ging auf den Balkon hinaus, stützte sich aufs Geländer. Was hatte Angela über Mick gesagt? *Er muss eine ziemlich glückliche Kindheit gehabt haben.* Diesen Eindruck hatte Mick ihm nie vermittelt. Sie hatten in ärmlichen Verhältnissen gelebt. Das hatte Mick ja nun wohl geändert. Doch jetzt stand er, Shane, ihm im Weg. Die Versuche ihn auszuschalten waren fehlgeschlagen. Und plötzlich wusste Shane, wo er Mick treffen würde: Mick wusste, dass er auf Kims Hochzeit eingeladen wäre …

Josh gab das Foto zurück. Er erinnerte sich wieder an den Augenblick, als er in die Küche zurückkam und Chrissy dort fand.

»Das ist er, nur hatte er keine grauen, sondern dunkle Haare. Ich habe am Anfang gedacht, dass er zu den Männern gehört, die sich im Alter ihre Haare färben oder ein Toupet tragen. Es sah irgendwie unecht aus.«

»Danke, Josh«, sagte die Polizistin. Detective Thompson. Sie war nett. Lächelte. Behandelte ihn nicht wie dieser Spencer Dew von oben herab. Aber auch sie schien ihm sein Geständnis nicht abzunehmen.

»Ich hab eine Überraschung.« Die Polizistin lächelte. »Kommen Sie mit.«

Eine Überraschung? Vielleicht eine Gegenüberstellung? Er ließ sich widerspruchslos von dem Polizisten abführen. Für ein paar Sekunden war der freie Himmel über ihm. Er wollte an den Strand und an Garbo denken, doch er verbot es sich. Er hatte sich für einen anderen Weg entschieden. Dabei musste er jetzt bleiben. Sie stiegen zu dritt in ein Polizeifahrzeug.

»Wohin fahren wir?«, fragte er.

Die Polizistin drehte sich zu ihm um. »Das werden Sie gleich sehen.« Sie lächelte wieder, doch er war sich nicht sicher, ob er ihr trauen konnte.

Ihm kam keine Frage über die Lippen. Schweigend hockte er auf der Rückbank und versuchte an nichts zu denken.

Der Wagen parkte gleich neben dem Eingang zum Krankenhaus. Der Polizist stieg aus, öffnete die Tür und wollte Josh abführen, doch die Polizistin schüttelte den Kopf. »Lassen Sie ihn.«

Zögernd ließ der Polizist ihn los. Schweigend betraten sie den Aufzug. Er fühlte sein Herz hämmern. Seine Haut war schweißig, sein Mund strohtrocken. Die Aufzugtüren schoben sich auf. Sie steuerten auf die Tür zu, die er kannte. Der Polizist öffnete.

Chrissy wandte ihren Kopf. Er erschrak. Wie blass sie war, und noch dünner als vorher. War das Chrissy? *Die* Chrissy? Sie sah ihm fest in die Augen.

Er schluckte, ihm wurde auf einmal alles zu viel.

Die Polizistin war auf die andere Seite von Chrissys Bett getreten. Eindringlich sah sie sie an. »Chrissy, sagen Sie mir, wer geschossen hat. Sie oder Josh?«

Er konnte sich nicht zurückhalten. »Ich! Verdammt, das habe ich Ihnen doch schon x-mal gesagt! Ich! Ich! Ich!«

Chrissys Augen weiteten sich. Sie sah ihn an, als wäre er ihr vollkommen fremd.

»Chrissy, verdammt!« Er wollte sie an den Schultern packen und schütteln, doch der Polizist hielt ihn mit einem festen Griff zurück. »Chrissy! Sag ihnen, dass ich es war!«

Warum sagte sie nichts? Er gab ihr doch die Chance, aus dem ganzen Schlamassel herauszukommen! »Chrissy!«

Schließlich schüttelte sie den Kopf. Chrissy, dachte er, warum verstehst du nicht?

»Josh, das musst du nicht tun!« Ihre Stimme klang fest.

»Aber …« Er wollte irgendetwas erwidern, doch er konnte nicht. Er konnte sie nur anstarren. Ihr blasses Gesicht, umgeben von ihrem schweren kupferfarbenen Haar.

»Chrissy …«

Wieder schüttelte sie den Kopf. Ganz langsam. Grausam langsam. »Ich will nicht, dass du das für mich tust, Josh.«

»Aber warum …?«

Sie antwortete nicht mehr, schien auf einmal durch ihn hindurchzusehen, irgendwohin, wohin er ihr nicht folgen konnte. Sie hatte ihm den Sinn seines Lebens, den er gerade zu erkennen geglaubt hatte, einfach weggenommen. Ohne sich zu sträuben, ließ er sich von dem Polizisten hinausführen. Er fühlte sich tot.

50

Um fünf Uhr am Nachmittag zog Shane eine hellgraue Hose und ein weißes Halbarmhemd an. Die Walther steckte er in das Halfter am Gürtel. Dann zog er sein leichtes Jackett an, und hängte es auf der verletzten Seite locker über die Schulter. Auf der Anrichte lag das rote Weihnachtspäckchen für Pam. Ein Strandkleid, das er vorhin in einer Boutique in den Arkaden noch erstanden hatte. Mit schlechtem Gewissen, wie er zugeben musste, warum hatte er nicht früher daran gedacht? Er warf einen letzten Blick in den langen Spiegel neben der Tür und fand, dass er gar nicht so schlecht aussah, nach allem, was er durchgemacht hatte. Irgendwann würde er nicht davonkommen. Irgendwann würde es auch ihn erwischen. Warum nicht heute? Vielleicht sogar heute …

Er zuckte mit der gesunden Schulter. Sein Spiegelbild auch. Alles in allem hatte er im Leben doch ganz gut abgeschnitten. Er hatte die Welt von ein paar Schurken befreit. Und er hatte einen Menschen mit in die Welt gesetzt. Pam. Einen guten Menschen, fand er. War das nicht genug für ein einfaches Menschenleben? Genug, Shane, sagte er laut. Noch ist dein Leben ja nicht zu Ende. Ohne Krücke verließ er die Wohnung.

Im Shop neben dem Apartmenthaus kaufte er eine teure Flasche Champagner und ließ sie sich als Geschenk verpacken.

Der Verkäufer deutete auf den Ständer neben dem Eingang. »Wir haben auch Glückwunschkarten.«

Shane warf einen Blick darauf, doch ihm war nicht danach, zwischen *Euch alles Gute* und *Herzlichen Glückwunsch zur Vermählung* auszuwählen. Alles klang unpassend aus dem Mund eines Exehemanns.

»Danke, aber ich nehme nur den Champagner.«

»Bitte sehr«, sagte der Verkäufer freundlich. »Und Ihnen eine schöne Weihnachtsparty!«

Shane dankte lächelnd. Der Verkäufer wusste ja nichts von seinen düsteren Gedanken, die ihn gerade noch beschäftigt hatten.

Der Himmel war blau, genauso wie das Meer, das er von der Küstenstraße aus irgendwann sichtete. Nirgends Anzeichen von Regen. Kim und Frank hatten – zumindest was das Wetter anging – Glück.

Als er nach Noosa hineinfuhr, wunderte er sich, dass kaum Verkehr war. Das lag bestimmt an den Weihnachtsferien. Seine Kollegen von der Verkehrswacht und auch die Krankenhäuser hatten sicher bereits einiges zu tun.

Noch fehlte ihm jeder Plan, wie er die Sache mit Mick angehen sollte.

Er bog gleich auf den Parkplatz an der Hastings Street ein. Der Versuch, vor dem *Sails* einen Platz ergattern zu wollen, wäre aussichtslos gewesen. Wenige Minuten später stieg er ohne Krücken die Stufen zum *Sails* hinauf.

»Oh Sir, wir haben heute eine …« Die Stimme verstummte, als Shane sich umdrehte. Manuel, der schöne Student aus Brasilien, grinste irritiert.

»Ja, ich weiß. Meine Exfrau heiratet.«

Er ging weiter ins Restaurant und schob sich an den Sekt trinkenden Gästen vorbei. Auf den Tischen standen Namensschilder, und auf einer langen, schmalen Tafel an der Wand entdeckte er ein Vorspeisenbüfett. Fisch, Garnelen, Salat, Brot, Saucen. Alles sehr einladend und appetitlich angerichtet. Er hätte sich gewünscht, dies alles genießen zu können.

»Dad!« Pam kam auf ihn zu und fiel ihm um den Hals.

Sie strahlte, und er fragte sich, warum sie monatelang gegen diese Hochzeit angekämpft hatte. »He!« Sie ließ ihren Blick an ihm hinuntergleiten. »Du siehst echt ziemlich fertig aus.« Ihr Gesicht glühte. Er war überrascht, wie schön sie war.

»Danke, Pam, du bist genauso charmant wie deine Mutter.« Er musste an Chrissy denken und an den Moment, als er tatsächlich geglaubt hatte, Pam nähme Drogen.

Er gab ihr das Päckchen. »Frohe Weihnachten, mein Schatz!«

»Danke, Dad!« Sie drückte ihm einen Kuss auf die Wange. »Ich hab auch was für dich. Ich hab's noch im Auto …«

»Später«, winkte er ab, »wo ist dein Freund? Wie heißt er doch gleich? Justin?«

Sie schnitt eine Grimasse. »Ich hab Schluss mit ihm gemacht.«

Keine Tränen, kein Bedauern in ihrer Stimme – er wusste nicht, ob er ihre Kaltblütigkeit bewundern sollte. Hatte sie die von ihm oder von Kim?

»Mum ist irgendwo da draußen.« Pam verdrehte die Augen. »Sie hat doch einen besonderen Auftritt.«

»Richtig, sie wollten über den Strand reiten, nicht wahr?«

»Reiten? Davon hat sie mir überhaupt nichts gesagt! Wieder eine ihrer Überraschungen!« Dann stutzte sie. »Aber sie kann doch gar nicht reiten.« Sie grinste. Er zuckte mit den Schultern. Sie zwickte ihm in den Arm.

»Wir sehen uns dann, ich gehe den Leuten hier ein bisschen zur Hand.« Und schon verschwand sie in der Menge. Eine junge, schlanke Frau mit seidenem schwarzen Haar. Wenn er jünger und nicht ihr Vater wäre, würde er sich sicher in sie verlieben.

Er hatte ihr die Flasche Champagner für Kim und Frank überlassen wollen, doch er hielt sie noch immer in der

Hand. Ein Tablett mit Sekt wurde an ihm vorbeigetragen. Er kämpfte sich weiter durch die Menschentrauben zu seinem Tisch, stellte den Champagner dort ab, bestellte bei der Bedienung ein Mineralwasser, Alkohol dürfte er sich jetzt nicht genehmigen, und blickte hinaus auf den Strand. Zum Glück war mit der untergehenden Sonne Wind aufgekommen. Die Temperaturen wurden angenehmer. Ein paar Surfer rannten mit ihren Boards in die Wellen. Manuel zündete auf der Terrasse Fackeln an. Shane hätte zufrieden sein können. Wenn er sich mit weniger zufrieden geben würde.

Die Bedienung brachte ihm eine Flasche Wasser. Gleichzeitig wurde die Musik lauter, und als sei dies das vereinbarte Zeichen, drängten die Gäste auf die Terrasse und blickten wie einstudiert nach links den Strand hinunter. Neugierig reckte er seinen Hals. Da kamen sie: Kim im roten wehenden Seidenkleid und Frank im schwarzen Smoking. Feierlich schritten sie auf die erleuchtete Terrasse zu. Als sie nur noch wenige Meter entfernt waren, brach ein lautes Geklatsche und Gejohle aus, und Frank küsste Kim, die daraufhin ihre Arme um seinen kurzen Hals schlang. Frank hob sie hoch und trug sie über den Sand auf die Terrasse. Dort ließ er sie wieder hinunter und lachte erleichtert. Die Menge johlte und klatschte daraufhin noch lauter. Shane trank sein Glas leer.

»Liebe Freunde …« Frank wischte sich mit einem Taschentuch über die Stirn. »Kim und ich freuen uns …«

Shane hörte nicht mehr zu. Wo war Mick?

»He, seh ich richtig, du trinkst an so einem Tag Wasser?« Don Lanski schlug ihm auf die gesunde Schulter und setzte sich neben ihn. Er sah außerordentlich gut aus. Noch besser als bei Shanes Besuch. Sein graumeliertes Haar war sorgfältig nach hinten gekämmt, seine Haut sonnengebräunt, seine blauen Augen sprühten vor Lebenslust, und mit dem weinroten, glänzenden Seidenhemd und dem grauen Anzug stach er den um Jahre jüngeren Bräutigam, zumindest was die Erscheinung anging, mühelos aus. Man würde nicht vermuten, dass der farblose Mick Dons Sohn war.

Und plötzlich spürte Shane es wieder: das Jagdfieber. Er wollte jetzt wissen, wer Wilcox und wer Ray alias Trevor und Sonia O'Hara ermordet hatte; er wollte wissen, welche Rolle Mick Lanski spielte. Seine Erregung wuchs, und zugleich spürte er, dass ihm sein Körper einen Strich durch die Rechnung machte. Er hatte Kopfschmerzen, seine Verletzungen schmerzten. Er griff zur Wasserflasche.

»Hoppla!« Don Lanski fing Shanes Glas auf. Shane hatte es mit dem Ärmel umgestoßen. »Ich nehm einen Whisky und auch so was.« Don deutete der Bedienung an, dass er ein Wasser haben wollte. »Na, Shane, wie geht's jetzt weiter? Oben in den Bergen habt ihr ja ganz schön aufgeräumt, was? Ray Morrison und Tim Wilcox, wer hätte das gedacht? Diese verdammten Drogen! Was passiert mit unseren Kindern, Shane, und unseren Enkeln? Sie sind kaputt, bevor sie anfangen zu leben.«

Shane antwortete nicht, sondern nickte nur schwach. Er musste an Klein-Jack denken.

Die Bedienung brachte Don seinen Whisky. Don nahm einen Schluck, betrachtete dann die Flüssigkeit im Glas, stellte es ab und sagte: »Ray Morrison war ein kleiner Fisch, Shane. Du weißt ja selbst, die großen Deals laufen anders.«

Shane wandte sich ihm zu. »Ja.«

»Zu meiner Zeit, Shane, ging's vor allem um Heroin und Kokain. Doch heute gibt's alles. Heroin, Kokain, Crack, Ecstasy, Amphetamine, Metamphetamine …« Don brach ab, sah hinaus auf den Strand. »Zehntausende Amphetamin-

Pillen in Kühlschranktüren aus Südostasien, siebenhundert Kilogramm Pseudoephedrin zur Herstellung von Metamphetaminen zwischen Mauerplatten in einem Container versteckt …« Er winkte müde ab. »Du kennst ja selbst die Schlagzeilen. Das werden wir nie in den Griff kriegen. Wir werden den Kampf immer verlieren.« Er trank sein Glas in einem Zug aus und verzog das Gesicht, als hätte er etwas zu Scharfes gegessen.

»Trotzdem dürfen wir nicht aufgeben«, antwortete Shane. Wie mechanisch er dies sagte. An dem Satz hielt er fest. Verbot sich, darüber nachzudenken.

Don sah hinaus aufs Meer. »Ja«, sagte er abwesend, »natürlich nicht.«

Hinter ihnen drängten sich die Gäste zum Buffet.

»Ach, hier bist du!« Um Shanes Hals schlangen sich nackte Arme. Kim gab ihm einen Kuss auf die Wange. Sie war erhitzt und verströmte einen süßen Duft. Ein Blumenparfum, dachte er.

»Ist es nicht ein wunderbares Fest? Ach, ich bin so glücklich!« Sie drehte sich zu Don. »Schön, dass du es doch noch geschafft hast, zu kommen!«

»Kim, du siehst wirklich bezaubernd aus!«

»Danke, Don, du alter Charmeur!« Sie lachte kokett.

»Wo ist denn Silver?«, fragte sie.

Don hob die Hände. »Oh, sie musste zu einer anderen Party.«

»Wirklich schade.« Kim schüttelte den Kopf.

Shane blickte in Richtung Eingang. Irrte er sich, der dunkle Lockenkopf da vorn war doch Tamara, oder? Was wollte sie?

»Entschuldigt mich einen Moment«, sagte er und stand auf.

»Die Toiletten sind einen Stock tiefer«, sagte Kim leise und setzte sich auf seinen Platz.

Shane bahnte sich den Weg zwischen den Tischen hindurch nach hinten zur Treppe. Die Musik war lauter geworden, und die Stimmung der Gäste stieg.

»Shane!« Tamara winkte aufgeregt. »Shane, verdammt«, keuchte sie außer Atem. »Ich wusste nicht, wie ich dich erreichen sollte!«

Richtig, er hatte noch kein neues Handy. Wie langsam sein Gehirn funktionierte!

Sie schnaufte immer noch und zog ihn zur Treppe, wo es ruhiger war, und griff in ihre Handtasche. Ihr Gesicht glänzte vor Schweiß. Er bemerkte erst jetzt, dass sie ein kurzes dunkelblaues Trägerkleid trug, das er noch nicht kannte. Ihre Arme waren muskulös und schlank.

»Shane! Blix ist Don Lanski! Josh hat ihn identifiziert.«

Don? Der, mit dem sein Vater zusammengearbeitet hatte? Der, der Kim Avancen gemacht hatte? Don?

»Und noch etwas, Shane! Carl Spring von den Fidschis hat verzweifelt versucht, dich zu erreichen. Dann hat er irgendwann mich angerufen und mir *das* per Mail geschickt.« Sie zog ein Papier hervor. »Er hat eine Frau aufgestöbert, die Sekretärin in einer Bank, in der Jim Redmond hin und wieder auftaucht und seine Geschäfte regelt. Sie hat ein Verhältnis mit ihm. Das da«, sie gab ihm das Foto, »stammt von einem Ausflug.«

Es zeigte ein Pärchen an einem Sandstrand. Er hatte seinen Arm um ihre Hüften gelegt, sie hatte sich an ihn geschmiegt. Jim Redmonds graumeliertes Haar war makellos gekämmt, sein violettes Seidenhemd glänzte in der Sonne, und um seinen gebräunten Hals hing eine schwere Goldkette. Kein Zweifel: Das war Don Lanski.

»Da staunst du, was?« Tamaras Blick hatte etwas Triumphierendes. »Jim Redmond wohnte übrigens bis zu seinem Tod in Noosa, in dem Haus, in dem jetzt …« Sie musste nicht weiterreden.

»… Don Lanski wohnt«, sagte er.

»Sollen wir ihn festnehmen?« Sie war voller Tatendrang.

»Weil er in Noosa wohnt und eine Firma und eine Geliebte auf den Fidschis hat?«

»Aber, Shane! Er hat einen gefälschten Pass und …«

Er winkte ab.

»Er hat Freunde bei der Polizei, da bin ich ganz sicher, Tamara. Wir brauchen einen Haftbefehl, um ihn länger festzuhalten. Morgen reist er außer Landes. Ich bin sicher, er findet eine Möglichkeit, abzuhauen.«

»Verdammt, Shane, dann müssen wir uns eben etwas anderes überlegen!« Die Adern an ihren Schläfen pochten. Immer wieder sah sie zu den Gästen hinüber, die sich, wie es schien, immer lauter und ausgelassener unterhielten.

Auf einmal überkam ihn das Gefühl, den Boden unter den Füßen zu verlieren. Was war in den letzten Wochen alles geschehen? Wie viele Male war er dem Tod entgangen? Mick Lanski, ein Polizist, hatte die Seiten gewechselt, ein ehemaliger Undercover-Polizist hatte seine Kollegen erschossen, Don Lanski, der Partner seines Vaters, der sich als »Freund« der Familie bezeichnet hatte, stand auf der anderen Seite … Er musste tief durchatmen. Jetzt nicht aufgeben, hämmerte es in seinem Kopf.

Tamara sprach weiter. Was sagte sie? Er strengte sich an, zuzuhören. »Übrigens hat sich Josh wohl doch entschieden, nicht den Helden zu spielen. Er hat sich erinnert, mit einem Freund auf einer Farm in Eumundi schießen geübt zu haben. Kollegen sind gleich losgefahren und haben tatsächlich Projektile in einer alten Matratze gefunden. Sie stammen aus derselben Waffe wie die aus Carols Sofa. Es sieht also ganz gut für die beiden aus. Für Chrissy und Josh, meine ich.«

Im selben Moment begannen seine Knie zu zittern. *Er ist*

auf Al Marlowes Geburtstag, trinkt mit Evans, Hawkings und Jack. Da sagt Jack: »Jeder Polizist will ein Held sein.« »Auf den Helden Jack«, sagt einer, und sie trinken. Kaum zwei Stunden später ist Jack tot. »Helden sterben früh«, hatte Hawkings gesagt …

»Shane?« Er erkannte Tamaras Stimme. »Ist alles in Ordnung?«

»Klar, sicher …«

»Warum antwortest du mir dann nicht?« Sie musterte ihn besorgt.

Er zwang sich, klar zu denken. »Was, Tamara?«

»Ich habe gefragt: Wie gehen wir bei Lanski vor? Hast du dir etwas überlegt?«

Nein, er hatte sich nichts überlegt. Er konnte nicht mehr denken. Blackout. Doch das durfte er ihr jetzt auf keinen Fall sagen. Das würde sie verunsichern. Er zwang sich, ruhig zu bleiben, sich nichts anmerken zu lassen.

»Ja. Halte dich im Hintergrund, und tu so, als ob du einfach die Party genießt, ja?«

»Das ist eine verdammt blöde Rolle, Shane!«

»Willst du etwa mit deiner Waffe vor ihm herumfuchteln?«

»Du weißt genau, dass …!«

»Schon gut, Tamara, sorry. Ich gehe mit ihm raus. Komm uns aber nicht zu nah.«

»Shane, was soll das nützen? Selbst wenn er seine Beteiligung vor dir zugibt oder sogar Mick beschuldigt – ohne Zeugen ist sein Geständnis nichts wert!«

»Ich weiß.«

»Also, warum?« Sie blickte ihn durchdringend an.

Sollte er ihr sagen, dass er in einem persönlichen Gespräch die einzige Möglichkeit sah, Don Lanski überhaupt zu einer Äußerung zu bewegen? Sollte er ihr sagen, dass es ihm im Moment nur darauf ankam, endlich die Wahrheit zu erfahren, die ganze Wahrheit? »Wir können ihn später wegen des Verdachts auf Betrug mitnehmen, Tamara.«

Ihr Gesichtsausdruck zeigte deutlich, dass sie mit seinem Vorgehen nicht einverstanden war. »Und was machen wir mit Mick Lanski?«, fragte sie jedoch nur. »Noch wissen wir nicht, wo er sich aufhält.«

»Mick knöpfen wir uns später vor.«

Prüfend sah sie ihm in die Augen. »Shane, bist du sicher, dass du das jetzt allein durchziehen willst?«

Er rang sich ein lässiges Grinsen ab, zumindest versuchte er es. »Du bist doch in der Nähe, Tamara. Es geht alles gut.«

Sie wirkte nicht sehr überzeugt. Dann griff sie in ihre Tasche, gab ihm seine Dienstwaffe.

Er schüttelte den Kopf und hob sein Jackett, dass sie das Halfter mit der Walther sah.

Sie runzelte die Stirn. »Du solltest nicht vergessen, dass du verletzt bist, Shane.«

»Ich vergesse es bestimmt nicht.«

Widerwillig steckte sie die Waffe wieder ein.

Er drehte sich um und ging. Plötzlich schien der Boden unter ihm nachzugeben, als watete er durch Schlamm. Durch dicken grauen Schlamm. Er atmete tief durch, doch das nutzte nichts. Also ging er weiter. Einfach weiter.

An der Bar ließ er sich von Manuel, der gerade mit Pam flirtete, zwei Zigarren und lange Streichhölzer geben. Er zahlte und dachte einen Moment lang daran, Pam eine warnende Bemerkung zuzuflüstern, doch dann fand er sein Verhalten lächerlich und drängte sich durch die Menge zu seinem Tisch.

Dort stellte Don Lanski mit einem zufriedenen Lächeln gerade sein leeres Whiskyglas ab. Kim war aufgestanden und winkend in Richtung Buffet verschwunden.

Shane beugte sich zu Don hinunter. »Don, wie wär's mit einer Zigarre am Strand?«

Don Lanski grinste und stand auf. »Wunderbare Idee. Zum Rumsitzen fühle ich mich noch zu jung. Und getanzt wird ja wohl nicht …« Don winkte jemandem, doch Shane konnte nicht erkennen, wem.

Die Idee war Shane spontan gekommen, ein Resultat seines Blackouts. Er wusste: Er hatte die Kontrolle verloren. Über sich und über die Situation. Er würde jetzt gleich mit Don allein da draußen sein. Er würde ihn nach der Wahrheit fragen, und er hatte keine Ahnung, wie Don darauf reagieren würde. Sie schoben sich zwischen den Grüppchen auf der Terrasse hindurch. Die Fackeln brannten unruhig. Eine leichte Brise wehte vom Meer herüber, aber sie genügte, um die Flammen tanzen zu lassen.

»Ist das nicht eine großartige Nacht?« Don atmete tief ein und reckte beide Arme in den dunklen Himmel. »Diese Sterne! Weißt du, was mein Enkel sagte, als er noch klein war?«

Shane schüttelte den Kopf. »Nein. Was hat er gesagt, Don?«

Je mehr Don ins Plaudern geraten würde, desto leichter wäre es, etwas aus ihm herauszubringen.

Don legte den Kopf in den Nacken. »Eines Abends, als ich mit ihm auf der Terrasse saß, da hat er ganz andächtig zum Himmel hinaufgesehen, und ich habe ihm etwas über Sterne erzählt. Und dann hat er mich gefragt, ob ich ihm einen holen kann, er würde so einen Stern gern mal anfassen!« Don sah Shane an. »Ein verdammter Bengel, was?« Er lachte. »Ehrlich, ich war gerührt.« Er zog sein Jackett zurecht. »Aber jetzt mal zu unseren Zigarren, was?«

»Gehen wir runter an den Strand«, sagte Shane. Das Gehen tat ihm zwar noch immer weh, aber es war auszuhalten.

Sie gingen über die schmale Rasenfläche hinunter an den

Strand. Die Laternen vor den Apartmenthäusern warfen ihr gelbes Licht auf den Sand.

Don blieb stehen. »Man sollte die Schuhe ausziehen. Ich hasse Sand in den Socken und in den Schuhen.«

»Du hast Recht«, sagte Shane.

Sie gingen zurück und stellten ihre Schuhe auf den Rasen. Don seine sauber geputzten schwarzen, Shane seine weniger sauberen braunen.

Don richtete sich auf und sah auf seine Zehen hinunter. »So fühlt es sich doch viel besser an, was?«

Shane nickte. Das Gehen fiel ihm schwer – ob mit oder ohne Schuhe. Er bückte sich und versuchte, Tamara irgendwo auszumachen, doch er konnte sie unter den Gästen auf der Terrasse nicht erkennen. Hoffentlich hatte sie mitbekommen, dass er mit Don hier draußen war. Warum zum Teufel hatte er mit Don diesen Spaziergang unternehmen wollen? Jedem Partner hätte er eine solche Aktion ausgeredet. Nicht nur ausgeredet, nein, untersagt.

Don wandte sich zu ihm. »So, jetzt rück mal die Zigarren raus!«

Shane griff in die obere Jackentasche und reichte Don eine Zigarre, der sie ans Ohr hielt, zwischen Daumen und Zeigefinger drehte und zufrieden lächelte. Dann gab er Lanski die Schachtel mit den langen Streichhölzern. Lanski hielt schützend die Hand vor die Flamme, während er seine Zigarre anbrannte. Er paffte Rauchwolken in den dunklen Himmel und gab Shane die Streichholzschachtel zurück. Eine Weile gingen sie rauchend über den kühl gewordenen Sand. Shane versuchte klar zu denken, doch sein Gehirn war unendlich langsam. Kein Wunder: Seit Tagen nahm er Schmerztabletten. Doch er war hier, um die Wahrheit zu erfahren. Die ganze Wahrheit. Er nahm noch einen Zug, genoss einen Moment lang den Rauch im Mund, ließ ihn dann wieder entweichen und sagte:

»Erzähl mir was über Sonia O'Hara, Don.«

Don blieb überrascht stehen.

»Du und mein Vater kanntet sie doch«, sagte Shane.

Don schüttelte den Kopf und wirkte amüsiert. »Ich weiß nicht, wie du gerade auf sie kommst, Shane.«

»Sie ist doch hier ertrunken. Hier am Strand von Noosa.« Er machte mit der Zigarre eine ausladende Bewegung über das Meer. »Ist eines Morgens vom Schwimmen nicht mehr zurückgekehrt.«

Don nahm einen langen, tiefen Zug, behielt den Rauch im Mund und ließ ihn dann langsam entweichen. Graue Ringe schwebten in die schwarze Nacht.

Er schindet Zeit, dachte Shane.

»Nun, sie hat uns ganz schön in Atem gehalten, mit ihren Beschuldigungen.« Er setzte sich wieder in Bewegung. »Sie brauchte ja nur irgendwas zu behaupten, und schon haben sich die Presseleute wie die Schmeißfliegen draufgestürzt!«

»Tim Wilcox kannte sie auch«, sagte Shane. Er musste Don zum Reden bringen.

»Wirklich?« Wieder blieb Don stehen.

Shane war sich nicht sicher, ob Dons Erstaunen gespielt war. »Aber Don, du weißt doch sonst alles. Deshalb hat er doch die Vorladung zur Fitzgerald-Kommission erhalten.« Er bluffte, wusste, dass er sich auf dünnem Eis bewegte. Don durfte nicht misstrauisch werden.

Don zögerte, wurde unsicher.

Bevor er noch mehr Zeit zum Nachdenken haben würde, machte Shane weiter. »Erzähl mir von dir und meinem Vater. Habt ihr mit Sonia O'Hara Geschäfte gemacht?«

Don ging weiter, und Shane blieb nichts anderes übrig, als ihm zu folgen. Sein Bein tat verdammt weh.

»Du willst es wohl genau wissen«, sagte Don, ohne ihn anzusehen.

»Ja. Ich will's genau wissen, Don.« Die Zigarre schmeckte gut. Unter anderen Umständen hätte er sie genossen.

»Warum lässt du die Vergangenheit nicht ruhen? Das interessiert doch niemanden mehr.«

»Ich will's trotzdem wissen.« Shanes Gehirn lief sich langsam warm.

Don zuckte mit den Schultern und ließ seinen Blick übers Meer schweifen. »Da gibt's nichts, Shane. Gar nichts.« Er steckte die Zigarre in den Mund und hielt sie mit den Zähnen fest.

»War mein Vater korrupt?«

Don verschluckte sich fast am Rauch, so sehr überraschte ihn die Frage. »Wie kommst du auf so was, Shane? Wir haben unseren Job gemacht. Nicht mehr und nicht weniger. Manchmal war's eine Gratwanderung. Aber wem sag ich das.«

Er glaubte Don nicht. Auf einmal brannte der Rauch der Zigarre auf seiner Zunge. »Hat Sonia O'Hara denn kein Testament hinterlassen. Mit Namen? Anschuldigungen?«, fragte Shane weiter.

Don hob fragend die Augenbrauen. »Keine Ahnung, Shane.«

Don stellte sich dumm. So bekam er aus ihm nichts heraus. Er musste einen anderen Weg einschlagen, ihn bei seiner Eitelkeit packen. »Dein Enkel ist ein prima Junge, oder?«

Don schien über Shanes plötzliches Interesse an seinem Enkel keineswegs überrascht zu sein. Vielmehr hatte Shane den Eindruck, dass Don nur darauf gewartet hatte, endlich über seinen Enkel sprechen zu können. »Ein Prachtbursche! Du solltest ihn mal sehen!«

»Was will er mal werden?«

»Ach, er hat viele Ideen, wie alle Jungs in seinem Alter.« Zufrieden paffte er die Zigarre.

Shanes Abneigung wuchs, und er sagte: »Hauptsache, ihm geht's gut, oder? Ich will auch, dass es Pam gut geht.«

Don Lanski warf ihm einen kurzen Seitenblick zu, doch Shane lächelte, und Lanski sah wohl keinen Grund, skeptisch zu sein.

Shane fühlte sich allmählich stärker. »Hier ist das Paradies, aber das halten ja die meisten nicht aus. Sie brauchen das Zeug. Es ist ihnen sonst zu langweilig.«

Don Lanski blieb stehen. Die Glut der Zigarre zwischen seinen Lippen leuchtete orange auf. Langsam ließ er den Rauch aus dem Mund entweichen. »Was willst du mir eigentlich sagen, Shane?« Sein Ton war scharf geworden, sein Blick wachsam.

Shane grinste ihn an. »Oh, Ray Morrison und Tim Wilcox haben gewusst, wie man zu Geld kommt und wie man es wäscht. Was bringt ein Kilogramm Amphetamine? Ungefähr fünfundfünfzigtausend Dollar?«

Don Lanski nahm einen Zug und ging weiter. Er schwieg. Shane folgte ihm.

Plötzlich wandte sich Lanski um. »Warum erzählst du mir das, Shane?« Er sah hinauf in den Sternenhimmel. »Hier draußen.«

Sie hatten das *Sails* mit seiner beleuchteten Terrasse mehrere hundert Meter hinter sich gelassen. Stimmen, Gelächter und Musik gingen im Rauschen des Meeres unter. Aus ein paar Fenstern der Apartmenthäuser fiel Licht, und von der Straße drang hin und wieder Motorengeräusch zu ihnen.

Shane ignorierte die Frage. Er sagte: »Mick hat in der Drogenabteilung gearbeitet. Er hat gute Kontakte. Wie du auch.«

Don musterte ihn misstrauisch, versuchte wohl herauszufinden, wie viel Shane wusste – und vor allem, worauf er hinauswollte. »Rauchen wir unsere Zigarren zu Ende, und kehren wir um«, sagte er schließlich.

Doch Shane ließ sich jetzt nicht so einfach abspeisen. Er hatte die Walther am Gürtel. Trotz seiner Verletzung konnte er schnell ziehen. Ob Don bewaffnet war, konnte er nicht sehen. Langsam bekam er das Gefühl, die Situation wieder unter Kontrolle zu haben. Also redete er weiter: »Durch unsere Ermittlungen ist Ray Morrison mit seinem Drogenlabor zu gefährlich für das Unternehmen geworden. Da musste er beseitigt werden. Verständlich.«

Don Lanski antwortete nicht. Er ging noch ein paar Schritte, dann blieb er stehen, warf die Zigarre in den Sand. »Die schmeckt nach 'ner Weile nicht mehr.«

Shane warf seine auch weg. »Ja, du hast Recht, Don.«

Don seufzte und blickte dabei über die schwarze, leicht bewegte Fläche des Meeres. Das Silberlicht des Mondes sprang über die Wellen. Don blickte wieder zu Shane und setzte ein schmerzliches Lächeln auf. »Shane, war nett mit dir zu plaudern, aber ich muss langsam nach Hause. Silver wartet.« Er wollte kehrtmachen.

So kommst du nicht davon, dachte Shane. Jetzt musste er schärfere Geschütze auffahren.

»Ah ja, Silver«, sagte Shane. »Weiß sie eigentlich von der Bankangestellten auf den Fidschis?«

Don blieb stehen, den Kopf leicht nach vorn gebeugt – bereit, anzugreifen. »Was soll das, Shane?«

Shane genoss diesen Moment. Er ließ sich Zeit mit der Antwort. Das Meer rauschte gleichmäßig. Das Rauschen mischte sich mit der Musik aus dem *Sails,* die aus weiter Ferne zu kommen schien. Er spürte das harte Halfter mit der Walther. Seine Kräfte sammelten sich. Es war so weit.

»Don, du hast mit Tim Wilcox die Scheinfirmen aufgezogen. Jim Redmond ist seit Jahren tot. Ihr habt Drogengelder gewaschen. Ray Morrison war Trevor John Pierce, ein ehemaliger Undercover-Polizist, der die Seiten gewechselt und in eurem Verein mitgespielt hat. Jack hat ihn in Brisbane erkannt, und deshalb hat Ray ihn und die anderen erschossen. Und Tim Wilcox ist zu gefährlich geworden, weil man ihn vorgeladen hat. Hatte seine Vorladung mit Sonia O'Haras Tod zu tun? Hast du sie auf dem Gewissen? Vielleicht hat sie ihren Anteil haben wollen an eurem Geschäft, oder hat sie euch erpresst? Wir haben dich. Hast du auch Tim Wilcox erschossen?« Er hatte ganz deutlich und eindringlich gesprochen und Don dabei nicht aus den Augen gelassen.

Dons Lippen spannten sich, er versuchte zu lachen, doch er fletschte nur die Zähne. »Du machst dich lächerlich, Shane. Wilcox wurde von dieser kleinen Drogenschlampe erschossen. Das habt ihr doch sogar schriftlich, das ist alles längst geklärt!« Er schüttelte den Kopf und winkte ab. Seine Züge entspannten sich. Er fühlte sich wieder sicherer.

»Oh nein, Don. Tim Wilcox war schon tot. Sie hat nur in die Kissen des Sofas geschossen. Sie stand unter Drogen und hat sich eingebildet, ihn getötet zu haben.« Shane versuchte im Hintergrund eine Bewegung auszumachen. Dann hätte er sicher sein können, dass Tamara ihnen nach draußen gefolgt war. Doch er konnte nichts erkennen.

»Und wenn schon, Shane. Dann war's eben dieser Einbrecher.« Don wollte weitergehen.

»Du weißt genauso gut wie ich, dass es keinen Einbrecher gab, Don.«

Don ging nicht weiter, sondern ließ seinen Blick über den Strand und das Meer schweifen.

Shane sah sich um. Von hier aus war das *Sails* nur noch ein kleines helles Viereck. Die Laternen entlang des schmalen Fußwegs vor den Apartmenthäusern warfen ein kaltes Licht in die Nacht. Zwei Schritte vor ihnen liefen sanft die Wellen aus. Auf dem weißen Schaum spiegelte sich das Mondlicht.

Plötzlich wandte sich Don zu ihm um und stemmte die Arme in die Hüften. Das freundliche Lächeln in seinem Gesicht war nicht echt. Auch das Seufzen nicht. »Was macht dein Bein, Shane? Und was ist mit deiner Schulter? Vielleicht wird man dich pensionieren. Die Versicherung wird dir was zahlen. Aber um noch ein wenig das Leben zu genießen, braucht man Möglichkeiten.«

Fühlte Don sich allmählich bedroht und begann zu dealen. »Du meinst Geld?«, fragte Shane. »Du denkst an eine Beteiligung.«

»Darüber wäre in der Tat nachzudenken.« So wie Don lächelte, musste er sich wieder auf sicherem Terrain fühlen. »Shane. Seien wir doch mal ehrlich …« Don breitete die Arme aus. »… es geht hier nur um ein winziges und unbedeutendes Geschäft, im Vergleich zu dem, was sonst läuft. Geradezu lächerlich!«

Shane ging darauf nicht ein. »Wilcox und du, ihr habt die Scheinfirmen gegründet, Ray hat die so genannte Kunst und auch den Stoff geliefert, und dann habt ihr noch ein paar Dealer und Lieferanten für die Inhaltsstoffe. Überschaubar.« Shane nickte. Jetzt endlich bekam er, was er wollte: die Wahrheit.

Don ließ die Arme sinken und zuckte mit den Schultern. »Jedes Geschäft muss überschaubar bleiben, sonst verliert man die Kontrolle. Wenn *ich* nicht ins Geschäft eingestiegen wäre, hätte es ein anderer getan. So ist es nun mal, Shane.« Don steckte die Hände in die Hosentaschen. Herausfordernd lässig.

»Und Ray Morrison und Wilcox und wahrscheinlich auch Sonia O'Hara mussten dran glauben, weil du die Zukunft deines Enkels absichern wolltest?«

Don lachte auf. »Ihr könnt froh sein, wenn solche Leute wie Morrison, Wilcox und Sonia von anderen erledigt werden, bevor sie sich wieder rausreden und rauskaufen können. Wilcox hatte zudem auch noch die Sache mit den Mädchen laufen.«

»Prostitution?« Shane dachte an Chrissy. Wie viele andere Mädchen hatte Wilcox noch gehabt? »Wilcox hat ihnen also Drogen besorgt und verlangte Gegenleistungen. Sex, nehme ich an?«

»Sex and Drugs and Rock and Roll.« Don schnalzte mit der Zunge und schüttelte bedauernd den Kopf.

Ein guter Schauspieler, dachte Shane. »Und du hast ihn dann erledigt, ja? Dummerweise kam dir Chrissy dazwischen, sonst wären wir vielleicht gar nicht auf Wilcox' Drogengeschäfte gekommen!«

Die Situation spitzte sich zu. Shane wusste noch immer nicht, ob Don eine Waffe trug.

Lanski seufzte.

»Du, Don, warst Blix und Farrell, wirklich clever. Du hast Chrissy dazu gebracht, das Geständnis zu schreiben, obwohl *du* Wilcox umgebracht hast, und dann wolltest du sie noch Selbstmord begehen lassen. Leider hat es nicht auf Anhieb funktioniert. Dann wolltest du es in der Klinik nachbessern, doch auch da hast du versagt, wie bei mir in der Tiefgarage.« Shane schüttelte den Kopf. »Du bist alt geworden, Don.«

Don erwiderte nichts, sondern legte den Kopf in den Nacken und sah hinauf in den Sternenhimmel.

»Und Mick versorgt dich mit Informationen und gibt dir Schützenhilfe«, redete Shane weiter.

»Mick?« Don lachte amüsiert auf. »Mick?« Wieder dieses Lachen. Ein amüsiertes, verächtliches Lachen …

Plötzlich begriff Shane. Die Nachtschicht mit Mick. Die Drogendealer am Zollhafen. Er, Shane, der den Kollegen aus der Schusslinie ziehen will, und Mick, der wie gelähmt am Boden sitzt und ins Leere starrt. Mick, der sich mit seinem Vater nicht versteht …

Er hatte sich geirrt. Er hatte sich die ganze Zeit geirrt …

»*Du* warst damals bei der Schießerei am Zollhafen dabei«, sagte Shane und bemühte sich, sich den Schock nicht anmerken zu lassen, »und Mick hat dich gesehen.« Er musste seine Waffe ziehen …

Don hob übertrieben die Schultern und ließ sie wieder fallen. »Er war zur falschen Zeit am falschen Ort. Das kommt vor.«

»Ja. Genauso wie der Partner von Ray Morrison alias Trevor, damals in Melbourne.«

»Nein. Der war nicht am falschen Ort, der wollte bei dem Deal mit mir und Trevor nicht mitmachen.«

Endlich. Don redete.

»*Du* hast ihn also erschossen. Trevor ist dann mit aufs Boot gekommen, ihr habt irgendeinen anderen armen Teufel erschossen und ins Meer geworfen, und die Polizei am Ufer hat geglaubt, es sei Trevor.«

»Shane, ich frag mich, warum du …«

Shane fiel ihm ins Wort. »Und mit derselben Waffe wolltest du mich erschießen.«

Don fixierte ihn. »Du hattest einen Schutzengel. Der ist aber um diese Uhrzeit schon im Bett.«

Blitzschnell zog Shane die Waffe. Genauso schnell wie Don. Zu spät, dachte Shane, ich war zu spät. Jetzt musste er verhandeln. Don hielt die Waffe in Bauchhöhe. Er war ein guter Schütze, das wusste er von seinem Vater. Aber er, Shane, war auch gut. Doch über einen Schuss nachzudenken war müßig, bei dieser Entfernung gäbe es zwei Tote.

»Ich lasse mir von dir nicht alles kaputtmachen, Shane. Weißt du, wie das ist, wenn man einen Vater hat, der von anderen wie der letzte Dreck behandelt wird, weil er arm ist? Der mit vierzig nur noch vier Zähne im Mund hat und sich keine neuen leisten kann? Und warum kann er sich nichts leisten? Ich sag's dir: weil er immer ehrlich war. Ein ehrlicher Tagelöhner.« Don streckte den linken Arm aus. »Deine Kanone.«

»Willst du mich gleich hier erschießen, Don? Man hat uns zusammen weggehen sehen. Und unsere Schuhe stehen am *Sails*.« Wo war Tamara? Sie musste ihnen gefolgt sein. Er konnte sich doch immer auf sie verlassen.

»Die Kanone.« Don öffnete die Handfläche. Seine Uhr blitzte auf.

»Oh nein, Don. Du gibst mir deine.« Shane trat fest in den Sand und biss die Zähne zusammen. Ein höllischer Schmerz fuhr durch sein verletztes Bein. Drei Meter hinter ihm rollten die Wellen an den Strand. Vor ihm stand Don. Und von Tamara keine Spur.

Don Lanski schüttelte den Kopf. »Du bist unbelehrbar, Shane. Glaubst du, du kommst ein drittes Mal mit dem Leben davon? Jeder weiß, dass du unter Depressionen und Schuldgefühlen leidest.« Don verzog seinen Mund, als äße er etwas Ungenießbares. »Noch dazu hat deine Exfrau wieder geheiratet. Das Leben hat für dich keinen Sinn mehr. Es ging blitzschnell. Du hast dich erschossen. Ich konnte dich nicht davon abbringen.« Er machte einen Schritt auf Shane zu. »Her mit der Kanone!«

Shane blieb stehen, den Finger am Abzug, den Lauf auf Don gerichtet. So leicht würde er es ihm nicht machen.

»Nein, Don, du hast verloren. Wo willst du denn hin? Wir haben Beweise, dass du Jim Redmond bist und auch Detective Blix. Du hast zweimal versucht, Chrissy Wagner zu töten. Don, du bist fertig! Mach die Sache jetzt nicht noch schlimmer. Gib mir deine Pistole.«

»Keine Bewegung, Shane!«, sagte Don scharf. »Ich meine es ernst.«

Shane hielt inne. Don würde abdrücken.

»Hör zu, Don, wenn du uns Informationen gibst, lässt sich sicher was für dich erreichen.«

Don verzog seinen Mund zu einem verächtlichen Grinsen. »Warst du schon mal auf den Fidschis, Shane?«

»Das ist keine Lösung, Don. Du kannst das Land nicht mehr verlassen. Deine Firma auf den Fidschis ist aufgeflogen. Du kannst nur noch mit uns zusammenarbeiten. Gib mir deine Waffe, Don!«

Endlich sah er im linken Augenwinkel Tamara herankommen, sie mochte noch zwanzig Meter entfernt sein. Er war sich nicht sicher, ob das gut oder schlecht war. Unter keinen Umständen wollte er eine wilde Schießerei provozieren. Er musste Dons Aufmerksamkeit weiter auf sich lenken.

»Also, Don!« Er öffnete die linke Hand. »Die Pistole.«

»Wirf die Kanone weg, Dad!« Die Stimme kam von rechts.

Im fahlen Gegenlicht der Laternen erkannte Shane eine Gestalt, die mit der Waffe auf Don zielte. Was zum Teufel wollte Mick hier?

»Mick?« Das war Don.

Mick kam näher.

Jetzt hätte Shane auf Don schießen können, der ebenfalls zu seinem Sohn blickte, doch das wäre zu riskant. Kein Blutbad! Er wartete also ab. Mick kam weiter auf sie zu. In einem hellgrauen, langweiligen Anzug.

»Micky! Was zum Teufel machst du hier? Du gehörst doch hinter deinen Schreibtisch!«, sagte Don belustigt.

»Don, die Waffe weg«, rief Shane. »Du siehst, das Spiel ist aus.«

Blitzschnell hatte sich Don wieder zu Shane gedreht, sein Arm mit der Waffe versteifte sich. »So schnell gebe ich nicht auf«, sagte er.

Shane glaubte ihm.

»Aber diesmal ist Schluss, Dad.« Mick stand jetzt höchstens drei Meter von seinem Vater entfernt. Sein Scheitel glänzte weiß im Mondlicht.

Don lachte auf.

»Ich mache keinen Spaß, Dad. Wirf die Waffe weg!« Micks Stimme war drohend.

»Mick!«, rief Shane, »Mach keinen Unsinn, dein Vater gibt auf!«

Weder Don noch Mick beachteten ihn. Das war eine Sache zwischen Vater und Sohn geworden. Er fühlte sich wie eine Figur in einem Videospiel, die von den Spielern vergessen worden war. Trotzdem, er musste die Nerven behalten. Nur keine falsche Bewegung. Sein Leben zählte für die beiden nichts. Dons Pistole zielte auf ihn, und er wusste, dass Don auch ohne hinzusehen treffen würde.

»Misch dich nicht ein, Shane!«, gab Mick zurück. Seine Gesichtszüge waren wie aus Stein. Ein hagerer Mann, farblos, mit schütterem Haar, nervös, blass und kleiner als sein Vater, ein Mann mit dunkelrotem Seidenhemd, teurem Jackett, mit einer schweren Goldkette und einer goldenen Uhr.

»Don, verdammt, gib endlich auf!«, versuchte es Shane noch einmal.

Don sah jetzt ihn an. »Ich denke nicht dran! Und du, Mick, was willst du tun? Du hättest mich schon zweimal erschießen können. Sieh dich doch an. Du hast es zu nichts gebracht! Zu gar nichts! Noch nicht mal zu 'ner Familie!«

Micks Pistole zuckte.

»Don, halt die Klappe!«, rief Shane.

»Shane, du sollst dich nicht einmischen!« Micks Stimme war schrill geworden.

»Ihr erbärmlichen Scheißer mit eurer lächerlichen Moral!« Don lachte. Die Waffe in seiner Hand zitterte.

»Polizei!« Das war Tamara. Gott sei Dank, dachte Shane. Breitbeinig stand sie drei Meter hinter Don, die Waffe in beiden Händen, »Waffen weg! Auf den Boden!«

»Waffen weg! Don, Mick!«, rief Shane, doch Micks Arm versteifte sich, seine Augen wurden schmal.

»Mick, Don, werft die Waffen weg!«, brüllte Shane.

Tamara zielte sicher, doch auch sie wusste, dass sofort eine wilde Schießerei losbrechen würde. Don würde abdrücken.

»Dad! Du hörst es, du hast verloren!«, schrie Mick.

Don lachte höhnisch auf. »Du willst mir sagen, wann ich verloren habe? Ausgerechnet du? Du glaubst doch schon dein ganzes Leben lang, dass du verloren hast!«

»Halt's Maul!«, schrie Mick. Sein Gesicht war verzerrt. »Halt dein verdammtes Maul!«

»Nicht schießen!«, rief Shane. »Werft endlich eure Waffen weg!«

»Runter mit den Waffen!«, schrie Tamara, sie stand fast zwischen Don und Mick, die Pistole im Anschlag. »Wird's bald!«

»Los!« Shane brüllte.

Don lachte dröhnend. »Und, erschieß mich doch, Micky. Los! Erschieß deinen Vater! Komm schon!« Im selben Augenblick richtete Don die Waffe auf Mick. Mick zuckte zurück.

»Don!«, rief Shane. Kein Blutbad! Um Himmels willen kein Blutbad! »Don!«

Doch Don fixierte nur seinen Sohn. Micks Hand zitterte.

Shane blickte kurz zu Tamara, gleich würden sie eingreifen, er zählte, sie auch, eins, zwei ... Er zielte auf Dons Beine.

Mick schluckte.

»Siehst, du, du kannst es nicht!«, sagte Don verächtlich. »Dir hat es schon immer an Mut gefehlt! Du hast schon als Kind immer geflennt. Ich hab versucht, dir das auszutreiben. Dein Neffe heult nicht. Dein Neffe ist ein Lanski. Ein echter Lanski, wie ich, wie dein Urgroßvater, der aus Polen ...«

»Halt's Maul!« Das war Mick.

Jetzt. Shane bewegt den Finger am Abzug, will abdrücken. Jetzt. Ein Schuss kracht. Sein Schuss? Für den Bruchteil einer Sekunde herrscht Verwirrung. Tamara, Mick, Don und er, vier Menschen am Strand ... Vier Polizisten auf dem Weg von einer Party nach Hause ... Wie Blitze zucken die alten Bilder durch sein Gehirn ... Jack, Evans, Hawkings, das Mondlicht ...

»Shane!« Er taucht wieder auf. Das ist Tamara. Er merkt, sein Finger ist noch am Abzug – er hat nicht abgedrückt. Er hat nicht geschossen. Jetzt erst begreift er, blickt zu Don.

Don sinkt auf die Knie. Sein Blick ist auf Mick geheftet. Erstaunt und ungläubig. Mick steht starr und zittert. Dons Mund öffnet sich, als wolle er schreien, doch er bleibt stumm. Eine oder zwei Sekunden lang verharrt er so, dann verliert er das Gleichgewicht und sackt zur Seite. In den Sand. »Mick?« Don röchelt, lacht. »Du machst einfach immer alles falsch ...« Er lacht und hustet ... und verstummt. Mick steht da, die Pistole noch immer auf seinen Vater gerichtet.

Der Mond tauchte Dons Gesicht in ein kaltes Weiß. Die toten Augen starrten hinauf in den klaren Sternenhimmel.

Wie still es plötzlich war. Shane sah hinunter auf den Toten. Ein älterer Herr in rotem Seidenhemd und grauem Anzug und ohne Schuhe. Die nackten Füße voller Sand.

Mick ließ die Pistole fallen. Dumpf fiel sie auf den Sand.

Ein Familienmensch, hatte Angela Lincoln über Mick gesagt. Shane spürte, wie der Boden unter seinen Füßen nachgab. Er musste tief durchatmen. »Warum hast du ihn erschossen, Mick? Er war dein Vater!«

Mick schluckte, starrte noch immer auf den Toten. Schließlich räusperte er sich und sah auf. »Weißt du, wie viele Menschen er schon erschossen hat?« Seine Stimme klang dünn.

»Aber warum hast du es allein durchgezogen?«

Mick lächelte müde. »Shane, so was fragst *du* mich? Ausgerechnet *du*?«

Aus Don Lanskis Brust sickerte Blut, eine dunkle Flüssigkeit im hellen Sand. Ein Mondstrahl traf auf seine wertvolle Armbanduhr. Tamara sammelte Dons und Micks Waffe ein, telefonierte mit den Kollegen und bestellte einen Krankenwagen. Shane war erleichtert, dass sie ihm das abnahm. Er steckte seine Pistole zurück.

Mick sah ihn nicht an, als er sagte: »Seit der Sache am Zollhafen hab ich ihn überführen wollen. Ich war so nah an ihm dran. Gestern konnte ich es nicht mehr verhindern. Den Mord. Die Explosion. Ich konnte nur noch die Feuerwehr rufen.«

Shane fühlte Übelkeit in sich aufsteigen. »Ich hab geglaubt, du machst mit ihm gemeinsame Sache.«

Mick zog einen Mundwinkel hoch. »Du hast mich noch nie leiden können. Auch vor der Sache am Zollhafen nicht.«

Ja. Er hatte ihn nicht gemocht. Seine Verschlossenheit, seine Verbissenheit ... »Du hast mich als Köder benutzt, Mick.«

Mick zuckte die Achseln. »Jeder benutzt jeden, oder nicht?«

Nein, auch jetzt mochte er Mick nicht.

Mick griff in die Innentasche seines Jacketts, zog ein Kuvert heraus und gab es Shane. »Es ist deine Sache, was du damit machst.« Dann drehte er sich um und ging, ohne sich noch einmal umzusehen, den Strand hinauf zum Parkplatz der Strandwacht. Allein. Ein hagerer Mann mit eckigen Bewegungen, der im Sand seine Schuhe nicht auszog.

»Shane, wir können ihn doch nicht einfach so gehen lassen? Soll ich ihn festnehmen?«, fragte Tamara.

»Es wird eine interne Untersuchung geben.« Nicht er, irgendeine Automatenstimme sagte das. Er war am Ende. Zu viele Lügen, zu viele Tote. Diesmal wäre er fast nicht mehr mit dem Leben davongekommen.

»Der Krankenwagen und die Kollegen müssen gleich da sein«, hörte er Tamara sagen. Sie stand vor ihm und schüttelte den Kopf. »Verdammt, Shane, das hätte ziemlich schief gehen können! Warum hast du das allein machen wollen?«

Vielleicht weil er genauso verbissen und verschlossen war wie Mick. Das würde sie nicht verstehen. Sie war anders. Also antwortete er nicht. In seiner Hand hielt er das Kuvert. Es war nicht zugeklebt. Er nahm das Papier aus dem Umschlag, faltete es auseinander. Selbst im schwachen Mondlicht konnte er den Briefkopf mühelos lesen. Das Schreiben stammte von der Fitzgerald-Kommission. Unter dem Briefkopf stand: *Vorladungen erhalten haben folgende Personen:* Dann folgte eine Liste von etwa zwanzig Namen. Er überflog sie, bis er an einem hängen blieb. Detective Sergeant Donald Lanski. Und direkt darunter stand: Detective Sergeant Colin O'Connor. Sein Vater. Er las den Namen noch mal und noch mal. Doch er veränderte sich nicht. Woher hatte Mick diese Liste? War sie echt?

»Was ist das?« Tamara sah ihn fragend an.

Er steckte den Bogen zurück in den Umschlag und verstaute ihn mechanisch in der Jackeninnentasche.

»Shane!«, hörte er sie rufen.

»Meine Schuhe«, murmelte er nur und ging barfuß durch den Sand zurück zu dem kleinen erleuchteten Viereck am Ende des Strandes. Der Sand war kalt, die Wellen schwappten an den Strand, es knisterte, wenn die Schaumbläschen auf dem Sand zerplatzten. Es war windstill. Die Musik wurde lauter. Die Fackeln auf der Terrasse loderten. Er hörte die Sirenen der Polizeifahrzeuge, sah rote und blaue Blitze hinter den Häusern zucken.

Unter seinen Füßen spürte er jetzt Rasen. Der Rasen

vor der Terrasse. Er bückte sich. Zwei Paar Schuhe. Dons schwarze Lederschuhe, makellos geputzt und glänzend. Er streckte den Arm aus und nahm sein Paar. Das weniger glänzende. Er zog sie nicht an. Als er sich aufrichtete, sah er in fremde Gesichter. Die Gäste standen an der aufgeschobenen Tür und gafften ihn an. Kim drängte sich zwischen ihnen hindurch.

»Was, um Himmels willen, war denn da draußen los?« Sie stand vor ihm und starrte ihn an. »Und wie siehst du aus?«

Ihm fiel keine Antwort kein. Er hatte ihr den Gefallen, um den sie ihn gebeten hatte, nicht erfüllen können. Er hatte ihr das Fest verdorben. »Sorry, Kim«, sagte er nur, dann ging er durch die Menge, die wortlos vor ihm zur Seite wich, und stieg die Treppe zum Ausgang hinunter. Das Pflaster unter seinen nackten Füßen war warm. Ein Rettungswagen und zwei Streifenwagen rasten an ihm vorbei in die Hastings Street. Er überquerte die Straße, ging weiter zum Parkplatz und schloss sein Auto auf.

51

Das Deckenlicht flammte auf. Josh kniff die Augen zusammen, legte schützend die Hand vors Gesicht. Quietschend drehte sich der Schlüssel im Türschloss. Ein Wachmann mit glatt rasiertem Eierkopf und fliehendem Kinn stand breitbeinig in der Tür.

»Josh Cline, Sie werden entlassen.«

Jäh richtete er sich auf der Pritsche auf. »Jetzt?« Es war sicher elf Uhr nachts.

»Es sei denn, Sie wollen die letzte Stunde Boxing Day noch hier bei uns im Knast verbringen.«

Er stand auf. »Nein.«

»Na also. Dann los.«

Josh folgte dem Wachmann durch die Gänge ins Büro. Als wäre es das Selbstverständlichste von der Welt, händigte ein anderer Wachmann ihm seine persönlichen Dinge aus: Schlüssel, Geldbörse und Uhr.

»Aber, warum?«, fragte er.

Der Wachmann zuckte gleichmütig mit den Schultern. »Sie haben den Mörder.«

Chrissy? Hatte Chrissy ihr Geständnis wiederholt?

»Wer ist es?«

»Ein pensionierter Detective.«

Nicht Chrissy?

»Und was ist mit Chrissy Wagner?« Warum musste er dem Typen jedes Wort aus der Nase ziehen!

Der Wachmann hob träge die Schultern und gähnte. »Keine Ahnung. Sei froh, dass du draußen bist.«

Josh starrte ihn an. Man konnte ihn doch nicht einfach ohne Erklärung gehen lassen.

»He, willst du doch hier übernachten?« Der Wachmann schnitt eine Grimasse.

Josh warf ihm einen verächtlichen Blick zu und ging zur Tür, die sich automatisch öffnete.

»He, hab ich doch glatt vergessen«, rief der Wachmann hinter ihm her.

Josh fuhr herum.

Der Wachmann wedelte mit einem Briefumschlag in der Hand. Josh machte kehrt, riss dem grinsenden Kerl den Umschlag aus der Hand und machte, dass er hinauskam.

Erst auf der Straße wagte er, den Umschlag zu öffnen.

Er faltete das Papier auseinander. Ein aus einem Ringbuch herausgerissenes kariertes Blatt.

Lieber Josh,
sie müssen dich freilassen. Ich hab gestanden, dass ich geschossen habe.
Es tut mir Leid, dass ich dich in die Sache hineingezogen habe. Sorry.
Wenn ich nicht ins Gefängnis muss, schickt mich Erica zu ihrem Bruder und seiner Familie. Sie haben in Westaustralien eine Farm. Ich würde mal sagen, das ist halb so schlimm wie im Knast, oder?
Also, das war's. Besser, du schreibst mir nicht. Ich hab das Gefühl, ich muss ganz neu anfangen.
Alles Gute für dich.
Chrissy.
PS: Hättest du wirklich für mich ein paar Jahre deines Lebens geopfert?

Er faltete den Brief zusammen, steckte ihn mit dem Umschlag in seine Hosentasche. Ja, dachte er, hätte ich.

Die Nacht war warm. Er würde jetzt heimgehen. Und dann Garbo holen und dann … Er streckte die Arme aus und sah hinauf in den glitzernden Himmel. Er hatte ihn viel zu selbstverständlich genommen, den offenen, freien Himmel über sich. Wie weit entfernt er war. Und wie viele Sterne da oben standen. So unendlich viele.

Fünfzehn Minuten später, um kurz nach eins, hielt er vor Carols Haus. Er stieg aus, ging über den gewundenen Gartenweg zum Eingang und klingelte. Gleich darauf hörte er Schritte, dann machte sie die Tür auf. Sie schien keineswegs überrascht, stand da, in einem Sommerkleid, das Haar hochgesteckt, wie sie es immer trug.

»Kannst du mir verzeihen?«, fragte er und wunderte sich, wie leicht ihm dieser Satz über die Lippen ging. Der

Satz, den er noch nie in seinem Leben ausgesprochen hatte.

Sie sah ihm in die Augen, als ob sie ihn fragen wollte, ob er das wirklich ernst meinte. Dann blieb ihr Blick an seinen bloßen Füßen haften.

Er zuckte mit den Schultern. »Ich bin viel zu lange nicht mehr ohne Schuhe gelaufen.«

Ein Lächeln flog über ihr Gesicht, sie trat zur Seite und ließ ihn herein.

Ohne sie zu berühren, ging er an ihr vorbei, und er hatte dabei doch das Gefühl, an ihrem Körper vorbeizustreifen. Er folgte ihr durch den Vorraum hinaus auf die Veranda. Da fiel ihm auf, dass auch sie keine Schuhe trug.

Sie lehnten sich an die Brüstung und blickten hinunter in den Garten, den verborgene Lampen in ein geheimnisvolles Licht tauchten. Ein leises Rauschen drang zu ihnen.

»Hörst du das Meer?«, fragte sie.

»Ja.«

Sie lachte. »Ich muss dich enttäuschen, es ist der Motorway.«

Er schüttelte den Kopf. »Nein, bestimmt, es ist das Meer.«

Eine Weile ruhte ihr Blick auf ihm, dann sagte sie: »Ja, ich glaube, du hast Recht. Es ist das Meer.«

Sie sahen wieder hinunter in die Ebene, wo die Lichter der Küstenorte wie teure Diamanten funkelten.

»Heute ist Boxing Day«, er wandte sich zu ihr, »und ich hab noch nicht mal ein Geschenk für dich.«

Der Wind blies ihr Haarsträhnen in die Stirn. »Oh, Boxing Day ist schon vorbei.«

»Dann bleibt mir ja ein ganzes Jahr, um ein Geschenk zu finden.«

Sie strich die Haarsträhne zurück. »Du wirst es vergessen, Shane.«

Ein Krächzen kam aus einem der Bäume. Im Geäst entdeckte er einen Papagei.

»Sie sind doch weggeflogen«, sagte sie. »Einer ist zurückgekommen und hat sich in dem Baum dort niedergelassen.«

Er dachte an Jack und an Evans und Hawkings und an Ann und das Baby … und dann an Mick, der seinen eigenen Vater erschossen hatte, und zuletzt an seinen Vater …

Ihr Gesicht war auf einmal ganz nah. »Du wirst es vergessen, Shane.«

»Nein, bestimmt nicht.«

»Doch.«

»Nein.«

»Doch …« Sie legte den Finger auf seinen Mund. Ihre Haut roch nach Pfefferminz und Pfirsich. Ihre Lippen schmeckten nach Mandeln – und Salz. Und das Rauschen kam doch vom Meer.

DANKSAGUNG

Mein besonderer Dank gilt Mark Chay und Andrew Rodd in Mooloolaba für ihre Gastfreundschaft und den anregenden Austausch, Suzie Franklin und Will Irving in Marcoola Beach für die kreative Zeit in ihrem Haus, Rob und Jeannie Baxter-Reid in Buderim für den informativen Abend, und Simona für die unendlichen Lesestunden.

Hochspannung nicht nur für Australienfans – Shane O`Connors dritter Fall

Manuela Martini
DEAD END
432 Seiten
ISBN 3-404-15244-1

Mitten auf einer einsamen Straße im Outback steht ein Junge. Allein, stumm, erinnerungslos. Die Kunsttherapeutin Joanna versucht, ihm seine Erinnerung wiederzugeben. Welches Geheimnis verbirgt sich hinter den rätselhaften Buchstaben und Bildern, die er malt? Bald kommt sie einem grausamen Verbrechen auf die Spur. - Zur gleichen Zeit brechen zwei französische Touristinnen auf eine abgelegene Farm ins Outback auf, nicht ahnend, in welche Gefahr sie sich begeben. Können Detective Shane O`Connor und seine Partnerin Tamara Thompson die jungen Frauen noch retten? Und welche Verbindung besteht zwischen den beiden Fällen?

Bastei Lübbe Taschenbuch